Schöne Lesestunden
wünscht herzlichst

Petra Durst-Benning

Petra Durst-Benning

DIE FOTOGRAFIN

Das Ende der Stille

Band 5

Roman

blanvalet

Penguin Random House Verlagsgruppe FSC® N001967

1. Auflage 2022
Copyright © 2021 by Blanvalet
in der Penguin Random House Verlagsgruppe GmbH,
Neumarkter Str. 28, 81673 München
Redaktion: Gisela Klemt
Umschlaggestaltung und -motiv: © Johannes Wiebel |
punchdesign, unter Verwendung von Motiven von
Richard Jenkins Photography, Shutterstock.com
(Cory Seamer; antoniradso; Petra Christen; PhuchayHYBRID;
MarkauMark; Vasya Kobelev) und kemai/photocase.de
Die Bilder im Anhang stammen aus dem Privatarchiv von
Petra Durst-Benning
bst · Herstellung: DM
Satz: Uhl + Massopust, Aalen
Druck und Bindung: GGP Media GmbH, Pößneck
Printed in Germany
ISBN 978-3-7341-0661-3

www.blanvalet.de

»Of course it's all luck!«

Henri Cartier-Bresson (1908–2004)

1. Kapitel

April 1919

Es gab Momente im Leben, in denen Mimi immer noch Angst vor der eigenen Courage bekam. Und das, obwohl sie als Wanderfotografin und Unternehmerin bisher noch vor keinem Abenteuer zurückgeschreckt war.

Doch nun war solch ein Moment.

Nach einer sechstägigen Atlantik-Überfahrt auf dem Schnelldampfer Viktoria erschien vor ihr, nur noch ein paar Hundert Meter entfernt, auf einer kleinen Insel die berühmteste Statue der Welt, die Freiheitsstatue.

Mimis Herz klopfte bis zum Hals, und fast kamen ihr die Tränen. Was für ein bewegender Moment!

Wie stolz die Freiheitsstatue ihren rechten Arm mit der Fackel in der Hand in die Höhe reckte! Und dann die riesige Krone mit den sieben Zacken, von denen jeder für einen der sieben Kontinente stand. Der Anblick war so beeindruckend, dass er Mimi fast körperlich schmerzte.

Gustav Rühmann, ein älterer Herr, mit dem sie mehrmals im großen Speisesaal zu Abend gegessen hatte, hatte ihr erzählt, dass ein Franzose – Frédéric-Auguste

Bartholdi – die Statue entworfen hatte und dass sie Libertas, die römische Göttin der Freiheit darstellte.

Freiheit – genau das empfand Mimi hier und jetzt, als das Schiff in die Upper Bay einfuhr.

Hätte ihr Anfang des Jahres jemand erzählt, dass sie noch in diesem Frühjahr auf dem Weg nach Amerika sein würde – sie hätte denjenigen für verrückt erklärt! Und doch hatte sie sich die Freiheit genommen, alle bisherigen Pläne über den Haufen zu werfen und diese Reise anzutreten.

Freiheit. Verführerisch süß und gefährlich bitter zugleich.

Während der Schnelldampfer von Hamburg über Southampton und Cherbourg nach New York unterwegs gewesen war, war Mimi dieses große Wort immer wieder begegnet.

»Ich nehme mir die Freiheit, am Ende meines Lebens meinen großen Lebenstraum wahrzumachen – den ›wilden Westen‹ zu sehen, über den ich in Karl Mays Romanen so viel gelesen habe!«, hatte beispielsweise Gustav Rühmann gleich bei ihrem ersten Abendessen verkündet. Und angefügt, dass es für ihn zu Hause nach dem Tod seiner geliebten Frau außer Einsamkeit und Langeweile nichts mehr gegeben hatte. »Sollte ich darauf warten, bis Gevatter Tod mich zu sich holt? Da schaue ich mir doch lieber an, wo Winnetou den Schatz im Silbersee entdeckt hat!«

Dass *sie* mit ihren vierzig Jahren das »Abenteuer Amerika« wagte, fand Mimi schon äußerst aufregend. Aber mit siebzig auch noch so viel Unternehmungs- und Abenteuerlust an den Tag zu legen – darüber konnte sie nur staunen. Genauso staunte sie über die Hartnäckigkeit, mit der der alte Herr Englisch büffelte und sie ebenfalls dazu animierte! Als Bankdirektor in Hamburg hatte er des Öfteren mit englischen Kunden zu tun gehabt, und so verfügte er schon über einen leidlich guten Wortschatz. Doch das reichte dem Senior nicht. Und so verbrachten Mimi und er mindestens vier Stunden mit dem Lernen von Vokabeln und versuchten gleich, diese in kurzen Sätzen zu verwenden. *»Hello, my name is Mimi Reventlow, I'm a german photographer!«* Mimi war erstaunt, wie schnell ihr Schulenglisch, das sie einst auf dem Berliner Gymnasium gelernt hatte, wieder präsent war. Sich in der Landessprache einigermaßen verständigen zu können – auch darin lag eine große Freiheit, befanden Gustav Rühmann und sie.

Doch nicht nur im eleganten Ambiente der ersten Klasse war von Freiheit die Rede gewesen. Wann immer Mimi vor dem Abendessen auf Deck gegangen war, um den Sonnenuntergang zu bewundern, hatte sich dort zur selben Zeit ein Grüppchen von Männern eingefunden, die bei einer Zigarette über die großen Chancen sprachen, die sie sich allesamt in Amerika erhofften. Sie nahmen sich die Freiheit, mehr vom Leben zu wollen als das, was ihnen bisher zuteilgeworden war.

Im Grunde saßen sie hier alle sprichwörtlich im »selben Boot«, dachte Mimi, während vor ihnen Manhattan mit seinen berühmten Wolkenkratzern immer besser zu sehen war. Der Witwer und sie, die Auswanderer mit ihren vielfältigen Schicksalen und Geschichten – sie waren allesamt Menschen, die voller Abenteuerlust einen Neuanfang wagten.

Du lieber Himmel, worauf habe ich mich hier schon wieder eingelassen, dachte Mimi und kämpfte plötzlich gegen ein flaues Gefühl in ihrer Magengegend an, während es um sie herum immer geschäftiger wurde – sowohl die Crew als auch die Passagiere bereiteten sich auf die Ankunft in Ellis Island vor. Da Mimi schon am frühen Morgen alles gepackt hatte, konnte sie den Blick auf die berühmte »Skyline« von Manhattan noch ein bisschen länger genießen. Bald würde sie zum ersten Mal amerikanischen Boden betreten – was da wohl alles auf sie zukam?

Abschiede und Neuanfänge. Die Aufregung beim Gedanken, nicht zu wissen, was einen erwartete – für sie, die Wanderfotografin, war dies nichts Neues. Und dennoch war die Reise nach Amerika das vielleicht größte Abenteuer ihres Lebens, vor allem vor dem Hintergrund, dass eigentlich alles ganz anders geplant gewesen war.

Aber wie hatte sie zu Anton gesagt, als er sie nach Hamburg begleitet hatte? »Manchmal muss man gehen, um zurückkommen zu können.«

Mimis Entscheidung, diese Reise anzutreten, war ausgerechnet am Hochzeitstag ihrer Freundin Bernadette gefallen. Nie in ihrem ganzen Leben würde sie diesen verrückten Tag vergessen, dachte Mimi und wickelte ihren Schal enger um sich. Obwohl der Dampfer sich nun schon in der schützenden Bucht von Manhattan befand, war eine frische Brise aufgekommen, und Mimi kam es so vor, als würden ihre Gedanken vom Wind nochmals gen Heimat geweht …

So viel war an diesem 22. März 1919 geschehen! Es war ein Samstag gewesen, Mimi erinnerte sich noch ganz genau. Was für ein schöner Tag zum Heiraten!, hatte sie gedacht, während sie sich vor ihrer Schlafzimmerkommode hübsch machte. Draußen vor dem Fenster hatten Meisen, Amseln und Spatzen im Nussbaum um die Wette gezwitschert. Im Garten lugten schon die ersten Krokusse aus dem Boden, und Mimi war sich sicher gewesen, dass die Sonne es an diesem besonderen Tag auch noch durch die dünne Wolkendecke schaffte. Kein Märzenwinter in diesem Jahr!

Fast wehmütig, dachte Mimi daran zurück, mit wie viel Freude sie sich zur Feier des Tages eine besonders aufwendige Hochsteckfrisur gemacht hatte. Nachdem es endlich wieder eine ordentliche Seife zu kaufen gab, hatten ihre Haare den alten Glanz zurückbekommen und strahlten mit den kleinen Diamantohrringen, die Mimi angelegt hatte, um die Wette. Clara vom Bodensee hatte Rosencreme geschickt und ein winziges Fläschchen Parfüm. Endlich konnte sie sich wieder als Frau fühlen und nicht nur als Arbeitsbiene, war ihr durch den Kopf gegangen, während sie einen Tropfen des edlen Duftes auf den Zeigefinger ihrer rechten Hand tupfte und ihn dann hinter ihren Ohren verrieb.

Das erste Frühjahr ohne Krieg – sie alle hatten es so sehr genossen. Und die Hochzeit von Bernadette und Lutz setzte all dem noch die Krone auf.

Der Mut der Schafbaronin, zum dritten Mal »Ja« zu sagen, wo sie schon zweimal kurz vor dem Traualtar von ihren Verlobten sitzen gelassen wurde, war bewundernswert. So lautete die einhellige Meinung im ganzen Dorf. Und nun wurde der Mut durch eine große Liebe belohnt. Mimi wusste, dass Bernadette aus lauter Angst, dass doch noch etwas schiefging, seit Wochen nicht mehr schlief. Wahrscheinlich würde die Braut in der Hochzeitsnacht erschöpft in die Laken sinken und eine Woche lang durchschlafen! Schmunzelnd rückte Mimi den kleinen Spitzenkragen zurecht, mit dem sie ihr altes, blaues Ausgehkostüm geschmückt hatte.

Anfang Februar, noch im tiefsten Winter, waren Bernadette und sie nach Reutlingen gefahren – sie, Mimi, hatte sich ein neues Kostüm schneidern lassen wollen. Doch die Stoffe, die die Schneiderin ihnen vorgelegt hatte, waren allesamt ein wenig verblichen gewesen und hatten muffig gerochen – Überbleibsel aus Vorkriegszeiten, welche die Schneiderin so lange gehütet hatte, dass sie nun zu nichts mehr zu gebrauchen waren. Mimi, die für aufgewärmten Kaffee noch nie etwas übrig gehabt hatte, hatte dankend abgelehnt. Wenn schon, dann wollte sie etwas Frisches, Schönes zum Anziehen! Und so hatte sie sich lediglich ein kleines Spitzenkrägelchen gegönnt. Bestimmt gab es bald wieder die schönsten Stoffe zu kaufen, bis dahin würde sie sich gedulden.

Auch Bernadette musste sich bescheiden – aufwendige Spitzenstoffe gab es nirgendwo zu kaufen, und so bestand ihr Brautkleid aus einem schlichten, wenn auch schweren Satinstoff, der sogar für eine lange Schleppe gereicht hatte.

Für Lutz würde Bernadette sowieso die schönste Braut sein, dachte Mimi. Dass der gut aussehende Chef des Truppenübungsplatzes die Schafbaronin liebte, hatte sie erstaunlicherweise schon bei ihrem allerersten Treffen geahnt, damals im Herbst 1913, noch lange bevor die beiden selbst es wussten.

So viele Jahre waren Bernadette und Lutz gute Freunde gewesen, die ganzen schrecklichen Kriegsjahre hatten sie gemeinsam durchgestanden. Immer wieder hatte Lutz in seiner Funktion als oberster Chef des Soldatenlagers Bernadette, der Bürgermeisterin, unauffällig, aber effektiv geholfen, das schlimmste Unheil vom Dorf abzuwenden. Und dann…

Dass aus Freunden Liebende wurden, war gar nicht so ungewöhnlich, man musste ja nur Anton und sie anschauen, dachte Mimi nun, während ein mitreisender Passagier ihr einen auffordernden Blick zuwarf. Doch sie hatte keine Lust auf Konversation, stattdessen ließ sie ihren Gedanken wieder freien Lauf in Richtung Schwäbische Alb…

Ohne dass Anton und sie je darüber gesprochen hatten, hatte nach seiner Rückkehr aus dem Krieg festgestanden, dass sie ein Paar waren. Anstatt seine Wohnung im Seitentrakt des Hauses zu nutzen, war er gleich zu Mimi gezogen. Nachts, wenn sie zusammenlagen und sie seinen wunderbar warmen Duft einatmete, dann waren ihre beiden Welten in Ordnung.

Der Altersunterschied, dazu die wilde Ehe – wahrscheinlich hatte das halbe Dorf hinter vorgehaltener Hand über sie getuschelt. Mimi zog eine Grimasse. Oder waren die Leute durch den Krieg offener geworden? Waren jetzt andere Dinge als der sogenannte »gute Ruf« wichtiger? Anständig konnte man auch sein, wenn man wie sie unverheiratet zusammenlebte. Dafür war Anton mit seinen Krücken und Prothesen, die er auf eigene Kosten für die kriegsversehrten Heimkehrer des Dorfes herstellte, doch das beste Beispiel!

Bei dem Gedanken an die verwundeten Soldaten verdüsterte sich Mimis Miene, und das hatte nicht allein mit dem Mitleid zu tun, das sie für die Männer empfand. An Bernadettes Hochzeitstag, als sie, Mimi, schon ausgehfertig parat gestanden hatte, werkelte Anton noch immer in seiner Werkstatt herum. Noch nicht mal den Wagen hatte er aus der Garage geholt, erkannte sie mit einem Blick aus dem Fenster in Richtung Hof.

Als Trauzeugen mussten sie früher als die Hochzeitsgesellschaft in der Kirche erscheinen. Letzte Absprachen, noch einmal den Ablauf durchgehen – Mimi wäre auch ohne all das sehr daran gelegen gewesen, so früh wie möglich dort zu sein, denn Bernadette war höchstwahrscheinlich nur noch ein Nervenbündel.

Wie nicht anders erwartet, hatte sie Anton in der Werkstatt vorgefunden, die er sich in seiner ehemaligen Wohnung eingerichtet hatte. Mit konzentrierter Miene stand er an einer riesigen Werkbank, auf der alle möglichen Werkzeuge für die Holzbearbeitung lagen, und feilte an einem kegelförmigen Stück Holz herum, dass die Späne nur so flogen.

Mimi glaubte nicht richtig zu sehen.

»Ist es schon Zeit?«, fragte er, ohne von seiner Arbeit aufzuschauen.

»Das ist es in der Tat«, sagte sie und zwang sich, tief durchzuatmen. Jetzt bloß kein Streit! »Kannst du mir verraten, was du hier tust?«, wollte sie mit erzwungener Freundlichkeit wissen. Kam er eigentlich überhaupt noch von seiner Werkbank weg? »Wir werden in einer Stunde in der Kirche erwartet!«

»Oh«, sagte er und zog erstaunt die Brauen in die Höhe.

Es fehlte nicht viel, und Mimi hätte ihm einen ordentlichen Knuff in die Seite verpasst.

»Ja, oh!«, zischte sie.

Mit einem abgrundtiefen Seufzer des Bedauerns legte

er sein Werkstück samt Feile aus der Hand. »Das soll eine Prothese für Konrad werden. Stell dir mal die Frechheit vor: Er hat einen Brief von der Oberpostdirektion erhalten, in dem steht, dass er mit nur einem Arm den vielseitigen Dienstverrichtungen eines Landbriefträgers nicht mehr gewachsen sei und dass sie ihn deswegen entlassen würden.«

Heute war es Konrad, der Briefträger, der eine Prothese benötigte. Morgen war es der Bürgermeister aus dem Nachbarort, der neue Krücken brauchte. Und übermorgen gab es ganz bestimmt auch einen Invaliden, der Antons Hilfe in Anspruch nahm. »Der Staat wird schon dafür sorgen, dass Konrad und die anderen Invaliden ihre Kriegsversehrtenrenten bekommen«, sagte Mimi gepresst.

»Genau das wollen die feinen Herren in Berlin der Öffentlichkeit weismachen, aber in Wahrheit ist das Einzige, was unsere tapferen Kriegsversehrten vom Staat bekommen, ein Tritt in den Hintern!« Wie so oft, wenn er über sein Lieblingsthema sprach, begann Anton wie ein eingesperrter Tiger hin und her zu rennen. »Schau mich nicht an, als wäre ich verrückt! Ich weiß ganz genau, dass du mein Engagement für übertrieben hältst«, sagte er und sprach genau das aus, was Mimi dieser Tage so oft durch den Kopf ging. »Aber ich kann einfach nicht so tun, als wäre nichts geschehen. Ein Mann, dem im Krieg ein Arm, beide Beine oder das Gesicht weggeschossen wurden, kann das nämlich auch nicht!«

Wie oft hatten sie Gespräche dieser Art geführt, dachte Mimi traurig, den Blick auf die beeindruckende Kulisse gerichtet. Und jedes Mal stellte er sie dabei hin, als wären ihr all die schlimmen Schicksale egal.

»Anton, mir tun diese Leute auch leid. Aber du kannst doch nicht die ganze Welt retten!«, hatte sie verzweifelt, und den Tränen nahe, zu ihm gesagt. »Hat nicht jeder an seinem Platz seine eigene Verantwortung? Unsere Aufgabe ist es nun mal zu schauen, dass *unser* Laden läuft!«

Er hatte nur abgewunken. »Die Druckerei läuft auch ohne mich, das haben du und Siegfried Hauser in den Kriegsjahren ja bewiesen. Mimi, wenn es mir gelingt, für unseren Briefträger eine Prothese zu bauen, hat er vielleicht eine Chance auf ein einigermaßen normales Leben! Und da soll ich mich hinstellen und Prospekte für einen Urlaub am Gardasee drucken?« Anton schaute sie halb aggressiv, halb flehentlich an. »Der Krieg hat alles verändert. In der Politik, der Wirtschaft, in unseren Köpfen, im sozialen Gefüge. Acht Millionen Tote, über zwanzig Millionen Schwerverletzte – da kann ich doch nicht einfach so tun, als hätte es das alles nicht gegeben«, wiederholte er.

»Keiner tut so, als hätte es den Krieg nicht gegeben«, sagte Mimi müde. »Aber heute ist Bernadettes und Lutz' großer Tag, und ich will, dass alles wie am Schnürchen klappt! Dazu gehört, dass wir in einer Viertelstunde zur Kirche aufbrechen. Ich will unbedingt ein paar Fotografien von den beiden machen, bevor die Trauung beginnt.«

»Das schaffen wir leicht, gib mir nur noch fünf Minuten!« Schon wieder über sein Werkstück gebeugt fuhr Anton fort: »Konrad hat vorhin übrigens einen Brief für dich gebracht. Aus Laichingen …« Er nickte in Richtung eines Büfetts, das links von der Tür stand.

Ein Brief aus Laichingen? Mimi runzelte die Stirn. »Und warum hat er ihn nicht bei mir im Haus eingeworfen?«

Doch Anton hörte schon nicht mehr zu.

Das war wieder einmal typisch, dachte sie und riss den Brief mit einer ruckartigen Bewegung an sich. Sie und ihre Belange zählten rein gar nicht mehr für Anton!

Traurig lächelnd, erinnerte Mimi sich daran, wie ihre Hand vor innerer Aufregung gezittert hatte, als sie im Haus am Küchentisch den Brief vorsichtig aufgeritzt hatte. Er stammte von dem Maler, der einst Onkel Josefs Haus und Atelier gekauft hatte. In dem Umschlag befanden sich eine kleine handschriftliche Notiz des Malers sowie ein weiterer Brief.

Liebe Frau Reventlow, wie vereinbart sende ich Post, die für Sie bestimmt ist, hochachtungsvoll an Sie weiter, stand auf dem Zettel.

Wer wusste nach all den Jahren immer noch nicht, dass sie Laichingen längst verlassen hatte? Stirnrunzelnd betrachtete Mimi den cremefarbenen Brief, der mit fast militärisch geraden Lettern an die alte Anschrift ihres Onkels adressiert worden war. Auf der Suche nach einem Absender drehte sie den Brief um, und im nächsten Moment stieß sie einen leisen Schrei aus. Was war denn das?

Will Schneider.
Mountain Vista, Los Angeles, Kalifornien, Amerika.

Amerika? Von wegen »der Brief stammt aus Laichingen«!

Krampfhaft überlegte sie, was sie mit dem Namen Will Schneider verband. Nichts, stellte sie fest. Sie kannte niemanden mit diesem Namen.

Stirnrunzelnd ritzte sie den Brief vorsichtig auf. Das Erste, was ihr ins Auge fiel, war ein riesiges Wappen. Es bestand aus zwei verschlungenen Engeln, die eine Art Schild zwischen sich hielten. »Dream Factory« stand auf dem Schild.

Das wurde ja immer kurioser! Mimi überflog eilig die wenigen Zeilen, die zu ihrer Erleichterung in Deutsch gehalten waren. »Das gibt's doch nicht…«, murmelte sie und lachte erneut auf, diesmal leicht hysterisch. Eine Einladung nach Amerika? Mister Will Schneider wollte, dass sie für ihn einen Bildband mit Fotografien einer Schauspielerin namens Chrystal Kahla erstellte. Da er selbst auch Deutscher war, wenn auch seit etlichen Jahren in Amerika ansässig, sei es ihm wichtig, eine Landsmännin für diesen Auftrag zu bekommen. Ihr guter Ruf als herausragende Fotografin habe sich über verschlungene Wege bis nach Amerika herumgesprochen, sie sei somit perfekt geeignet.

In Amerika wusste man von ihr, Mimi Reventlow? »Das gibt's doch nicht«, wiederholte Mimi verdutzt. Ein ganzer Bildband über eine einzige Schauspielerin? Die Frau musste sehr berühmt sein! Im Gegensatz zu den meisten Leuten, die Mimi kannte, hatte sie nie viel fürs Lichtspielhaus übrig gehabt, und so wusste sie weder, welche Schauspieler derzeit berühmt waren, noch welcher Film ein Kassenschlager war. Wie kam der Mann also ausgerechnet auf sie?

Benommen ließ Mimi den Brief sinken. So etwas gab es vielleicht in einem spannenden Roman, aber doch nicht im wahren Leben!

Dann las sie den Brief erneut. Will Schneider, Inhaber der im Briefkopf genannten Firma Dream Factory, wollte ihre sämtlichen Reisekosten übernehmen. Sobald er ihre Zusage hatte, wollte er ihr sogleich ein Erste-Klasse-Ticket für eine Überseepassage schicken, es sei von immenser Bedeutung, dass sie noch dieses Frühjahr käme. Was ihr Honorar anging, so solle sie einfach ihre Vorstellungen nennen, fügte er an. Und dass Geld keine Rolle spiele.

Genau so stellte man sich einen erfolgreichen deutschen Auswanderer vor, dachte Mimi. Forsch, gleich auf den Punkt kommend...

Dream Factory – hieß das nicht Traumfabrik? Mimi hatte zwar einst auf dem Berliner Gymnasium Englischunterricht gehabt. Doch dies war Jahrzehnte her, und sie hatte seitdem die Sprache nie gesprochen. Was diese Dream Factory wohl herstellte? War es eine Lichtspielproduktionsgesellschaft? Wenn es um eine Schauspielerin ging, lag die Vermutung nahe.

Fragen über Fragen.

Sie schaute noch einmal auf den Brief, als könne sie immer noch nicht glauben, dass er real war. Dann steckte sie ihn nachdenklich wieder in seinen Umschlag.

Normalerweise wäre sie jetzt damit sofort zu Anton gerannt. Doch jetzt hatten sie Wichtigeres zu tun. Vielleicht würde sie ihm heute Abend davon erzählen. Wenn sie von der Hochzeit zurück waren...

Die Münsinger Kirche war mit Efeuranken geschmückt. Und auf dem Altar standen zwei Kerzen, die die Namen der Brautleute trugen. Mehr Schmuck gab es nicht.

War Efeu nicht ein Symbol für die ewige Treue?, fragte sich Mimi, während die ersten leisen Takte des Hochzeitsmarsches erklangen. Sämtliche Köpfe drehten sich mehr oder weniger unauffällig um, keiner wollte den Anblick der Schafbaronin verpassen, wie sie am Arm von Wolframs Vater Wilhelm in Richtung Altar schritt. Dort wartete, in einer schlichten Uniformjacke ohne jegliche Orden und Abzeichen, Lutz Staigerwald auf seine Braut, deren klassischer Zopfkranz zur Feier des Tages mit Perlennadeln geschmückt war.

»Bestimmt fühlt sich Lutz ohne seine Rangabzeichen ganz nackt«, raunte Anton Mimi zu.

Nach der Demobilisierung hatte Generalmajor Lutz Staigerwald zwar seinen Dienstgrad als Offizier verloren, aber er war immer noch der Verantwortliche für das Lager. Mit einer Handvoll Männer hielt er den Truppenübungsplatz instand und bewachte die noch vorhandenen Waffen. Wie es mit der ganzen Anlage weiterging, wusste keiner. Deutschland hatte den Krieg verloren, schon jetzt wurden viele Kasernen geschlossen. Dennoch hoffte nicht nur Lutz, sondern ganz Münsingen darauf, dass nach Abschluss der Friedensverhandlungen auf der Schwäbischen Alb wieder Soldaten ausgebildet werden durften, wenn auch in geringerem Maß als früher.

»Es sind doch nicht die Orden, die einen Mann ausmachen«, raunte Mimi zurück. »Die beiden sind so ein schönes Paar!«

»Du wirst noch viel schöner aussehen«, flüsterte Anton und zwinkerte ihr dabei zu.

Mimi hob die Brauen. War das ein versteckter Heiratsantrag? Die Tränen, die ihr vor lauter Rührung in die Augen gestiegen waren, versiegten abrupt, ein diffuses Gefühl innerer Unruhe stieg in ihr auf.

So schlicht die Münsinger Kirche geschmückt gewesen war, so schlicht waren auch die Tische im »Fuchsen« dekoriert. Auch hier zierten lediglich ein paar Efeuranken die lange, u-förmig aufgestellte Festtafel.

Mimi wandte sich Bernadette zu und nahm ihre Hand. »Und – bist du glücklich?«

»Mehr als das – überglücklich!«, sagte die Schafbaronin und strahlte übers ganze Gesicht.

Mimi nickte. »Dein Leben wird von nun an ein völlig anderes sein …«

Bernadette lachte auf. »Hätte mir jemand vor ein paar Monaten gesagt, dass ich die Schäferei doch noch eines Tages loswerde, hätte ich zu ihm gesagt, dass er weiterträumen soll! Doch nun kann ich mich völlig dem Amt der Bürgermeisterin widmen. Jetzt, wo der verdammte Krieg vorbei ist, habe ich im Rathaus endlich ein wenig Gestaltungsspielraum. Noch fehlt es hier und da an Ressourcen und Geldern, dennoch habe ich einiges vor mit Münsingen!« Sie seufzte zufrieden auf.

Nun war es Mimi, die lachte. »Daran habe ich nicht den geringsten Zweifel!« So traurig es war, dass Otto Baumann sich dem Amt nicht mehr gewachsen fühlte, so empfand sie es dennoch als einen Segen, dass Bernadette nun die Belange des Ortes steuerte.

»Und wem haben wir all das zu verdanken?«, sagte Mimi grinsend. »Unserer neuen Schafbaronin!« Sie prostete Corinne zu, die zusammen mit Raffa an einer der Längsseiten der Tafel saß. Die beiden strahlten und hielten unter dem Tisch immer dann Händchen, wenn sie glaubten, niemand würde es bemerken.

Neben Corinne saßen ihre Schwiegereltern. Als Raffa bei ihnen auf dem Hof auftauchte, nachdem er aus deutscher Kriegsgefangenschaft entlassen worden war, hatten beide das als einen Wink des Schicksals betrachtet. Niemand würde zwar jemals den Platz ihres gefallenen Sohns Wolfram einnehmen – aber dass Wolframs Witwe Corinne, die so fleißig und tapfer die Schäferei führte, nun wieder einen Gefährten an ihrer Seite hatte, dafür galt es dankbar zu sein. Da Corinne den französischen Hirten seit ihrer Kindheit kannte, konnte er kein schlechter Kerl sein, hatten sie gemeint und Raffa, zum Erstaunen aller, aufgenommen wie einen Sohn.

Bernadette erhob ihr Glas ebenfalls in Corinnes und Raffas Richtung. »Ich werde Corinne ewig für ihren Geistesblitz dankbar sein, ihren alten Chef, den Marquis de Forretière, zu fragen, ob er nicht eine deutsche Dependance besitzen möchte. Dass er mir meine Anteile der Schäferei abgekauft und Corinne als seine Verwalterin hier auf der Schwäbischen Alb eingesetzt hat, ist meine Rettung.« Sie hob ihr Glas und prostete diesmal Mimi zu. »Wehe, es nennt mich noch mal jemand hinter meinem Rücken Schafbaronin!«

Die Freundinnen lachten.

»Ach Mimi, ich glaube, du hast gar keine Vorstellung davon, wie viel mir eure Freundschaft bedeutet! Danke, dass ihr immer für mich da wart.«

»Das gilt umgekehrt ebenso«, sagte Mimi gerührt. »Wenn ich heute zurückschaue, denke ich oft, dass wir es ohne unsere Freundschaft in den Kriegsjahren nicht geschafft hätten zu überleben. Wir sind schon ein tolles Kleeblatt, was?«

Dieses Mal war es das große Glück einer Frauenfreundschaft, das ihr Lachen durchdrang.

Einen Moment lang war Mimi versucht, Bernadette

von dem Brief aus Amerika zu erzählen, doch dann verwarf sie den Gedanken wieder. Heute war Bernadettes großer Tag – dass es auch in ihrem Leben Aufregendes gab, musste hintanstehen, beschloss sie, als im selben Moment Antons laute Stimme zu ihnen herüberdröhnte.

»Es reicht doch nicht, dass man den Kriegsversehrten beibringt, wie sie mit nur einem Arm fortan einen Regenschirm aufspannen oder ihr Brot buttern können! Die Männer brauchen auch eine finanzielle und moralische Unterstützung von dem Staat, für den sie im Krieg ihren Kopf hingehalten haben!« Er schlug mit der Faust so heftig auf den Tisch, dass die Sektgläser klirrten.

Mimi und Bernadette schauten sich an.

»Nicht heute, oder?«, sagte Bernadette leise.

Mimis Miene verdüsterte sich. Eher legte sich der Hund einen Wurstvorrat an, als dass Anton einmal von seinem Lieblingsthema abließ. »Nicht, wenn ich es verhindern kann«, raunte sie dennoch grimmig. Sie erhob ihr Glas erneut, schwenkte es über Bernadette und Lutz hinweg in Antons Richtung.

»Anton, Lieber, wie wäre es mit einem Toast auf das Brautpaar?«, sagte sie so laut, dass er es hören konnte. Anton war ein geborener Redner, ihm fielen die passenden Worte einfach so zu – eine Gabe, die Mimi schon immer an ihm bewundert hatte.

Unwirsch fuhr Antons Kopf zu ihr herum. »Ein Toast? Natürlich wünsche ich unserem Brautpaar nur das Beste, aber wie soll mir ein lockerer Trinkspruch über die Lippen kommen, wenn so viele unserer Kriegsbeschädigten nicht einmal ein Wasserglas halten können? Es ist eine Schande, dass...«

»Anton, es reicht!«, fuhr Lutz leise, aber bestimmt

dazwischen. Er gab den livrierten Rekruten, die an diesem Tag als Kellner fungierten, einen Wink. »Die Suppe, bitte!«

Mimi hätte später nicht sagen können, warum es genau dieser Moment war, in dem etwas in ihr in lauter kleine Fragmente zerbrach. War es Bernadettes Aufbruchstimmung, die sich auf sie übertrug? War es Antons gedankenloser Eifer, mit dem er den schönsten Tag im Leben ihrer Freunde zu verderben drohte?

Wahrscheinlich war es eine Mischung aus allem. Und dennoch hatte Mimi nicht das Gefühl, vor einem Scherbenhaufen zu stehen, im Gegenteil! Vielmehr erschien vor ihrem inneren Auge ein neues Bild – wie bei einem Kaleidoskop, das man so lange drehte, bis es einem gefiel.

Es war verrückt, aber genau in *diesem* Moment hatte sie gewusst, was sie tun musste, dachte Mimi, während das Treiben auf Deck hektischer wurde.

»Ich werde Münsingen verlassen«, hatte sie zu Anton gesagt, als sie spätnachts noch bei einem Glas Schlehenlikör in der Küche zusammensaßen. »Schon bald.«

Es war zwei Uhr in der Früh gewesen. Nach ihrer Ankunft daheim hatte Anton – müde und beschwipst – gleich ins Bett gehen wollen, doch Mimi hatte darauf bestanden, dass sie noch gemeinsam einen Schlummertrunk nahmen.

»Du wirst was?« Er schaute sie über den Rand seines Likörglases an.

Sie nickte, als wollte sie sich selbst stärken für das, was kam. Dann erzählte sie ihm kurz und knapp von Will Schneiders Einladung. Mit einem entschuldigenden Schulterzucken endete sie: »Auch ich kann nicht übergangslos an alte Zeiten anknüpfen, das ist mir inzwischen klar geworden. Der Krieg hat uns alle verändert, Anton, nicht nur dich. Ich bin Fotografin, ich möchte endlich wieder fotografieren! Mehr noch, ich möchte dabei noch mal völlig neue Wege gehen. Schöne Frauenporträts habe ich schon immer gern gemacht, aber eine berühmte Schauspielerin hatte ich dabei bisher noch nie vor der Linse. Dir mag das banal vorkommen, doch ich freue mich wahnsinnig über diese Chance.«

»Aber … ich … ich dachte, wir sind die Nächsten, die heiraten! Ich überlege schon die ganze Zeit, wo und wie ich dir einen romantischen Antrag machen kann«, sagte Anton und kippte sein Glas in einem Zug herunter. Ruckartig stellte er es ab und schenkte Likör nach.

Gott sei dank ist es dazu noch nicht gekommen, dachte Mimi schuldbewusst. »Die Schauspielerin heißt Chrystal Kahla und ist wohl sehr berühmt«, versuchte sie vom Thema abzulenken.

»Christel?« Wie von der Tarantel gestochen, sprang Anton auf. »Du hast Christel gefunden?« Hektische rote Flecken zeigten sich auf seinen Wangen, Mimi kam es so vor, als könne sie seinen Herzschlag regelrecht hören.

»Nein Chrystal mit einem Ypsilon und hinten einem A«, antwortete sie gereizt. Hegte er etwa immer noch Gefühle für seine Jugendliebe Christel Merkle, die im Oktober 1912 spurlos aus Laichingen verschwunden war? Mimi spürte, wie Eifersucht in ihr aufwallte. Wenn die junge Frau auch nur einen Hauch Gefühle für ihn gehegt hätte, dann hätte sie sich doch irgendwann einmal gemeldet!

»Anton, so eine Chance bekomme ich nie wieder in meinem Leben«, wiederholte sie.

Er lachte schrill auf. »Eine Chance? Du weißt doch gar nichts über diesen Mister Schneider! Das alles könnte eine Finte sein, auch ein übler Scherz! Woher kennt er dich eigentlich?«

»Er meint, er hätte schon von mir als Fotografin gehört«, antwortete Mimi leicht trotzig. »Vielleicht über jemanden, den ich irgendwann mal fotografiert habe und der dann ausgewandert ist? Ist ja auch egal, auf mich macht dieses erste Schreiben jedenfalls einen sehr seriösen Eindruck. Aber natürlich werde ich dem Mann erst schreiben, um mehr zu erfahren.« Für wie naiv hielt Anton sie eigentlich?

Für einen langen Moment starrte Anton auf die dunkle Flüssigkeit in seinem Glas, als läge darin eine Antwort verborgen.

»Du willst mich verlassen«, sagte er schließlich dumpf. »Ich dachte, du liebst mich mindestens so sehr, wie ich dich liebe.«

»Das tue ich ja auch«, antwortete Mimi gequält. »Aber Anton, wenn wir ehrlich sind – sehr viele Gemeinsamkeiten haben wir nicht mehr… Vielleicht tut uns eine Trennung für eine gewisse Zeit ganz gut?«

»Und was soll aus der Druckerei werden? Die ist auf einmal nicht mehr so wichtig, ja?« Er schnaubte. »Vorhin noch hast du mir vorgeworfen, mich nicht ausreichend ums Geschäft zu kümmern, und jetzt verkündest du so mir nichts, dir nichts, dass du gehst. Mimi, du drehst dir die Dinge hin, wie sie dir gefallen!«

»Wenn das deine Sichtweise ist, dann bitteschön«, erwiderte sie seufzend. »Wie du selbst richtig angemerkt hast, läuft das Alltagsgeschäft dank unserer guten Belegschaft ganz manierlich. Wenn du nicht bereit bist, meine Anteile an der Druckerei in meiner Abwesenheit für mich zu verwalten, dann könnte ich Josefine darum bitten. Als unsere stille Teilhaberin kennt sie sich aus, und zur Not könnte sie die wichtigsten Dinge bestimmt auch irgendwie von Berlin aus regeln.«

Er schaute sie an, erschrocken über die Bestimmtheit, die in ihrer Stimme lag. »Mimi, ich liebe dich doch! Und natürlich kümmere ich mich um alles. Wenn es dich mal wieder hinauszieht in die weite Welt, werde ich dich gewiss nicht davon abhalten. Einen freien Vogel kann man nicht für immer in einen Käfig sperren.« Er versuchte sich an einem Lachen, doch für Mimi sah es danach aus, als wäre er den Tränen nahe. »Und ich Narr dachte, wir zwei werden die Nächsten sein, die zum Traualtar schreiten...«

Sie ging zu ihm hinüber, setzte sich auf seinen Schoß, legte beide Arme um ihn. »Anton, ich bin doch nicht für immer weg. Wir reden über ein paar Wochen, Monate höchstens!« Wollte sie, dass er sie begleitete?, fragte sie sich und atmete tief seinen Duft ein. Sie zwei unterwegs, so wie früher... Sie hätte gewiss nur ein Wort sagen müssen. Nein, erkannte sie im selben Moment, dieses Abenteuer sollte ausnahmsweise nur ihr allein gehören. »Ich werde dich schrecklich vermissen«, flüsterte sie in sein Ohr. »Aber manchmal muss man erst gehen, um zurückkehren zu können...«

Anton hielt sie so fest, als könne er dadurch für immer ihre Seelen zusammenfügen. »*Adieu, mon amour!*« Seine Worte verfingen sich in ihrem Haar. »Und auf ein Wiedersehen.«

Dann weinten sie beide.

2. Kapitel

Es war seltsam, dachte Mimi, während vor ihnen am Kai immer mehr Matrosen erschienen, um dem Dampfer beim Anlegen zu helfen. Damals, 1905, als Heinrich ihr einen Heiratsantrag gemacht hatte, war sie aufgebrochen, um ihren Traum von der Wanderfotografie zu verwirklichen. Und nun, wo Anton ihr *fast* einen Heiratsantrag gemacht hatte, brach sie abermals zu neuen Ufern auf! Und wieder …

Mimis Gedankengänge wurden jäh unterbrochen, als jemand ihr von hinten auf die Schulter tippte.

»Entschuldigen Sie, gnädige Frau, gleich kommen die Offiziere der Einreisebehörde an Bord. Nur wenn alle Passagiere auf der Liste ihre Einreiseformulare korrekt ausgefüllt haben, erhalten wir die Erlaubnis, sie von Bord gehen zu lassen. Darf ich bitte deshalb einen Blick auf Ihre Formulare werfen?«

Mimi und ihre Mitreisenden hatten Glück – ihr Schnelldampfer war an diesem Vormittag der Einzige, der anlegte, und so war die Schlange bei der Einwanderungsbehörde nicht allzu lang.

Ein Arzt schaute Mimi kurz in den Hals und fragte sie,

ob sie Fieber habe oder an einer ansteckenden Krankheit leide. Nachdem sie beides verneint hatte, schickte er sie in den nächsten Raum, wo sie einem Beamten verschiedene Fragen, die den Grund ihrer Reise betrafen, beantworten musste. Sie legte dem Mann eine von Will Schneider extra für diesen Zweck verfasste Einladung in Englisch vor, der Beamte nickte, dann wollte er lediglich noch wissen, wie viel Geld sie bei sich trug. Sein Blick wanderte währenddessen zu der großen, runden Wanduhr – es war kurz vor zwölf, die Mittagspause nahte. Und so waren sämtliche Einreiseformalitäten sowie die Gesundheitsprüfungen schnell erledigt.

Es war gerade erst ein Uhr am Mittag, als Mimi, mit ihrem Koffer in der Hand, die Fähre von Ellis Island nach Manhattan betrat.

»Sieht das nicht grandios aus? Die obersten Stockwerke der Hochhäuser verschmelzen regelrecht mit dem Himmel! Und so schwindelerregend hoch, wie die Häuser sind, so hoch sind auch die Summen der Wertpapiere, die auf der New Yorker Börse täglich gehandelt werden.« Gustav Rühmann, der, seit sie das Schiff verlassen hatten, immer in Mimis Nähe geblieben war, zeigte mit glänzenden Augen auf das New Yorker Börsenviertel. »Vielleicht überlege ich es mir noch mal und bleibe ein, zwei Tage länger in New York. Zu gern würde ich mir die Börse einmal von innen ansehen.«

Mimi schaute ihn erstaunt an. »Ich dachte, Sie können es kaum erwarten, nach Wyoming zu kommen?«

»So ist es auch! Aber hier interessiert mich halt auch so vieles, besonders die Börse ...« Es hätte nicht viel gefehlt, und der rüstige Rentner hätte voller Tatkraft in die Hände gespuckt.

Mimi lächelte vage. Sie wusste nicht, warum, aber angesichts des Getümmels, das im Hafen vor ihnen herrschte, war ihr auf einmal ziemlich flau. Was, wenn sie nicht mal ihr Hotel fand? Adrian Neumann, ein Freund und zugleich stiller Teilhaber der Druckerei, hatte zwar gemeint, dass sie sich in dem rasterförmigen New Yorker System aus Avenues und Streets gut zurechtfinden würde, mehr noch, er hatte ihr sogar aufgezeichnet, wo das von ihm empfohlene Hotel lag. Aber was, wenn sich seit Adrians Amerikabesuch vor Jahren alles geändert hatte?

»Wo genau liegt Ihr Hotel? Vielleicht könnten wir ein Stück gemeinsam mit der U-Bahn fahren?«, sagte Gustav Rühmann, und Mimi hätte ihn dafür am liebsten umarmt.

Am Kai erwartete sie ein so wildes Durcheinander, wie Mimi noch keins gesehen hatte. Schilder wurden ihnen vor die Nase gehalten mit Aufschriften wie »Central Pacific Railroad« und »British American Tobacco«, ein Mann wedelte sogar mit einem schmuddeligen Packen Dollarnoten vor ihrer Nase herum.

»*Do you want a job?*«

»*Good work, good money!*«

»Näherinnen gesucht!«

»Deutsche bevorzugt, mitkommen, Frau, mitkommen!«

»*Come here!*«

Mit einer Hand den Griff ihres Koffers, mit der anderen einen Zipfel von Gustav Rühmanns Jackett festhaltend, trippelte Mimi dem alten Herrn hinterher, der sich mit seinem Spazierstock tapfer einen Weg durch die

Menge bahnte. Dagegen waren ja die Marktschreier auf Antons Märkten Waisenknaben, dachte sie und schlug halb angstvoll, halb wütend die Hand des Mannes weg, der »Mitkommen, Frau, mitkommen, *good work*!«, rief und sie am Arm packen wollte.

»Du lieber Himmel! Was ist denn das für ein Irrenhaus?«, schrie sie über den Lärm hinweg Gustav Rühmann zu.

Erst, als es etwas ruhiger war, blieb dieser stehen und zupfte sich seine verrutschte Krawatte zurecht. »Das wäre schon mal geschafft. Gleich da vorn ist auch schon die U-Bahn-Station, schauen wir, dass wir hier wegkommen«, sagte er. »So lästig die Situation für uns beide auch war – die Auswanderer, die mit uns auf dem Schiff waren, werden sich freuen, so schnell Arbeit zu finden! Durch den Krieg ist die Immigration jahrelang unterbrochen gewesen, die Arbeitgeber konnten also nicht mehr genügend Leute einstellen, und das, obwohl die amerikanische Industrie immer weiter anwuchs. Deshalb ist den Unternehmern derzeit jeder Neuankömmling willkommen!«

Mimi, noch immer etwas benommen, nickte. Im nächsten Moment hellte sich ihre Miene jedoch auf.

»Eine Kirche!« Sie zeigte auf ein sehr europäisch anmutendes Gotteshaus, das zwischen ein paar heruntergekommenen Bars und Tanzschuppen wie ein seltsamer Fremdkörper wirkte. »Wann immer ich irgendwo ankomme, besuche ich als Erstes eine Kirche.«

»Dann machen wir das auch jetzt, junge Frau. Gottes Segen für unser beider Unterfangen kann nie schaden«, sagte Gustav Rühmann und marschierte los.

Mimis Hotel lag in einer Seitenstraße abseits einer der großen Avenuen, nur eine U-Bahn-Haltestelle entfernt und nicht weit weg von Gustav Rühmanns Unterkunft. Deshalb beschlossen sie, sich nach einer kleinen Ruhepause auf einen gemeinsamen Stadtbummel und ein frühes Abendessen wiederzutreffen.

Die vielen Geschäfte! Die Gerüche! Theater! Tanzhallen! Museen! Auch hier war das Leben betriebsam, aber bei Weitem nicht so hektisch wie unten im Hafen. Ein Restaurant reihte sich ans andere, sodass Mimi und Gustav Rühmann zuerst gar nicht wussten, wo sie einkehren sollten. Am Ende gingen sie in ein Lokal, das ausgerechnet deutsche Speisen auf der Karte hatte. Mimi war von den neuen Eindrücken so erschöpft, dass sie über dem Dessert – einem Apfelstrudel mit Sahne – fast einschlief.

Das, was man in der ersten Nacht in einem fremden Bett träumte, wurde wahr, hatte Mimi einmal gehört. Statt zu träumen, schlief sie jedoch wie ein Stein. Hungrig und frohen Mutes, ging sie gegen neun in den kleinen Speisesaal ihres Hotels und bestellte ein Frühstück. Am liebsten hätte sie ein Fenster geöffnet, so muffig war die Luft, doch der Lärm, der von draußen zu ihnen hereindrang, war auch so schon laut genug. Wie es Gustav Rühmann wohl erging?, fragte sie sich und stocherte lustlos in dem Rührei, das ebenfalls ein wenig muffig schmeckte. Es hätte nicht viel gefehlt, und sie wäre die paar Straßen zu seinem Hotel gegangen, nur um ihm einen schönen Tag zu wünschen. Der alte Herr, der sie immer ein wenig an ihren Onkel Josef erinnerte, fehlte ihr schon jetzt. Es war seltsam, wie sehr sie ihn in der kurzen Zeit liebgewonnen hatte, und entsprechend emotional war ihr Abschied gestern gewesen. Würden sie sich je wiedersehen oder wenigstens erfahren, wie es dem andern ergangen war?

Genug der Sentimentalitäten, am besten lenkte sie sich ein wenig ab. Mimi atmete tief durch, dann schnappte sie sich die Tageszeitung, die auf ihrem Tisch gelegen hatte. *»I have always detested the Germans!«, says President Wilson,* lautete die Schlagzeile auf dem Titelblatt. Der amerikanische Präsident hat die Deutschen schon immer verabscheut? Er kannte sie doch gar nicht! Wurden sie nun, nach dem Krieg, alle in einen Topf geworfen, so, wie es im Krieg auch der Fall gewesen war? Mimi runzelte wütend die Stirn. Scheinbar waren die Politiker in Amerika auch nicht klüger als die Kriegstreiber in Europa, wenn sie so daherredeten. Mimi sparte sich das Interview mit dem Präsidenten und blätterte um. Auf der zweiten Seite ging es um ein feiges Briefbombenattentat auf einen Politiker, linke Anarchisten wurden verdächtigt.

Bei den Kleinanzeigen hielt Mimi inne. Jemand offerierte seine Esszimmermöbel – Mahagoni, gut erhalten. Ein Geschäftspartner für eine Eisdiele im Stadtteil Brooklyn wurde gesucht. Eine Wahrsagerin versprach, für nur drei Dollar in die Zukunft zu sehen. Theater buhlten um Zuschauer, Wäschereien priesen ihren schnellen Service an, ein Vergnügungspark neueste Attraktionen.

Schmunzelnd ließ Mimi die Zeitung sinken. Wenigstens die Welt der kleinen Leute schien sich nicht allzu sehr von der in Europa zu unterscheiden. Ihr Blick fiel auf die Anzeige einer Druckerei, die Postkarten im Angebot hatte, und sofort musste Mimi an Anton denken. Ob er sie vermisste? Sie hatte umgekehrt dafür bisher kaum Zeit gehabt, und auch heute würde es nicht klappen, dass sie ihm einen längeren Brief schrieb. Aber wenigstens eine Postkarte würde sie auf den Weg bringen, bevor sie morgen ihre mehrtägige Zugreise quer durch Amerika, von der Ost- hinüber zur Westküste, antrat. Damit es dazu kam, musste sie jedoch zuerst dringend zum nächstgrößeren Bahnhof gehen und sich über die Zugverbindungen schlaumachen. Laut Adrian Neumann waren Zugreisen in den USA völlig problemlos – im Gegensatz zum Straßennetz sei das Schienennetz hier perfekt ausgebaut. Er hatte ihr dennoch geraten, einen kleinen Vorrat an Getränken und Lebensmitteln mitzunehmen, denn es konnte schon einmal vorkommen, dass ein Zug wegen eines Maschinenschadens oder sonstiger Probleme mitten auf dem Land liegen blieb.

Mimi trank einen letzten Schluck Kaffee, dann stand sie auf und strich ihr Ausgehkostüm glatt. Wie hieß es so schön? *»Time is money!«* Sie hatte viel vor, am besten packte sie es gleich an.

Es war später Nachmittag, als Mimi, bepackt mit ihrem Reiseproviant und den Kopf voller neuer Eindrücke, wieder in Richtung ihres Hotels ging. Adrian hatte recht gehabt – das New Yorker Straßensystem war wirklich kinderleicht zu durchschauen. Und New York war eine mitreißende Stadt! Das bunte Leben, die freundlichen Menschen, die allesamt so... hoffnungsvoll in die Zukunft zu blicken schienen! Außerdem kam Mimi mit ihrem aufgefrischten Schulenglisch wesentlich besser zurecht, als angenommen. Ihre Laune war so prickelnd wie schon lange nicht mehr. Wie Champagner mit Brausepulver, dachte sie vergnügt, während sie innehielt, um die Auslagen eines Strumpfladens zu bewundern. Seidenstrümpfe... Sie hatte längst vergessen, wie sie sich anfühlten. Sollte sie in ein Paar investieren? Sie hatte zwar für Hollywood ihre allerbeste Garderobe eingepackt, doch das hieß nach den langen, entbehrungsreichen Kriegsjahren nicht viel. Alles, was sie an Kleidung besaß, war abgewetzt und altmodisch noch dazu! Vielleicht würde sie sich mit ein paar neuen Strümpfen nicht ganz so ärmlich vorkommen, wenn sie die Schauspielerin traf und...

Mimis Gedankengänge wurden abrupt unterbrochen, als an der Kreuzung vor ihr eine größere Menschenmenge laute Jubelrufe ausstieß. Unwillkürlich wandte sie ihren Blick von den Strümpfen ab. Was war da los?

Die Menge schien gebannt einem Mann zuzuhören, der von einem Podest herab zu ihnen sprach.

»Die Demokratie, die unser Präsident im Sinn hat, ist eine in Handschellen gelegte Demokratie! Eine Demokratie, die ihres Namens nicht würdig ist, weil sie all jenen ein Sprechverbot auferlegt, die es wagen, an eine neue Zeit zu glauben, ach was, auch nur von einer neuen Zeit zu träumen! Dabei ist unser Land reif für eine neue Zeit. Wir alle sind es! Denn...«

»Recht hat er«, murmelte ein Mann mit dunkler Haut und schwarzen Locken neben Mimi. »Wir wollen das alte Amerika nicht mehr!«

»Träumen darf man doch wohl noch...«, sagte eine junge Frau neben Mimi und schaute den Redner sehnsuchtsvoll an.

»...und so können wir nicht zulassen, dass die feinen

Herren Politiker auf unseren Grundrechten herumtreten wie auf einem Stück Dreck! Männer und Frauen, ich sage euch, die Zeit ist reif für einen Aufstand!«

Der Mann hatte sein Publikum gut im Griff. Mimi musste unwillkürlich an Hannes Merkle denken, ihre einstige große Liebe. Ziemlich genau vor acht Jahren hatte sie den Gewerkschaftsvertreter zum ersten Mal auf dem Marktplatz von Ulm reden hören. So wie der Redner hier – Mimi schätzte ihn auf Mitte vierzig –, der Männer und Frauen in seinen Bann zog, so hatte auch Hannes die Menschen fasziniert – und sie ebenfalls! So sehr, dass sie sich sogar in ihn verliebt hatte…

Der Mann auf dem Podium war ziemlich gut aussehend. Mimi stellte sich unwillkürlich auf Zehenspitzen, um ihn noch besser sehen zu können. Er hatte dicke, blonde Locken und trug keinen Bart, was seinem Gesicht fast eine kindliche Anmutung verlieh. Seine Augenfarbe konnte Mimi von ihrem Platz aus nicht erkennen. Bestimmt waren sie blau!

»Wenn Amerika in den Krieg einträte, würde es auch zu den dringend nötigen Veränderungen kommen, hatte Wilson uns versprochen. Doch was ist stattdessen geschehen?« Mit fragendem Blick schaute der Mann in die Menge. Für einen kurzen Moment trafen sich sein und Mimis Blick, und fast unmerklich zwinkerte er ihr zu. Mimi spürte ein leises Kribbeln. Statt in den Strumpfladen zu gehen, blieb sie stehen und hörte weiter zu.

»Anstatt die Kluft zwischen Arm und Reich endlich zu schließen, wurde sie durch den Krieg noch größer!«, rief der Mann jetzt.

»Das stimmt! Die Herren Unternehmer haben sich die Taschen vollgemacht wie noch nie!«, schrie ein untersetzter Mann mit verbissener Miene. »Und wir haben uns in den Munitions- und Waffenfabriken für einen Hungerlohn den Buckel krumm gemacht!«

Mimi hob die Brauen. Dass sich die ganzen Waffen- und Munitionsfabrikbesitzer in den letzten Jahren eine goldene Nase verdient haben mussten – der Gedanke war ihr auch schon gekommen.

Der Redner nickte zustimmend. »Und deshalb, Genossen und Genossinnen, ist die Zeit reif für die Revolution des kleinen Mannes!«

Genossen – genau dieses Wort hatte Hannes früher auch öfter verwendet, ging es Mimi durch den Sinn.

»Pff«, knurrte eine Frau neben ihr. »Die feinen Herren scheren sich einen Dreck um uns, die kleinen Leute! Wie sollte so eine Revolution also aussehen?«

»Ihr seid skeptisch, das glaube ich wohl! Aber dass die Stimme des kleinen Mannes Gewicht hat, habe ich selbst bei der Revolution in Russland erlebt.«

Der Mann war rhetorisch gut geschult, dachte Mimi anerkennend. Und in Russland war er anscheinend auch …

»Wenn Reichtum nichts mehr zählt und jeder Mensch gleich viel wert ist …« Von einem Moment auf den andern kam unter den Menschen Unruhe auf, und der Sprecher brach jäh ab. Er schaute hektisch über seine Schulter, kurz zeigte sich Verunsicherung in seiner Miene. Doch gleich darauf grinste er entschuldigend ins Publikum, sprang von seinem Podest und verschwand in der Menge.

»Was ist denn los?«, entfuhr es Mimi.

Ein Mann, der neben ihr stand, raunte ihr zu: »So ist das in letzter Zeit immer – sobald einer es wagt, den Mund aufzumachen und die Wahrheit zu sagen, kommen irgendwelche Schergen vom Geheimdienst daher und verhaften ihn.«

Schergen? Geheimdienst? Dank Gustav Rühmanns Englischunterricht verstand sie ziemlich viel, aber hier hatte sie sich doch sicher verhört, oder? Aber die aufgeregten, teils wütenden und teils ängstlichen Mienen der Leute um sie herum verhießen nichts Gutes, so viel stand fest. Ein Schuss ertönte, Mimi zuckte angstvoll zusammen, und eine Männerstimme schrie in scharfem Ton »*Stand still!*« Danach ging alles schnell: Wie aus dem Nichts tauchte der blond gelockte Redner vor Mimi auf, nahm ihre rechte Hand und riss mit seiner freien Hand die Tür des Strumpfladens auf. Bevor Mimi wusste, wie ihr geschah, standen sie in dem Geschäft, die Gesichter einem Regal zugewandt, in dem auf Beinattrappen die feinsten Seidenstrümpfe aufgezogen waren, die Mimi je gesehen hatte. *Import from Paris*, las Mimi auf dem Schild, während sie aus dem Augenwinkel heraus sah, wie zwei schwarz gekleidete Männer vor dem Ladenfenster erschienen und sich hektisch umschauten. Einer hatte eine Pistole in der Hand. Mimis Herz schlug heftig. Sie schmiegte sich eng an den Fremden, zeigte auf die Strümpfe. »Liebling, findest du nicht auch, dass die französischen Strümpfe immer noch die schönsten sind?«, sagte sie in leicht affektiertem Ton. Welcher Teufel ritt sie nun schon wieder?, dachte sie im selben Moment. Hatte sie immer noch nicht gelernt, sich aus fremder Leute Angelegenheiten herauszuhalten? Andererseits: Wenn sie so dem Mann aus der Patsche helfen konnte…

Er blinzelte einmal kurz, dann ging er ohne weiteres Zögern auf ihre Farce ein. »Darling, ich stimme dir voll und ganz zu. Vielleicht hat die Lady die Freundlichkeit, uns diverse besonders schöne Paare vorzulegen? Lady, Bedienung bitte!« Er zwinkerte Mimi verschwörerisch zu, während er gleichzeitig ihren Arm drückte, als wollte er damit »Danke« sagen.

Während die Verkäuferin, die von ihrem Tresen aus unsicher das Geschehen vor dem Laden verfolgt hatte, diverse Strümpfe aus dem Regal nahm, warfen die beiden schwarz gekleideten Männer durch das Schaufenster einen grimmigen Blick in den Laden. Sie sahen ein turtelndes Liebespaar beim Strumpfkauf. Dann gingen sie davon.

3. Kapitel

Rheinhessen, Kreuznach, Ende April 1919

»Möchte der gnädige Herr noch ein Stück Toast? Oder ein feines Dessert?« Die Bedienung des kleinen Cafés im Kurpark, ein junges, hübsches Ding mit kräftigen Oberarmen und drallem Busen, schaute Alexander erwartungsvoll an. »*Ou peut-être* ein Glas… Sekt?«

»Sekt? *Mais oui*«, antwortete Alexander.

Die junge Frau nahm seinen Teller, deutete einen Knicks an, dann ging sie davon.

Alexander schüttelte fast unmerklich den Kopf. Wie verrückt war das Leben! Da saß er, Alexander Schubert aus Laichingen – als Maler besser bekannt unter dem Künstlernamen *Paon* –, im Kurpark von Kreuznach, aß französischen Toast Melba und bestellte in deutsch-französischem Kauderwelsch ein Glas Sekt.

Noch vor einem Jahr um diese Zeit hatten sich nicht weit von hier Franzosen und Deutsche auf den Schlachtfeldern der Westfront massakriert. Inzwischen standen weite Teile des Rheingebiets unter französischer Besatzungsregierung, auch Kreuznach. Und so flanierten französische Offiziere in Paradeuniform ebenso über die Uferpromenade der Nahe wie verliebte junge Paare und ältere Damen, die ihr Schoßhündchen ausführten. Zumindest tagsüber lebten die Besatzer und die Kreuznacher Bürger einträchtig nebeneinander – nach der allabendlichen Sperrstunde jedoch war den Deutschen das Ausgehen verboten, was gerade jetzt im Frühling, wenn die Abende länger und die Nächte lauer wurden, für einigen Unmut sorgte.

Hätte er, Alexander, gewusst, dass das Heilbad Kreuznach schon seit Dezember 1918 eine besetzte Stadt war, hätte er sich vielleicht einen anderen Zufluchtsort ausgesucht. Aber als er am Neujahrstag so überhastet seine Zelte in Stuttgart abgebrochen hatte, war ihm alles andere als hohe Politik in den Sinn gekommen.

Weg, nur weg von hier, war sein einziger Gedanke gewesen. Weg von dem Mann, der ihn jahrelang betrogen, der ihm Freundschaft, ja sogar Liebe vorgespielt hatte, der sich als sein großer Förderer ausgegeben hatte. Dass er in Wahrheit ein ganz anderer war, als er vorgab zu sein – diese Kleinigkeit hatte Mylo leider in all den Jahren vergessen zu erwähnen.

Während sich auf dem Stuhl ihm gegenüber ein kleiner Spatz, in der Hoffnung auf ein paar Kuchenkrumen, niederließ, spürte Alexander, wie sich ein eiserner Ring um seine Brust legte, sobald er auch nur an den Januar zurückdachte. Doch statt die quälenden Gedanken wegzuscheuchen, ließ er sie zu. Nie mehr in seinem Leben wollte er sich etwas vormachen! Von nun an wollte er wahrhaftig leben und ehrlich sein, sich und anderen gegenüber. Und dazu gehörte, dass er sich auch seiner Vergangenheit stellte...

Aufgebracht, wie er war, hatte er nur eine Handvoll

Dinge eingepackt – Kleidung, ein paar Fotografien und die Collage mit den alten Weggefährten, die Mimi Reventlow ihm einst angefertigt hatte. Mylos Flehen und Betteln, er solle bleiben, hatte er überhört. Regelrecht geflohen war er, nachdem er erfahren hatte, in wessen Haus er da eigentlich wohnte.

Ohne Ziel war er mit seinem Koffer durch Stuttgart geirrt. Ein paar Mal war er angesprochen worden – der attraktive junge Maler Paon war stadtbekannt, seine Gemälde hingen nicht nur in reichen Bürgerhäusern, sondern sogar im Stuttgarter Schloss! Verletzt und verwirrt wie noch nie, hatte Alexander seine Bewunderer einfach stehen lassen, er wollte mit niemandem sprechen. Wahrscheinlich hatten die Leute geglaubt, er sei betrunken.

Am ersten Abend hatte er dann ausgerechnet in einer Kirche Zuflucht gesucht. Warum er sich kein Pensionszimmer genommen hatte, ob die Kirche immer offen stand oder ob der Küster an diesem Abend vergessen hatte, die Tür abzuschließen – all das wusste Alexander bis heute nicht. Jedenfalls war er hineingegangen, hatte ewig lang nach vorn auf das Kreuz geschaut. Gebetet hatte er nicht – für wen oder was?, hatte er sich gefragt, als ihm der Gedanke gekommen war. Mit dem Kopf auf seinem Koffer, hatte er sich schließlich auf einer Kirchenbank zur Nachtruhe gelegt. Die bunten Kirchenfenster erinnerten ihn an den Vorfall in seinem ersten Jahr in der Kunstschule, wo er wegen eines blau gemalten Kreuzes fast davongejagt worden war. Blasphemie hatte die Schulleitung ihm vorgeworfen. Damals war es Mylo gewesen, der ihn gerettet hatte, damals hatte auch ihre »Freundschaft« begonnen. Ohne Mylo wäre sein Maltalent vielleicht nie so weit gediehen, das musste

Alexander sich eingestehen. Aber der Preis, den er für seinen Erfolg, seine Berühmtheit und seine Einkünfte hatte zahlen müssen, war hoch gewesen: Über acht Jahre lang hatte er seinen eigenen Willen abgelegt und brav nach Mylos Pfeife getanzt.

Als Alexander am nächsten Morgen mit lahmem Kreuz aufwachte, war ihm eins klar: Wenn er einen echten Neuanfang wollte, musste er Stuttgart verlassen! Die Frage war nur, wohin sollte er gehen? An den Bodensee, wo er sich so wohl fühlte, aber allerdings auch kein Unbekannter war? Auf die Schwäbische Alb zu Mimi Reventlow? Heim nach Laichingen? Nie und nimmer!

Plötzlich war ihm Kreuznach eingefallen. Er kannte die Stadt an der Nahe von seinem Frontbesuch im Jahr 1915, als sie für eine Nacht dort Halt gemacht hatten. Doch die Kreuznacher kannten *ihn* nicht! Die gepflegten Weinberge rund um die Stadt, der Kurpark, die vielen schönen Restaurants und Geschäfte – sogar im Krieg hatte Kreuznach sich eine gewisse Lebendigkeit bewahrt, Alexander hatte sich dort sehr wohl gefühlt.

Je länger er darüber nachgedacht hatte, desto überzeugter war er gewesen, dass Kreuznach für seinen Neuanfang das perfekte Ziel war. Dass die Stadt unter französischer Besatzung stehen könnte, wäre ihm im Traum nicht eingefallen, aber …

Alexanders Gedankengänge brachen ab, als die Bedienung sein Glas Sekt brachte. Sie war in Plauderlaune, erzählte von einem Benefizkonzert, das am Sonntag zugunsten von Kriegswitwen stattfinden sollte. Während er mit höflicher Miene zuhörte, kam ihm die unsägliche Reise an die Front in den Sinn, damals, im März 1915, und ihm wurde heiß vor Scham.

Es war Mylos Idee gewesen, dass er sich für seine Schlachtengemälde vom realen Krieg inspirieren lassen sollte. »Andere Maler fahren ans Meer oder in die Berge, du fährst eben an die Front«, hatte er gesagt, und er, Alexander, war wie ein Lämmchen gefolgt.

Pfui Teufel!, dachte er nun, angewidert von sich selbst. Warum hatte er ihre Beziehung und vor allem auch Mylos Motivation, ihn zu fördern, nicht viel mehr hinterfragt? Allein die fünfzigprozentige Provision, die Mylo beim Verkauf jedes Bildes kassiert hatte, war doch höchst zweifelhaft gewesen. Keine andere Galerie, kein Agent strich solch einen hohen Anteil ein!

Mehr als einmal hatte Alexander mit dem Gedanken gespielt, sich von Mylo zu trennen, doch nie war etwas daraus geworden. War es Naivität gewesen, die ihm im Wege stand? Angst?

Wahrscheinlich eine Mischung aus beidem, dachte Alexander und nahm einen Schluck Sekt. Was für ein Segen, dass das Schicksal selbst an jenem Neujahrstag die Entscheidung für ihn getroffen hatte!

Sie waren bei einem Empfang im Stuttgarter Schloss gewesen. Zu seinem großen Erstaunen – fast Entsetzen – war ihm auf dem Weg zur Getränkebar Herrmann Gehringer begegnet, der Webereibesitzer aus Laichingen, den er, Alexander, für den Tod seines Vaters verantwortlich machte. Am liebsten hätte er den alten Menschenschinder einfach stehen gelassen, doch dann war ihm ein anderer Gedanke gekommen: Mehr als einmal hatte er Mylo von den menschenunwürdigen Arbeitsbedingungen in den Webereien erzählt – und jedes Mal hatte sein Gefährte sich wütend entrüstet. Warum nur legte niemand diesen Weberbaronen das Handwerk?

Warum war Männern wie diesem Gehringer erlaubt, sich wie mittelalterliche Fronherren aufzuführen?, hatte Mylo stets räsoniert. Alexander hatte sich dann immer verstanden gefühlt. Wenn sein Gefährte nun auf einen dieser verhassten Weberbarone traf, würde er – eloquent und rhetorisch versiert, wie er war – dem Mann bestimmt ordentlich den Marsch blasen!

»Ich würde Ihnen gern jemanden vorstellen«, hatte Alexander also zu Herrmann Gehringer gesagt und ihn durch den Saal zu Mylo geführt. Was dann geschah, ließ selbst jetzt in der Erinnerung noch ein schwindelartiges Gefühl in Alexander aufsteigen.

»Michael, mein Sohn!«, hatte Herrmann Gehringer beim Anblick von Mylo gerufen, und Tränen hatten in seinen Augen gestanden. »Und ich habe geglaubt, du bist tot!«

Alexander schnaubte so laut, dass der kleine Spatz ihm gegenüber erschrocken davonflog. Dass Mylo in Wahrheit Herrmann Gehringers verschollener Sohn Michael war – nie wäre er, Alexander, auf diesen Gedanken gekommen. Dass Mylo sich so gut in das Laichinger Lebensgefühl hineindenken konnte, hatte ihn zwar mehr als einmal gewundert, aber dass sein Förderer selbst auch aus Laichingen stammte… So etwas Verrücktes konnte man sich doch nicht ausdenken, oder?

Genug Trübsal geblasen! Alexander atmete tief ein. Die Luft war erfüllt von der Süße der vielen blühenden Bäume. Wie weit die Natur hier schon war, dachte er nicht zum ersten Mal. Um diese Zeit gab es auf der Schwäbischen Alb noch Nachtfröste – in der klimatisch so begünstigten Lage des Nahetals hingegen blühten derweil schon die Obstbäume, und in der weitläufigen Parkanlage buhlten die Narzissen und andere Frühblüher um die Gunst der Spaziergänger. Während die Bedienung zum Nachbarstisch ging, schweifte Alexanders Blick in das hellgrüne Blätterwerk der Bäume, und wie immer, wenn er eine außergewöhnliche Farbe sah, mischte er sie im Geist auf seiner Farbpalette nach – ein Kadmiumgelb mit etwas hellem Kobaltblau. Oder würde er eher ein Zitronengelb nehmen?

Seltsam, dass er seine Ölfarben, Pinsel und Leinwände bisher nicht vermisste. Wie sehr hatte er seine Malutensilien geliebt und gehegt – nach jeder Sitzung an der Leinwand hatte er seine Pinsel so gründlich in Benzin gereinigt, dass ihm ganz schwindlig von den Dämpfen wurde. Und doch hatte er bis auf ein Mäppchen mit Stiften alle Utensilien in Stuttgart zurückgelassen, so wie alles andere, was sein Leben mit Mylo ausgemacht hatte. Würde er jemals wieder an einer Staffelei stehen?, fragte er sich, und seltsamerweise ängstigte ihn die Frage nicht sonderlich. Dabei tat sich im Bereich der Kunst gerade so viel Spannendes! Künstler wagten es endlich, Werke frei von Abhängigkeiten, fern jeglicher Doktrin und Tradition zu erschaffen. Etwas, was ihm nie gelungen war. Plötzlich kam Alexander die Fotografin Mimi Reventlow in den Sinn – sie hatte schon immer das getan, was ihr beliebte. Bei ihrem letzten Treffen – es lag über drei Jahre zurück – hatte sie ihn ermutigt, sich doch auch mehr künstlerische Freiheiten zu nehmen. Damals – unter Mylos Fittichen – war ihm dieser Gedanke unmöglich erschienen. Und nun, wo er frei war und sich künstlerisch hätte austoben können, verspürte er nicht die geringste Lust dazu.

Einen Zeichenblock und ein paar Stifte hatte er hingegen immer dabei. Der Kurpark, die mäandernde Nahe, die Häuser mit ihren schmiedeeisernen Balkonen, Weinbauern bei der Arbeit im Weinberg – ganz beiläufig entstanden während seiner Spaziergänge durch die Stadt und das Umland hübsche kleine Bleistiftzeichnungen, die er abends mit Aquarellfarben, die er bald nach seiner Ankunft in Kreuznach in einem Geschäft für Künstlerbedarf gekauft hatte, ein wenig kolorierte. Wann immer er eine kleine Auswahl kolorierter Zeichnungen fertig hatte, brachte er sie zu einer Galerie, wo sie sich verkauften wie die sprichwörtlichen warmen Semmeln. Felix Hessweiler, der Inhaber der Galerie, wusste nicht, dass er den großen Maler Paon vor sich hatte, die Zeichnungen waren mit den Großbuchstaben AS für Alexander Schubert signiert. Keine Geschichten rankten sich um die Zeichnungen, keine Pfauen stolzierten durch die Bilder. Sie waren solide Handwerkskunst, mehr nicht. Alexander war es recht. Er verdiente kein Vermögen, doch das Geld reichte für die Miete des kleinen Zimmers, in dem er am Stadtrand wohnte, sowie für seinen weiteren Lebensunterhalt.

Und für ein kleines Mittagessen und ein Glas Sekt reichte es auch!, dachte Alexander und nahm einen großen Schluck. Der Duft, der ihm in die Nase stieg, erinnerte ihn an die buttergelben Brioches, die von den Bäckern in der Stadt allmorgendlich gebacken wurden und nicht mehr nur von den französischen Besatzern, sondern auch von den Einheimischen – und Alexander – gern fürs Frühstück gekauft wurden. Es war die richtige Entscheidung gewesen hierherzukommen, ging ihm nicht zum ersten Mal durch den Kopf, während die prickelnden Bläschen auf seiner Zunge zerplatzten. Wahrscheinlich würde es ihm nicht ewig genügen, so in den Tag hineinzuleben wie jetzt. Aber im Augenblick war es genau das, was ihm guttat.

Er warf einen Blick auf seine Armbanduhr. Kurz vor zwei. Um zwei Uhr war die Mittagspause der Läden vorbei. Resolut trank er den letzten Schluck aus, dann winkte er der Bedienung.

Das Geschäft, das Alexander aufsuchen wollte, lag in der besten Einkaufsstraße der Stadt. Seit seiner Ankunft in Kreuznach suchte Alexander den Herrenausstatter Frank Meinhardt mit angeschlossener Maßschneiderei regelmäßig auf. Anfangs, um sich ein paar neue Anzüge und Hosen schneidern zu lassen. Regelmäßige Anproben waren dazu nötig gewesen. Als sie fertig waren, suchte er das Geschäft weiterhin auf, um sich Oberhemden oder eine Krawatte zu kaufen. Inzwischen platzte sein kleiner Kleiderschrank aus allen Nähten. Aber ein bisschen passte gewiss noch hinein!

Schwungvoll öffnete Alexander die Tür. Wie jedes Mal, wenn er das Herrenausstattungsgeschäft betrat, umfing ihn sogleich der unverwechselbare Duft nach Rasierwasser, Haarpomade und Stiefelwichse – die Kundschaft von Frank Meinhardt legte Wert auf ein gepflegtes Erscheinungsbild. Doch in all die männlichen Gerüche mischte sich ein weiterer, sehr viel zarterer Duft. Es roch nach Lavendel – oder besser gesagt nach Lena Enders, der jungen, attraktiven Verkäuferin, die Alexander bei seinem allerersten Besuch so charmant bedient hatte.

Sie war da, erkannte er erleichtert mit einem Blick.

Als sie ihn sah, kam sie mit den Krawatten, die sie gerade auf einem hölzernen Ständer dekoriert hatte, leichtfüßig auf ihn zu. Ihr Rock wippte bei jeder Bewegung, im Sonnenlicht, das durch die Schaufensterfront einfiel, war die Silhouette ihres schlanken Körpers besonders gut zu erkennen. Wie es wohl wäre, Lena Enders nackt zu malen?, schoss es Alexander durch den Kopf, und er spürte, wie ihm sogleich die Röte ins Gesicht stieg. Du Blödmann, ärgerte er sich über sich selbst.

»Herr Schubert! Was für eine schöne Überraschung!«, sagte die junge Verkäuferin freudestrahlend. Etwas leiser, damit ihr Chef, der sich wahrscheinlich hinter dem Vorhang in der angeschlossenen Schneiderei aufhielt, es nicht hören konnte, fuhr sie fort: »Na, waren wenigstens Sie heute Mittag etwas Gutes essen? Ich musste leider durcharbeiten – ein Kunde fand kein Ende beim Kleiderkauf –, und nun knurrt mir der Bauch ...« Sie machte ein tragikomisches Gesicht.

»Soll ich Ihnen ein Hörnchen holen? Oder ein Eis?«, fragte Alexander betroffen. Da hatte er bei Sekt und Toast den Mittag genossen, während die schöne Lena hungerte! Sie war nicht nur schön, sondern auch so natürlich, dachte er im selben Moment. Keine Spur von Rouge, kein Hauch von Lippenfarbe war zu sehen. Doch auch ohne Kosmetik wirkte ihre Haut so frisch wie ein Pfirsich, und ihre honigblonden Haare glänzten gesund.

Lena Enders winkte ab. »Von so einem bisschen Hunger ist noch keiner gestorben. Außerdem kommt gleich der nächste wichtige Kunde. Herr Meinhardt würde mir was erzählen, wenn ich dann Brotkrumen auf dem Rock oder einen verschmierten Eismund hätte.« Sie lachte, und Alexander lachte mit ihr.

Lena Enders redete, wie ihr der Schnabel gewachsen war – das gefiel ihm! Doch so einfach ihre Sprache auch war – dumm war sie deswegen nicht, sondern blitzgescheit, das hatte er schon mehr als einmal feststellen können. Und herrlich unkompliziert war sie auch. Wenn er daran dachte, was für ein Aufhebens andere Frauen machten, wenn es um ihr Wohlbefinden ging! Wehe, es war eine Spur zu kalt, zu heiß oder die Luft zu trocken! Und wehe, der Sekt war nicht kühl oder das Wiener Schnitzel nicht zart genug. Alexander hatte bei seiner werten Kundschaft schon alles erlebt, angefangen bei mürrischen Mienen und eingeschnapptem Getue bis hin zu Wutanfällen und Heulkrämpfen. Oft hatte er die überspannte Stimmung in den bürgerlichen Salons, in denen seine Bilder ausgestellt und verkauft worden waren, kaum ausgehalten.

Er zeigte auf den Ständer mit den Krawatten, den Lena Enders noch immer in der Hand hielt. »Sind die neu?«

Sie zögerte kurz, dann sagte sie leise: »Herr Meinhardt würde sich jetzt wünschen, dass ich diese Frage mit Ja beantworte. Aber ehrlich gesagt sind das dieselben, die Sie sich letzte Woche angeschaut haben. Ich habe sie lediglich umdekoriert, sodass die Auslage neu und frisch wirkt.« Sie zuckte mit den Schultern.

»Ich kaufe trotzdem eine. Die hier!« Spontan tippte Alexander auf eine Krawatte aus schwerer, blauer Seide. »Blautöne gehören zu meinen absoluten Lieblingsfarben, seit …« Er brach ab. *Seit ich als junger Bursche den Spitznamen Paon, also Pfau angenommen habe*, hatte er sagen wollen.

»Ja?«, sagte Lena Enders erwartungsvoll.

Doch nun war er es, der abwinkte. Sie wusste lediglich, dass er handkolorierte kleine Stadtansichten herstellte und davon lebte – dass er ein bekannter Maler war, brauchte sie nicht zu wissen. »Fräulein Enders...«, sagte er stattdessen gedehnt. Sein Herz klopfte bis zum Hals hinauf. Jetzt galt es! Schon seit Wochen wollte er sie fragen... »Wenn Sie doch so hungrig sind – darf ich Sie wenigstens nach Geschäftsschluss zu einem kleinen Abendessen einladen?«

»Klar, warum nicht?«, antwortete sie lachend. »Holen Sie mich um sechs ab?«

»Darauf können Sie wetten!«, antwortete Alexander ebenso salopp. Es hätte nicht viel gefehlt, und er hätte vor lauter Freude einen Luftsprung gemacht.

Um zehn vor sechs stand Alexander wieder vor dem Laden. Mit der rechten Hand fuhr er sich aufgeregt durch die Haare, in der linken hielt er das kleine Sträußchen Vergissmeinnicht, das er zuvor für viel zu viel Geld in einem eleganten Blumenladen gekauft hatte. Wilde Vergissmeinnicht wuchsen derzeit an jeder Straßenecke! Doch für Lena wollte er die viel größeren gezüchteten – denn für sie war ihm das Beste gerade gut genug. Und sein Bukett war außerdem mit einer hübschen, weißen Serviette umwickelt.

Um fünf nach sechs war es so weit. Alexander überreichte ein wenig verschämt seine Blumen – er hatte noch nie einer Frau Blumen geschenkt –, und Lena bedankte sich mit einem stummen Lächeln. Er habe einen Tisch in einer kleinen Weinstube in der Nähe reserviert, ob ihr das recht sei? Lena nickte wortlos – die Tatsache, dass sie sich außerhalb des Geschäfts trafen, schien sie plötzlich schüchtern zu machen. Hoffentlich war das kein Fehler, bangte Alexander und reichte ihr seinen zitternden linken Arm.

Doch so schnell Lenas Schüchternheit gekommen war, so schnell war sie auch wieder verflogen. Bei Speckbrot und einem Glas kräftigem Rotwein saßen sie zusammen und erzählten sich aus ihrem Leben. Lena stammte aus einer großen Familie, ihre fünf Geschwister – zwei Schwestern und drei Brüder – wohnten noch zu Hause, genau wie sie selbst auch, erfuhr Alexander. Ihre Stimme war warm und voller Stolz, als sie berichtete, dass das Nesthäkchen Bella es kaum erwarten könne, in die Schule zu gehen, und dass sie schon jetzt das Alphabet auf den Schiefertafeln ihrer älteren Geschwister übte. Auf Lenas Drängen hin erzählte Alexander ebenfalls ein wenig von seinen Schwestern Erika, Marianne und Monika. Dass er die jüngste, seine Halbschwester Monika – das Kind, das seine Mutter von Hannes Merkle empfangen hatte – noch nie gesehen hatte, verschwieg er.

»Darf ich fragen ... Mir ist aufgefallen, dass Sie ... Ihr Bein ... Hatten Sie einen Unfall?«

Die Frage kam so unverblümt, dass Alexander kurz stutzte. Auf sein hinkendes Bein hatte ihn schon lange niemand mehr angesprochen, in der feinen Gesellschaft »schickte sich das nicht«.

Er lachte. »Ja, es war ein Unfall, besser gesagt, ein dummer Jungenstreich. An manchen Tagen tut es weh, aber die meiste Zeit ist es erträglich.«

Sie nickte verständig – es gab Dinge, über die man lieber nicht mehr redete. »Und Sie sind also von Beruf Maler? Ihre Zeichnungen sind wunderschön, die Galerie

Braun hat jede Woche welche im Schaufenster, da bewundere ich sie immer. Aber sagen Sie – können Sie wirklich davon leben?« Sie schmierte dick Butter auf ein Brot und biss herzhaft davon ab.

Alexander lachte laut heraus. Ob er von seiner Kunst leben könne, hatte sich bisher noch keiner zu fragen getraut. »Für ein bescheidenes Leben reicht es allemal«, sagte er gutmütig. »Wenn Sie mögen, fertige ich gern einmal eine Zeichnung für Sie an – gibt es in Kreuznach vielleicht ein Motiv, das Sie besonders mögen?« Er würde so tun, als kenne er die Stelle nicht. Dann musste sie sie ihm zeigen – und dazu würden sie sich noch mal treffen!

»Warum malen Sie nicht gleich mich? Bin ich etwa nicht hübsch genug?« Mit blitzenden Augen versuchte sie sich an diversen Mienen – schaute einmal schmollend, dann arrogant, dann übertrieben kokett über ihr Butterbrot hinweg.

Wie Mutter in ihren guten Momenten, dachte Alexander. Dann hatte Eveline Schubert auch so etwas Unbefangenes, Lebensbejahendes gehabt. Es hatte allerdings nur wenige solcher Momente gegeben. Wie aus dem Nichts schlug sein Herz einen Purzelbaum, und er rief: »Sie sind die schönste Frau, die ich kenne! Und klug sind Sie auch!« Spontan ergriff er ihre Hand und drückte einen Kuss darauf.

So übermütig Lena Enders gerade noch gewesen war, so verlegen zog sie nun ihre Hand zurück.

»Was ist? Habe ich Sie… Ich wollte Sie nicht verletzen.« Du lieber Himmel, was hatte er nur angerichtet?, dachte Alexander entsetzt. Er hatte noch nie mit einer Dame geflirtet – es hatte ihn ja noch nie eine gereizt –, wahrscheinlich stellte er sich wie der letzte Tölpel an.

Lena Enders zerbröselte gedankenverloren den Rest ihrer Brotscheibe. »Es ist schon gut. Ich bin nur Komplimente nicht gewöhnt. Bei uns zu Hause herrscht ein etwas rauerer Ton. Dass ich ein Blaustrumpf bin, weil ich in meiner freien Zeit ständig die Nase in irgendein Buch stecke, ist noch eins der netteren Dinge, die ich mir anhören muss. Vor allem meine Brüder ziehen mich gern auf, weil ich Gedichte schreibe. Sie glauben, ich würde mich deshalb für etwas Besseres halten.« Lena lächelte, doch Alexander erkannte hinter der aufgesetzten Fröhlichkeit auch Trauer und eine Spur Verzagtheit.

»Ihre Familie sollte stolz auf Sie sein«, sagte er und konnte nichts gegen seine kratzige Stimme tun. Was hatte er sich von seinem Vater alles anhören müssen, nur weil er gern gezeichnet hatte! Er sei ein Schlappschwanz und ein Taugenichts, zum Beispiel. »Und wollen Sie Ihre Gedichte auch veröffentlichen? Wenn Sie einen guten Verleger finden und er geschickt Werbung für Sie macht, könnten Sie damit bestimmt einiges an Geld verdienen.«

Lena Enders lachte laut auf. »Iwo! Meine Gedichte schreibe ich einfach nur zum Spaß. Darum geht's doch schließlich im Leben, oder?« Sie gab ihm einen kleinen Stups in die Seite. Die freundschaftliche Geste versetzte Alexander sogleich in eine neue Gefühlswallung.

»Äh, nun ... Ich weiß nicht ...«, stotterte er. Im Leben sollte es nur um Spaß gehen? Das hatte er noch nie gehört. Der Gedanke erschien ihm so aberwitzig, dass er irritiert auflachte. In seinem Leben war es bisher nur um eins gegangen: Leistung. Leistung. Und noch mal Leistung. »Manch einer würde vielleicht sagen, dass der Sinn des Lebens darin besteht, ein gottgefälliges Leben zu führen und seine Talente nicht zu vergeuden ...«

Lena hörte nur mit halbem Ohr zu, während sie dem Hund der Wirtsleute, der bettelnd von Tisch zu Tisch ging, die Brotkrumen so vor die Nase hielt, dass dieser nicht umhinkam, Männchen zu machen. Sie lachte perlend auf, als der Hund ein aufforderndes Bellen von sich gab. Ohne sich um die tadelnden Blicke von den Nachbarstischen zu kümmern, verfütterte sie die Krumen an das Tier. Nachdem der Hund den Leckerbissen genossen hatte, schleckte er sich mit seligem Blick die Schnauze ab.

»Sehen Sie, so einfach kann das Leben sein!«, sagte Lena Enders triumphierend. »Ich glaube, dass der liebe Gott einfach nur will, dass wir uns an dem freuen, was ist. Dass wir zusammen zu Abend essen, macht mich jedenfalls sehr glücklich!« Noch bevor er wusste, wie ihm geschah, beugte sie sich über den Tisch ihm entgegen. Dann drückte sie ihm hastig einen Kuss auf die Wange. »Danke für den schönen Abend!«

4. Kapitel

New York, Ende April

»Ich kann nicht fassen, dass wir mitten in New York sind!
Was für eine wahnsinnig schöne Aussicht…« Beide Arme
weit ausgebreitet schaute Mimi staunend vom Turm des
Belvedere Castle, das laut Benjamin so ziemlich in der
Mitte der Längsseite des Central Parks lag. »Der See,
die sanft geschwungenen Wiesen, und dann da hinten,
die kleine Molkerei – ich komme mir vor, als wäre ich
irgendwo auf dem Land!« Sie schüttelte lachend den
Kopf. »Und dann diese Burg hier… Die könnte glatt bei
uns zu Hause auf der Schwäbischen Alb stehen.« Selbst
der Lärm der Großstadt mit ihren vielen Automobilen,
Omnibussen und Menschen war hier nur noch gedämpft
zu hören.

»Hast du heute Morgen nicht stöhnend gemeint, du
wolltest keinen einzigen Wolkenkratzer und kein Mu-
seum mehr sehen? Wie du feststellen kannst, tue ich
alles, um dich glücklich zu machen!« Er nahm sie an der
Hand. »Lass uns zu dem See da unten gehen und Enten
füttern, das macht nämlich auch glücklich!«

Lachend folgte Mimi ihm.

Seit ihrer Ankunft in New York waren fünf Tage vergangen.

Fünf Tage, in denen Benjamin Jones, 42 Jahre alt, amerikanischer Journalist und überzeugter Sozialist mit österreichischen Wurzeln, ihr New York in seinen schillerndsten Farben gezeigt hatte.

Nachdem sie Benjamin vor den Agenten des Justice Department gerettet hatte, hatte er sie auf einen Drink eingeladen. »Ohne dein beherztes Auftreten wäre ich jetzt wahrscheinlich auf dem Weg ins Gefängnis«, hatte er gesagt und wissen wollen, wie er sich bei Mimi bedanken konnte.

Mimi, noch immer schockiert davon, dass man in Amerika eingesperrt werden konnte, nur weil man eine öffentliche Rede hielt, hatte nur abgewinkt. Dank wofür? Aus einer Laune heraus hatte sie seine Einladung dann aber doch angenommen. Immer wieder hatte sie durch die Fenster der kleinen Bar geschaut, um sicherzugehen, dass die Männer von zuvor nicht noch mal auftauchten.

Benjamin hingegen hatte den Vorfall einfach abgetan. »Heutzutage darfst du das Wort Sozialismus nicht mal in den Mund nehmen, und schon wirst du als gefährliches Subjekt eingestuft! Seit sich in gewissen Kreisen herumgesprochen hat, dass ich für längere Zeit nach Russland gereist bin, halten sie mich für einen russischen Spion. Aber um mich zu kriegen, müssen sie früher aufstehen«, hatte er gesagt und spitzbübisch gelacht. Dann hatte er Mimi gefragt, ob er ihr die Stadt zeigen sollte.

»Dein Angebot ist verführerisch. Aber leider bin ich nur auf der Durchreise. Ich muss nach Hollywood«, hatte Mimi bedauernd erwidert, während ihr ein leichter, nicht unangenehmer Schauer über den Rücken gelaufen war. Russland? Spion? Wie aufregend!

»Hollywood? Was willst du denn dort? Dass wir uns getroffen haben, ist eine gütige Fügung des Himmels, liebe Mimi! Du kannst dem Schicksal doch nicht dadurch ins Handwerk pfuschen, indem du einfach wieder gehst«, hatte er entgeistert gesagt. »Warum schreibst du nicht einfach eine Depesche an deinen Auftraggeber, dass dich dringende Geschäfte noch für eine Weile in New York festhalten? Und dann machen wir uns ein paar schöne Tage!« Seine Augen hatten so frech geblitzt, dass seine Sorglosigkeit wie ein Floh auf Mimi übergesprungen war.

»Warum eigentlich nicht?«, hatte sie gesagt und gelacht. Schicksal hin oder her – auf ein paar Tage kam es wirklich nicht an!

Fünf Tage Eindrücke sammeln. Fünf Tage, in denen Ben Mimi nicht nur das touristische New York, sondern auch das der Einheimischen gezeigt hatte. Zu ihrem Erstaunen hatte sie nicht das Bedürfnis verspürt, ihre Kamera mitzunehmen und stets nach dem besten Blickwinkel zu suchen. Vielmehr hatte sie mit allen Sinnen genießen wollen! Einfach nur genießen, ohne zu denken, ohne logische Schlussfolgerungen zu ziehen, ohne abzuwägen.

Sie waren Uptown gewesen und Downtown, hatten Eis gegessen und heiße Bratwürste, die beim Hineinbeißen so vor Fett trieften, dass Mimis Ausgehrock ein paar Spritzer abbekommen hatte. Sie waren die Fifth Avenue mit ihren eleganten Läden entlanggeschlendert und hatten die Börse in der Wallstreet besucht – unwillkürlich hatte Mimi im Menschentrubel nach Gustav Rühmann Ausschau gehalten. Am dritten Tag hatte Benjamin ihr dann

Greenwich Village gezeigt, das etwas heruntergekommene Viertel der Künstler, Denker und Freigeister. Sie waren in seine Wohnung gegangen, hatten Mimis Reiseproviant gefuttert und Wein getrunken. Geküsst hatten sie sich auch, und das alles mitten am Tag! Mimi war sich ganz verrucht vorgekommen und hatte über sich selbst lachen müssen. Dass sie die körperliche Nähe des Fremden nicht nur zuließ, sondern auch genoss, erstaunte sie sehr. Aber sie dachte nicht sehr lange darüber nach.

Abends waren sie dann in eine heruntergekommene Spelunke gleich um die Ecke gegangen, und Mimi hatte ein paar von Bens Freunden kennengelernt – Journalisten wie er, Schriftsteller, Künstler, Handwerker. Bis spät in die Nacht hatten sie Bier getrunken und über das Leben im Allgemeinen und Frauenleben im Besonderen debattiert. Hatte Mimi geglaubt, sie und ihre Freundinnen Josefine und Bernadette seien sehr fortschrittlich, so wurde sie an diesem Abend eines Besseren belehrt. Die Geburtenkontrolle, sexuelle Selbstbestimmung, Pazifismus, Gewerkschaftsfragen, die russische Revolution – die Feministinnen von Downtown New York führten Diskussionen, bei denen Mimi nur die Hälfte verstand, und das nicht nur aufgrund der fremden Sprache. Sie seien von der Gleichberechtigung weiter entfernt als je zuvor!, ereiferten sich die Frauen. Und das, obwohl sie fast allein an der Heimatfront des Krieges gewirkt hatten?, fragte Mimi zurück.

Die andern hatten ihre Bemerkung nicht verstanden, und so hatte sie ihnen vom zivilen Widerstand erzählt, den sie und ihre Freundinnen im Krieg geleistet hatten. Und davon, dass die Frauen in den vergangenen Jahren allesamt ihren Mann hatten stehen müssen.

Die kleine Gruppe hatte regelrecht atemlos an Mimis Lippen gehangen.

Margret Sanger – eine besonders radikale Feministin, die ein Pamphlet zur Geburtenkontrolle geschrieben hatte – wollte Mimis Erzählung gerade kommentieren, als schwarz gekleidete Männer in die Kneipe stürmten. Heftige Unruhe kam auf, wieselflink duckte sich Benjamin unter den Tisch und zog Mimi mit sich, andere rannten zum Hinterausgang. Doch nach wenigen Sekunden, die Mimi wie eine halbe Ewigkeit vorkamen, gingen die Männer wieder – der, den sie im Visier hatten, war allem Anschein nach nicht in dieser Gastwirtschaft. Während Benjamin lachend eine Runde Bier ausgab, saß Mimi wie versteinert auf ihrem Stuhl. In den letzten Tagen hatte sie schon mehr als einmal das Gefühl gehabt, dass ihnen jemand folgte. Einbildung? Realität? Eine Hintertür hier, eine schmale Gasse da, und schon waren sie dank Bens guten Ortskenntnissen wieder ohne vermeintliche »Schatten« unterwegs. Benjamin fand es lustig, welchen Aufstand die Obrigkeit wegen ihm und seinem revolutionären Pamphlet machte. Wie konnte man nur so sorglos sein?, hatte Mimi ihn wütend gefragt. Noch viel wütender machte sie allerdings die Erkenntnis, dass sie sich immer mehr in Ben verliebte.

Am gestrigen Abend hatte niemand sie verfolgt. Benjamin hatte sie in eine Theaterkneipe geführt. Dort stellte er ihr die Inhaberin vor, die in ihrem früheren Leben Drehbuchautorin und Regisseurin gewesen war. »Hollywood kannst du auch hier haben! Am besten vergisst du deine Reisepläne und bleibst einfach bei mir«, sagte er grinsend.

Mimi und Anita Weiss, so hieß die Kneipenbesitzerin, waren ins Gespräch gekommen, und Mimi hatte von ihrem Auftrag erzählt.

»Du hast eine Verabredung mit Chrystal Kahla? Das ist nicht dein Ernst! Wir waren eine Zeit lang beste Freundinnen«, sagte Anita Weiss erstaunt und fügte hinzu, dass sie Chrystal nicht nur gut kannte, sondern auch etliche Filme mit ihr gedreht hatte. »Das ist ein Teufelsweib! Bestelle ihr schöne Grüße von mir.«

Ein Teufelsweib? Mimi, die nicht wusste, ob sie das gut oder schlecht fand, hatte belämmert geguckt. Bald darauf waren sie gegangen, Ben hatte sie in ihr Hotel gebracht, und sie hatten sich mit einem intensiven Kuss verabschiedet.

»Irgendwie ist es gerade unvorstellbar, dass ich morgen abreise«, sagte Mimi, als sie die von Ben an einem Automaten gekaufte Mischung aus Nüssen und Sämereien an die Enten im See des Central Parks verfütterten.

»Wer zwingt dich denn zu gehen? Mimi, bleib! Wir sind doch gerade erst im Begriff, uns richtig kennenzulernen. Du und ich – das ist irgendwie Bestimmung, findest du nicht? Und dieses blöde Hollywood läuft dir schon nicht davon.« Benjamins Ton klang flehentlich. Noch während er sprach, hielt er seine offene Hand einer Ente hin, die aus dem Wasser gewatschelt war, um sich die Leckereien persönlich abzuholen.

Sie beide – Bestimmung? Wenn das stimmte, dann war es umso wichtiger, dass sie schleunigst abreiste, schoss es Mimi durch den Kopf. Was bist du nur für ein treuloses, sprunghaftes Weib! Da hatten sie und Anton sich nach all den Jahren gerade erst zu ihrer Liebe bekannt, und nun schlug ihr Herz schon für einen Wildfremden? Einen Fremden, der zudem noch Sozialist war!

»Aber Will Schneider erwartet mich. Und außerdem freue ich mich auf den Auftrag. Nach den kargen Kriegsjahren bin ich froh, endlich mal wieder Schönheit fotografieren zu dürfen«, sagte sie fast trotzig und warf die restlichen Körner ins Wasser.

Ben schaute sie von der Seite an. »Schönheit? Wie echt ist Schönheit wohl in dieser glitzernden Scheinwelt unter der ganzen Schminke?«

Mimi runzelte die Stirn. Auf einmal fühlte sie sich an ein Gespräch mit Hannes erinnert, damals, ganz in ihrer Anfangszeit. Sie würde den Menschen mit ihren Requisiten eine schöne Welt vorspiegeln, die es so nicht gab, hatte er ihr vorgeworfen.

Warum gefielen ihr immer ausgerechnet die aufrührerischen Typen?, dachte Mimi, während eine Schulklasse, gesittet und in Uniform, an ihrer Bank vorbeilief. Dass sie Benjamin auch gefiel, daraus machte er keinen Hehl. Immer wieder legte er seinen Arm um sie, küsste und streichelte sie, und sie ließ es geschehen. Nur als er ihr gestern Abend bei ihrem Abschied ins Ohr geflüstert hatte, dass sie auch gern bei ihm übernachten könne, hatte sie den Kopf geschüttelt und war eilig ins Hotel gelaufen. Aber was, wenn er sie nochmals fragte? Würde sie wieder Nein sagen? Das aufregende Rumoren in ihrem Unterleib, das aufkam, wenn sie nur daran dachte, wie es wäre, Benjamin zu lieben, ließ sie daran zweifeln. Es war wirklich höchste Zeit, dass sie wegkam, ehe die Sache noch weiter gedieh!

»Was Schönheit ist, liegt allein im Auge des Betrachters«, sagte sie leichthin. Heute war ihr letzter Tag, da brauchten sie nicht auch noch Streitgespräche führen. Am liebsten hätte sie losgeheult. Stattdessen stand sie von der Parkbank auf. »Bevor es morgen losgeht, muss ich noch Proviant einkaufen. Komm, lass uns gehen!«

Benjamin führte sie erst in einen türkischen Supermarkt, in dem sie süßes Gebäck kaufte, dann in einen russischen, wo es seiner Ansicht nach den besten Schwarztee weit und breit gab. Nachdem sie alles beisammen hatte, gingen sie in Richtung von Mimis Hotel. Mit jedem Schritt wurde ihr Herz schwerer.

Benjamin, der Mimis Einkäufe trug, schien es nicht zu merken. Er wies mit der freien Hand auf die Hochhäuser ringsum in Downtown Manhattan und erzählte: »In fast allen Gebäuden hier sind Verlage untergebracht. Und ein paar Druckereien gibt es auch. Bei Merryman & Son da drüben habe ich mein Manuskript etliche Mal drucken lassen und es dann den Verlagen angeboten.«

»So viele Verlage und Druckereien an einem Platz?« Mimi bemühte sich, sich auf seine Worte zu konzentrieren. »Und – weißt du schon, wann dein Buch herauskommt?« Würden sie sich gleich am Hotel verabschieden? Oder würden sie sich abends noch einmal wiedersehen?, fragte sie sich.

Benjamin lachte. »Vorerst gar nicht! Von allen Verlagen habe ich eine Absage kassiert – keiner will sich an einem kommunistischen Pamphlet die Finger verbrennen. Vielleicht hätte ich vor zwei, drei Jahren mehr Erfolg gehabt, damals gab es noch keine Zensur und keinen *espionage act*. Aber *leider* konnte ich mein Buch erst nach Stattfinden der russischen Revolution verfassen. Und leider hat das State Department bei meiner Rückkehr aus Russland gleich im Hafen all meine Unterlagen konfisziert, woraufhin ich alles nochmals aus der Erinnerung heraus neu schreiben musste. Entsprechend viel Zeit ist vergangen, bis ich das Manuskript anbieten konnte...« Er hob in einer tragikomischen Geste die Hände.

Mimi lachte. Dass Benjamin extra nach Russland gereist war, um ein Land nach der Revolution selbst zu erleben, faszinierte und ängstigte sie zugleich. Außer Hannes hatte sie noch niemanden kennengelernt, der sich derart politisch engagierte. Und bei Hannes war so manches heiße Luft gewesen, dachte sie spöttisch. Dies war bei Benjamin bestimmt nicht der Fall.

»Alles, was auch nur ansatzweise politisch links wirkt, wird derzeit verteufelt. Linke Zeitungen gehen bankrott, die Post weigert sich, die wenigen linken Veröffentlichungen, die es noch gibt, auszuliefern. Aber ich werde schon einen Verlag finden«, fuhr Ben zuversichtlich fort. »New York ist schließlich eine Stadt der Schriftsteller! Wir haben hier zwar keinen Kafka oder Joyce und keine Woolf, aber dafür eine Menge Autoren, die so schreiben, wie noch nie zuvor geschrieben wurde! Die Zeiten, in denen man entweder hochgebildet oder sehr reich sein musste, um ein Buch zu schreiben, sind Gott sei Dank vorbei. Und so steht dies jedem offen. Zugegeben, nicht alle haben etwas so Substanzielles beizutragen wie ich«, er grinste frech, »aber ist nicht das Leben selbst Grund genug, sich künstlerisch ausdrücken zu wollen? *Life is Art!*«

»Das Leben ist Kunst – das gefällt mir!«, rief Mimi beschwingt. Wie gern wäre sie noch länger mit diesem Mann zusammen gewesen... Ihr Herz schmerzte in derselben Art wie ihr Hals es bei Halsweh tat – dumpf, körperlich, wund. Wie sehr würde sie seine Unbefangenheit vermissen, sein Lachen, seine zwanglose Zärtlichkeit! Reiß dich zusammen, sagte sie sich, holte tief Luft und fuhr fort: »Alles ist so aufregend hier! Ich habe das Gefühl, einen Zeitenwandel zu erleben. In Deutschland war alles verkrustet, geradezu gelähmt nach dem Krieg. Hier jedoch herrscht ein Gefühl von Leichtigkeit. Die Mienen der Menschen sind offen, sie haben etwas Unbeschwertes an sich. Ich hoffe so sehr, dass dieses Gefühl in Hollywood auch wieder in meine Fotografie zurückkehrt...«, fügte sie mehr für sich selbst als für Benjamin hinzu. Ihr Hotel kam in Sichtweite, und Mimi wünschte sich, es läge noch viele Blocks entfernt.

Benjamin blieb abrupt stehen, setzte die Tasche mit ihrem Proviant ab, umfasste Mimi an der Taille und drehte sie dann wie in einem wilden Tanz im Kreis. »*Life is Art*, und das Leben ist schön!«, rief er exaltiert. »Und wir zwei sollten unbedingt zusammenbleiben!«

»Ach ja?«, sagte sie, um einen leichten Ton bemüht, dabei klopfte ihr Herz bis zum Hals hinauf. Wollte Benjamin sie etwa nach Kalifornien begleiten?

»Auf alle Fälle«, antwortete er im Brustton der Überzeugung. »Warum bleibst du nicht hier und schreibst auch ein Buch? Diese Fotografien, von denen du mir erzählt hast, also die von eurem Alltagsleben im Krieg – sie könnten dir als Vorlage für eine Art Kriegstagebuch dienen! Du könntest anhand der Bilder kleine Geschichten, Gedanken, Nachdenkliches erzählen. Mimi, das wären einmalige Zeitzeugnisse! Du musst bedenken – die Amerikaner haben den Krieg nicht erlebt, deshalb können sie sich gar nicht vorstellen, wie grausam alles war.

Solch ein bebildertes Kriegstagebuch würde bestimmt ein großer Erfolg werden. Es würde die Menschen sensibilisieren und schockieren. Und vielleicht würde dein Buch sogar dazu beitragen, dass solche Gräueltaten nie mehr geschehen.«

Mimi war wie vom Donner gerührt. »Ich soll... was?« Sie lachte irritiert auf. »Die Fotografien liegen daheim in meinem Schreibtisch, so genau weiß ich gar nicht mehr, was ich alles fotografiert habe.«

»Na und?«, antwortete Ben ungerührt. »Lass dir die Bilder doch schicken, in spätestens zwei Wochen hast du sie!«

»Du bist verrückt! Ein ›Geht nicht‹ gibt's bei dir wohl nicht, was?«, sagte Mimi. Doch im selben Moment spürte sie, wie es hinter ihrer Stirn zu arbeiten begann...

5. Kapitel

Am nächsten Nachmittag um fünf stieg Mimi mit schwerem Gepäck und noch schwererem Herzen in den Zug gen Westen. Von Benjamin hatte sie sich schon am Mittag verabschiedet, einen womöglich tränenreichen und sich ewig hinziehenden Abschied am Bahnsteig hatte sie nicht gewollt.

»Du kommst wieder, sobald du mit deinem Auftrag fertig bist!«, hatte er zum Abschied in bestimmtem Tonfall gesagt. »Wer weiß – vielleicht ist bis dahin mein Buch schon veröffentlicht? Dann kannst du mich auf meine Lesungen begleiten.«

»Und miterleben, wie sie dich gleich beim ersten Mal verhaften? Nein danke!«, hatte sie leicht spöttelnd erwidert.

Vielleicht wäre es für Bens Sicherheit gut gewesen, wenn er sie begleitet hätte? Weg von New York und seiner politischen Verfolgung, dachte sie, als sie sich nach einem langen, zärtlichen Kuss endlich verabschiedet hatten. Zeit, diesem Gedanken nachzuhängen, hatte sie nicht, denn schon öffnete der Schaffner schwungvoll die Tür zu einem luxuriösen Schlafwagenabteil. Falls sie etwas wünsche, solle sie nur den goldenen Knopf an der Tür betätigen, es sei dann sogleich jemand zu Diensten.

»Danke, ich komme schon zurecht«, erwiderte Mimi. Nach den letzten Nächten, in denen sie vor ein oder zwei Uhr nicht ins Bett gekommen war, wollte sie einfach nur schlafen.

Von New York nach Washington. Von dort nach Chicago und weiter nach Denver. Durch die spektakulären Valleys und Höhenzüge der Rocky Mountains. Tag für Tag, Nacht für Nacht. Über fünftausend Kilometer weit war Mimis Reise von der Ost- zur Westküste. Sie wechselte Züge. Und in den Zügen wechselten ihre Reisebegleiter. Die Reise war anstrengend – zu viele Impressionen prasselten durchs Zugfenster auf Mimi ein. Langweilig war ihr keine Minute, im Gegenteil, es gab so viel zu sehen und fotografieren, dass ihr kleiner Vorrat an Glasplatten schon nach drei Tagen aufgebraucht war. Aber mehr hätte sie schlicht nicht tragen können. Hoffentlich gab es in Hollywood die passenden Platten für ihre Kamera, bangte sie, falls nicht, würde sie in ein neues Gerät investieren müssen. Aber vielleicht waren ihre Sorgen sowieso überflüssig? Vielleicht war Will Schneider angesichts der Tatsache, dass sie eine Woche später als vereinbart anreiste, so verärgert, dass er sie gar nicht mehr wollte. Und falls doch – würde sie mit Chrystal Kahla überhaupt zurechtkommen? Schauspielerinnen waren oft etwas zickig, hieß es.

In den ersten Nächten im Zug wurde Mimi regelmäßig von solchen Sorgen und Ängsten überfallen. Doch irgendwann, Tage später, in den Höhen der Rocky Mountains, dem Himmel so nah wie noch nie in ihrem

Leben, verspürte sie plötzlich eine ungewohnte Leichtigkeit. Den Blick auf die schroffen Gipfel der Berge gerichtet dankte sie Gott aus tiefstem Herzen für die endlos erscheinende Reise. Und von diesem Tag an schlief sie abends sorgenfrei ein, und ihr Schlaf war tief und erholsam.

Die Reise endete schließlich am sechsten Mai in Los Angeles. Obwohl es schon in den letzten Tagen merklich wärmer geworden war, traf Mimi fast der Schlag, als sie aus dem Zug ausstieg – für Anfang Mai herrschten geradezu sommerliche Temperaturen!

Wie vereinbart, suchte sie schwitzend und prustend ein Postamt auf, kramte Will Schneiders Schreiben mit seiner Telefonnummer hervor und gab sie dem Fräulein vom Amt. Keine drei Stunden später fuhr eine Limousine vor, ein livrierter Chauffeur stieg aus, lud Mimis Gepäck ein, und bald darauf waren sie unterwegs.

Während der warme Frühlingswind durch das offene Fenster ins Wageninnere wehte, fühlte sich Mimi so lebendig wie lange nicht mehr. Sie in einer Limousine – es fehlte nicht mehr viel, und sie hätte sich selbst wie ein Filmstar gefühlt! Nur mit Mühe unterdrückte sie ein Kichern.

Kurze Zeit später wurde Mimi erneut von einem Eindruck der Unendlichkeit überfallen – nur war es dieses Mal nicht die Landschaft, die ihn auslöste, sondern Los Angeles, das sich bis zum Horizont auszudehnen schien. Hochhäuser, Einkaufsstraßen und so viele Lichtspielhäuser, wie Mimi noch nie in ihrem Leben gesehen hatte, reihten sich aneinander. Irgendwann kamen sie an einem Straßenschild mit der Aufschrift »Hollywood«

vorbei, danach nahm die Anzahl der Lichtspielhäuser noch zu. Beim Anblick der vielen Filmateliers und Filmstudios musste sie dem Impuls widerstehen, sich zu kneifen. War sie wirklich hier? Würde sie tatsächlich gleich einer berühmten Schauspielerin gegenüberstehen und diese dann fotografieren? Sie, Mimi Reventlow von der Schwäbischen Alb? Doch statt vor einem der Studios anzuhalten, fuhr die Limousine weiter und weiter. Die Bebauung wurde spärlicher, und aus den breiten, asphaltierten Boulevards wurde eine sandige Landstraße. Palmen, Kakteen und andere Pflanzen, wie Mimi sie auch schon in den Wüsten, die sie per Zug durchquert hatte, gesehen hatte, säumten den Weg. Sie runzelte die Stirn. Das hier hatte mit der Stadt doch gar nichts mehr zu tun. Waren sie noch richtig? Mit jeder Kurve, die die Limousine schnittig nahm, wurde ihr mulmiger. Wo um alles in der Welt brachte der Chauffeur sie hin?

Keine zehn Minuten später wusste sie es.

»Willkommen im Mountain Vista House! Mister Schneider ist noch in seinem Office, er lässt Grüße ausrichten und freut sich darauf, Sie heute Abend kennenzulernen. Miss Kahla wird gleich bei Ihnen sein. Wenn ich Sie in der Zwischenzeit hineinbitten darf? Nein, lassen Sie Ihr Gepäck ruhig stehen, es wird sich gleich jemand darum kümmern.« Mit der geschäftsmäßigen Freundlichkeit einer Hotelmanagerin führte Will Schneiders Hausangestellte Mimi ins Haus. Mimi, die nur selten in ihrem Leben sprachlos war, folgte ihr stumm.

So etwas gab es doch gar nicht. Oder?

Schon bei der Anfahrt hatte sie gesehen, dass Will Schneiders Villa gigantische Ausmaße hatte. Außer diesem Haus gab es nur noch einige andere – allem Anschein nach war diese Wohngegend gerade erst erschlossen worden. Die Fahrt von der Stadt hier herauf war mühsam, aber wahrscheinlich entschädigte die Aussicht, die man von hier oben hatte, dafür, dachte Mimi. Während sie immer neue Räume – Säle! – durchquerten, kam Mimi aus dem Staunen nicht heraus. Ihr eigenes Haus, das beileibe nicht klein war, hätte Dutzende Male in Schneiders Villa hineingepasst, so riesig war sie. Und dann die Ausstattung! Schneeweißer Carrara-Marmor auf dem Boden, Kronleuchter mit opulenten Kristallbehängen und einer Spannbreite von zwei oder drei Metern, goldene, mannshohe Spiegel, Ölgemälde, Polstermöbel, auf denen Riesen hätten Platz nehmen können… Jeder Gegenstand, den Mimis Blick streifte, ließ sich nur mit einem Superlativ beschreiben. Wieso holte ein Mann, der wohnte wie ein König, für einen fotografischen Auftrag ausgerechnet *sie* aus Deutschland? Jemand wie Will Schneider hätte jeden Star-Fotografen der Welt haben können! Mimis Verwirrung und Unwohlsein nahm immer mehr zu.

»Miss Reventlow…« Mit einer einladenden Geste zeigte die Hausangestellte auf die offene, zweiflügelige Tür, die zur Terrasse hinausführte. »Auf dem Tisch da vorn finden Sie Getränke und einen kleinen Imbiss. Ich gebe Miss Kahla Bescheid, genießen Sie so lange die schöne Aussicht!«

Mimi krächzte ein »Danke«, die Hausangestellte ging davon. Belämmert schaute Mimi ihr hinterher. Eigentlich musste sie seit Stunden zur Toilette, und ihre Hände hätte sie sich nach der langen Fahrt auch gern gewaschen, aber eingeschüchtert, wie sie war, hatte sie sich nicht nach einem Waschraum zu fragen getraut. Gingen Leute, die so wohnten, überhaupt aufs Klo?

Mimi trat auf die Terrasse hinaus. Im Gegensatz zu unten in der Stadt wehte hier oben in den Hügeln ein frischer Wind, und die Temperaturen waren angenehm. Die Luft war erfüllt von einem süßen, Mimi unbekannten Duft. Stammte er von den pinkfarbenen, blühenden Kletterpflanzen, die hier überall kaskadenartig den Felsen entsprangen?

Der »kleine Imbiss« bestand aus einem Büfett mit frischem Obst, einer Platte mit Krustentieren, auf der sich mittig eine Schale mit Mayonnaise befand, einer Torte und Sandwiches. Alles war wie ein Stillleben angeordnet und sah farbenfroh und frisch aus. Doch so angespannt, wie Mimi war, hätte sie keinen Bissen essen können. Stattdessen trat sie nach vorn an die Balustrade der Terrasse. Und vergessen war ihre volle Blase, vergessen auch alles andere.

Kein Wunder, dass das Haus »Mountain Vista« hieß – was für eine Aussicht! Ganz Los Angeles war von hier oben zu sehen. Und war das da hinten nicht das Meer? Tiefblau lag der Pazifik da und …

»Hallo, Frau Reventlow!«

Mimi drehte sich abrupt. Im nächsten Augenblick begann der Boden unter ihren Füßen zu schwanken – und es war nicht die abrupte Drehung, die Mimi taumeln ließ. Sie griff sich an den Hals, als bekäme sie plötzlich nicht mehr genug Luft. Das … das war doch …

»Christel?«, rief sie mit weit aufgerissenen Augen.

Vor ihr stand eine der schönsten Frauen, die sie je in ihrem Leben gesehen hatte. Groß, schlank, mit in sanfte Wellen gelegtem Haar, das ihr fast bis zur Taille reichte und durch zwei diamantbesetzte Kämme aus dem Gesicht gehalten wurde. Ihre Lippen waren voll, ihre Augen groß und von tiefem Ausdruck. Die Frau trug ein schlichtes, weißes Kleid und passte so perfekt in die Villa wie der Marmorboden, die goldenen Spiegel und die Kronleuchter.

Die Schöne grinste. »Da staunen Sie, nicht wahr? Mit Christel Merkle aus Laichingen hätten Sie hier oben am Mullholland Drive nicht gerechnet.«

Hilfe suchend schaute Mimi sich um. Wenn sie sich jetzt nicht augenblicklich setzte, würde sie ohnmächtig umfallen, auf der Stelle!

Christel wies zu der Sitzgruppe aus weiß lackiertem Korb. »Sie sehen ein wenig blass um die Nase aus, wenn ich das sagen darf. Setzen Sie sich doch!« Dann nahm sie selbst auch Platz.

Tausend Gedanken schossen durch Mimis Kopf, es gelang ihr kaum, auch nur einen davon einzufangen. Hatte Anton doch recht gehabt – Chrystal Kahla war niemand anderes als Christel Merkle! Anstatt sich zu setzen, blieb Mimi stehen. »Was fällt Ihnen ein, mich hierherzulocken, ohne mir vorher zu sagen, wer Sie sind?«, fragte sie konsterniert. »Warum hast du, äh, haben Sie mir nicht geschrieben, dass wir uns kennen? Hätte ich gewusst, dass du die Christel aus Laichingen bist, wäre ich vielleicht gar nicht gekommen ...« Hilflos ruderte sie mit den Armen in der Luft herum.

Chrystal Kahla lachte perlend auf, und Mimi erkannte trotz ihrer Fassungslosigkeit und Indignation, welche Ausstrahlung die Frau hatte – sie war nicht nur schön, sondern anziehend, betörend, geheimnisvoll.

»Und ob Sie gekommen wären, liebe Frau Reventlow!

Wie ich Sie einschätze, sind Sie noch keinem Abenteuer aus dem Weg gegangen. Wenn Sie mögen, können Sie mich übrigens ruhig duzen, so wie damals in Laichingen. Hier in Amerika duzen wir uns eh alle! Also, ich bin die Chrystal. Und nichts für ungut!« Sie hielt Mimi in einer fast kameradschaftlichen Geste die rechte Hand hin.

Zögerlich ergriff Mimi sie. Chrystals Händedruck war noch so fest wie damals, als sie für ihre Familie die Magd hatte spielen müssen. Bei dem Gedanken schüttelte Mimi den Kopf. »Ich kann es einfach nicht fassen… Und Will Schneider?« Hektisch schaute Mimi sich um. »Gibt's den womöglich gar nicht?« Schon wurde ihr erneut schwindlig, und sie ließ sich auf den Sessel gegenüber von Chrystal sinken.

»Doch, natürlich. Mister Schneider gehört das Haus hier. Er hat mich vor einiger Zeit exklusiv für sein Filmstudio engagiert. Der Bildband über mich war auch seine Idee, er will mich ganz groß herausbringen!«

Zum Glück stimmte wenigstens das, dachte Mimi erleichtert. »Aber warum hat er – warum habt ihr – mir nicht einfach geschrieben, dass du… *du* bist?« Will Schneider hatte über Christel von ihr erfahren – deshalb konnte er in seinem Brief so forsch behaupten, ihr Ruf habe sich bis nach Amerika herumgesprochen!

»Weil ich mir nicht sicher war, ob du dann kommst. Mein Abgang aus Laichingen war ja ziemlich… ungewöhnlich«, sagte Chrystal nüchtern. »Übrigens – Will glaubt, ich bin vierundzwanzig Jahre alt. Wehe, du verrätst, dass ich schon neunundzwanzig bin!«

Mimi machte eine kleine unwillige Handbewegung, als wollte sie eine Fliege wegscheuchen. Wen interessierte so etwas? »Dein Abgang war ungewöhnlich, das ist ja wohl die Untertreibung des Jahres!«, sagte sie mit Hohn in der Stimme. »Warum hast du dich in all den Jahren nie daheim gemeldet? Als du plötzlich weg warst ... Das ganze Dorf hat nach dir gesucht, viele Tage lang! Deine Mutter hat sich die Augen ausgeheult, sie war so verzweifelt. Und Anton – du hast ihm das Herz gebrochen, ist dir das eigentlich klar?« Ihre Stimme wurde schrill.

Christel winkte ab. »Anton ist aus hartem Holz geschnitzt, so schnell bricht dessen Herz nicht. Außerdem war mir klar, dass er wegen meines Weggehens stinkwütend sein würde, wo ich doch ein bisschen Geld habe mitgehen lassen. Geld, das er mir einst in Verwahrung gegeben hatte ...« Sie grinste spitzbübisch.

Mimi runzelte nur die Stirn. Die Frau war kalt wie eine Hundeschnauze!

»Aber genauso klar war mir, dass Anton über mich hinwegkommt«, sagte Chrystal bestimmt. »Außerdem, wenn dir so viel an dem Burschen liegt – warum hast du nicht besser nach ihm geschaut? Wenn überhaupt, dann hast *du* sein Herz gebrochen!«

Woher wusste Chrystal, dass Anton und sie ein Paar waren und dass sie ihn verlassen hatte? »Wie meinst du das?«, fragte Mimi misstrauisch.

»Na, höchstwahrscheinlich war es doch dein Einfluss, der ihn von Laichingen hat weggehen lassen. Und was ist aus dem armen Kerl geworden? Sich als Kellner durchschlagen zu müssen – richtig leid hat er mir getan, als ich das mitbekommen habe.« Sie zuckte mit den Schultern. »Ich schätze, dass aus ihm bis heute nichts geworden ist.«

»Woher weißt du das mit dem Kellnern? Wann habt ihr euch gesehen, und wo?« Mimis Stimme kippte fast.

Aus Anton war sehr wohl etwas geworden, hätte sie Chrystal am liebsten entgegengeschrien.

Chrystal lachte darüber, dass sich Mimi so ereiferte. »Im Sommer 1913 war das. Ich war zur Promotion eines Films in Berlin. Meine Filmcrew und ich gingen ins Pigalle, es war damals *totally en mode*, und da sah ich ihn. Anton war so bedudelt, dass er mich erst gar nicht erkannte – keine Ahnung, welche Drogen er genommen hatte. Und als er schließlich kapierte, wen er vor sich hatte, sank er in Ohnmacht. Bumms!« Sie machte eine theatralische Bewegung, als würde sie selbst umkippen.

Mimi fiel es wie Schuppen von den Augen: die Nacht, in der Anton fast gestorben war, damals, als er einen Sommer lang in Berlin als Kellner gearbeitet hatte. Vor lauter Erschöpfung hatte er auf Anraten eines Kollegen einen Wachmacher genommen, ein weißes Pulver namens Heroin.

Die Nacht, in der sie zum ersten Mal um sein Leben gebangt hatte.

Die Nacht, an die Anton sich nur bruchstückhaft hatte erinnern können – wahrscheinlich wusste er bis heute nicht, dass er Christel gesehen hatte.

Mimi schwirrte der Kopf vor lauter neuen Erkenntnissen. Da musste sie zehntausende Kilometer reisen, um all das zu erfahren …

»Was ist nun? Willst du mich fotografieren oder nicht? Will zahlt sehr gut …« Chrystal schnippte mit den Fingern, und wie aus dem Nichts erschien ein weiß livrierter Kellner, ging zum Büfett, öffnete die auf Eis liegende Flasche Champagner und brachte zwei Gläser an den Tisch.

Chrystal fotografieren? Viel lieber hätte sie ihr eine

Ohrfeige verpasst! Zornig wiederholte Mimi: »Warum hast du dich nie zu Hause gemeldet? Deine Eltern wären überglücklich! Nicht zu wissen, wie es dir geht, macht sie bestimmt noch immer ganz gram. «

»Und dann steht die ganze Mischpoke eines Tages hier vor der Tür? Nein danke!«

Nach diesem hartherzigen Weibsstück hatte Anton viele Jahre gesucht!, dachte Mimi bitter. Sie winkte den Kellner weg – als ob sie jetzt Lust auf Champagner hätte! Reiß dich zusammen, denk nach!, ermahnte sie sich im selben Moment. Gefühle hatten hier und jetzt keinen Platz, sie war hierhergekommen, um einen Auftrag auszuführen. Der Gedanke, die ganze lange Reise umsonst gemacht zu haben, gefiel ihr ganz und gar nicht.

»Wie wäre es, wenn du mir erst mal sagst, warum ihr ausgerechnet *mich* als Fotografin wollt?«, sagte sie leicht aggressiv. Sie zeigte in Richtung Stadt. »Da gibt's doch sicher Dutzende Fotografen!«

Chrystal schaute Mimi an, ihre Mundwinkel hoben sich fast spöttisch. »Ganz ehrlich?«

»Natürlich ganz ehrlich!«, erwiderte Mimi hart. Wahrscheinlich glaubte Chrystal, sie manipulieren und für irgendwelche Zwecke einspannen zu können. Aber nicht mit ihr, so viel stand fest!

»Weil du die Beste bist?«, sagte Chrystal in entwaffnender Offenheit und zuckte mit den Schultern. »Fotografiert werde ich oft, wo ich gehe und stehe, hält mir jemand eine Kamera vors Gesicht. Aber noch nie ist es einem Fotografen gelungen, mir diesen... Glanz zu verleihen, den du mir gegeben hast – damals, in Josef Stöckles altem Atelier. Ich habe bei meiner Flucht nur wenige persönliche Dinge mitgenommen, aber die Fotografien von dir waren dabei. Mimi, ich weiß, es hört sich seltsam an, weil wir uns ja damals nicht sonderlich gut kannten – aber dir vertraue ich! Und das kann ich leider von sonst niemandem sagen.«

6. Kapitel

»Das Problem ist, dass Chrystal zwar extrem erfolgreich ist, aber die Leute wissen nicht genau, wofür sie steht. Jeder kennt zwar ihr Gesicht, aber kaum jemand ihren Namen. Das liegt daran, dass sie hauptsächlich Slapstick dreht, daneben aber auch immer mal wieder Ausflüge in andere Genres macht wie Kriminalfilme oder künstlerisch wertvolle Filme. Dadurch kann das Publikum Chrystal nicht einordnen. Keiner hat bisher je gerufen: ›Schaut, das ist die Kahla!‹ Aber genau dieses Potenzial hat Chrystal jedoch. Ich will, dass sie ›die Kahla‹ wird. Zudem schwebt mir eine ganz andere Art von Film für sie vor – größer, wertiger als alles, was sie bisher gemacht hat. Doch dafür muss sie zuerst zu einem Markenzeichen werden.«

Mimi hörte zwar aufmerksam zu, doch sie verstand nicht wirklich, wovon dieser Will sprach. Er schien allerdings ziemlich viel von Chrystal als Schauspielerin zu halten. Und daneben war er auch ziemlich in sie vernarrt, strich immer wieder über ihren Arm, rückte ihre Stola zurecht und sorgte wie ein Gentleman dafür, dass ihr Glas nie leer wurde – was er übrigens auch bei Mimi tat.

Es war Abend, am Horizont ging die Sonne rubinrot unter, sie saßen zu dritt auf der Terrasse und speisten. Nachdem Mimi am Nachmittag ihr Zimmer bezogen hatte, legte sie sich ein wenig hin. Sie sei müde, hatte sie zu Chrystal gesagt. In Wahrheit dachte sie unaufhörlich darüber nach, ob sie gleich wieder gehen oder doch bleiben sollte. Schließlich hatte sie sich fürs Bleiben entschieden. Und vielleicht war das ganz gut so. Denn Will Schneider machte einen äußerst seriösen, freundlichen und vernünftigen Eindruck. Dass er und Chrystal ein Paar waren, bedeutete die nächste Überraschung für Mimi. Doch inzwischen war sie daran gewöhnt, dass ein Schock sich an den andern reihte. Und so gelang es ihr sogar, das Abendessen, das aus gegrilltem Lachs, Salat und einem traumhaften Roséwein bestand, zu genießen.

»Und wie wird man hier in Hollywood zu einem Markenzeichen?«, fragte sie jetzt höflich. War sie als Fotografin je dazu geworden? Oder war sie dafür zu sprunghaft gewesen, hatte sich zu oft gewandelt?

Will Schneider zeigte mit seiner Gabel auf Mimi. »Eine kluge Frage! Diese Kunst ist bisher nur wenigen Schauspielern gelungen, Charlie Chaplin zum Beispiel oder Mary Pickford. Sie war einst das Mädchen mit den Locken – heute ist sie eine ernst zu nehmende Schauspielerin und *everybody's darling*! An diesem Image-Wechsel war ein ganzes Team kluger Köpfe beteiligt – Werbefachleute, Fotografen, Journalisten, Stylisten –, wahrscheinlich wurde sogar ein spezielles Drehbuch dafür geschrieben! Die Kunst besteht darin, im Kopf des Zuschauers ein bestimmtes Bild auftauchen zu lassen, sobald der Name eines Schauspielers fällt, und diesem Bild dann treu zu bleiben.«

»Will möchte, dass ich eine unnahbare Göttin werde«, fügte Chrystal hinzu und wuschelte Will Schneider spielerisch durchs Haar.

Ein Biest wäre vielleicht passender, dachte Mimi, ehe sie sagte: »Und meine Fotografien sind dann vermutlich ein Mosaikstein im Gesamtbild? Ich soll also Chrystal in entsprechender Garderobe und in entsprechenden Posen fotografieren – schweben Ihnen dabei Filmkulissen vor oder Aufnahmen in freier Natur? Vielleicht am Meer, im Sand?« Das hätte ihr Spaß gemacht! Sie war noch nie an einem Strand gewesen, barfuß durch den warmen Sand gelaufen…

»Die künstlerische Ausgestaltung ist im Augenblick noch nachrangig«, winkte Will Schneider ab. »Es gibt da nämlich ein Problem. Als ich Ihnen Anfang des Jahres schrieb, dachte ich, dass es von Vorteil wäre, eine deutsche Fotografin zu haben. Doch inzwischen bin ich mir nicht mehr so sicher.«

Mimi runzelte die Stirn. Was kam nun schon wieder? Wollte er den Auftrag doch abblasen?

»Eigentlich schwebte mir vor, Chrystals deutsche Wurzeln herauszustreichen, sie beispielsweise in einer schönen Tracht fotografieren zu lassen. Doch leider beobachte ich seit einiger Zeit, dass es immer mehr Ressentiments gegenüber dem Deutschtum gibt. Seit dem Kriegsende sind wir, die Deutschen, die Bösen und die Unterlegenen noch obendrein. Inzwischen glaube ich, es wäre besser, Chrystals deutsche Wurzeln nicht zu betonen. Was wir stattdessen machen, weiß ich noch nicht genau, aber gemeinsam werden wir schon die richtige Eingebung bekommen.«

»*Präsident Wilson hat die Deutschen schon immer ge-*

hasst« – während Will sprach, war vor Mimis innerem Auge diese Zeitungsschlagzeile aufgetaucht, die sie in New York gelesen hatte.

Bevor sie etwas sagen konnte, seufzte Chrystal erleichtert auf. »Keine Schwarzwaldtracht, keine Kittelschürze, keine blonde Maid mit Zöpfen – hurra! Ganz ehrlich, Will, ich bin froh, dass diese Idee gestorben ist. So glamourös war mein Leben in Laichingen nämlich weiß Gott nicht! Mimi kann ein Lied davon singen, nicht wahr?« Ohne auf Mimis Antwort zu warten, fuhr sie fort: »Vater ist ein Despot, Mutter ist launisch und schwatzhaft. Und beide haben mich schlechter behandelt als eine Magd! Eine Magd hat wenigstens sonntags frei, ich hingegen musste am Sonntag die Kleinen hüten, solange Mutter und Vater sich miteinander vergnügten – jedes Jahr ein Kind, das war Vaters Devise ...« Sie schnaubte abfällig. »Sonntagnachmittags wollte Mutter dann immer, dass ich ihr die Füße bade und die Nägel schneide. Je nachdem, wie ihre Liebesstunde mit Vater war, war sie entweder weinerlich oder aggressiv oder übertrieben gut gelaunt. Mich ekelt es heute noch, wenn ich an ihre schmutzigen Zehennägel denke. Dass andere junge Frauen – in der Stadt – zur selben Zeit ins Lichtspielhaus gehen oder ein Eis essen oder durch einen Park flanieren, wurde mir erst klar, als ich weg war aus Laichingen. Vorher kannte ich ja nichts anderes als unser klägliches Leben.« Zum ersten Mal seit Mimis Ankunft hatte sich etwas Verletzliches in Chrystals Stimme geschlichen.

»Wie bist du damals eigentlich weggekommen?«, fragte Mimi. Das ganze Dorf hatte nach dem verschwundenen jungen Mädchen gesucht, tagelang, nächtelang!

Die schlimmsten Dinge hatten die Leute sich ausgemalt, Christels Familie war vor Sorge fast umgekommen, während Christel wer weiß was getrieben hatte. Schon stieg neue Verärgerung in Mimi auf.

»Genau, das hast du mir bisher auch nie erzählt«, sagte Will, dessen Miene bei Chrystals Erzählung mitfühlend geworden war.

Chrystal strich sich eine ihrer goldenen Haarsträhnen aus der Stirn. »Das ist aber eine lange Geschichte…« Fragend schaute sie erst Will, dann Mimi an.

»Schieß los, Baby!«, forderte er sie auf, schob seinen Teller von sich und steckte sich eine Zigarette an.

Chrystal legte ihr Besteck weg, holte tief Luft und sagte grinsend: »Ok, ihr habt es nicht anders gewollt! Also… Alles fing an einem Herbsttag vor acht Jahren an, im Oktober 1912 war das. Damals hast du, Mimi, deinen Onkel gepflegt, er lag im Sterben.«

Mimi nickte. »Das war eine traurige Zeit…«

»Ich fand die Zeit höchst aufregend«, widersprach Chrystal. »Herrmann Gehringer, für den mein Vater arbeitete, hatte ein Filmteam engagiert, er wollte einen Werbefilm über seine Weberei drehen lassen. Ich bettelte meinen Vater so lange an, bis er mir erlaubte, bei den Dreharbeiten zuzusehen. Die vielen Kameras, die Lampen, die Menschen, die zwischen Kabeln hin und her wuselten – mein Gott, mir ist es heiß und kalt den Rücken hinabgelaufen! Diese Stimmung…«

Mimi verzog den Mund. »Derweil saß ich in Gehringers altem Kämmerlein und fotografierte Hunderte von Unterhemden für ihn. Was habe ich das Filmteam um seine aufregende Arbeit beneidet!« Sie und Chrystal lachten kameradschaftlich.

»Insgeheim hoffte ich, in dem Film mitspielen zu dürfen, aber dazu kam es natürlich nicht. Sie hatten eine bekannte Operndiva engagiert, eine laute, lächerliche Person, die alle Aufmerksamkeit an sich riss. Doch dann kam es noch viel besser...« Listig wanderte Chrystals Blick zwischen Will und Mimi hin und her. »Ich wurde nämlich entdeckt. Von Freddy Forsythe, einem Regisseur und Kameramann! Er war wie du, Will, vor vielen Jahren ausgewandert und war damals schon amerikanischer Staatsbürger. Mit dem Dreh hatte Freddy nichts zu tun, er begleitete lediglich seinen alten Freund, den Regisseur des Werbefilms. Dass ich etwas ganz Besonderes war, ist Freddy gleich aufgefallen«, sagte sie triumphierend.

»Ich dachte, Frau Reventlow hätte dich entdeckt?«, sagte Will Schneider stirnrunzelnd.

»Das sowieso!«, beeilte sich Chrystal zu sagen. »Mimi, erinnerst du dich noch, wie wir in deinem Atelier diesen Abenteuerfilm nachstellten? Ich bekam die Hauptrolle...«

Mimi nickte vage. Sie hatte keine Ahnung, welche Bären Chrystal ihrem Partner über ihre »alte Freundschaft« aufgebunden hatte. In Wahrheit hatte sie, Mimi, damals mit der Laichinger Dorfjugend einfach aus Spaß ein paar Fotografien in der Art eines Abenteuerfilms gemacht, und Christel war dabei gewesen, mehr nicht. Ein frischer Wind kam vom Pazifik her auf, Mimi legte ihren Schal enger um die Schultern.

»Jedenfalls, Frederick sah richtig verwegen aus mit seinen tiefschwarzen Haaren und seinem Schnurrbart. So einen Mann gab es bei uns in Laichingen nicht, ich war fasziniert. Er machte sich ziemlich plump an mich heran. Heute würde das bei mir nicht mehr ziehen, doch ich war jung und naiv, und er versprach mir die Welt. Ganz groß wollte er mich mithilfe seiner Kontakte in Hollywood herausbringen. Es kam, wie es kommen musste – ich bin ihm gefolgt. In einer Nacht- und Nebelaktion packte ich mein Bündel und haute ab. Frederick wartete mit einem gemieteten Automobil außerhalb des Ortes auf mich. Noch in derselben Nacht fuhren wir Richtung Hamburg, von wo aus wir ein paar Tage später – ich benötigte noch einen Pass und andere Kleinigkeiten – nach Amerika übersetzten.«

Dass Christel mit den Filmleuten weggegangen war, war damals eine von vielen Theorien gewesen, erinnerte sich Mimi. Doch die zeitlichen Abläufe hatten nicht zusammengepasst, und so hatte man diesen Gedanken nicht weiterverfolgt.

»Allem Anschein nach hat dieser Mister Forsythe sein Versprechen auch gehalten, denn du bist ja berühmt geworden«, sagte Will. »Ich hoffe, er war auch ein Gentleman?«, schob er eifersüchtig nach.

Chrystal lachte ihr perlendes Lachen. »Ein Gentleman? Ein Schuft war er! Kläglich im Stich gelassen hat er mich!« Sie schloss theatralisch die Augen, legte eine Hand auf ihre Brust, als spielte sie die gefallene Heldin in einem ihrer Filme.

Mimi schmunzelte. Sie trank einen Schluck Wein und lehnte sich gemütlich in ihrem Sessel zurück. Es machte Spaß, Chrystal zuzuhören.

»Ich war das glücklichste Mädchen der Welt, als wir den Überseedampfer bestiegen. Lady Empress hieß das Schiff, und es fuhr unter englischer Flagge. Außer uns waren fast nur Engländer an Bord, viele davon waren schon nachmittags betrunken. Ich hielt mich die meiste Zeit in meiner Kabine auf. Abends, wenn alle schon beim Essen waren, ging ich allein an Deck, stand am Bug und dankte dem lieben Gott dafür, dass er mich aus Laichingen herausgeholt hatte. Und eines Abends habe ich noch etwas gemacht – ich habe mir etwas geschworen…« Die Spannung steigernd, machte Chrystal eine kleine Sprechpause. Der livrierte Kellner, der schon am Nachmittag für Champagner gesorgt hatte, nutzte die Chance, schenkte Wein nach und räumte dann eilig den Tisch ab. Der Haushalt funktionierte wie ein gut geöltes Uhrwerk, stellte Mimi fest.

Chrystal nahm erst einen Schluck Rosé, dann ihren Gesprächsfaden wieder auf. »Die Sonne ging gerade glutrot im Meer unter, als ich mir schwor, fortan auf der Sonnenseite des Lebens zu stehen. Von nun an konnten andere Kartoffeln schälen und Suppe kochen – ich wollte mir nur noch die feinsten Speisen servieren lassen. Ein guter Schwur, oder?«

Mimi und Will nickten pflichtschuldig.

»Ihr werdet nicht glauben, was dann passierte.« Chrystal legte lächelnd den Kopf in den Nacken. »Vor lauter Schwören knurrte mein Magen plötzlich wie verrückt. Also ging ich hinunter, zu Fredericks Kabine, um ihn abzuholen. Mausetot war er! Anstatt mit mir zu Abend zu speisen, zog der dumme Kerl es vor, mit einer Prise Koks im Gesicht zu sterben. Na prima!, dachte ich. Was sollte nun aus mir werden?«

Mimi schlug eine Hand vor den Mund. »O Gott! Und dann?«

Mit der Theatralik einer Stummfilmschauspielerin machte Chrystal eine resignierte Geste und schaute dabei ihr Publikum an. »Es war seltsam, aber in diesem Moment habe ich zum ersten Mal gespürt, dass ich regelrecht auflebe, wenn's riskant wird. Ich brauche einen gewissen Nervenkitzel, einen Kick im Leben. Dann laufe ich zur Hochform auf...«

Gebannt hörten Mimi und Will weiter zu, wie Chrystal von ihrer Ankunft in New York erzählte.

»Irgendwie war mir klar, dass ich fortan auf mich allein gestellt sein würde. Als Erstes musste es mir gelingen, überhaupt an Land zu kommen! Dazu benötigte ich die Hilfe von einem meiner Mitpassagiere. Stanley Cox, ein englischer Offizier, dem ich mit meinen paar Brocken Englisch und viel Gestik und Mimik meine Notlage darlegte, bezeugte bei der Einwanderungsbehörde, dass mein ›Ehemann‹ während der Überfahrt verstorben sei, ich aber als seine Witwe von seiner Familie in Hollywood erwartet wurde. Dass ich einen anderen Nachnamen trug als Frederick Forsythe, stimmte die Immigrationsbeamten zwar misstrauisch, aber ich konnte ihnen klarmachen, dass dies in Deutschland bei Eheleuten nicht mehr unüblich sei. Ich zeigte dann mein stattliches Barvermögen vor – die Amerikaner wollen nicht, dass die Einwanderer ihnen auf der Tasche liegen –, steckte den beiden Beamten je einen Geldschein zu, und das war's.«

»Unglaublich.« Will Schneider schüttelte den Kopf. »Wenn ich überlege, welchen Zauber die Einwanderungsbehörde bei mir veranstaltet hat! Ich bin übrigens im selben Jahr ausgewandert.«

Chrystal schaute ihn tadelnd an. »Wenn es nach mir gegangen wäre, Darling, hätten wir uns auch schon viel früher getroffen...« An Mimi gewandt, sagte sie: »Aber als ich noch unbekannt war, wollte Will leider nichts von mir wissen.«

Mimi, die wusste, wann es besser war zu schweigen, lächelte dünn. Falls es zu dem Auftrag kam, musste sie sich mit beiden gutstellen, anders ging es nicht.

»Jedenfalls wartete im Hafen schon eine Horde Geier auf uns Einwanderer, alle auf der Suche nach billigen Dienstmädchen, Fabrikarbeiterinnen oder sonst was. Und natürlich waren die hübschen Mädchen besonders gefragt – meinen Koffer wollten gleich zwei Kerle an sich reißen. Aber denen habe ich gezeigt, was eine Harke ist!« Chrystal schaute so grimmig drein, dass Mimi unwillkürlich lachen musste. Dass Chrystal es gelang, das Publikum mit ihrem Schauspiel zu fesseln – daran gab es keinen Zweifel.

»Ein wenig mulmig war mir schon, wie ich da so allein mit meinem Koffer in der Hand durch die Straßen von New York lief. Es regnete in Strömen, es war kalt, und ich wusste nicht, wohin. Der englische Offizier, der mir behilflich gewesen war, hatte mir eine kleine Pension empfohlen, nicht weit weg vom Hafen. Auf der Suche danach muss ich einmal falsch abgebogen sein, denn plötzlich landete ich in einem Armenviertel. Der Müll türmte sich vor den Häusern, es stank aus den Kanälen, und aus den geöffneten Fenstern war von überall her das Surren von Nähmaschinen zu hören. Die Frauen, die mir dort begegneten, sahen alle so müde aus wie die in Laichingen. Vielen Dank!, dachte ich.« Chrystal erschauderte, und Mimi sah, dass diese Emotion nicht gespielt war. »Ich sah zu, dass ich schnell wieder fortkam. Schließlich landete ich in einem anderen Hotel, einer dreckigen Spelunke. Aber an diesem Abend war mir alles egal, so erschöpft war ich. Ich schlief wie ein Stein…«

»So erging es mir auch in meiner ersten Nacht in New York, und ich habe mich nicht mal verlaufen«, pflichtete Mimi ihr aus vollem Herzen bei. »Und dann?«

Chrystal trank einen Schluck Wein. »New York war nicht meine Stadt, das war mir irgendwie sofort klar. Freddy hatte mir so viel von Hollywood vorgeschwärmt, dass ich beschloss, dieses Abenteuer auch ohne ihn zu wagen. Und so ging ich gleich am nächsten Morgen zum Bahnhof – die lange Reise nach Westen, ihr wisst ja beide, wie strapaziös das ist! Allein über die Zugfahrt könnte ich einen Abend lang erzählen. Aber schließlich kam ich hier an. In Hollywood. Und ich spürte sofort, dass ich mich hier so wohlfühlen würde wie eine Forelle in einem Gebirgsbach. *Cheers!*« Sie hob ihr Glas.

»Dein Leben würde Stoff für einen Roman abgeben«, stellte Mimi fest.

Chrystal wehrte lachend ab. »Oje, das war doch erst der Anfang! Was danach kam, war eine einzige Aneinanderreihung von Dramen. Liebe, Hass, Eifersucht und Verrat – und das alles, während aus dem verschlafenen Hollywood die glitzernde Metropole des Lichtspiels wurde. Und so wie Hollywood sich entwickelte, so entwickelte sich auch meine Karriere. Ich erklomm Höhen, von denen manche Bergsteiger ein Leben lang träumen. Aber ich erlebte auch Tiefen.« Sie schüttelte den Kopf, als wollte sie sagen: Sprechen wir besser nicht drüber. »Aber mein Leben als Roman? Da hätte ich gleich am Tag nach der Veröffentlichung ein paar Messer im Rücken! Denn manch einer käme gewiss nicht gut davon in meinen Memoiren.« Tollkühnheit blitzte in ihren

Augen, und Mimi hatte plötzlich große Lust zu erfahren, was die junge Frau alles erlebt hatte.

»Darling, du bist eine geborene Kämpferin«, sagte Will Schneider bewundernd. »Und wisst ihr, was mir gerade klar wird? Diese Stärke sollten wir bei unserem Fotoprojekt in den Mittelpunkt stellen!« Vehement wandte er sich Mimi zu. »Frau Reventlow, zurück zum Geschäftlichen ...«

»Ich ...«, hob Chrystal an.

»Nicht jetzt!«, unterbrach Will Schneider sie ruppig. Er schaute Mimi an. »Mit Ihren Fotografien sollten Sie aufzeigen, dass Chrystal nicht nur auf der Leinwand eine Heldin ist, sondern auch im wahren Leben. Chrystal, die Heroine, kämpferisch, stark! Sie war sogar so stark, dass sie ihrer deutschen Heimat den Rücken zukehrte. Glauben Sie, Sie bekommen das hin?«

So sprach der Mann, der anfangs Chrystals deutsche Herkunft in Szene hatte setzen wollen, dachte Mimi ironisch. »Wie Sie richtig anmerken – Chrystal ist eine unglaublich starke Frau, natürlich werden meine Fotografien das widerspiegeln. Zusätzlich könnte man hie und da ein paar sinnbildhafte Requisiten einbauen. Auf einem Foto könnte Chrystal beispielsweise einer Landkarte von Deutschland den Rücken kehren. Oder sie könnte ein eisernes Kreuz unter ihrem Stöckelschuh zertreten.«

Will Schneider schaute Mimi anerkennend an. »Für den Anfang nicht schlecht.«

»Ich find's toll!«, rief Chrystal. »Ich könnte auch einen Bollenhut zertreten oder einen Bierkrug – beides gilt hier in Amerika als typisch deutsch.« Sie warf den Wasserkrug zu Boden, setzte eine grimmige Miene auf und stellte ihren rechten Schuh mit einem solchen Nachdruck auf den Krug, dass das Glas am Henkel knirschte. »So!«

»Langsam, langsam, wir wollen es ja nicht übertreiben«, sagte Mimi lachend. Die zwei waren so begeisterungsfähig, da würde sie aufpassen müssen, was sie vorschlug.

»Dann ist das abgemacht«, sagte Will Schneider. »*Time is money*, am besten legt ihr gleich morgen los!«

In dieser Nacht kam Mimi nicht mehr zum Nachdenken. Die vielen Eindrücke und die emotionale Achterbahnfahrt hatten sie völlig erschöpft, und so schlief sie gleich ein. Als sie am nächsten Morgen aufwachte und ihr Blick aus dem Schlafzimmerfenster fiel, war ihr schlagartig klar, wie sie diesem Auftrag nochmals eine besondere Wendung verleihen konnte. Dass sie nachts im Schlaf eine besonders gute Idee oder Inspiration geschenkt bekam, war ihr schon öfter passiert, aber dass es gerade jetzt passierte... Mimi sah darin einen Wink des Schicksals.

Nach einer eiligen Katzenwäsche saß sie mit Will Schneider und Chrystal am Frühstückstisch. Irgendwie hatte sie geahnt, dass die beiden Frühaufsteher waren, und so hatte Mimi ihr traumhaftes Badezimmer mit einer riesigen Wanne und noch riesigerem Spiegel erst einmal ignoriert. Ihre Haare konnte sie auch später noch waschen – jetzt galt es, ihre Idee vorzutragen.

Diesmal war es eine junge Frau in schwarzem Kostüm, die die Tischrunde versorgte. Sie hatte gerade jedem die erste Tasse Kaffee eingeschenkt, als Mimi ohne viele Umschweife sagte: »Chrystal, deine Erzählung gestern

Abend hat mich auf eine Idee gebracht. Dein bisheriges Leben war so ereignisreich, du hast Dinge erlebt, von denen die allermeisten Frauen nur träumen. Das gilt auch für deine Karriere! Was würdet ihr also davon halten, wenn wir aus dem Bildband eine bebilderte Biografie machen, nach dem Motto: Eine junge Frau mit deutschen Wurzeln findet ihr Glück in Amerika!« Beifall heischend, schaute sie von einem zum andern.

Wie erwartet, fragte Will Schneider nicht lange nach – sein wacher Geist hatte sofort erfasst, worum es ging. »Ok. *Good idea!* Wieso bin ich selbst nicht darauf gekommen? Dazu bräuchten wir lediglich noch einen Schriftsteller«, murmelte er vor sich hin.

»Oh, den brauchen wir nicht. Das würde ich mir zutrauen«, sagte Mimi eilig. »Chrystal hat so eine lebendige Art zu erzählen, dass meine Hauptaufgabe lediglich darin bestünde, alles aufzuschreiben. Selbstverständlich würde ich Ihnen das Manuskript am Ende vorlegen, und falls Ihnen eine Passage nicht gefällt, können wir sie immer noch ändern.«

»Ändern? Was soll Will daran ändern?«, warf Chrystal ein. »Hier geht es immerhin um mein Leben und ...«

»Keine Sorge, Baby, Frau Reventlow meint es doch nur gut!« Will Schneider überlegte kurz. »Sie schreiben in Deutsch, das heißt, einen Übersetzer müssen wir trotzdem auftreiben – aber das dürfte kein Problem sein.« Er streckte Mimi seine rechte Hand entgegen. »Abgemacht!«

»Hey! Ich habe noch nicht Ja gesagt!«, rief Chrystal. »In meiner Vergangenheit gibt es durchaus einige schwarze Flecken. Will, du kennst doch die Filmbranche, sie ist ein Haifischbecken. Wenn ich damit herausrücke, was ich alles weiß, muss ich womöglich um mein Leben fürchten.«

Will Schneider lachte auf. »Dann engagieren wir einfach ein paar Bodyguards für dich. Stell dir mal vor, wie die Zeitungen darüber berichten würden! Baby, sag ja!«

Chrystal schob die Unterlippe nach vorn, als dächte sie angestrengt nach. Doch Mimi sah der Schauspielerin an, dass sie längst mit dem Plan einverstanden war.

Aus dem eigenen Leben zu erzählen und damit vielleicht anderen Frauen Mut zu machen, selbst den Aufbruch zu wagen – das würde ihr auch gefallen, schoss es Mimi durch den Sinn. Und mit diesem Gedanken kam sogleich ein weiterer: Letzte Woche in New York, als Benjamin Jones so salopp gemeint hatte, sie solle eine Art Kriegstagebuch schreiben, hatte sie abgewunken. Sie war froh, den Krieg endlich hinter sich lassen zu können. Aber womöglich würde es ihr so viel Spaß machen, ihre Fotografien mit eigenen Texten zu versehen, dass sie nicht genug davon bekam? Falls dies der Fall war, griff sie womöglich Bens Gedanken mit dem Kriegstagebuch irgendwann auch noch auf!

Chrystal schaute jetzt freundlich drein. »Einverstanden! Mimi, von heute an bist du nicht nur meine Fotografin, sondern du schreibst auch meine Memoiren.«

Mimi nahm eilig einen Schluck Kaffee, als könne sie so das kribbelige Angstgefühl, das in ihr aufstieg, hinunterschlucken. Angst vor der eigenen Courage – langsam konnte sie sich dieses Gefühl auch mal abgewöhnen, dachte sie selbstkritisch.

7. Kapitel

Es war Chrystals Idee, mit Mimi als Erstes in ein Lichtspielhaus zu gehen. »Es heißt doch immer: ›Ein Bild sagt mehr als tausend Worte‹. Ich bin Schauspielerin! Natürlich kann ich dir aus meinem Leben viel erzählen. Aber erst, wenn du ein paar Filme mit mir siehst, weißt du, wovon ich die ganze Zeit rede.«

Mimi hatte sich diesem Gedanken nicht in den Weg stellen wollen, im Gegenteil, sie hatte große Lust darauf, Chrystal einmal auf der Leinwand zu sehen. Und so fuhr am Nachmittag Wills Limousine vor, Chrystal gab dem Chauffeur ein paar Instruktionen, und schon ging es los.

»Hier in Hollywood gibt's inzwischen zwar auch etliche Lichtspielhäuser, aber wir fahren nach Los Angeles ins Million Dollar Theater«, sagte Chrystal. »Es heißt so, weil sein Bau eine Million Dollar gekostet hat. Mimi, du wirst staunen!«

»Ich staune schon jetzt«, erwiderte Mimi trocken. Die zwei, drei Lichtspielhäuser, die sie kannte, waren heruntergekommene Säle mit schlechter Luft und schmutzigem Boden – Millionengelder waren dafür gewiss nicht ausgegeben worden.

Eine halbe Stunde später kam Mimi tatsächlich aus dem Staunen nicht mehr heraus. Das Million Dollar Theater lag am Broadway und war eins von vielen Hochhäusern. Doch schon von außen unterschied sich das Gebäude gewaltig von seinen Nachbarn: Während die anderen Hochhäuser höchstens ein paar Verzierungen im Jugendstil aufwiesen, war die Fassade des Lichtspielhauses mit Säulen, allegorischen Figuren und weiteren Elementen in einer Art verziert, die opulent-barock und in Mimis Augen auch irgendwie »spanisch« anmutete.

Während sie an der Kasse anstanden, um Tickets zu kaufen, sagte Chrystal: »Das Theater wurde vor zwei Jahren eröffnet. Zur Premiere zeigten sie *The Silent Man*, ein dreißigköpfiges Orchester hat den Film musikalisch begleitet. Meine Freundin Anita und ich standen auf der Gästeliste, genauso wie Douglas Fairbanks, Mary Pickford und Charlie Chaplin. Es war ein unvergessliches Erlebnis!«

»Das glaube ich dir«, sagte Mimi. Die Namen, die Chrystal nannte, hatte Mimi auf der Fahrt hierher auf den Werbeplakaten etlicher Lichtspielhäuser entdeckt, ihr selbst sagten sie jedoch nichts. »Deine Freundin Anita… Kann es sein, dass du Anita Weiss meinst? Der bin ich nämlich in New York begegnet«, sagte sie. »Ein Freund führte mich in eine Theaterkneipe, die einer Regisseurin aus Hollywood gehört. Er stellte mich besagter Anita vor, und als sie hörte, dass ich nach Hollywood will, kamen wir auch auf dich zu sprechen. Sie lässt dich schön grüßen.«

Chrystal verzog den Mund. »Anita… Ist der Liebe wegen einfach abgehauen und hat mich einfach im Stich gelassen! Und dann noch nach New York, pah!«

Die Schlange bewegte sich ein Stück nach vorn, Chrystal war an der Reihe, und Mimi wartete deshalb vergebens darauf, mehr über die Freundschaft der beiden Frauen zu erfahren.

Mit zwei Tickets in der linken Hand, hängte sich Chrystal rechts bei Mimi ein, gemeinsam gingen sie einen langen Gang entlang, in dessen hochflorigem Teppich die Absätze ihrer Schuhe bei jedem Schritt versanken. »Das Haus hat übrigens Platz für über zweitausend Zuschauer«, sagte Chrystal.

»Zweitausend…« Mimi schluckte. Würde sie Platzangst bekommen in einem Raum so voller Menschen?

Ein paar junge Frauen, die auch auf dem Weg in den Theatersaal waren, schienen Chrystal zu erkennen und kicherten aufgeregt. Chrystal würdigte sie keines Blickes.

Das Theater war so hoch wie eine Kathedrale, und die Decke in Form eines Baldachins war komplett vergoldet. Kronleuchter, gegen die die in Will Schneiders Villa winzig wirkten, spendeten glitzerndes Licht. Mimi folgte Chrystal einmal quer durch den ganzen Saal. Statt in einer der unzähligen Reihen seitlich vom Hauptgang Platz zu nehmen, stiegen sie links von der Bühne eine elegante, breite Treppe hinauf. Dort oben, in der ersten Reihe des Balkons, nahmen sie schließlich auf weichen Polstersesseln Platz.

Chrystal hatte gerade bei einem der Kellner zwei Gläser Champagner bestellt, als das mehrköpfige Orchester vor der Bühne mit einem Marsch begann. Nur Momente später hob sich der Vorhang, und der erste Film begann.

Es war eine Art Abenteuerfilm mit Seefahrern, die ein Schiff von Piraten kaperten. Chrystal war eine schöne Piratin, die mehrmals mit beherzten Sprüngen von einem Schiff aufs andere wechselte und genauso beherzt erst den einen Kapitän, dann den andern küsste. So ganz verstand Mimi den Sinn der Handlung nicht – gab es überhaupt einen? –, dennoch war sie fasziniert. Die Detailverliebtheit in jeder Einstellung, die vielen Schauspieler, die Schnelligkeit im Wechsel der Szenen, die üppigen Kostüme... Wenn sie daran dachte, wie aufwendig es war, eine Fotografie mit ein paar Requisiten auszustatten und perfekt zu belichten, bekam sie eine leise Ahnung davon, welche Arbeit hinter solch einem Film steckte.

Und Chrystal war der Star! Daran gab es keinen Zweifel. Sie war es, die die Augen der Zuschauer wie ein Magnet anzog. Ihre Mimik und Pantomime waren so ausgeprägt, dass sie Mimi an die Tanzaufführung erinnerten, zu der Josefine sie einst in Berlin geschleppt hatte – Isadora Duncan hatte die Tänzerin geheißen, und ihr Ausdruckstanz war Mimi bis heute im Gedächtnis geblieben. Und dann die Art, wie sie allein mit ihren Augen sprach...

Nach ungefähr zehn Minuten endete der Film – Chrystal hatte eins der Schiffe gekapert und war mit einem der beiden Streithahn-Kapitäne davongeschippert –, und das Licht ging an.

»Na?«, fragte Chrystal auffordernd.

»Das hier ist alles unglaublich!«, erwiderte Mimi beeindruckt. »Der Film, du, dieses Lichtspielhaus! Wer um alles in der Welt hat so viel Geld, solche aufwendigen Konzepte zu verwirklichen?«

Chrystal gab ein leises, abfälliges Geräusch von sich. »Die Multimillionäre und Investoren der Ost- und Westküste! Sie bauen derzeit einen dieser Paläste nach dem andern. Und sie finanzieren immer teurere und aufwendigere Filme. Die kleinen *Nikelodeons* aus der Anfangszeit – Lichtspielhäuser, die man für einen Nickel besuchen durfte – können da schon lange nicht mehr mithalten. Jetzt, wo die Leute wissen, was für prächtige Filmtheater es gibt, wollen sie nicht mehr in irgendeinem kleinen Haus hocken und billig gemachte Filme gucken.«

»Aber kann sich der einfache Mann einen Besuch hier überhaupt leisten? Das ist doch sicher alles furchtbar teuer! Darf ich fragen, was du für die Eintrittskarten gezahlt hast?«, sagte Mimi.

Chrystal nannte einen erstaunlich niedrigen Preis. »Das ist ja das Geheimnis der Filmtheater. Sie erlauben jedem, sich für eine kurze Zeit aus seinem tristen Alltag wegzuträumen.«

Genau wie sie selbst mit ihren Atelierfotografien, dachte Mimi, dann begann schon der nächste Film. Und wieder verstand Chrystal es, Mimi mit ihrem Schauspiel zu überzeugen. Kein Wunder, dass Will Schneider so große Hoffnungen in sie setzte. Chrystal Kahla war wirklich großartig!

Wie am ersten Abend speisten sie zu dritt. Ein etwas frischerer Wind war aufgekommen, und so saßen sie im Esszimmer an einem Tisch, an dem zwanzig Gäste Platz gehabt hätten. Will Schneider erzählte von seiner Anfangszeit in Amerika, Mimi hörte gebannt zu. Umgekehrt stellte Will aber auch immer wieder ihr Fragen. Kam die deutsche Wirtschaft nach den vier Kriegsjahren wieder auf die Beine? Hatte sie gar vom Krieg profitiert? Mimi bemühte sich redlich um kluge Antworten, blieb die eine oder andere aber dennoch schuldig. Sie hatte den Krieg auf der einsam gelegenen Schwäbischen Alb erlebt, und viele ihrer Informationen stammten aus der Zeitung.

Der Besuch im Lichtspielhaus, das pompöse Mountain Vista House, Will Schneider und Chrystal Kahla… Das alles erschien ihr wie ein verrückter Traum. Doch als Mimi sich einmal unauffällig in den Arm zwickte, tat es weh.

Es war schon fast neun, als Mimi und Chrystal sich in einen etwas kleineren Wohnraum zurückzogen. Darin stand eine Sitzgruppe mit riesigen, dick gepolsterten Sesseln, die alle zur raumhohen Glasfront ausgerichtet waren. Auf einem kleinen Tischchen gab es verschiedene Getränkekaraffen – Wein, Wasser, Saft. Dabei kamen sie gerade erst vom Abendessen, dachte Mimi, wieder einmal eingeschüchtert von so viel Luxus.

»Dann legen wir mal los!«, sagte sie mit mehr Selbstbewusstsein, als sie verspürte. Was tat sie hier eigentlich? Schreiben hatte ihr zwar schon immer Spaß gemacht, aber außer ein paar Texten zu ihren Alltagserfahrungen – man konnte sie nicht einmal Tagebuch nennen –, hatte sie bisher keinerlei Erfahrung. Und da wollte sie ein Buch über Chrystal Kahlas Leben schreiben? Bei dem Gedanken zitterte der Füllfederhalter in ihrer Hand so sehr, dass sie die Hand auf ihrem Notizbuch ablegen musste.

»Ist es auch wirklich in Ordnung, dass wir dein Leben aufschreiben?«, fragte sie noch mal nach und wusste nicht, was sie sich mehr wünschte: dass Chrystal Ja sagte oder nein. »Was ist mit den befürchteten Messern in deinem Rücken?«

Souverän winkte Chrystal ab. »Die werden an mir abprallen wie Wasser an einer Ente. Ich habe den Gedanken den ganzen Tag im Hinterkopf gehabt, und ehrlich gesagt, habe ich inzwischen richtig Lust drauf, die eine oder andere Wahrheit ans Licht zu bringen.« Sie lachte mit diebischem Vergnügen. »Ich glaube, das wird die Rolle meines Lebens!«

Nun musste auch Mimi schmunzeln. »Dann schieß mal los.«

Die Schauspielerin zog ihre langen, schlanken Beine unter sich und holte tief Luft. »Ich war ein junges Mädchen im Alter von zwanzig Jahren, als ich von zu Hause wegging. Meine Eltern heißen Sonja und Paul Merkle. Meine Brüder heißen Justus und Fritz. Eine kleine Schwester habe ich auch.«

Sollte sie diese ersten Anfänge später auch aufschreiben?, fragte sich Mimi. War das für amerikanische Leserinnen und Leser interessant? Zur Sicherheit machte sie sich ein paar Notizen.

»Es ist also acht Jahre her, dass ich in Amerika ankam. Alles war sehr neu für mich. Ich verstand kein Wort Englisch, und sprechen konnte ich es natürlich auch nicht. Das war schwierig für mich. Aber eine Umkehr kam nicht infrage. Und so stieg ich in einen Zug Richtung Westen. Unterwegs lernte ich einen Ingenieur kennen. Von ihm erfuhr ich, dass in der Nähe von Los Angeles Öl gefunden worden war und dass die Stadt seitdem viele Amerikaner aus anderen Landesteilen anzog, aber auch Einwanderer – er war selbst auch einer. Der Mann sagte zudem, dass es dort noch einen neuen Industriezweig gäbe, nämlich die Filmindustrie. Das läge daran, dass es in Kalifornien viele verschiedene Landschaften gibt und man folglich für jeden Film die entsprechende Kulisse vorfindet. Die ganzen Informationen waren sehr interessant für mich. Ich wusste ja noch nichts und ...«

Ob es der lange Tag war oder Chrystals plötzlich etwas monoton klingende Stimme – jedenfalls hatte Mimi Mühe, ein Gähnen hinter vorgehaltener Hand zu verstecken.

»Ich langweile dich!« Abrupt sprang Chrystal auf. »Das ist ja auch wirklich kein Wunder. Ich höre mich an wie ein Schulmädchen, das einen Aufsatz über seine Erlebnisse vom letzten Sonntag schreibt. Sorry, aber ich kann das nicht! Das war's, Schluss mit der Biografie.« Sie ging zum Fenster, schaute hinaus in die dunkle Nacht, ihre ganze Haltung trotzig gespannt.

»Du langweilst mich gar nicht!«, rief Mimi entsetzt. »Es ist nur ... ich weiß nicht ... Am besten sprichst du jetzt auch frei von der Leber weg, so wie gestern Abend. Da hast du so lebendig erzählt, dass Will und ich nicht genug bekommen konnten.«

»Gestern Abend, da ging es auch um nichts. Ich hatte zwei Gläser Rosé intus und war entsprechend locker«, winkte Chrystal ab. »Aber jetzt ist es doch was völlig anderes. Ich muss die ganze Zeit daran denken, dass alles, was ich sage, einmal in einem Buch steht! Aber was *ich* denke oder fühle, hat doch noch nie jemanden interessiert.« Chrystal lachte bitter auf. »Jeder sieht nur das in mir, was er will. Meine Eltern sahen in mir die brave Magd, Anton das schönste Mädchen im Dorf, ich war so eine Art Trophäe für ihn. Die Filmleute sehen in mir die verführerische Blondine, die verwandlungsfähige Schauspielerin, die Goldmarie, mit der man richtig viel Geld verdienen kann. Bitte versteh mich nicht falsch, *ich* habe damit kein Problem!« Sie hob abwehrend beide Hände. »Soll jeder von mir denken, was er will. Nur merke ich gerade, dass ich die Frage, wer ich *in Wahrheit* bin, gar nicht so einfach beantworten kann. Dabei würde es mich selbst interessieren! Doch irgendwie...« Sie hob hilflos die Schultern. »Irgendwie ist mir im Laufe der Jahre meine innere Stimme abhandengekommen. Ich bin *Stummfilmschauspielerin*, Mimi. Was ich zu *sagen* habe, interessiert niemanden, und wer ich bin, erst recht nicht. Tut mir leid, dass mir das nicht schon heute Morgen klar war, sonst hätte ich nicht deine und Wills Hoffnungen bezüglich dieses Projekts genährt, sondern es gleich abgeblasen.«

Für einen langen Moment schwieg Mimi. »Ich glaube, so geht es auch uns anderen Frauen und nicht nur dir als Stummfilmschauspielerin«, sagte sie schließlich leise. »Bei den vielen Ansprüchen, die man an uns stellt, fällt es einem manchmal verdammt schwer, die zu sein, die man wirklich ist! Aber könnte es nicht sein, dass dieses Projekt hier eine Chance für dich ist, das zu ändern? Hier und heute geht es nur um dich, um den wahren Menschen Chrystal. Es kann gut sein, dass deine ›innere Stimme‹, wie du es nennst, durch die vielen Rollen, die du in deinem Leben schon gespielt hast, ein wenig eingerostet ist – so wie das Torschloss einer alten Tür, das lange niemand mehr benutzt hat. Aber diese Biografie hier könnte dir deine eigene Identität wiedergeben!«

»Meine Identität – wie hochtragend das klingt.« Chrystal seufzte. »Ich würde gern dran glauben. Meinst du wirklich, wir kriegen das verrostete Türschloss geöffnet?«

Mimi lächelte zuversichtlich. »Wir können es wenigstens versuchen!«

Sie schlug vor, mit dem Zeitpunkt von Chrystals Ankunft in Los Angeles zu beginnen. Die Überseefahrt und ihre erste Nacht in New York hatte Chrystal schließlich schon ausführlich geschildert, sodass Mimi dies aus der Erinnerung aufschreiben würde. Und über Laichingen konnten sie sich auch ein andermal unterhalten.

Und so begann Christel zu erzählen.

»Das erste Mal hatte ich ein abenteuerliches Kribbeln ausgerechnet in dem Moment verspürt, als ich Freddy Forsythe tot in seiner Kabine auffand und wusste, dass ich fortan auf mich allein gestellt sein würde. Dasselbe Kribbeln verspürte ich wieder, als ich in Los Angeles ankam. Der Öl-Ingenieur war ein wenig traurig darüber, dass sich unsere Wege trennten. Ich glaube, er hätte mir einen Heiratsantrag gemacht, wenn ich es darauf angelegt hätte. Aber was sollte ich in einem öden Kaff, in dem es nichts gab außer Bohrtürme? Ich wollte den Duft von Parfüm in der Nase haben und nicht den Gestank nach Öl!

Schon als ich allein durch Downtown Los Angeles lief, spürte ich, dass dort ein völlig anderer Geist herrschte als in New York. Die Leute mochten auch arm sein, aber sie waren fröhlich, ja regelrecht aufbruchslustig! Hochhäuser gab es nur wenige, dafür reihte sich ein Laden an den andern. In New York hatte ich gar nicht schnell genug zu meinem Hotel kommen können, so unwohl fühlte ich mich – in Los Angeles ließ ich mir Zeit, um die Atmosphäre aufzusaugen. Nie hätte ich geglaubt, dass es so viele Restaurants gibt! Und Bäckereien – deutsche, jüdische, sogar eine italienische Bäckerei war damals schon ansässig. Bei dem Duft, der aus den Läden strömte, knurrte mein Magen laut, ich hatte nämlich seit Ewigkeiten nichts mehr gegessen. Ich hatte das Geld von Anton und das – sagen wir mal – ›Erbe‹ von Freddy Forsythe. Aber ich wollte es nicht verschwenden, nur um mir den Bauch vollzuschlagen. Ich kaufte mir also ein bröseliges Gebäckstück. Als der Besitzer sah, dass ich es gleich auf der Straße herunterschlingen wollte, rief er: ›Stop! Momento, Signorina!‹ und brachte mir den ersten italienischen Espresso meines Lebens. In Amerika!«

Chrystal lachte auf, und auch Mimi lächelte.

»Und dann die vielen Modegeschäfte! Was es da alles gab – Kostüme, Handschuhe, Hüte, Unterwäsche… Nicht so langweiliges Leinenzeug, wie es bei uns zu Hause in den Webereien hergestellt wurde, sondern feinste Spitzenware und sehr verführerisch. Zum ersten Mal in meinem Leben sah ich einen Büstenhalter. Ich glaube, ich bin puterrot angelaufen, als ich die spitzen Tüten entdeckte. Nie im Leben würde ich mich trauen, diese eleganten Geschäfte zu betreten, dachte ich, und im selben Moment schoss mir der Gedanke durch den Kopf: Hier würde es Mutter auch gefallen! Einen Moment lang verspürte ich Heimweh und Traurigkeit, doch lange hielt ich mich damit nicht auf. Ich hatte schließlich viel vor!

Zuerst benötigte ich ein Zimmer. Auch da war ich geizig, wollte nur das Allernötigste ausgeben, und so suchte ich ein wenig abseits vom Zentrum, dort, wo die Geschäfte nicht mehr ganz so elegant waren. Ein einfaches Haus mit gelben Bretterwänden und der Aufschrift ›Rooms‹ hatte es mir angetan – es sah sauber und günstig aus. Also fragte ich – wieder einmal mit Händen und Füßen – nach einem Zimmer. Und im nächsten Moment fiel ich aus allen Wolken.« Chrystal machte eine kleine Kunstpause.

Mimi, die eifrig mitgeschrieben hatte, hielt inne. »Wieso denn das?«

Chrystal hob die Augenbrauen. »Das Haus war ein Bordell! Und Randy Rita war die Puffmutter, die über alles und jeden regierte. ›Klar kannst du ein Zimmer haben, Baby. Bei deinem Aussehen werden die Verehrer Schlange stehen‹, sagte sie mit ihrer tiefen Stimme in breitestem Sächsisch zu mir und hatte bei meinem Anblick Dollarzeichen in den Augen. Als sie mir mitteilte, dass sie nach jedem ›Besuch‹ einen Anteil von zehn Prozent verlangte, sagte ich ihr klipp und klar, dass ich nicht anschaffen, sondern ein Filmstar werden wollte. ›Schätzchen, glaubst du, das ist ein großer Unterschied?‹, entgegnete Randy Rita lachend. Dann fasste sie eines der Mädchen, das gerade den Gang entlanglief, am Ärmel und sagte: ›Schau dir nur Fae an! Die ist bei den Kunden so beliebt, dass sie mehr Geld in der Woche verdient als ein halbes Dutzend Schauspielerinnen zusammen!‹«

»Anschaffen, Anteil von zehn Prozent – bei diesen Bemerkungen war dir gleich klar, dass es sich um ein Bordell handelte? Woher wusstest du, dass es so etwas überhaupt gibt?«, fragte Mimi stirnrunzelnd nach. Unauffällig dehnte sie ihre rechte Hand, die vom vielen Schreiben schon wehtat.

»Vor seinem Tod unterhielt sich Freddy einmal mit den englischen Offizieren auf dem Schiff. Ich stand daneben, und auf mein Drängen hin übersetzte er mir die

Unterhaltung – es ging darum, dass sie als Erstes Prostituierte aufsuchen wollten, sobald sie an Land waren. Als ich dann bei Randy Rita im Hausflur stand, zählte ich schlicht eins und eins zusammen. Rita stammt ursprünglich aus Dresden, allein aus diesem Grund wollte ich schon bei ihr wohnen – ich konnte ja noch kein Englisch und war froh, mich überhaupt mit jemandem unterhalten zu können.« Chrystal seufzte. »Aber natürlich bestand ich auf meinen Regeln! Entweder ich konnte ganz normal ein Zimmer mieten, oder ich würde wieder gehen, sagte ich zu Randy Rita. Dass ich so beharrlich blieb, schien ihr irgendwie zu imponieren.«

»Du hast dir wirklich ein Zimmer in ... einem Bordell genommen?«

»Warum nicht? Es war sauber, günstig und zentral gelegen«, erwiderte Chrystal trocken. »Außerdem war ich in dem Moment einfach müde und hatte keine Lust, noch weiter durch die Stadt zu irren. Im Nachhinein muss ich sagen, dass meine Entscheidung die beste war, die ich hatte treffen können, denn Randy Rita entdeckte ihre mütterlichen Gefühle für mich und nahm mich unter ihre Fittiche. Was ich bei ihr gelernt habe, hilft mir heute noch weiter.« Chrystal lächelte wehmütig. »Ihr habe ich so vieles zu verdanken ...«

Was um alles in der Welt kann man von einer Bordellbetreiberin lernen?, wollte Mimi fragen. Und: Waren Bordelle zu dieser Zeit nicht schon längst verboten? Doch nun, da Chrystal ihren unterhaltsamen Erzählstil wiedergefunden hatte, mochte sie sie nicht mit unnötigen Fragen unterbrechen. Und so schwieg Mimi und hörte zu, wie Chrystal tief eintauchte in ihre eigene Geschichte.

8. Kapitel

Los Angeles, Dezember 1912

Als Christel am nächsten Morgen aufwachte, wusste sie einen Moment lang nicht, wo sie war. Orientierungslos irrten ihre Augen durch den Raum. Ein ausgestopfter Büffelkopf und eine Art aufgerolltes Seil hingen an der Wand neben ihrem Bett. Gegenüber gab es einen schmalen Holzschrank, auf dessen Tür ein blasser Abdruck verdächtig dem eines Männerstiefels ähnelte. Auf einem Tisch hatte Christel ihre Reisetasche abgestellt. Er stand vor dem blitzblank geputzten Fenster, doch auch ein Blick nach draußen brachte Christel in ihrem Zustand zwischen Schlaf und Wachsein nicht weiter – außer gleißender Sonne sah sie nichts.

Sie räusperte sich, ihr Hals war trocken, als hätte sie schon zu lange nichts mehr getrunken. Schließlich kam die Erinnerung zurück. Die Reisetasche. Amerika. Die lange staubige Zugfahrt, die kleine Pension, die in Wahrheit ein Bordell war. Sie, die Christel Merkle aus Laichingen, die in Hollywood Schauspielerin werden wollte.

Aus Christels trockener Kehle kroch ein leicht hysterisches Kichern. Abrupt schwang sie ihre Beine über den Bettrand. Höchste Zeit, sich auf die Suche nach einer anständigen Tasse Kaffee zu machen, bevor sie vor lauter Durst noch irre wurde.

Als Christel eine Viertelstunde später in die Küche kam, saß ein halbes Dutzend junger Frauen rund um den Tisch, trank mehr oder weniger munter Kaffee, kratzte sich den Dreck unter den Nägeln hervor oder starrte einfach ins Leere. Alle waren ausgesprochen attraktiv, stellte Christel nach einem raschen Blick in ihre Gesichter fest, wenn auch jede auf ihre Art: Die eine war rundlich und hatte eine fast durchsichtig scheinende Haut, so zart wie die eines Neugeborenen. Die Nächste hatte tiefschwarze Haare und einen dunklen Teint, wieder eine andere sah aus wie eine Asiatin.

Randy Rita stand an der Anrichte und schmierte einen Teller Brote. Wie am Vortag war sie in ein schwarzes, hochgeschlossenes Kostüm gekleidet, das ihre schlanke Figur betonte.

Christel nuschelte mit gesenktem Kopf ein Hallo in die Runde und blieb unsicher an der Tür stehen.

»Setz dich ruhig dazu, Frühstück ist bei mir im Zimmerpreis inklusive.« Schwungvoll stellte Randy Rita den Teller mit Marmeladebroten auf den Esstisch.

Christel zog sich den letzten freien Stuhl heran, dann nahm sie sich hungrig eins der Brote, solange es noch welche gab.

Zu ihrem Erstaunen schenkten die anderen jungen Frauen dem Essen aber keine Beachtung. Dafür warfen sie ihr, die so herzhaft zulangte, verächtliche Blicke zu. Christel kümmerte es nicht.

Randy Rita goss ihr Kaffee ein, dann nahm sie sich auch eine Tasse.

»Wir sind uns gestern schon kurz begegnet«, sagte eine zierliche, braunhaarige Schönheit mit einem deutschen Akzent, so weich wie geschmolzener Honig. »Ich bin Fae und komme ursprünglich aus Wien.«

»Christel. Aus Laichingen.« Christel erwiderte Faes Händedruck, und als sie die junge Frau nun erst mal genauer ansah, wandte sie peinlich berührt den Blick ab. Die Österreicherin trug nur ein dünnes Nachthemd und sonst nichts darunter. Schlimmer noch, der Ausschnitt war so groß, dass nicht nur der Brustansatz zu sehen war, sondern auch die Brustwarzen! So etwas schickte sich nun wirklich nicht, dachte Christel entrüstet. Ihr Blick schweifte unauffällig über ihre Mitbewohnerinnen, und sie erkannte zu ihrem Entsetzen, dass alle so leicht bekleidet waren. Die eine trug nur einen Unterrock, durch den man ihre Beine sah. Eine andere hatte ihre Bluse viel zu weit geöffnet. Die Übernächste trug einen Büstenhalter, der ihre Brust auf unnatürliche Weise nach oben hob. Angepriesen wie zwei Äpfel auf einem Marktstand!, fand Christel und zog trotz der stickigen Hitze im Raum ihre Strickjacke enger um sich.

Eine der Frauen warf ihr einen abschätzigen Blick zu und sagte etwas.

»Lindsay will wissen, was du hier in Los Angeles vorhast«, übersetzte Fae.

»Ich will zum Film«, sagte Christel so überzeugend wie nur möglich zwischen zwei Happen Brot.

Fae übersetzte erneut. Die Frauen lachten. Eine rothaarige Schönheit zischte etwas Unfreundliches.

»Film hin oder her – du sollst es nicht wagen, ihnen

ins *business* zu funken«, übersetzte Fae. »Wenn du ihnen Kunden abspenstig machst, kann es sein, dass du Prügel beziehst!«

Christel runzelte die Stirn. »Sag ihnen, dass sie sich ihr... *business* und ihre Kunden sonst wohin stecken können«, erwiderte sie grobschlächtig. »So liederlich würde ich mich nie präsentieren, pfui Teufel!«

Bevor sie wusste, wie ihr geschah, stand Randy Rita bei ihr und kniff ihr heftig in den rechten Oberarm, sodass Christel einen Schmerzenslaut ausstieß.

»Kein loses Mundwerk in meinem Haus, junge Frau! Und wenn du hier Ärger machen willst, bist du dein Zimmer so schnell wieder los, wie du es bekommen hast.«

»Die andern haben angefangen«, erwiderte Christel patzig und rieb sich den schmerzenden Arm. »Außerdem verstehen die doch eh kein Deutsch.«

Unter niedergeschlagenen Lidern schossen, von Randy Rita mehr oder weniger unbemerkt, feindliche Blicke wie Gewehrkugeln über den Tisch.

Das konnte ja heiter werden, dachte Christel. Vielleicht war ein Zimmer im Bordell doch nicht die beste Wahl?

»Das gerade war nur ein erster Vorgeschmack darauf, was dich hier in Los Angeles erwarten wird«, sagte Randy Rita zu Christel, als sie allein in der Küche waren. Die anderen Frauen hatten entweder frühe Kundschaft oder etwas zu erledigen oder wollten zum *Shopping*. Shopping – eins der ersten Wörter, die Christel lernte.

»Tut mir leid, dass ich ein wenig... forsch war«, sagte Christel und verdrehte innerlich die Augen. Wenn Rita glaubte, sie würde sich alles gefallen lassen, hatte sie sich getäuscht!

Als könne sie Gedanken lesen, sagte die Ältere: »Dein freches Mundwerk ist *ein* Problem, aber nicht dein größtes. Du bist zu schön, das ist das Problem! Selbst hier in Los Angeles, wo es wahrlich viele schöne Frauen gibt, wirst du auffallen wie ein Diamant unter Kieselsteinen. Kein Wunder, dass die Frauen eifersüchtig sind!«

Sie, ein Diamant unter lauter Kieselsteinen? Das ging runter wie Öl! »Und was ist daran verkehrt?«, fragte Christel selbstbewusst.

Randy Rita lachte rau. »Wenn du nur Neid und Missgunst auf dich ziehst, wirst du es doppelt schwer haben zu bestehen. Die Konkurrenz ist hart, und das in jeder Branche, glaube mir! Ohne ein bisschen Schützenhilfe vom einen oder andern schafft man es nicht.«

»Soll ich mich etwa in Sack und Asche kleiden, nur damit keine andere Frau neidisch auf mein Aussehen ist? Soll ich meine blonden Haare unter einem Kopftuch verstecken und die Unschuld vom Lande spielen? Dann kann ich in der Filmbranche gewiss niemanden beeindrucken! Darf nicht jede zeigen, was sie hat? Deine Mädchen verbergen ihre Reize ja auch nicht gerade. Vielmehr habe ich das Gefühl, dass sich alle darin übertrumpfen wollen, so viel Haut wie möglich zu zeigen.« Christel blitzte ihre Zimmerwirtin herausfordernd an.

Randy Rita klopfte sich amüsiert auf die Schenkel. »Die Unschuld vom Lande würde man dir keinen Moment lang abkaufen, Herzchen! Und ja, du hast recht – nackte Haut gibt es hier an jeder Straßenecke. Wenn du klug bist, steigst du in dieses Spiel erst gar nicht ein. Wenn du die Männer verrückt nach dir machen willst, solltest du das auf andere Art und Weise tun – verführerisch und geheimnisvoll. Wertvoll statt billig, verstehst du?«

Christel schüttelte den Kopf und sagte: »Tut mir leid, aber da komme ich nicht mit.« Sie legte ihren Kopf schräg und machte einen Schmollmund, so wie sie es schon immer getan hatte, wenn sie etwas von jemandem wollte. »Rita, wenn sich jemand damit auskennt, was hier in Los Angeles gefragt ist, dann doch wohl du. Sag, könntest du mir nicht ein wenig... Schützenhilfe geben?«

Die Bordellbesitzerin schaute Christel kritisch an und zuckte dann mit den Schultern. »Warum eigentlich nicht? Der Laden läuft inzwischen gut ohne mich, ein wenig Zeit hätte ich...« Sie überlegte noch kurz, ehe sie fortfuhr: »Ja, das könnte mir Spaß machen. Aber nur, wenn du versprichst, mir brav zu folgen!«

Christel strahlte wie ein Honigkuchenpferd.

Randy Rita schnappte sich Block und Stift von der Anrichte, kritzelte etwas darauf und riss das Blatt ab. »Das hier ist die Adresse von meinem alten Freund Samuel. Er stammt aus Böhmen, lebt aber schon ewig hier. Von Sam haben schon viele die englische Sprache gelernt. Solange du kein Englisch sprichst, läuft nämlich gar nichts. Am besten suchst du ihn noch heute auf.«

Christels Grinsen erlosch. »Englischunterricht? Ich dachte... du zeigst mir ein paar schöne Geschäfte und vielleicht auch schon ein oder zwei dieser... Filmstudios!« Natürlich würde sie Englisch lernen müssen. Aber doch nicht sofort, oder? Bisher hatte sie schließlich überall jemanden getroffen, der halbwegs gut Deutsch verstand.

»Herzchen, bis du bei einem Filmstudio vorsprechen kannst, ist es noch ein langer Weg. Du magst vielleicht ein Diamant sein, aber ein ziemlich ungeschliffener! Wir müssen also zuerst einmal deine Facetten zum Strahlen bringen. Aber mit einem hast du recht …« Behände wie eine halb so alte Frau, sprang Randy Rita auf. »Am besten lernt man am Objekt. Zieh dich an, und dann auf zum Shopping!«

»Fühl mal diese Seide hier!« Einladend hielt Rita ihrem neuen Schützling die roséfarbene Seidenbluse hin.

Folgsam ließ Christel ihre Finger über das Kleidungsstück gleiten. »Sie ist weich wie ein Pfirsich und gleichzeitig kühl«, sagte sie überrascht. »Das fühlt sich bestimmt wunderschön auf der Haut an … Ob ich die Bluse wohl einmal anhalten darf?« Sehnsüchtig schaute Christel in Richtung des großen Spiegels, der im hinteren Teil des Geschäfts stand.

Rita lachte. »Nun mal langsam, hier und jetzt geht es darum, dass du die Besonderheiten der einzelnen Stoffe wahrnimmst, scheinbar kennst du ja nichts außer grobem Leinen.« Sie warf Christels Ausgehkostüm einen missfälligen Blick zu. »Schau mal, siehst du den Faltenwurf der Seide? Er ist einzigartig!« Schon hielt Rita Christel eine zweite, teerosenfarbene Bluse hin. »Das hier ist auch Seide, aber man nennt diesen speziellen Stoff Chiffon.«

Das fließende, leicht transparente Gewebe fühlte sich ein wenig rauer, aber nicht unangenehm an. »Dieser Kragen – wie ein Wasserfall! Der Faltenwurf ist ja noch schöner als bei der ersten Bluse«, stellte Christel erstaunt fest.

Rita nickte anerkennend. »Wähle immer Stoffe aus, die deine Rundungen sanft umschmeicheln. Deine Verehrer sollen deine weiblichen Reize mehr ahnen als sehen, verstehst du?«

Christel nickte unsicher.

»Eine zarte Bordüre hier, etwas durchbrochener Spitzenstoff da – wenn du es geschickt anstellst, kannst du die Männer allein mit der Art, wie du dich kleidest, verrückt machen. Und dafür brauchst du weder deine Brüste noch deine Beine ganz zeigen. Schau, ist das nicht verführerisch?« Randy Rita hielt sich einen bodenlangen Rock an den Leib, dann bewegte sie sanft ihre Hüften hin und her. Der Stoff – war dies ebenfalls Chiffon?, fragte sich Christel – zeichnete bei jeder Bewegung Ritas Schenkel nach, natürlich ohne die Beine selbst zu zeigen. Wie reizvoll! Ein leichter Schauer erfasste Christel.

»Siehst du den hohen, breiten Bund? Eine schlanke Taille ist bei der heutigen Mode ungemein wichtig«, fuhr Rita fort. »Wenn du allerdings weiterhin beim Frühstück drei Marmeladebrote futterst, ist deine Taille bald dahin.«

Schuldbewusst schaute Christel zu Boden.

»Sie sollte so schlank sein, dass dein Verehrer sie mit beiden Händen umfassen könnte. *Das* macht Männer verrückt!«

»Und mich macht es verrückt, wenn ich hungrig bin! Da kaufe ich mir doch lieber einen dieser Gürtel aus Seide oder Leder und schnüre mich damit ein.« Eine Spur trotzig, zeigte Christel auf einen Ständer, über dem eine Vielzahl verzierter Gürtel hing. Manche waren schmal wie eine Perlenkette, andere so breit wie ein Korsett.

»Na, auf den Mund gefallen bist du jedenfalls nicht«, erwiderte Rita gutmütig. Christels Protest ignorierend hängte sie alle Kleidungsstücke wieder zurück. »In unserer ersten Lektion kann ich dir nur einen kleinen

9. Kapitel

Hollywood, Anfang Mai 1919

»Wie man sich in Unterwäsche bewegt?« Entgeistert schaute Mimi auf. Über eine Stunde lang hatte sie stichwortartig mitgeschrieben. Ihr Rücken schmerzte von dem viel zu weichen Sessel, aber das war ihr egal. Christels Geschichte hörte sich so verrückt an, dass man sie gar nicht glauben wollte! »Warum soll man in seidenen Unterhosen anders laufen als in welchen aus Leinenstoff?«

Chrystal lachte. »Rita ging es, glaube ich, nicht um die Unterwäsche, sie war ihr nur Mittel zum Zweck. Ich war damals so gehemmt, dass ich wie der Storch im Salat herumgestakst bin. Mit meinem Körper konnte ich nichts anfangen. Sicher, ich wusste, dass die Leute mich schön und attraktiv fanden. Aber ich selbst spürte es nicht, verstehst du?«

Mimi nickte vage, woraufhin die Schauspielerin ihre Beine andersherum übereinanderschlug und weitererzählte: »Bei uns zu Hause war alles Körperliche verpönt. Als ich mit dreizehn Jahren Brüste bekam, schaute mein Vater mich eines Abends über den Esstisch hinweg abfällig an und sagte nur: ›Jetzt fängt das Elend bei *der da* auch noch an‹.«

»Elend?« Mimi runzelte die Stirn. Auch bei ihr zu Hause war nie über körperliche Angelegenheiten gesprochen worden, aber als Elend hatte noch keiner ihren Körper bezeichnet. Und als »die da« hatte ihr Vater sie auch nie tituliert.

»Vater hatte Angst, dass ich als ledige Mutter mit einem Balg auf dem Schoß ende. Deshalb musste ich fortan Blusen tragen, die mir mindestens eine Nummer zu groß waren – Vater brachte sie mir höchstpersönlich aus der Gehringer-Weberei mit. Richtige Säcke waren das! Niemand sollte meine Weiblichkeit auch nur im Ansatz erahnen.« Chrystal schüttelte den Kopf, und Mimi las in ihren Augen Wut, aber auch Trauer.

»Dass ein Frauenkörper etwas Schönes ist, habe ich tatsächlich erst von Rita gelernt. Sie zeigte mir, wie man geschmeidig läuft und dabei die Hüften so bewegt, dass es erotisch, aber nicht ordinär aussieht. Von ihr lernte ich, dass man sehr wohl ein oder zwei Blusenknöpfe öffnen darf, aber eben nicht den dritten. Sie ließ mich stundenlang mit einem Buch auf dem Kopf die Treppe in ihrem Haus hoch- und runtersteigen. Schultern nach unten, Kopf hoch, Brust raus!« Lachend illustrierte Chrystal, wovon sie sprach.

Mimi nickte. »Sehr gut, sich bloß nicht verstecken!« Manchmal wollte sie selbst sich dennoch verstecken, vor allem, wenn Männer ihr unverschämt auf die Brust starrten, dachte sie und ärgerte sich über sich selbst. Mit vierzig sollte sie wirklich etwas souveräner sein! »Diese Randy Rita… Sie scheint mir eine außergewöhnliche Person zu sein. Woher kannte sie sich mit all dem so gut aus? *Ich* könnte dir den Unterschied zwischen Seide und Chiffon nicht erklären!«

»Seltsamerweise habe ich mich das anfangs nie gefragt, ich habe Rita einfach blindlings vertraut«, gab Chrystal zu. »Sie besaß in Dresden eine Schneiderwerkstatt, in der wohl die feinsten Damen, auch aus adligen Kreisen, verkehrten.« Sie zuckte mit den Schultern, als wäre es das Normalste von der Welt, dass eine sächsische Schneiderin in Los Angeles zur Bordellbetreiberin wurde.

»Können wir Rita nicht mal besuchen?«, fragte Mimi, einer plötzlichen Eingebung folgend.

Chrystals Miene verdunkelte sich. »Sie ist vor zwei Jahren gestorben. An Krebs. Es ging ganz schnell, Gott sei Dank. Am Ende war sie nur noch ein Schatten ihrer selbst. Sie hätte dir gefallen, glaube mir ...« Ein wehmütiges Lächeln huschte über ihr schönes Gesicht.

»Das tut mir leid«, sagte Mimi betroffen, lenkte dann aber gleich ab. »Und wie und wann hast du die englische Sprache so gut gelernt? Ich finde das absolut bewundernswert.«

»Danke für das Lob. Aber beim Erlernen der Sprache habe ich mich nicht gerade mit Ruhm bekleckert.« Chrystal verzog das Gesicht. »Samuel, Ritas alter Freund, ist in den Wochen und Monaten, in denen er mit mir Englisch gepaukt hat, grau geworden! ›Zum Film willst du, Mädel? Das ist gut! Da musst du nämlich nichts sprechen‹, knurrte er mehr als einmal, und ich wusste nicht, ob das als Trost für ihn oder für mich gedacht war.« Chrystal zog eine tragikomische Grimasse. »Ich tat mich so schwer mit dem Lernen, richtig peinlich war das! Dabei war es nicht mangelnder Wille, sondern einfach die fehlende Übung beim Lernen. Damals in Laichingen wäre ich gern noch ein oder zwei Jahre in eine weiterführende Schule gegangen, unser Lehrer hat deswegen sogar mit meinen Eltern gesprochen. Aber mit sechzehn hieß es: Ab an den Herd! Irgendjemand musste ja daheim den Haushalt erledigen – Mutter war schließlich mit den Babys beschäftigt!« Ihre Stimme triefte nur so vor Ironie. »Dass mich jemand zum Lernen antreibt, das gab es zu Hause nicht. Die Nase in Bücher zu stecken wurde als völlig unnütz betrachtet. Rita und Sam waren die Ersten, die mir zeigten, dass man aus seinem Leben etwas machen kann. Sie glaubten an mich, und sie nahmen sich Zeit für mich. Wenn es nach mir gegangen wäre, wäre ich am liebsten gleich nach meiner Ankunft zu einem der Filmstudios gegangen und hätte gesagt: ›Hier bin ich! Euer neuer Star!‹ Rita musste mich mehr als einmal fast mit Gewalt zurückhalten, diese Dummheit zu begehen. ›Du bist noch lange nicht so weit‹, sagte sie. ›Sollen die Filmleute einen geschliffenen Diamanten zu sehen bekommen oder einen groben Wackerstein?‹ Damit hat sie mich gekriegt. Nur einmal – da habe ich mich Ritas Ratschlägen widersetzt...«

»Ach ja?« Interessiert schaute Mimi von ihrem Notizbuch auf.

»Als sie mich zum Friseur schleppte! Ich sollte mir die langen Haare abschneiden und mir als eine der ersten Frauen eine Kurzhaarfrisur zulegen. Damit würde ich aus der Menge herausstechen, meinte Rita. Und dass ich es mir mit meinen hohen Wangenknochen leisten könne, Gesicht zu zeigen. Aber ich wollte die langen Haare behalten. So wenig ich meinen Körper damals liebte – meine Haare waren doch mein ganzer Stolz! Und im

Laufe der Jahre ist die blonde Mähne zu einer Art Markenzeichen geworden. Wenn ich heute eine Indianerin spiele, kann ich ja immer noch eine schwarze Perücke aufziehen!« Sie grinste.

Unwillkürlich griff sich Mimi an ihre elegante Hochsteckfrisur. Auch sie liebte ihre Haare – selbst wenn sich inzwischen immer mehr silberne Strähnen darin zeigten. Und sie hätte nie im Traum daran gedacht, sie abzuschneiden! »Man muss nicht jeder Modeströmung folgen«, sagte sie mehr zu sich selbst als zu Chrystal.

»Ganz genau – Mode muss man selbst kreieren!«, rief Chrystal exaltiert. »Und auch dabei war mir Rita ein Vorbild. Sie war in allem so fortschrittlich! Stell dir vor, sie war eine der ersten Frauen, die ihr Geld in Aktien anlegte. Und in mir hat sie denselben Appetit geweckt.«

»Aktien? Du spekulierst an der Börse?« Mimi war sprachlos.

»Hast du etwa geglaubt, das sei reine Männersache?« Chrystal warf ihr über ihr Weinglas hinweg einen spöttischen Blick zu.

Mimi schaute verlegen aus dem Fenster. Vor ihrem inneren Auge war tatsächlich Manhattan erschienen, wo schwarz gekleidete Herren – Investoren, Bankiers, Wertpapierhändler – das Straßenbild dominierten, hektisch unterwegs mit Aktenkoffer und Spazierstock, immer auf der Suche nach dem schnellen Geld. »Der Dow Jones Average regiert unser Land, Menschlichkeit und Gerechtigkeit müssen dahinter anstehen!«, hörte sie im selben Moment Benjamin sagen. Benjamin, der die Kluft zwischen Arm und Reich schließen wollte. Bisher hatte sie ihn noch nicht so sehr vermisst, wie befürchtet… Konzentrier dich, befahl sich Mimi, das hier ist deine Arbeit!

»Dann erzähl doch mal. Du an der Börse – wie hab ich mir das vorzustellen?«, sagte sie.

Doch Chrystal stand auf, streckte ihre langen Glieder und gähnte lautstark. »Ein andermal, Mimi, für heute ist Schluss. Wenn du wirklich morgen schon die ersten Fotografien von mir machen willst, sollte ich wenigstens einigermaßen ausgeschlafen sein!«

10. Kapitel

Rheinhessen, Kreuznach, 11. Mai 1919

Es war Sonntag. Alexander und Lena hatten sich zu einem Spaziergang im Kurpark getroffen und waren nun auf dem Weg zu Lenas Elternhaus, denn Lenas Mutter hatte zum Mittagessen gebeten. Alexander konnte sich nicht daran erinnern, wann er das letzte Mal so aufgeregt gewesen war. Vielleicht damals, als er sich um ein Stipendium in der Kunstschule beworben hatte? Oder vor seiner ersten Vernissage?

Mit einer Hand hielt er – in seinen feinsten Anzug gekleidet – Lenas Hand, mit der andern umklammerte er so fest einen Blumenstrauß, dass dessen Stiele immer weicher wurden. Während sie durch die Straßen Kreuznachs gingen, begann Lena mehr als einmal ein Gespräch, sichtlich bemüht, ihn ein wenig zu beruhigen. Doch statt sich darauf einzulassen, antwortete Alexander nur knapp und starrte dann wieder vor sich hin. Der Gedanke, dass er gleich Lenas Eltern kennenlernen würde, verkrampfte ihn so sehr, dass er kaum noch atmen, geschweige denn reden konnte! Was, wenn sie ihn nicht mochten? Oder wenn er sich völlig dusselig anstellte und sich blamierte?

»Keine Angst, die werden dich schon nicht fressen«, sagte Lena, die seine Gedanken lesen konnte. »Hier nach links!«

Schweigend folgte Alexander ihr in ein immer dichter werdendes Gewirr aus engen Gassen. Obwohl er weiterhin viel spazieren ging, war er in diesem Teil der Stadt noch nie gewesen. Hier waren die Straßen enger als rund um den Kurpark, die Häuser geduckter und schäbiger. Schmiedeeiserne Balkone und Blumenrabatten gab es nicht, dafür aber Dächer, an denen Ziegel fehlten, und Fensterläden, deren Farbe man nicht mehr erkennen konnte, so abgeblättert war sie. Weiter vorn in der Straße stritten ein paar magere Hühner um den Strunk eines Blumenkohlkopfs, ein streunender Hund verrichtete sein Geschäft direkt daneben. Aus einem Hinterhof roch es nach brackigem Wasser und faulenden Kartoffeln.

Alexander hob unmerklich die Brauen. War diese Gasse eine Abkürzung zu Lenas Elternhaus? Oder war dies etwa schon das Viertel, in dem ihr Zuhause lag? Lenas Vater arbeitete in einer Saline, ihre Mutter wusch Wäsche für andere Leute, reich waren die Enders also gewiss nicht. Aber waren sie wirklich so arm? In dem Fall hielten sie ihn in seinem feinen Zwirn bestimmt für einen Aufschneider! Am liebsten wäre er umgedreht und hätte sich daheim noch mal umgezogen.

Nun stell dich nicht an, rügte er sich, Lenas Eltern wussten schließlich, dass sie sich beim Herrenausstatter kennengelernt hatten.

Warum er überhaupt so aufgeregt war, konnte er nur ahnen. Er hatte noch nie einer Frau den Hof gemacht, und so musste seine Aufregung daraus resultieren. Trotz seines Mangels an Erfahrung wusste er jedoch, dass es »ernst« wurde, sobald man die Eltern kennenlernte, und so mochte seine Aufregung auch daher rühren.

Und ernst war es ihm mit Lena, so viel stand fest! In den vergangenen Wochen hatten sie sich regelmäßig getroffen, waren spazieren oder ein Eis essen gegangen, und manchmal führte Alexander Lena auch zum Essen aus. Einmal in der Woche besuchte er sie beim Herrenausstatter, ließ sich von ihr wie ein x-beliebiger Kunde beraten und kaufte dann unter verliebten Blicken und Getuschel ein Hemd oder eine Krawatte. Mit jedem Treffen wuchs die Vertrautheit zwischen ihnen. Inzwischen duzten sie sich auch. »Lena« – wann immer er ihren Namen aussprach, klang es wie Musik in seinen Ohren. Alexander vermochte sich nicht zu erinnern, wann er je so frei mit einem anderen Menschen hatte lachen können – nicht einmal mit Anton ganz früher, als sie noch Buben gewesen waren. Und ganz unbeschwert war ihr Gelächter damals auch nie gewesen, sondern immer geprägt von einer Art Galgenhumor, der von ihrem harten Alltag rührte. Lena jedoch war so herrlich unbeschwert! Wenn es regnete, war sie genauso fröhlich wie an Sonnentagen. Anfang des Monats, mit dem Lohn in der Tasche, war sie genauso zufrieden wie am Ende, wenn sie regelmäßig pleite war. Unangenehme Kunden, ein launischer Chef oder nebliges Regenwetter – Lenas gute Laune wurde durch nichts getrübt. Die Dinge waren nun mal, wie sie waren, und man tat gut daran, dies zu akzeptieren.

Diese Einstellung war nicht völlig neu für Alexander. Auch da, wo er herkam, sahen die Menschen ihre von Gott gegebene Aufgabe darin, das Leben so zu akzeptieren, wie es war. Nur war es in ihren Augen ein einziges Jammertal. Und auch wenn er es sich nur ungern eingestand – zu einem gewissen Teil hatte er diese innere Haltung übernommen. Von daher war für ihn, der, seit er sich erinnern konnte, ständig mit irgendetwas haderte, Lenas positive Einstellung dem Leben gegenüber eine völlig neue Erfahrung. Und eine, ohne die er nicht mehr leben wollte – ja, er war fast süchtig nach diesem Hochgefühl, das er in ihrer Nähe stets verspürte. War er mit Lena zusammen, erschien ihm jedes Grün noch grüner, jedes Blau noch blauer. Sein Herz war dann kein schwer in seiner Brust liegender Stein mehr, sondern ein fröhlich mit den Flügeln schlagender Paradiesvogel. Sogar seine Aquarellzeichnungen waren in den letzten Wochen immer farbenfroher geworden! Vorbei war die Zeit der sanften, naturalistischen Frühlingstöne – nun dominierten kräftige Farben seine Stadtansichten. »Übertreiben Sie es nicht, junger Mann!«, hatte der Galeriebesitzer letzte Woche zu ihm gesagt, als Alexander mit einem Schwung neuer Aquarelle bei ihm auftauchte – Stadtansichten in Blautönen, die Heilig-Kreuz-Kirche in einem kräftigen Rot, der durchs Nahetal mäandernde Fluss in einem fast türkisfarbenen Grün. Seine Kundschaft sei eher altmodisch und bevorzuge dezente Aquarelle, hatte der Galerist angesichts von Alexanders Farbexplosion mahnend hinzugefügt.

Alexander hatte nur gelacht und gemeint, dass der Sommer im Allgemeinen und das Leben im Besonderen doch viel zu schön seien, um nicht in satten Farben gemalt zu werden!

Das Leben war schön. So einfach war es. Er hatte erst Lena kennenlernen müssen, um dies zu verstehen.

»… schon seit vierhundert Jahren wird hier Salz gewonnen. Im Nahetal gibt's nämlich etliche Salzquellen. Die Technik, die bei uns im Gradierwerk eingesetzt wird, gibt es allerdings noch nicht so lange, die wurde erst im achtzehnten Jahrhundert erfunden. Weißt du, was ein Gradierwerk ist, Junge?« Lenas Vater, der in Unterhemd und Latzhose mit einer Flasche Bier am Esstisch saß, schaute Alexander erwartungsvoll an.

»So etwas wie eine Saline?«, sagte Alexander.

Martin Enders Faust raste so schnell und heftig auf den Esstisch hinab, dass das fürs Mittagsessen eingedeckte Geschirr erbebte. Auch Alexander zuckte zusammen, die andern in der Familie schien es jedoch nicht weiter zu kümmern.

»Ha!«, rief Lenas Vater. »Der alte Fehler! Ein Gradierwerk hat mit einer Saline rein gar nichts zu tun, denn…« Es folgten weitschweifende Ausführungen zum Verfahren der Tröpfelgradierung.

Wie die Leinenweber in Laichingen, dachte Alexander. Fingen die erst einmal an, über ihre Webstühle zu fachsimpeln, gab es auch kein Halten mehr. Ein leichter Schauer fuhr über seinen Rücken. Während Martin Enders gestenreich erklärte, wie das Solewasser mittels Wasserrädern aus der Erde gepumpt wurde und dann über große Gestelle aus Schwarzdornhecken rieselte, wo sich der Solegehalt im Wasser durch die Verdampfung immer weiter steigerte, wanderte Alexanders Blick hinüber zum Herd, wo Lena zusammen mit ihrer Mutter unter viel Getuschel und Gelächter Kartoffeln schälte und Salat putzte. Er war viel zu fein angezogen, dachte er beim Anblick von Hilde Enders verblichener Schürze, peinlich berührt.

Gleich beim Eintreten hatte Hilde Enders ihn in den Arm genommen und willkommen geheißen. In ihren wachen Augen blitzte der gleiche Schalk wie bei Lena, auch besaß sie dieselbe herzliche Art, hatte Alexander festgestellt, und seine Aufregung legte sich etwas.

Mit ihren grauen, dünnen Haaren und dem faltigen Gesicht wirkte Hilde Enders eher wie eine Großmutter, dachte er nun. Waren es die vielen Kinder, die Frau Enders so frühzeitig hatten altern lassen? Fünf Geschwister hatte Lena…

Vor Alexanders innerem Auge erschien wie aus dem Nichts die geplagte Miene seiner Mutter. Er musste Eveline dringend Geld schicken, der Mai war schon fast halb vorbei!, dachte er schuldbewusst. Als er noch in Stuttgart lebte, hatte Mylo die Überweisungen nach Laichingen für ihn getätigt. Nun, wo er selbst dafür zuständig war, vergaß er am Monatsanfang schon mal, das Geld zu schicken, und erinnerte sich erst Mitte des Monats oder noch später daran. Verflixt!

Lena fing seinen gequälten Blick auf, zuckte halb mitleidig, halb schadenfroh mit den Schultern, so als wollte sie sagen: Mitgehangen, mitgefangen!

Alexander zog unauffällig eine Grimasse, dann setzte er vor Martin Enders wieder eine interessierte Miene auf. Lenas Vater war für den Austausch und die Pflege der Schwarzdornhecken zuständig, erfuhr er.

»Eine sehr verantwortungsvolle Arbeit«, sagte Alexander.

Lenas Vater nickte stolz, dann trank er seine Flasche in einem Zug auf. »Hilde, noch ein Bier!«

»Hol's dir selber, du Faulpelz!«, erwiderte seine Frau lachend.

»Bleib sitzen, Papa, ich bin mal so freundlich«, erwiderte hingegen Lena. »Steht es wie immer kühl im Kohlekeller?«

Martin Enders warf seiner ältesten Tochter einen wohlwollenden Blick zu. »Junge, trink aus, auf einem Bein steht man schlecht!«, forderte er Alexander auf.

Alexander, der den bitteren Geschmack von Bier noch nie gemocht hatte, nahm pflichtschuldig einen Schluck aus seiner noch halb vollen Flasche. Hier im Rheinhessischen reihte sich ein Weinberg an den andern, er, Alexander, hatte vor allem an den trockenen Rieslingen Gefallen gefunden. Aber Wein war wohl eher etwas für die feinen Leute …

Ein Schauer lief über seinen Rücken, und schuld daran war nicht das herbe Bier.

Seit er hier war, hatte er das Gefühl, als wäre er aus dem Stand nach Laichingen katapultiert worden. Das Haus mit den kleinen Fenstern, so düster. Die abgelebte Einrichtung, so ärmlich. Der Herr des Hauses, im Unterhemd das Regiment führend. Die Frau des Hauses, vom Leben gezeichnet am Herd. Die Tochter, die der Mutter nacheiferte … Der Gedanke ließ ihn erneut schaudern.

Lächelnd brachte Lena zwei frische Bierflaschen an den Tisch. »Mehr gibt's aber nicht!«, sagte sie gespielt streng zu ihrem Vater. Grinsend setzte sie sich neben Alexander. Ihre beiden jüngsten Geschwister, die Lena seit ihrer Ankunft nicht von der Seite gewichen waren, folgten ihr.

Bella, das Nesthäkchen, schmiegte sich an Alexanders Bein und zog lautstark die Nase hoch. »Guck mal, meine Puppe«, sagte sie und hielt ihm einen Holzklotz hin, der in groben Zügen einer Puppe ähnelte. »Sie heißt Lisa.«

»Sehr schön«, sagte Alexander beklommen, ohne das leicht angeschmuddelte Teil in die Hand zu nehmen.

»Gustav hat Lisa geschnitzt. Wann immer ich im Geschäft an ein paar Stoffreste komme, nähe ich ein neues Puppenkleid«, sagte Lena stolz und wuschelte ihrer jüngsten Schwester liebevoll durchs Haar.

»Kannst du auch schnitzen?«, kam es herausfordernd vom dreizehnjährigen Gustav, der neben seinem Vater auf der Küchenbank saß und neidisch auf dessen Bierflasche schaute.

Alexander verneinte. Aber nähen konnte er, ging ihm durch den Kopf, und vor seinem inneren Auge sah er einen jungen Burschen, der in den Stuttgarter Schneidersalons blaue Stoffreste erbettelt hatte, um sich daraus Einstecktücher zu nähen. Kleine, seidige Quadrate, so blau wie das Gefieder eines Pfaus. Damals war er genauso arm gewesen wie diese Familie hier, und die Einstecktücher waren seine einzige Möglichkeit, sich als angehender Künstler eine Art Markenzeichen zu verleihen. Seine Mutter hatte keinen Pfennig übrig gehabt, um ihn zu unterstützen, er selbst hatte mit Handarbeiten ein paar Kreuzerle dazuverdient. Bis spät in die Nacht hatte er Socken geflickt, Blusen bestickt, Tischwäsche verziert, so wie die Frauen von Laichingen es taten. So wie er es bei seiner Mutter gesehen hatte. Erst als er zu Mylo gezogen war, hatte die Armut ein Ende gehabt und …

»Nun erzähl mal, was arbeitest du denn so, Junge?« Auffordernd hielt ihm Lenas Vater seine Bierflasche zum Anstoßen hin.

Alexander war in seinen Erinnerungen so weit weg gewesen, dass es einen Moment dauerte, wieder im Hier und Jetzt zu landen.

»Der Alexander ist Maler!«, antwortete Lena an seiner Stelle.

»Aha«, antwortete ihr Vater stirnrunzelnd, und Alexander sah, wie Martin Enders Interesse an ihm schlagartig erlosch. Mehr noch, es schlich sich eine gewisse Skepsis in den Blick des Mannes.

»Vater!« Lena stieß ihren Vater über den Tisch hinweg tadelnd an. »Sei nicht so arrogant! Nur weil jemand nicht in der Salzgewinnung arbeitet, ist er noch lange kein schlechter Kerl. Alexanders Bilder sind sehr hübsch, und er verdient seinen Lebensunterhalt damit, das ist doch was.«

»Verdammt, hast ja recht, Mädchen, Maler muss es auch geben!«, rief Martin Enders, und Vater und Tochter lachten zusammen. An Alexander gerichtet, fügte er in breitestem Rheinhessisch hinzu: »Junge, es dout mer leeid.«

Und auf einmal musste auch Alexander lachen. Die Enders waren zwar arm, genau wie seine Familie arm war, doch da hörte die Gemeinsamkeit auch schon auf, erkannte er im selben Moment. Denn die Enders waren fröhliche und herzliche Leute!

»Wenn ihr euch wieder beruhigt habt, würde ich gern das Essen auftragen«, sagte Lenas Mutter schmunzelnd vom Herd aus.

Lena sprang auf, und gemeinsam mit ihrer Mutter trug sie eine große Pfanne Bratkartoffeln, eine Platte mit eingelegten Heringen und eine Salatschüssel herbei.

Ein Tischgebet wurde nicht gesprochen, stattdessen gab Hilde Enders großzügige Essensportionen aus. Herzhaft langte Alexander zu. Das Essen war zwar einfach, schmeckte aber vorzüglich.

»Lena sagt, du kommst von der Schwäbischen Alb? Ich musste erst im Atlas von Gustav nachschauen, wo diese Gegend liegt. Sag, wovon leben die Leute dort? Und was macht dein Vater?«, sagte Lenas Mutter und tat ihm noch einen Löffel Kartoffeln auf.

»Mein Vater starb, als ich sechzehn Jahre alt war, er war Weber.« Stockend und in wenigen Worten erzählte Alexander von seinen drei Geschwistern und von Laichingen. Dass »Laichinger Leinen« ein Qualitätsbegriff war, davon hatte die Familie noch nichts gehört.

»Unsere Mutter wäre auch fast gestorben, als ich sechzehn war«, sagte Lena, die interessiert zugehört hatte. Sie hatte ihn zwar schon öfter aufgefordert, von früher zu erzählen, doch bisher war er ihrem Wunsch immer wieder ausgewichen. Und so wusste sie lediglich ein paar Dinge – dass er von der Schwäbischen Alb stammte und dass er aufgrund eines Stipendiums die Kunstschule in Stuttgart hatte besuchen dürfen. Von seiner Karriere als Paon und seinem Leben an Mylos Seite ahnte sie nach wie vor nichts. Wohl fühlte er sich mit der Heimlichtuerei nicht mehr, irgendwann würde er ihr davon erzählen müssen. Aber im Augenblick tat es ihm gut, einfach nur Alexander mit den »hübschen Bildern« zu sein.

Martin Enders nickte. »Dem Sensenmann gerade noch mal von der Schippe gesprungen ist sie, meine Hilde!« Noch während er sprach, beugte er sich zu seiner Frau und gab ihr einen schmatzenden Kuss auf die Wange.

Unter Hilde Enders Protest, dass das den Gast doch nicht interessieren würde, erzählte Lena dann von einer mysteriösen Fieberkrankheit, die ihrer Mutter von Woche zu Woche mehr Kraft geraubt hatte.

»Der Herr Doktor hatte meine Hilde längst aufgegeben, das sah ich an seinen Blicken«, ergänzte ihr Vater. »Aber meine Hilde ist eine Kämpferin! Die wollte ihre Familie nicht einfach im Stich lassen. Gut so, denn ohne dich wären wir aufgeschmissen.« Er strich seiner Frau in einer robust-liebevollen Geste über den Arm. »Es hat eine Weile gedauert, aber irgendwann war Hilde wieder ganz die Alte. Sie ist durch die Krankheit quasi über Nacht grau geworden. Aber schaffen kann sie heute noch wie ein Ackergaul!«

»Dir gebe ich gleich *Ackergaul*«, sagte Hilde und versetzte ihrem Mann einen Knuff.

Der dreizehnjährige Gustav wieherte, Lena und ihre anderen Geschwister lachten.

Hatte seine Mutter jemals so viel Liebe und Anerkennung erfahren wie Hilde Enders? Die Frage schoss Alexander durch den Sinn, bevor er es verhindern konnte. Waren sie je so unbefangen miteinander umgegangen? Falls ja, war es sehr selten gewesen. Viel eher erinnerte er sich daran, wie jeder auf jedem herumgehackt hatte. Er erinnerte sich an die missfälligen Blicke, die sein Vater Eveline zuwarf, wann immer sie es gewagt hatte, etwas zu laut zu lachen oder gar ein Lied zu singen. Er erinnerte sich daran, wie seine Geschwister und er auf Zehenspitzen durchs Haus getappt waren – ja nicht auffallen, am besten unsichtbar werden, wenn der Vater mal wieder getrunken hatte oder besonders deprimiert war! Alexander erinnerte sich an Evelines blaues Auge eines Morgens und daran, wie sie ihnen hatte weismachen wollen, dass sie die Treppe hinuntergefallen war. Und er erinnerte sich an seine Wut auf Eveline, die sich, schwach wie sie war, alles hatte gefallen lassen. Manchmal war er

so wütend auf sie gewesen, dass er sie am liebsten ange-
schrien hätte. Mach was! Tu was! Wehr dich und bring
uns hier raus!

Nicht Armut und Krankheit machten auch die Seele
krank, erkannte er schlagartig, während Lena eine Gabel von seinen Bratkartoffeln stibitzte. Die Seele wurde
erst krank, wenn man sich unterkriegen ließ. Wenn man
für etwas, für das es keinen Schuldigen gab, dennoch
einen Schwarzen Peter suchte. Wenn man sich gegensei-
tig nicht mehr genügend wertschätzte. Wenn die Liebe
starb.

In Alexanders Hals bildete sich ein dicker Kloß, seine
Augen brannten verdächtig. Einen Moment lang befürchtete er, in Tränen auszubrechen. Eilig nestelte er
ein Taschentuch aus der Hosentasche und tat so, als
müsste er sich schnäuzen.

»Meine Familie mag dich!«, sagte Lena, als sie später am
Nachmittag in Richtung Innenstadt spazierten.

Alexander lachte. »Ich war doch die meiste Zeit still.«

»Das ist egal«, winkte Lena ab. »Die können dir ins
Herz schauen, so wie ich«, fügte sie kokett hinzu. Sie
hängte sich bei ihm ein und seufzte zufrieden. »Das war
ein schöner Tag!«

Er schaute sie liebevoll von der Seite an. »Ja, das war
er«, sagte er sanft.

An diesem Abend konnte Alexander lange nicht einschlafen. Der zunehmende Mond schien durchs Fenster
direkt auf sein Kopfkissen. Draußen rief ein Käuzchen
nach seiner Gefährtin. In der Wohnung über ihm be-
nutzte sein Vermieter geräuschvoll den Nachttopf.

Unruhig wälzte Alexander sich von einer Seite zur andern. All die Jahre hatte er damit gehadert, wie schlecht sein Vater mit seiner Mutter umgegangen war. Aber er, Alexander, war mindestens ebenso schlimm gewesen, musste er sich nun beschämt eingestehen. Mit Geld hatte er Eveline abgespeist, aber die Worte »Es tut mir leid« waren ihm bisher noch nicht über die Lippen gekommen. Auf Knien hätte er seine Mutter um Verzeihung bitten sollen!

Alexander setzte sich in seinem Bett auf, blinzelte in die Nacht hinein. Die ganze Zeit hatte er sich für seine Familie geschämt. Und Mylo hatte ihn in seinen schäbigen Gefühlen noch bestärkt. *Du musst dich von deiner Vergangenheit lossagen! Nur, wenn du mit Laichingen gar nichts mehr zu tun hast, kannst du völlig frei sein und als Künstler erfolgreich werden!*

Und er hatte diese Worte nur zu gern geglaubt. Alexander schnaubte unwirsch auf. Heute wusste er, warum es Mylo so wichtig gewesen war, dass er, Alexander, nichts mehr mit Laichingen zu tun hatte. Für Mylo war die Gefahr groß, dass dadurch herausgekommen wäre, dass er in Wahrheit der als verschollen geltende Michael Gehringer aus Laichingen war!

Ob er jemals seine Schuld wiedergutmachen konnte? Ein weher Schmerz pochte in seinem Herz. Ach Mutter… Du hättest wahrlich einen besseren Sohn verdient gehabt. Der Gedanke raubte ihm weiterhin den Schlaf.

Der Mond erleuchtete nun vollends den Raum. Wie von fremder Hand gelenkt, stand Alexander auf und ging an den Schrank. Vor ein paar Wochen hatte er in dem Laden für Künstlerbedarf, wo er seine Aquarellblöcke kaufte, einer Laune folgend, auch ein paar Ölfarben erstanden und dazu noch ein paar kleine Leinwände. Falls ihn je wieder die Lust zu malen überfallen sollte, wollte er gewappnet sein.

Er zog erst eine Leinwand, dann die hölzerne Schatulle mit den Ölfarben aus dem Schrank. Liebevoll ließ er seine Hand über die silbernen Tuben streichen. Er wusste genau, welcher Geruch ihm aus welcher Tube entgegenkommen würde, wenn er sie öffnete. Ocker roch anders als Tizianblau, Krapplackrot roch anders als Zinnoberrot.

Wo waren nur die Pinsel und die Palette, die er ebenfalls gekauft hatte? Hinter seinen Stiefeln fand er nichts, aber vielleicht hinter dem Koffer?

Während er noch danach kramte, kam ihm ein Gedanke: Konnte es sein, dass der liebe Gott ganz bewusst dafür gesorgt hatte, dass er und Lena sich begegneten? Damit er von ihr lernte?

Es wäre nicht das erste Mal, dass er ihm Menschen schickte, von denen er etwas lernen durfte. An vorderster Stelle stand seine Mutter, die ihn immer ermuntert hatte, aus seinem Leben etwas zu machen. Dann war da Mimi Reventlow gewesen – ohne die Fotografin wäre er nie zur Kunstschule gekommen. Ohne sie hätte er es vielleicht auch nie gewagt, Mylo zu verlassen.

Und nun Lena …

Hätte es diese Frauen in seinem Leben nicht gegeben, würde er heute hinter irgendeinem Webstuhl stehen. Ohne den Mut der Frauen, ohne ihren Ansporn hätte er es nie gewagt, an sich zu glauben! Seine Mutter hatte ihm eine Art verbissenen Ehrgeiz mitgegeben. Mimi Reventlows Art, ihn anzutreiben, war anders gewesen. Noch heute erinnerte er sich an ihre Worte, als er sie während des Krieges auf der Schwäbischen Alb besucht hatte. »Alexander, du bist doch ein freier Mensch! Du bist wohlhabend, hast einen Namen in der Kunstszene! Warum versuchst du nicht einfach, all diese Gefühle und Gedanken auf die Leinwand zu bringen und damit auch ein wenig die Vergangenheit zu verarbeiten?«

Hätte er es ohne diese Ermutigung überhaupt gewagt, sich von Mylo zu lösen?

Und nun Lena. Vielleicht würde er an ihrer Seite die größte Wandlung überhaupt vollziehen.

Frauen. Mütter. Heilige.

Sein Blick wanderte von der nackten Leinwand zu der Kiste mit den Ölfarben. Und plötzlich wusste er, was er malen wollte.

Die Kirchturmuhr von der nahe gelegenen Heiligkreuzkirche schlug Mitternacht, als Alexander nach Monaten den ersten Pinselstrich tat.

Er malte die ganze Nacht hindurch. Er malte am nächsten Tag und an den Tagen darauf. Sein Zimmer verließ er nur, um sich etwas zu essen zu kaufen – ein paar Brötchen, etwas Käse, Tee, den er sich von seinem Zimmerwirt aufbrühen ließ. Am Donnerstag huschte er kurz zum Herrenausstatter, um Lena Bescheid zu sagen. Er sei dabei, eine Hommage an die Frauen zu malen, erzählte er ihr mit vor Schlafmangel glänzenden Augen.

»Eine Hommage – na hoffentlich ist das was Anständiges«, sagte sie, ein wenig unsicher lachend. Statt sie aufzuklären, gab er ihr einen schnellen Kuss auf die Wange und sprang wieder davon.

Erst am Samstag tauchte er wieder bei Lena auf. Herr Meinhard war gerade dabei, den Laden abzuschließen, Lena stand pflichtschuldig daneben. Bevor sie sich richtig von ihrem Chef verabschieden konnte, nahm Alexander sie an der Hand. »Komm, ich muss dir was zeigen!« Er nickte dem Herrenausstatter kurz zu, dann eilte er mit Lena in Richtung seiner Unterkunft. Auf ihre Frage, was denn so dringend wäre, antwortete er nicht.

Alexander hatte den Haustürschlüssel schon in der Hand, als er merkte, dass Lena ein paar Schritte hinter ihm zurückgeblieben war.

»Was ist?«, sagte er stirnrunzelnd.

»Ich soll mit in dein Zimmer?«

Einen Moment lang verstand er ihre Frage nicht. Warum nicht?

Hatte sie etwa Angst, dass er sich ihr unsittlich näherte? Die Lust, seine Hände endlich über ihren schönen Körper streichen zu lassen, war in den letzten Tagen tatsächlich größer geworden …

So souverän wie möglich sagte er: »Herr Brückenau ist informiert über deinen Besuch. Wenn ich die Zimmertür offen lasse, ist es in Ordnung.« Schwungvoll öffnete er die Haustür und ließ Lena als Erstes eintreten.

Sogleich schlug ihnen der Geruch der Ölfarben entgegen. Es wunderte ihn, dass sein Vermieter sich deswegen nicht schon längst beschwert hatte. Er nickte Lena aufmunternd zu. »Mein Zimmer liegt am Ende des Ganges!«

Sie folgte ihm mit einem verwunderten Schmunzeln.

Alexanders Hand zitterte, als er seine Zimmertür aufschloss. Wieder ließ er Lena vor.

»Ich habe die ganze Woche nichts anderes gemacht als gemalt. Du bist die Erste, die meine Bilder zu Gesicht bekommt.« Schüchtern und aufgeregt zugleich, zeigte er auf die Gemälde, die an der Wand lehnten, auf Stühlen standen oder von ihm auf dem Kopfteil seines Bettes platziert worden waren.

Lena stellte ihre Handtasche ab. Sie schaute erst ihn stirnrunzelnd an, dann ließ sie ihren Blick durch den Raum schweifen.

Es waren Madonnenbilder. Alexander hatte die Mutter Gottes gemalt. Kein Bild zeigte sie jedoch mit verklärtem, zum Himmel gerichteten Blick und dem Jesuskind auf dem Schoß. Seine Madonnen waren anders. Sie schwitzten beim Wäschewaschen, das Kind auf dem Boden immer im Blick. Sie standen am Herd, das Kind in einem Tuch auf den Rücken gebunden. Sie hackten Unkraut auf dem Kartoffelacker, das Kind saß daneben und legte aus Steinen auf dem staubigen Boden eine Sonne. Dass es sich um die Mutter Gottes handelte, erkannte man dennoch an Schleier, Heiligenschein und dem Symbol des Kreuzes, das er in jedes Bild eingebaut hatte.

Auf Alexanders Bildern suchte man aber vergeblich nach den sanften Tönen klassischer Marienbilder. Bei ihm gab es kein zartes Hellblau, kein mildes Ocker. Er hatte seine Madonnen in den kräftigsten Farben gemalt, die seine Palette hergab!

Mit klopfendem Herzen schaute Alexander zu, wie Lena von einem Bild zum nächsten schritt, ihr Blick erschien ihm verwundert und fasziniert zugleich. Vor dem größten Mariengemälde – er hatte es unter dem Fenster an die Wand gelehnt, damit es mehr Licht als die andern bekam – blieb sie stehen. Es zeigte eine Mutter mit drei Kindern, zwei kleinen Mädchen und einem größeren Buben. Die Mutter saß auf einem unbequemen Holzstuhl, tief über einer Stickerei gebückt, die Köpfe der Mädchen lagen wie hingegossen auf ihrem Schoß, schlafend, müde vom Tag, der Sohn stand mit ernster Miene neben dem Stuhl.

»Deine Mutter?« Zwei Worte nur. So sanft, so wahr, so verständig.

Er nickte.

Sie nickte ebenfalls leicht. Die Verwunderung, die er soeben schon in ihrem Blick gelesen hatte, wuchs, als sie ihn anschaute – gerade so, als könne sie kaum glauben, dass *er* das alles gemalt hatte.

»Die Bilder sind ganz anders als deine Aquarelle. Ich muss ständig hingucken. Die Farben, die Frauen... So etwas habe ich noch nie gesehen. Man fühlt sich magisch von ihnen angezogen. Keine Ahnung, ob das dem Herrn Pfarrer gefällt, dass du die Mutter Maria auf diese Art malst. Aber ich finde sie wunderschön!«, sagte sie schließlich, und weg war ihre stille Zurückhaltung von zuvor.

Alexander, der unwillkürlich den Atem angehalten hatte, atmete auf. Es war ihm so wichtig, dass die Bilder Lena gefielen! Ohne sie hätte er sie nie gemalt! Ohne sie hätte er vielleicht *nie* mehr gemalt!

Sie ging zu einem der Gemälde, das er auf einen Stuhl gestellt hatte. Es zeigte eine Frau und ihr Kind in einem Boot – eine Fischerin am Bodensee, die ihre Angel auswarf. »Das Wasser sieht so erfrischend aus, am liebsten würde man direkt hineinspringen«, sagte Lena übermütig. Doch dann tippte sie mit dem Zeigefinger auf das Bild und wurde ernst. »Aber Alexander – schau, da oben am Kopftuch der Fischerin, da hast du ein wenig über den Rand gemalt. Ob du das wohl noch etwas ausbessern kannst?«

11. Kapitel

Hollywood, letzte Maiwoche 1919

Es war kurz vor acht am Morgen, und wie immer lachte die kalifornische Sonne von einem strahlend blauen Himmel herab. Mimi stand auf dem Balkon, der zu ihrem Gästezimmer gehörte, und atmete tief ein und aus. Die Luft war erfüllt vom Duft exotischer Blüten und der Lilienseife, die in jedem Bad des Hauses auslag. Um halb neun waren sie und Chrystal zum Frühstück verabredet – vorher war die Schauspielerin wie jeden Morgen mit einem Bekannten zu einem Dauerlauf verabredet. Anders könne sie ihre Figur nicht halten, hatte sie Mimi erklärt.

Mimi, die von Natur aus ebenfalls eine Frühaufsteherin war, nutzte derweil die frühen Morgenstunden, um ein paar Briefe zu schreiben. Auf ihrem Balkon stand ein kleiner Tisch, an diesem verfasste sie ihre Zeilen.

Zufrieden schaute sie nun auf den Stapel Nachrichten, die sie in den letzten Tagen formuliert, aber noch nicht abgeschickt hatte. An Anton hatte sie den längsten Brief von allen geschrieben. Wie er wohl darauf reagieren würde, wenn er erfuhr, dass sie wahrscheinlich noch etwas länger fortblieb?, fragte sie sich und gab sich die Antwort gleich selbst. Begeistert wäre er wahrscheinlich nicht. Und noch weniger begeistert würde er sein, wenn er erfuhr, *wer* sie noch länger hier festhielt…

Einen Brief an Bernadette hatte sie ebenfalls geschrieben und gefragt, ob sie schon wisse, wie es um Lutz' Zukunft im Soldatenlager stand. Auch eine kurze Nachricht an Clara Berg war dabei, Mimi hatte ihr von den vielen Tiegeln und Flaschen in Chrystals Badezimmer berichtet – die amerikanischen Frauen waren in Sachen Schönheitspflege wohl schon wesentlich weiter als die deutschen. Ben wollte sie ebenfalls schreiben, aber er sollte nur eine Postkarte bekommen, sobald sie in die Stadt kam, um welche zu kaufen.

Heute war noch ein Brief an Josefine in Berlin an der Reihe, danach wollte sie mit ihren verfassten Schreiben zur Post gehen. Zufrieden mit sich und ihrem Fleiß nahm Mimi ihren Federhalter wieder auf und schrieb:

Ende Mai 1919 in Hollywood

Liebe Josefine,

kannst du es glauben? Nun bin ich schon über zwei Wochen in Hollywood und war noch immer nicht am Meer und auch noch nicht in einem dieser berühmten Filmstudios! Dafür habe ich ein unglaublich schönes Lichtspielhaus besucht und auch schon einiges von Los Angeles gesehen. Die Stadt ist überwältigend! Alle Menschen scheinen »große Pläne« zu haben und sich auf die Zukunft zu freuen. Alle sind »busy«, sprich beschäftigt. Wenn ich da an die niedergeschlagenen Mienen unserer deutschen Landsleute zu Hause denke…

Was für ein Unterschied. Aber ist es denn ein Wunder? Wir haben vier harte Kriegsjahre hinter uns, die meisten Amerikaner kennen den Krieg nur aus Berichten…

Mir kommt es so vor, als wären die Tage hier vor lauter Geschäftigkeit noch kürzer als zu Hause. Die Filmschauspielerin, wegen der ich den Auftrag bekommen habe, habe ich schon mehrfach fotografiert. Du glaubst nicht, wie erleichtert ich war, dass es die Glasplatten, die ich für meine Kamera benötige, hier ebenfalls zu kaufen gibt! Die Aufnahmen sind allerdings äußerst aufwendige Produktionen, bei denen ein paar Accessoires nicht ausreichen. Manchmal arbeiten wir an einer Fotografie einen halben Tag oder noch länger. Da die Fotografien in einem Buch abgedruckt werden sollen, muss ich Chrystal natürlich perfekt in Szene setzen. Für mich ist das der absolute Traum. Josefine – ich habe noch nie ein so schönes Wesen vor der Linse gehabt. So grandios das für mich als Fotografin auch ist – als Frau komme ich mir vor wie ein altes, gerupftes Huhn neben einem schönen, jungen Schwan!

Sollte sie schreiben, dass sie Chrystal von früher kannte? Mimi zückte ihren Stift erneut.

Stell dir vor, mein Auftrag ist erweitert worden – ich darf nun auch Chrystals Biografie schreiben! Sie hat in den acht Jahren, in denen sie nun schon in Amerika ist, unglaublich viel erlebt.

So knapp wie möglich, schilderte Mimi nun, dass Chrystal aus Laichingen stammte, woher sie beide sich auch von früher kannten und was nach ihrer Ankunft hier geschehen war.

Als Will Schneiders Limousine mich in Los Angeles abgeholt und hierher zur Villa gefahren hat, musste ich die ganze Zeit an Adrian denken. Die Vorstellung, dass er Amerika auf diesen staubigen Straßen mit dem Fahrrad durchquert hat, ist einfach unglaublich! Vielleicht sollten wir auch darüber nachdenken, eure Lebensgeschichten aufzuschreiben? Du als eine der ersten Frauen auf dem Fahrrad. Und Adrian, der Fahrradpionier, der als einer der Ersten Räder aus Amerika importierte und das Radfahren dadurch für die breite Masse bezahlbar machte. Was würdest du davon halten?

Schmunzelnd hielt Mimi inne. Die letzten Sätze hatte sie eigentlich nur geschrieben, um Josefine zum Lächeln zu bringen. Aber ganz so abwegig war die Idee gar nicht. Als Josefine es als junges Mädchen gewagt hatte, sich aufs Fahrrad zu setzen, wurde sie von den Menschen bespuckt, mit Steinen beworfen und vom Rad gezogen! Doch sie hatte sich nicht entmutigen lassen, war schon frühmorgens unterwegs gewesen, solange die Welt noch schlief, und hatte dafür gesorgt, dass Fahrradfahren für Frauen zur Normalität wurde. Wenn das keine spannende Frauenbiografie war!

»Mimi, du bist verrückt«, murmelte Mimi vor sich hin. Als Ben ihr Ende des letzten Monats in New York vorgeschlagen hatte, sie solle ein Buch schreiben, hatte sie noch entgeistert abgewunken. Nun konnte sie anscheinend nicht mehr genug vom Schreiben bekommen.

Wir könnten das Buch sogar in unserer eigenen Druckerei herstellen! Apropos Druckerei… Hat Anton schon mit euch gesprochen wegen des Kaufs einer neuen Druckpresse?

Mimi schilderte kurz ihre Ansicht zu dem Thema, dann kam sie wieder auf ihren jetzigen Auftrag zu sprechen.

Mich beeindruckt, wie strukturiert Chrystal ihre Karriere in die Wege geleitet hat. Anstatt gleich in eins der Filmstudios zu rennen und sich vorzustellen, so, wie man es vielleicht für einen Arbeitsplatz im Büro macht, hat sie sich akribisch auf diesen Auftritt vorbereitet. Wie genau, das wird sie mir nachher erzählen. Du musst wissen, liebe Josefine, dass sich bei uns inzwischen eine schöne Routine eingestellt hat: Jeden Morgen nach dem Frühstück arbeiten wir an der Biografie, das heißt, Chrystal erzählt, und ich schreibe mit. Danach geht's ans Fotografieren. In den nächsten Tagen werde ich mir jedoch einmal ein paar Stunden freinehmen, um ans Meer zu fahren. Es ist zum Greifen nah. Ach, was bin ich froh, dass ich all das hier erleben darf!

Mimi ließ ihren Blick in Richtung Pazifik schweifen. Vielleicht hatte Chrystal ja auch Lust zu einem Ausflug ans Meer?

Eigentlich hatte Mimi vorgehabt, Chrystal nicht zu mögen. Und wenn sie daran dachte, wie verzweifelt Anton nach ihr gesucht hatte, wurde sie, Mimi, noch immer wütend. Eine Postkarte von ihr hätte gereicht, und Anton hätte seinen Seelenfrieden wiedergefunden! Aber nein, Chrystal zog es vor, bis heute alle über ihren Verbleib im Unklaren zu lassen.

So ärgerlich sie das auch fand, so musste Mimi sich dennoch eingestehen, dass sie die Schauspielerin nicht nur amüsant, sondern auch sympathisch fand. Ein Typ zum Pferdestehlen – so kam Chrystal ihr vor. Aber vielleicht trog der Schein auch, vielleicht spielte sie ihr nur etwas vor?

Mimis Blick fiel auf die kleine Armbanduhr, die Anton ihr zum Abschied geschenkt hatte. Es war kurz vor halb neun, der Duft von gebratenem Speck zog von der Hauptterrasse unten verführerisch in Mimis Nase – das Frühstück wartete. Sie versprach Josefine, sich baldmöglichst wieder zu melden, dann kritzelte sie eilig einen Abschiedsgruß unter den Brief.

*

Mit der Routine jahrelanger Übung schlang Chrystal ihre Haare zu einer Art Dutt zusammen und steckte sie mit ein paar Nadeln auf ihrem Kopf fest, damit sie unter der Dusche nicht nass wurden. Während sie sich von Kopf bis Fuß einseifte, ging ihr der heutige Dauerlauf durch den Sinn, bei dem einiges schiefgegangen war. Bergauf hatte sie nicht genügend auf ihre Atmung geachtet und Seitenstechen bekommen, bergab war sie an einer Wurzel hängen geblieben und wäre gestürzt, hätte Ron sie nicht im letzten Moment gehalten. *»Pay attention!«,* hatte ihr Sportskamerad leicht genervt gesagt.

Ron hatte gut reden, dachte Chrystal, während der feine Seifenschaum ihren schlanken Körper wie ein Seidentuch einhüllte. Natürlich musste sie aufpassen, und wie! Aber dabei ging es um wesentlich größere Stolpersteine als ein paar läppische Baumwurzeln.

Was, verflixt noch mal, sollte sie Mimi Reventlow später über ihre Anfangszeit in Los Angeles erzählen? Etwa von der langen Partynacht, in der ihr sturzbetrunken klar geworden war, dass Alkohol und sie niemals Freunde werden würden? Seit jener Nacht nippte sie nur noch am Champagner oder trank ein paar Schlucke Rosé.

Oder sollte sie erzählen, wie Conrad, der geile Kellner aus dem Stardust, ihr beigebracht hatte, welches Besteck man für Hummer und welches man für Käse nahm? Und dass er nach jeder Lektion als Gegenleistung ihre Brüste hatte befummeln wollen? Sollte sie erzählen, wie vielen »Gentlemen« sie begegnet war, die sie allesamt hatten »groß rausbringen« wollen? Dabei war das Einzige, was diese Herren herausbringen wollten, ihr Penis! Oder sollte sie nur Johnny Seymour erwähnen, mit dem ihre Karriere tatsächlich begonnen hatte? Johnny Seymour … Allein beim Gedanken an ihn gruselte es Chrystal.

Sie stieg aus der Dusche und schlang eins der riesigen Handtücher, die in einem Stapel auf einem Marmorregal lagen, um ihren Leib.

Normalerweise achtete Chrystal akribisch darauf, ihre Stirn bloß nicht zu oft zu runzeln – undenkbar, wenn sich die Falten dauerhaft darin eingraben würden! Doch als ihre Gedanken nun sieben Jahre zurückwanderten, war ihre Stirnfalte tief wie der San-Andreas-Graben.

Los Angeles, Sommer 1912

Wie jeden Abend um diese Zeit hatten die Bewohner von Los Angeles es eilig. Müde Büroangestellte und Verkäuferinnen waren auf dem Weg nach Hause, andere wollten ins Lichtspielhaus, essen gehen oder zu einer der vielen Partys. Automobile hupten, Passanten drängelten und schubsten. Die Luft flirrte vor Hitze und war erfüllt von billigem Parfüm.

Auch Christel und Fae waren unterwegs. Doch anstatt sich mit den Ellenbogen ihren Weg durch die Passanten zu bahnen, schlenderten sie betont langsam und Hüften schwingend dahin. Immer wieder fingen sie bewundernde Blicke ein, und mehr als einmal wäre es fast zu einem Auffahrunfall gekommen, weil ein Autofahrer sich nach ihnen umdrehte. Christel und Fae taten so, als würden sie nichts bemerken. Dass sie beide äußerst attraktiv und an männliche Bewunderung gewöhnt waren, war einer der Grundsteine ihrer Freundschaft. Von diesen Grundsteinen gab es jedoch noch mehr: Beide feierten gern die Nächte durch. Beide hatten dieselbe Art von Humor. Und beide waren von eher robustem Gemüt, sodass keine die Worte der anderen auf die Goldwaage legte.

»Johnny Seymour hat gern das Sagen, am besten widersprichst du ihm nicht allzu oft«, sagte Fae, während sie Arm in Arm in Richtung Parkway Café spazierten.

Da war Faes Kunde nun wirklich kein Einzelfall – welcher Mann hatte nicht gern das Sagen? Christel erwiderte: »Falls dieser Johnny überhaupt kommt! Letzte Woche hast du ihn auch angekündigt, und dann haben wir den ganzen Abend vergeblich auf ihn gewartet.«

»Er ist halt ein viel beschäftigter Mann. Sie drehen jeden Tag Filme, bis das letzte bisschen Tageslicht verschwunden ist, sagte er«, erzählte Fae. »Sei froh, dass ich den Kontakt überhaupt herstelle. Johnny Seymour ist einer meiner spendabelsten Kunden, ich hätte ihn auch gut für mich behalten können. Aber ihm gehört nun mal eine Filmgesellschaft – wenn *er* dir nicht weiterhelfen kann, dann niemand!«

Christel zog eine Grimasse und sagte ironisch: »Und bestimmt verlangt er rein gar nichts für seine Hilfe.«

Fae schaute sie leicht genervt an. »Du und deine Prüderie! Fast könnte man meinen, du hättest eine Schmuckschatulle zwischen den Beinen und nicht das, was wir *gewöhnlichen* Frauen haben.«

Christel lachte auf. »Und wenn es so ist?«, sagte sie herausfordernd. »Schau dir doch an, wie verrückt die Männer nach mir sind, ohne dass ich die Beine für sie breit mache. Du wirst schon sehen, wenn Johnny mich erblickt, wird er mich auch ohne irgendwelche Gefälligkeiten haben wollen.« Wer's glaubt, wird selig, verspottete sie sich stumm. Bisher hatte noch jeder Mann etwas von ihr haben wollen, nur band sie das Fae nicht auf die Nase.

Fae gab ein schnaubendes Geräusch von sich. »Wahrscheinlich hat sich längst rumgesprochen, dass du die Männer zwar scharfmachst, aber nie ranlässt! Deshalb wundert es mich nicht, dass sich bisher nichts für dich ergeben hat. Ansonsten hättest du längst eine kleine Filmrolle oder einen Auftritt in einem der Revue-Theater bekommen.«

Christel zog den Kopf ein, als habe sie einen Schlag bekommen. Fae hatte nämlich ihren wundesten Punkt getroffen. Sie hatte sich zwar im vergangenen halben Jahr vom Dorfmädel zu einer schicken jungen Dame mit Stil verwandelt, aber ihrem Traum, Schauspielerin zu werden, war sie keinen Meter näher gekommen. Und das trotz diverser »Gefälligkeiten«...

»Als ob das an mir liegen würde! Ganz Los Angeles ist voll mit Luftnummern«, sagte sie wütend. »Wenn ich mir überlege, wer mir schon alles weismachen wollte, dass er ein großes Tier beim Film ist.« Sie schüttelte abfällig den Kopf. »Am Ende kam dann raus, dass er nur für kalte Getränke sorgt oder die Filme von einem Lichtspielhaus ins nächste trägt.«

»Eins sage ich dir: Johnny Seymour wird sich nicht mit ein paar Küsschen links oder rechts zufriedengeben – entweder du bist bereit zu tun, was er von dir verlangt, oder du kannst es gleich lassen. Und falls er heute nicht auf dich anspringt, solltest du dir sowieso überlegen, ob du nicht doch für Randy Rita arbeiten willst. Das mit dem Filmstar werden ist scheinbar wirklich nicht ganz einfach«, sagte Fae und bog nach links ab.

Christel verdrehte die Augen. Es war nicht das erste Mal, dass sie diese Diskussion führten. »Rita soll aufhören, dich vorzuschicken«, sagte sie mürrisch. »Ich habe ihr erst letzte Woche gesagt, dass ich keins von ihren Mädchen werden will.«

»Du hast einfach viel zu viele Skrupel! Käufliche Liebe ist ein Geschäft wie jedes andere, ich betrachte das ganz nüchtern«, fuhr Fae in belehrendem Ton fort, als von Christel nichts kam. »Und meine Rechnung geht auf – schau dir doch an, wie viel ich einnehme!«

Dagegen konnte Christel nichts einwenden. Fae und ihre Kolleginnen verdienten an guten Tagen mehr als ein Laichinger Weber in einem ganzen Monat! Für jemand andern wäre die Versuchung, ebenfalls für Randy Rita anzuschaffen, unbestritten groß gewesen, nicht aber für sie, Christel Merkle aus Laichingen.

Sie winkte schnippisch ab. »Und wenn schon! Wenn ich erst mal Schauspielerin bin, verdiene ich mehr als ihr alle zusammen«, sagte sie im Brustton der Überzeugung.

Fae lachte auf und sagte gutmütig: »Warten wir's ab!«

Den Rest des Weges legten sie schweigend zurück. Christels Füße begannen in den hohen Hacken zu schmerzen. Bestimmt hätte einer ihrer Verehrer sie in seiner Limousine abgeholt, sie hätte nur mit den Fingern schnippen müssen, ärgerte sie sich. Doch dann erinnerte sie sich daran, warum sie diese Option verworfen hatte: Falls Johnny Seymour auftauchte, wollte sie ihm ihre ungeteilte Aufmerksamkeit schenken und nicht noch einen andern im Schlepptau haben.

Ihre Verehrer ... Unwillkürlich musste Christel schmunzeln. Faes Rechnung mochte aufgehen, aber ihre, Christels, Haben-Seite wies definitiv ebenfalls mehr auf als die Soll-Seite!

Sie hatte Verehrer, die ihr schöne Kleider kauften. Und sie hatte Verehrer, die sie in die feinsten Lokale ausführten. Einer – ein Barbesitzer – wollte ihr sogar eine Wohnung bezahlen, doch dieses Angebot hatte sie charmant ausgeschlagen. Sie war *The German Girl*, mit dem sich alle Männer gern schmückten. Sie war eine Königin! Und die Männer waren ihre Untertanen. Da würde sie sich gewiss nicht wie Rapunzel in einen Turm einsperren lassen.

Dass sie ihre Unschuld bisher nicht hatte opfern müssen, darauf war Christel stolz. Nicht, dass ihr die so wichtig war! Wenn der Richtige kam, war sie durchaus bereit, ihre Jungfräulichkeit aufzugeben. Aber wozu verschwenderisch sein, wenn es auch so ging?

Ein ihnen entgegenkommender Passant – er trug eine Schaffneruniform – machte bei ihrem Anblick solche Stielaugen, dass Christel fast befürchtete, sie würden ihm aus dem Kopf fallen. Sie kicherte leise.

Männer! Nie hätte sie geglaubt, dass sie eine solche

Macht über sie haben konnte. Wie sie stöhnten, wenn ihre Hand wie zufällig über einen Männerschenkel strich und dabei gefährlich nah an die Wölbung zwischen den Beinen kam. Wie ihre Pupillen sich weiteten, wenn sie ihnen erlaubte, ihren Busen auch nur zu fühlen. Wie ihr Atem schneller ging, wenn sie sich küssten. Wie ihre Münder gierig wurden nach ihren Lippen... Ganz wohlig wurde es Christel dabei, ja, manchmal wurde sie zwischen den Beinen sogar feucht. Der Gedanke, dass alle sich nach ihr verzehrten, erregte sie.

Macht. Darum ging es. Und nicht um ihre Unschuld.

In dem Moment kam endlich das Parkway Café in Sicht.

»Wir haben diese Woche schon fünfundzwanzig Filme gemacht!«

»Bei unserem letzten Dreh waren über dreißig Schauspieler beteiligt. Sogar einen Chinesen hatten wir!«

»Ich bin *Art Director*! Wenn ich einen Film ausstatte, dann opulent.«

»Wir haben die neuesten Lampen am Set, mit ihnen könnten wir mitten in der Nacht drehen, sag ich dir.«

Was für große Töne sie alle spuckten!, dachte Christel amüsiert. Dennoch erregte die aufgekratzte Stimmung sie jedes Mal aufs Neue. Das hier war ihre Welt, das spürte sie tief drinnen ganz genau.

Seit einer Stunde saßen sie und Fae wie so oft in letzter Zeit an der Bar des angesagtesten Treffpunkts der Filmbranche und tranken Rosé. Schauspieler, Kameramänner, Filmproduzenten – im Parkway Café bauten sie alle nach den langen Tagen am Filmset ihre Anspannung ab. Der Champagner floss in Strömen, Cocktails wurden gemixt, ein Bier nach dem andern gekippt. Möchtegern-Sternchen versuchten, die Blicke der Filmemacher auf sich zu ziehen, angehende Drehbuchautoren wollten hingegen deren Ohr gewinnen.

Würde der ach so einflussreiche Johnny Seymour heute noch auftauchen?, fragte sich Christel gerade, als die Tür aufging und ein Mann hereinkam. Er war keine eins sechzig groß, wog mindestens hundertfünfzig Kilo und schwitzte so sehr, dass sein Hemd unter den Achseln tellergroße Schweißränder aufwies.

Was wollte so einer hier? War das ein Bote?

Der Mann schaute sich um, dann ging er auf die Bar zu, als kenne er sich hier aus. Eilig wandte Christel ihren Blick ab – nicht, dass er noch auf die Idee kam, sich zu ihnen zu gesellen!

Ihre Mühe war umsonst, denn im selben Moment sprang Fae auf, schlang beide Arme um den Hals des Mannes und küsste ihn innig. »Johnny, Darling!«

Einen Moment lang glaubte Christel, vor Schreck vom Barhocker zu fallen. Fae, der Christels Reaktion nicht entging, zuckte unmerklich und kaltblütig zugleich mit den Schultern – man konnte sich seine Geschäftspartner nicht immer aussuchen!

»Liebling, ich habe dir doch schon von meiner Freundin erzählt. Christel kommt aus Europa, wie ich. Und sie will Schauspielerin werden.«

Christel hielt dem Mann ihre Hand hin, bis ihr einfiel, dass dies in Amerika nicht üblich war. Eilig zog sie die Hand wieder weg und griff nach ihrem Weinglas. Bestimmt war sein Handgriff feucht und klamm, als würde man eine Kröte anfassen.

Der Mann ließ seinen Blick von Christels Scheitelspitze über ihr Gesicht, ihre Brüste und dann über ihre langen Beine hinabgleiten. Statt irgendetwas zu ihr zu sagen, warf er eine Visitenkarte vor ihr auf die Theke. Als würde er einem Hund einen Knochen zuwerfen, dachte sie wütend.

»Ich muss noch kurz einen Deal checken. Amüsiert euch so lange!« Seine Zähne waren nicht weiß, sondern elfenbeinfarben bis rostbraun verfärbt. Bei jedem Wort, das er sprach, entwich seinem Mund eine muffige Atemwolke.

Christel hatte Mühe, nicht zu würgen. Wenn es irgendeiner Sache bedurft hätte, sie für immer und ewig vom Gedanken abzubringen, auch Prostituierte zu werden, dann war es die Vorstellung, wie Fae mit diesem Mann ins Bett ging.

Johnny Seymour schnipste in Richtung des Barkeepers, im nächsten Moment stand ein riesiger Eiskübel mit einer Flasche Champagner vor ihnen. Ohne weitere Worte ging der Filmproduzent zu zwei Männern am andern Ende der Theke, die ihn, ihren ungeduldigen Mienen nach zu urteilen, schon sehnsüchtig erwarteten.

»Ich sagte dir doch, Johnny ist äußerst spendabel«, bemerkte Fae triumphierend. Sie hielt Christel ihr Glas hin. »Cheers! Auf dass deine Karriere heute Abend endlich beginnt!«

Christel warf einen Blick auf die Visitenkarte. Faes Freier war tatsächlich einer der Brüder der Seymour-Brothers-Movie Company, das hieß, sie hatte zum ersten Mal wirklich mit jemandem zu tun, der beim Film etwas zu sagen hatte. Sie schüttelte sich dennoch unmerklich, dann hob auch sie ihr Glas. Es gab Momente, die konnte selbst sie nur mit Alkohol ertragen.

Eine halbe Stunde später kam Johnny Seymour zu ihnen zurück. Er roch nach Schweiß und den Zigarren, die er und die anderen beiden Männer unentwegt gepafft hatten. Fae wollte sich an ihn schmiegen, doch er schob sie weg und richtete seine Augen auf Christel.

»Du willst also Schauspielerin werden.« Johnny Seymour wischte sich eine schweißnasse Haarlocke aus der Stirn.

Christel nickte.

»Kein Problem. Unsere Produktionsgesellschaft braucht immer wieder frische Gesichter. Du kannst morgen gleich zu uns ins Studio kommen. Die Frage ist nur – was hast du mir zu bieten? Und komm mir nicht mit ein bisschen Gefummel!« Sein Blick wanderte lüstern über Christels Brüste.

Was für ein Drecksack! Christel lief ein kalter Schauer über den Rücken. *»Käufliche Liebe ist ein Geschäft wie jedes andere, ich betrachte das ganz nüchtern«,* hatte sie plötzlich Faes Worte von vorhin im Ohr.

Johnny Seymour redete nicht lange um den heißen Brei. Er war es anscheinend gewöhnt zu bekommen, was er wollte. Wenn sie sich zierte, würde er morgen eine finden, die sich nicht zierte. Wollte sie das? Oder sollte nicht endlich ihre Karriere beginnen?

Christel atmete einmal tief durch, dann setzte sie ihren hochmütigsten Blick auf. »Was ich zu bieten habe?« Nun war sie es, die ihre Augen über seine Erscheinung wandern ließ. »Meine Unschuld gegen die erste Hauptrolle! Das ist mein Deal.«

12. Kapitel

Hollywood, Ende Mai 1919

Die grandiose Aussicht, die feinen Speisen, der frisch
gepresste Orangensaft – an solch einen Tagesbeginn
konnte sie sich gewöhnen, dachte Mimi und überlegte,
ob sie noch eine Scheibe Toast essen sollte.

Und wieder war da dieses Gefühl von Unwirklichkeit.
Es war noch kein Jahr her, da hatten sie und die Menschen auf der Schwäbischen Alb großen Hunger gelitten.
Ein Brotlaib war so viel wert gewesen wie ein Königreich, man hatte sich genau überlegt, wann man sich
eine Scheibe abschnitt und wie dick diese war.

»Wollen wir loslegen? Solange die Sonne noch nicht
ganz so heftig vom Himmel brennt, können wir ja draußen bleiben«, riss Chrystal Mimi aus ihren Gedanken.
Sie zeigte auf eine kleine Sitzgruppe weiter links auf der
riesigen Terrasse.

»Gern!«, erwiderte Mimi. »Ich nehme mir nur noch
rasch eine Tasse Kaffee mit, dann fangen wir an.«

»Von Dezember 1911 bis Frühsommer 1912 tat ich nichts
anderes, als Englisch zu pauken und auszugehen«, hob

Christel an. »An Verehrern, die mir die Welt zu Füßen legen wollten, hat es nicht gemangelt, jeder hat sich gern mit *The German Girl* geschmückt, so nannten sie mich. Tanzlokale, Revueschuppen, feine Restaurants und seltsame Spelunken, die aus irgendeinem sich mir nicht immer erschließenden Grund gerade in Mode waren – wohin ich kam, mit wem ich auch erschien, ganz gleich, wie voll der Laden schon war –, ich bekam immer einen Sitzplatz«, sagte Chrystal und schaute dabei in Richtung der Stadt.

Ihr ganz persönliches Königreich!, las Mimi im Blick der Schauspielerin und konnte nicht anders, als beeindruckt zu sein.

»Dank Rita fand ich schnell meinen eigenen Stil. Ich trug lange Kleider aus schmeichelnden Stoffen, die meine Figur zur Geltung brachten, aber nie zu viel Bein oder Busen zeigten. Wobei ... ehrlich gesagt war ich beim Dekolletee manchmal etwas großzügig. Doch gleichzeitig hängte ich mir so viele Perlenketten um den Hals, dass diese den Ausschnitt umspielten und auch wieder bedeckten. Das fanden die Männer toll! Mein Perlenkettentrick wurde bald sogar von anderen jungen Frauen kopiert, stell dir vor!« Chrystal lachte auf. »Mein größter Wunsch war ja, von irgendwelchen wichtigen Filmmenschen entdeckt zu werden, also sorgte ich dafür, dass wir vorrangig Cafés und Restaurants besuchten, die als Treffpunkte der Branche galten. Fae und ich waren inzwischen Freundinnen geworden, und so zogen wir öfter gemeinsam los. Die Herren, die vorgaben, in der Filmwelt beschäftigt zu sein, stellten sich allerdings meist als Enttäuschung heraus. Denn so viele Lichtspielgesellschaften, die Filme produzieren, gab es zu dem Zeitpunkt noch gar nicht. Von wegen ›In Hollywood sind die Leute ständig auf Talentsuche!‹ – da hatte Freddy Forsythe mir einfach Blödsinn erzählt.« Chrystal schaute Mimi theatralisch vorwurfsvoll an, setzte dann aber sogleich eine triumphierende Miene auf.

Was für ein ausdrucksstarkes Mienenspiel Chrystal doch hatte!, dachte Mimi nicht zum ersten Mal.

»Ich nutzte die Zeit, solange meine Karriere noch nicht losging, auf meine Art. Und zwar, indem ich mich selbst kultivierte. Ich Landei konnte ja noch nicht einmal vornehm mit Messer und Gabel essen, geschweige denn wusste ich, wie man einen Hummer isst oder andere Meeresfrüchte. Ich wusste nicht, dass man Champagner am besten in großen Schlucken trinkt, weil er nur dann sein Aroma richtig entfaltet. Die Speisekarten in den feinen Restaurants waren wie ein Buch mit sieben Siegeln für mich, meist ließ ich meinen Verehrer bestellen. Doch im Laufe der Zeit lernte ich, dass man unter *Foie Gras* eine für meinen Geschmack viel zu fette Gänseleberpastete versteht. Ich lernte, dass ich zwei Scheiben Weißbrot mit gebratenem Speck, Hühnerbrust, Tomaten und Salat bekam, wenn ich ein *Club Sandwich* bestellte. Und ich lernte, dass ich besser keinen *Clam Chowder* orderte, das ist nämlich eine Muschelsuppe. Und ich hasse Muscheln!« Chrystal schüttelte sich übertrieben, so wie sie es sicher in einem ihrer Filme getan hätte.

Mimi lachte. »Und die Herren Verehrer, die dich begleiteten… Wie gelang es dir, die auf Abstand zu halten?«

»Wer sagt denn, dass ich sie auf Abstand gehalten habe?«, antwortete die Schauspielerin herausfordernd.

Als sie Mimis Blick sah, lächelte sie. »Ob du es glaubst oder nicht – ich war ein sehr braves Mädchen, sogar Jungfrau war ich noch.« Sie holte merklich Luft, bevor sie weitersprach. »Im Hochsommer 1912 lernte ich dank Fae Johnny Seymour kennen, ihm und seinem Bruder Douglas gehörte die Seymour-Brothers-Movie Company, sie waren sozusagen meine ersten Arbeitgeber. Johnny ist… sagen wir mal, ein sehr spezieller Mann in meinem Leben. Mit ihm fing meine Karriere quasi an…« Die Schauspielerin zog eine spöttische Miene.

Interessant, dachte Mimi, sie nannte den Mann im selben Atemzug wie ihre Jungfräulichkeit. Sie überlegte noch, ob es ihr zustand, bei einem derart persönlichen Thema nachzufragen, als sie sah, dass Chrystal in Gedanken weit zurückkreiste. Als sie mit dem Erzählen anhob, zückte Mimi eilig ihren Stift. Und während sie lauschte, war ihr, als sehe sie alles genau vor sich.

Hollywood, Hochsommer 1912

Skeptisch schauten die beiden jungen Frauen auf die heruntergekommene Scheune, aus der das laute Schreien eines Esels zu ihnen auf die Straße drang. Links und rechts von der Scheune standen ebenso schäbige Gebäude: eine Autoreparaturwerkstatt, eine Schneiderei, eine Wäscherei, ein Restaurant, aus dem es nach zu oft erhitztem Fett und altem Fisch roch.

»Hier ist ein Stall, aber nie und nimmer eine Filmgesellschaft! Mensch, Fae, hast du dir eine falsche Adresse notiert?« Es hätte nicht viel gefehlt, und Christel hätte die Freundin an den Schultern gepackt und geschüttelt. Heute früh hatte sie sich noch gefreut, dass Fae sie begleiten wollte. Aber nun verpasste sie wegen ihr nicht nur ihren Termin mit Johnny Seymour – auch das Geld fürs Taxi hatten sie umsonst ausgegeben!

Ganz Los Angeles hatten sie durchquert, die Hitze im Taxi war unerträglich gewesen, weil der Fahrer sich weigerte, auch nur ein Fenster zu öffnen. Bis sie hier in diesem Kaff Hollywood angekommen waren, war Christel völlig durchgeschwitzt. Hektisch schaute sie sich nun um. Außer ein paar obskuren Gestalten, die offensichtlich in den umliegenden Gebäuden arbeiteten, war niemand zu sehen. Kein Taxi weit und breit. Und nun? Wie sollten sie wieder nach Hause kommen?

Fae, die ein paar Schritte weitergegangen war, tippte auf ein längliches Holzschild an einer Ecke der Scheune. »Aber hier steht's doch!«

Unwillig schloss Christel zu Fae auf. Die Beschriftung des Schildes war von der Sonne so verblichen, dass man sie kaum mehr lesen konnte. »Seymour-Brothers-Movie Company. Das gibt's doch nicht.« Wütend stemmte Christel beide Arme in die Hüfte. »Hätte ich mir ja denken können, dass dieser Typ auch nur ein Aufschneider ist!« Sie wollte sich schon umdrehen, als die Tür der Scheune aufging und ein Mann mit schwarzem Schnurrbart herauskam. Einen Moment lang dachte Christel, Freddy Forsythe sei auferstanden, so ähnlich sah der Mann dem Toten!

»*Hi Ladies*«, sagte er, dann spuckte er ein Stück Kautabak in hohem Boden aus. »Johnny wartet schon auf euch. Mitkommen!« Er schnipste mit den Fingern, drehte sich um und ging davon, ohne sich zu vergewissern, dass die beiden Frauen ihm auch wirklich folgten.

Christel und Fae schauten sich an. Zu verlieren hatten sie nichts. Und wo sie schon einmal hier waren ...

Der Eindruck von außen hatte nicht getäuscht – es handelte sich wirklich um eine Scheune, oder besser gesagt, eher um einen Stall. In diesem war jedoch nicht allein der Esel untergebracht, den sie gehört hatten, sondern auch ein riesengroßes Schwein und ein Kamel, und in einem Käfig weiter hinten saß ein Affe, der laut schrie, als sie vorbeigingen.

Du lieber Himmel, wo waren sie hier nur hingeraten?, fragte sich Christel. War es leichtsinnig von ihnen, dem Mann einfach zu folgen? Wurden sie etwa gerade verschleppt?

Der Kerl mit dem schwarzen Schnauzer drehte sich zu ihnen um. »Bleibt hinter mir und springt bloß nicht ins Bild! Es wird gerade gedreht!« Christel und Fae tauschten erneut einen Blick, Christel hatte Mühe, ein hysterisches Kichern zu unterdrücken.

Im nächsten Moment traten sie aus der Scheune hinaus ins Freie auf eine riesige Fläche, auf der sich ihnen ein turbulenter Anblick bot: Zwei Reiter mit schwarzen Umhängen – einer trug außerdem eine Augenklappe – hielten Schwerter in den Händen, die sie immer wieder klirrend kreuzten. Das Geräusch der aufeinanderschlagenden Klingen war so schrill, dass die Pferde die Augen angstvoll verdrehten und wie verrückt tänzelten. Eine Frau mit einer Art Schleier beobachtete den Schwerterkampf mindestens so angstvoll wie die Pferde. Der Frage, warum die Hände der Frau gefesselt waren und warum sie sich wie eine Schlange wand, ging Christel nicht weiter nach, dazu gab es viel zu viel zu sehen! Drei Männer, die große Kameras vor sich herschoben. Ein

Mann, der einen Notizblock in der Hand hielt und den Schauspielern ständig Kommandos zurief. Weitere Männer, die am Rand der Szene standen und mit riesigen Palmwedeln herumfuchtelten, sodass sich der Schleier der Frau wie auch die Umhänge der Männer wie bei heftigem Wind blähten.

Sie war beim Film! Christel war so aufgeregt, dass sie kaum noch atmen konnte. Sie spürte, wie ihre Wangen ganz heiß wurden, nervös biss sie auf ihre Unterlippe.

Ein Mann, der bisher stumm am Rande des Geschehens auf einem Stuhl gesessen und alles beobachtet hatte, sprang jetzt auf und schrie laut: »*Cut!*«

Johnny Seymour! Christel schluckte.

»Leute, umziehen! Karl, was folgt als Nächstes?«, herrschte der Filmproduzent den Mann mit dem Notizblock zwischen zwei Zügen an seiner Zigarre an.

»Auf meiner Liste steht das Lichtspiel mit den Indianern, die die Frau vom Bürgermeister entführen wollen«, antwortete der Mann.

»Können wir nicht wenigstens eine Viertelstunde Pause machen?«, sagte einer der Reiter. »Ich habe Durst. Und die Pferde sind auch erschöpft.«

»Und ich müsste dringend mal austreten«, flüsterte die Frau mit dem Schleier.

Johnny Seymour drehte seinen Kopf so langsam wie eine der Eidechsen an Randy Ritas Hauswand, die morgens nach der Kälte der Nacht noch starr waren.

»Habt ihr mal in den Himmel geschaut?« Er fuchtelte mit seiner Zigarre nach oben.

Die Frau mit dem Schleier schaute noch angstvoller drein als zuvor beim Schwerterkampf. Der Schauspieler zuckte mit den Schultern. »Ich seh nichts.«

»Ganz genau! Du siehst nichts!«, rief Johnny Seymour und zeigte mit seiner Zigarre nun direkt auf ihn. »Weil der Himmel nämlich wolkenlos ist. Und solange dies der Fall ist, wird hier gedreht. Trinken und pissen gehen könnt ihr später! Und jetzt zieht euch um! *Action!*«

So wie die Frau die Beine übereinanderkreuzte, würde sie sich im nächsten Moment in die Hosen machen, dachte Christel mitleidvoll. Dass dieser Johnny ein unangenehmer Zeitgenosse war, wusste sie ja schon. Aber scheinbar war er auch ein regelrechter Sklaventreiber!

Im nächsten Moment sah sie, wie Johnny Seymour seine Zigarre auf sie richtete.

»Ihr zwei – mitkommen!« Schon marschierte er auf seinen kurzen Beinen wie ein Feldherr über den Hof und auf ein paar Gebäude zu, die am Rande des Platzes standen. Christel und Fae folgten wortlos.

Douglas Seymour saß im Büro der Filmgesellschaft an seinem Schreibtisch. So klein und gedrungen sein Bruder Johnny Seymour war, so groß und hager war wiederum er. Was für ein Paar! Christel schätzte beide auf Mitte dreißig, vielleicht waren sie aber auch jünger oder älter.

Während Fae draußen vor der Tür warten musste, stand sie mitten im Büro.

»Das ist also *The German Girl*. Dreh dich mal im Kreis, Lady, damit ich deinen Hintern sehen kann«, sagte Douglas und musterte sie, ohne von seinem Stuhl aufzustehen, von oben bis unten. »*Good bone structure. Good height… Nice hair.*«

Eine gute Knochenstruktur und Größe? Hübsche Haare? War sie ein Reitpferd, oder was? Mit Mühe zwang sich Christel, ihre Schultern zu straffen, während sie ihre Drehung beendete. Wenn Douglas Seymour glaubte, sie beleidigen zu können, hatte er sich getäuscht. Sie war kein Pferd, sondern eine äußerst attraktive Frau. Und das wussten die Brüder, sonst stünde sie nicht hier!

Die beiden tuschelten etwas, was Christel nicht verstand, dann blaffte Douglas über den Schreibtisch hinweg: »Kannst du schauspielern?«

»Klar«, antwortete Christel lässig.

Johnny Seymour lachte auf. »Du hast Mumm, das gefällt mir. Dann zeig uns mal, was du draufhast, hier geht's in den Proberaum!« Er zeigte auf eine Tür seitlich von Douglas' Schreibtisch, dann packte er Christel grob am Arm und flüsterte: »Je früher du deinen ersten Job hast, desto früher haben wir beide unser Rendezvous.« Laut sagte er: »Die Einstellungstests nimmt mein Bruder vor, er sagt dir gleich, welche Rolle du vorspielen sollst.«

»Ich kann's kaum erwarten«, sagte Christel und zog ihren Arm weg.

»Stell dir vor, das hier ist ein Candy-Store voll mit Schokolade, Bonbons, Pralinen.« Mit seinen schaufelartigen Händen fuchtelte Douglas Seymour im »Proberaum« herum, der nicht mehr war als ein leer stehender Raum. »Die Besitzerin des Ladens steht da hinter der Theke und spricht mit einer Kundin…«, er zeigte auf einen ebenfalls leeren Platz, »du beobachtest sie listig durchs Schaufenster.« Er fuchtelte über Christels Schulter hinweg in Richtung Tür. »Denn du hast vor, eine Tafel Schokolade zu klauen, also musst du einen guten Moment abpassen.«

Christel, die seinen Ausführungen konzentriert gefolgt war, runzelte die Stirn. Würde noch jemand kommen, der die Ladenbesitzerin spielte? Oder würde Johnny Seymour die Rolle übernehmen? Im nächsten Moment wurde ihr klar, dass nichts davon der Fall war. Die beiden Brüder setzten voll und ganz auf Christels Imagination.

Die konnten sie haben!, dachte Christel mit grimmiger Bestimmtheit. Wann immer Mutter sie dazu verdammt hatte, ihren kleinen Geschwistern Geschichten zu erzählen, hatte sie diese mit so viel Gestik und Mimik untermalt, dass die Kleinen gebannt zugehört hatten. Und als sie einmal in der Schule etwas hatte aufsagen müssen, hatte sie unwillkürlich genauso gehandelt. Ihre Mitschüler waren begeistert gewesen – so lebendig hatte noch niemand ein Gedicht vorgetragen. Doch ihr Lehrer hatte sie angefaucht, sie solle mit dieser »Pantomime« aufhören, die sei zwar seit vierhundert vor Christi eine eigenständige Kunstform, aber nicht das, was er sich vorstellte, wenn er darum bat, dass sie ein Gedicht vortrug!

Was die Brüder von ihr sehen wollten, war nichts anderes als diese Pantomime – es würde also schon gut gehen! Christel atmete tief durch, warf den Männern von oben herab einen Blick zu und wedelte mit der Hand. »Wenn Sie bitte aus dem Weg treten würden ...«

Das hier war ein Kinderspiel. Was danach kam, daran wollte sie jetzt noch nicht denken.

Keine Miene verziehend, gingen die Brüder zur Seite. Und Christel legte los.

13. Kapitel

Hollywood, letzte Maiwoche 1919

Chrystal blinzelte einmal, blinzelte zweimal, und als sie Mimi anschaute, war ihr gerade noch abwesender Blick wieder hellwach. Sie lachte schallend auf. »Ich konnte die Tafel Schokolade unbemerkt stibitzen! Und meine erste Filmrolle bekam ich auch.«

»Unglaublich!« Mimi, die gebannt zugehört hatte, schüttelte den Kopf. »Das alles hast du ohne jegliche Vorbereitung aus dem Stand hinbekommen? Ich wäre vermutlich steif wie ein Stock im Zimmer stehen geblieben!« Sie blies sich eine Haarsträhne, die sich während ihres unentwegten Schreibens gelöst hatte, aus dem Gesicht. »Und dann?«

»Dann verpassten die Seymour-Brüder mir noch meinen neuen Namen«, sagte Chrystal. »Candy wollten sie mich nennen, schließlich hatte mein Vorspielen in einem Candy-Store stattgefunden. Aber dagegen wehrte ich mich – ich wollte mich nicht nach Zuckerwatte anhören! Da die beiden meinen Namen eh schon so aussprachen, dass er wie Kristall klang, fragte ich, ob es nicht möglich wäre, aus Christel Chrystal zu machen. Das fanden beide gut. Ich glaube, es war Douglas, der dann noch meinen Nachnamen vorschlug, er entsprang seiner Fantasie. Aber ich mochte ihn auf Anhieb.«

Mimi nickte. »Chrystal Kahla – das hat Klang!«

Chrystal nickte stolz. »Gleich am nächsten Tag war ich am Set und lernte meine neuen Kollegen kennen. Da war Tian, ein Chinese. Und Abigail, eine Irin. Und noch ein paar andere.« Sie winkte ab, als habe sie die Leute längst wieder vergessen. »Die Seymour-Brüder hatten fest angestellte Schauspieler, von denen sie höchste Flexibilität verlangten. Slapstick-Filme, Weepies, Western – es konnte gut sein, dass an einem Tag drei völlig unterschiedliche Filme abgedreht wurden.«

»Slap... was?« Mimi schaute stirnrunzelnd auf. »Sorry, ich verstehe gar nichts.«

Chrystal lachte, dann begann sie zu erklären: »Slapstick nennen wir Filme, in denen es um viel Situationskomik geht. Wenn man es auf den Punkt bringen will, dann ist einer der Schauspieler immer der angeschmierte, auf dessen Kosten sich die Filmzuschauer amüsieren. Gott sei Dank sahen die Filmleute mich von Anfang an nicht in dieser Rolle! Im Gegenteil – sie beschlossen, dass ich diejenige sein sollte, die sich auf Kosten der anderen amüsiert. Dass eine schöne junge Frau sich über die Männer lustig macht, sie gar zum Narren hält – das kam beim Publikum gut an! Vor allem bei den weiblichen Zuschauern, die im wahren Leben nicht allzu viel zu lachen haben.«

Mimi nickte. Als sie mit Chrystal im Lichtspielhaus gewesen war, hatte sie mit Erstaunen festgestellt, dass Frauen einen Großteil der Gäste ausmachten.

»Weepies sind hingegen sehr emotionale Filme, bei denen viel geliebt, gestorben und geweint wird«, erklärte Chrystal weiter. »Und in Western geht's immer um Indianer und Cowboys. Meist sind die Indianer die angeschmierten, somit ist das auch fast schon wieder Slapstick.« Sie verzog das Gesicht, als missfalle ihr das.

Mimi nickte, als wäre ihr alles völlig klar.

»In der Anfangszeit dauerten die meisten Filme nur zehn Minuten, entsprechend wenig Handlung hatten sie. Und irgendwie waren sie alle sehr dümmlich. In meinem ersten Film musste ich beispielsweise eine Siedlerfrau spielen, die einem Indianer, der sich ihrem Lager nähert, mit einer Bratpfanne eins überzieht.« Sie verzog das Gesicht. »Aber es war mein erster Film, und ich war so stolz, dabei zu sein, also gab ich alles, und das, obwohl ich so nervös war.« Sie schüttelte den Kopf. »Meine Hand zitterte so sehr, dass ich die Bratpfanne kaum halten konnte. Gleich jagt mich der Lichtspielleiter – damals nannten sie sich noch so und nicht Regisseur – davon!, dachte ich voller Angst. Doch das Gegenteil war der Fall. Als der Mann merkte, wie aufgeregt ich war, sagte er: ›Macht nichts! Eine, die hungrig ist und die das Geld braucht, ist mir lieber als die ausgebufften Profis! Die Hungrigen arbeiten hart, die anderen nur, um sich selbst zu verwirklichen!‹«

»Sich selbst verwirklichen?« Mimi hob die Brauen.

Chrystal nickte. »Früher belegten die feinen Ladys der Gesellschaft einen Malkurs in Paris. Oder nahmen Gesangsunterricht bei einem Operntenor. Heute will jede Schauspielerin werden! Du glaubst nicht, wie viele feine Damen aus New York hier ankommen, mit ihrem guten Namen und einem Packen Geldscheine wedeln und glauben, sie könnten sich damit eine Filmrolle erkaufen.

Aber es gehört schon Talent dazu, um vor dem Publikum zu bestehen!« Ihr Lachen klang abfällig. »Der Lichtspielleiter hatte recht – ich war mir gegenüber unerbittlich. Drei Filme an einem Tag waren keine Besonderheit, ich spielte morgens die Unschuld vom Lande, gab mittags die arme Sünderin und war danach noch die unanständige Marktfrau. Ich wollte nichts trinken und nichts essen, ich brauchte keine Pause. Ganz gleich, ob in einem Film ein Affe, ein Pferd oder sonst irgendein Vieh mitspielte – Douglas Seymour liebte Tiere und behandelte sie besser als uns Schauspieler –, ich arrangierte mich damit. Und am Ende des Tages, als alle erschöpft waren, fragte ich enttäuscht, ob wir wirklich schon Schluss machten. Ich hätte bis in die Nacht hinein weiterdrehen können! ›Sag das bloß nicht laut, sonst kommen die Seymour-Brüder noch auf dumme Ideen‹, schimpften meine Kollegen mit mir. Das Filmgeschäft ist unglaublich kräftezehrend, doch das musste ich erst lernen. Der Preis, den man für Ruhm und Erfolg zahlen muss, ist sehr hoch.«

»Wie meinst du das?«, fragte Mimi nach, doch Chrystal schüttelte den Kopf.

»Genug für heute. Will und ich sind zu einem Empfang eingeladen, und ich muss mich vorher noch ein wenig hübsch machen. Ist es in Ordnung für dich, wenn du einen Abend allein bleibst? Wir könnten dich auch mitnehmen, aber du würdest sowieso niemanden kennen …«

Mimi winkte eilig ab. Sie war froh, wenn sie einmal ein wenig Zeit für sich hatte. Vielleicht würde sie dann die vielen Eindrücke, die täglich auf sie einprasselten, verarbeiten können.

Der Preis, den man für Ruhm zahlen musste, sei sehr hoch, hatte Chrystal gesagt. Das ging Mimi durch den Kopf, während sie nach einem kleinen Abendessen spazieren ging. Wie hatte sie das gemeint? Chrystal ging es doch allem Anschein nach blendend!

Hinter dem Mountain Vista House begann gleich die Wildnis – Straßen, Gehsteige oder Spazierwege gab es dort nicht. Doch im Laufe der Zeit hatten sich durch die naturliebenden und bewegungsfreudigen Anwohner schmale Trampelpfade gebildet, auf denen man leidlich gut laufen konnte. Einer davon sei sogar ein Rundweg, hatte Chrystal ihr erklärt, bevor Will und sie zu ihrer Abendeinladung aufbrachen. Mimi müsse lediglich auf dem Weg bleiben und nicht davon abweichen, dann käme sie nach einer Stunde wieder zum Haus zurück.

Es war gut, wieder einmal kräftig auszuschreiten. Vor Mimi taten sich immer wieder grandiose Aussichten auf die Stadt auf. Und es war auch gut, wieder einmal ihren *eigenen* Gedanken nachhängen zu können – etwas, wozu sie in den letzten Wochen so gut wie nicht gekommen war. Sicher, sie hatte einen Auftrag zu erfüllen. Und dabei ging es um Chrystal Kahla. Aber war das der alleinige Grund dafür, dass sie immer mehr das Gefühl hatte, sich selbst zu verlieren? Oder lag es an der künstlichen Scheinwelt Hollywoods, dass sie tief drinnen langsam gar nicht mehr wusste, wer *sie* eigentlich war?

Sicher, oberflächlich war diese Frage einfach zu beantworten: Sie war Mimi Reventlow, vierzig Jahre alt. Sie war eine erfahrene und gute Fotografin, schreckte aber auch nicht davor zurück, sich in neuen Gefilden auszuprobieren, so wie sie es hier und jetzt tat. Sie besaß Anteile an einer Druckerei. Und sie war Antons... tja, was? Schon da wurde es unklar. Vielleicht dachte sie darüber besser ein andermal nach.

Mimi betrachtete einen bunten Schmetterling, der vor ihr her flatterte. Es war verrückt, aber irgendwie waren sie und Chrystal sich in jungen Jahren ziemlich ähnlich gewesen. Auch sie, Mimi, hatte lieber einen Auftrag zu viel als zu wenig angenommen. Denn Einladungen in Foto-Ateliers bedeuteten nicht nur, dass Geld in ihre Kasse floss, sondern auch, dass sie in der Fotografenwelt immer mehr anerkannt wurde und einen guten Ruf genoss. Auch ihr war wichtig gewesen – und war es immer noch –, dass man ihren Fotografien ihren eigenen Stil ansah. Und dass ihr Name unten auf dem Fotopapier stand!

Und später, als in der Druckerei erst ihr Schafkalender und dann die Adventskalender so große Erfolge geworden waren, hatte sie sich daran gelabt wie eine Biene am Blütennektar. Die Umsatzzahlen waren ihr Applaus gewesen.

Doch dann war der Krieg gekommen, und plötzlich waren ganz andere Dinge wichtig: ein Laib Brot. Etwas Warmes zum Anziehen im Winter. Brennholz! Die Würde und den Anstand nicht zu verlieren.

Sie und die anderen Frauen im Dorf hatten die Jahre leidlich gut gemeistert. Aber hatte sie die schlimme Zeit wirklich hinter sich gelassen? Oder hatte der Krieg sie auf eine Art verändert – ja, geprägt –, die ihr selbst noch gar nicht bewusst war?

Der Trampelpfad machte eine Kurve nach links und wurde steiler. Mimis Atem ging schneller. Nach dem langen Tag des Sitzens, Zuhörens und Notierens begrüßte sie die körperliche Anstrengung. Ihren Gedanken freien Lauf lassend, ging sie weiter.

Als Anton nach dem Krieg heimgekehrt war, hatte sie geglaubt, die Liebe sei das Wichtigste in ihrem Leben. Vielleicht war sie das auch. Doch dann war sie statt vor dem Traualtar auf einem Überseedampfer gelandet. War das nicht völlig verrückt?

Gedankenverloren blieb Mimi stehen und schaute zwischen ein paar Bäumen hinab auf Los Angeles. Über 1,2 Millionen Menschen lebten in dieser Stadt, hatte Will Schneider vor ein paar Tagen gesagt. So viele Menschen, so viele Schicksale.

War ihre Reise nach Amerika womöglich auch eine Flucht gewesen vor den ungelösten Problemen zu Hause? War sie gar nicht so sehr vom Trieb, etwas Neues erleben zu wollen, geprägt gewesen, sondern eher vor der Angst, sich ganz und gar auf den Mann einzulassen, den sie in Wahrheit schon so lange liebte?

*

Wie ein Käfer auf dem Rücken strampelte sie hilflos mit Beinen und Armen. Sie schlug nach dem Mann, sie kratzte ihn, doch nichts half, um die schwere Masse Mensch von ihrem Leib fortzubekommen. Zwischen ihren Beinen brannte es, ein stechender Schmerz, etwas Warmes lief ihre Schenkel hinab. Fast war ihr, als würde sie jemand entzweireißen, so weh tat es, so weh …

»Chrystal, Liebes!«

Jemand rüttelte heftig an ihrem Arm. Sie schlug um sich. Sie musste den Mann loswerden, jetzt sofort. Er würde sie sonst zerreißen.

»Chrystal, Himmel hilf, wach auf!«

Chrystal öffnete mühsam die Augen. Ihr Herz raste,

ihr Puls rannte davon. Ein Traum. Alles nur ein Traum. Neben ihr im Bett war Will, ihr geliebter Will. Nur mit Mühe konnte sie die Tränen der Erleichterung zurückhalten. »Ich habe schlecht geträumt, verzeih, dass ich dich geweckt habe«, flüsterte sie.

Er schaute sie kritisch an, sie rang sich ein Lächeln ab. Kurz darauf verrieten seine regelmäßigen Atemzüge, dass er wieder eingeschlafen war.

Chrystal jedoch war vom Schlaf so weit entfernt wie Hollywood von der Schwäbischen Alb. Wie hatte sie heute Nachmittag zu Mimi Reventlow salopp gesagt? »Der Preis, den man für Ruhm und Erfolg zahlen muss, ist sehr hoch …« Mehr nicht. Sie wollte erst überlegen, in welche Worte sie »die eine Nacht« verpacken wollte.

Jene Nacht im Hochsommer 1912, als sie nicht nur ihre Jungfräulichkeit verloren hatte, sondern auch ihre Würde.

Es war der Samstag am Ende ihrer ersten Arbeitswoche bei der Seymour-Brothers-Movie Company gewesen. Achtzehn Filme hatte sie in dieser Woche gedreht, in jedem hatte sie die weibliche Hauptrolle gehabt.

Sie war mit Johnny Seymour essen gewesen, danach waren sie zu seinem Haus gefahren. Keine Villa, aber ein stattliches Gebäude. »*Payday, my dear!*«, hatte er im Taxi zu ihr gesagt, und sein Atem hatte nach dem Whiskey gerochen, den er zum Essen getrunken hatte. Zahltag …

Das Bett hatte nach Parfüm gerochen und war frisch bezogen. Chrystal hatte für so etwas einen Blick, schließlich hatte sie zu Hause oft genug die Bettwäsche gewechselt. Auf dem Nachttisch standen ein Strauß Rosen und eine Flasche Champagner. Wenigstens gedachte Johnny Seymour, ihr ihre Unschuld mit Stil zu nehmen.

Der Filmemacher zog sich ungelenk seine Hose aus. Chrystal lag auf sein Geheiß hin schon im Bett, am Leib trug sie eins der schönen Unterkleider, die sie zusammen mit Rita gekauft hatte. Es bestand aus mehreren Schichten hauchdünnem Voile-Stoff, der mit kleinen Blüten bestickt war. Das Unterkleid war das teuerste Stück, das sie besaß, und sie hatte es ganz bewusst gewählt, um sich selbst weniger billig vorzukommen.

Gleich würde sie ihre lang gehütete Unschuld verlieren. Und sie war es, die das so wollte. Sie allein bestimmte, dass es nun geschah und zu keinem anderen Zeitpunkt. Fae und die andern, die sie unauffällig ausgefragt hatte, hatten gemeint, es würde ein wenig ziepen, mehr nicht. Ein wenig ziepen – davor hatte sie keine Angst.

Johnny ging zu der Bar, die sich in seinem Schlafzimmer befand, schenkte sich einen Whiskey ein und kippte ihn in einem Zug hinunter. Wenn Kerle zu viel Alkohol tranken, konnten sie nicht mehr ihren Mann stehen, hatte Fae einmal erzählt. Chrystal runzelte die Stirn. Nun, da sie sich seelisch und moralisch auf das Kommende eingestellt hatte, wäre es mehr als ärgerlich gewesen, wenn ihr »Deal« im letzten Moment geplatzt wäre! Johnny hatte Wort gehalten und ihr eine Hauptrolle in einem Film gegeben. Und sie würde ihr Wort ebenfalls halten. Immerhin war sie jetzt Chrystal Kahla und hatte nach der ersten Woche ein sagenhaftes Honorar von hundertzwanzig Dollar bekommen. Das war nicht ganz so viel wie Randy Ritas Mädchen, aber wenn man bedachte, dass eine Sekretärin für zwanzig Dollar die Woche arbeitete, war es nicht schlecht.

»Kommst du?«, hatte sie mit aufgesetzt verführerischem Timbre in der Stimme gesagt.

Von wegen »sie allein bestimmte«!, dachte Chrystal jetzt und presste die Lippen aufeinander, um ein Stöhnen zu unterdrücken. Sie wollte Will auf keinen Fall nochmals wecken, wenigstens er sollte zu seinem Schlaf kommen. Ob sie selbst noch mal würde einschlafen können, das bezweifelte sie. Wahrscheinlich würde sie aufstehen und sich unter die Dusche stellen, in dem Versuch, sich von dem klebrig-schmuddeligen Gefühl von einst reinzuwaschen.

Johnny Seymour. Wie ein Berserker hatte er sich auf sie gestürzt. Sein Penis war so hart gewesen wie ein Schlagstock, ohne das geringste Vorspiel hatte er ihn in sie gerammt. Sie hatte geschrien vor Pein. Bestimmt hatte er da unten etwas kaputt gemacht, hatte sie gedacht und gespürt, wie ihr das Blut die Schenkel hinablief. Um sich abzulenken, hatte sie zu zählen begonnen. Eins, zwei, drei… Bei hundertdreiundzwanzig war er endlich mit ihr fertig gewesen.

»Jetzt bist du gut eingeritten für die Filmbranche«, hatte er zu ihr gesagt, während er sich von ihr wälzte. Im nächsten Moment hatte er sich eine weitere seiner stinkenden Zigarren angezündet – seitdem hasste sie den Gestank von Zigarrenrauch noch mehr als zuvor.

Sie hatte geschunden dagelegen, die Beine eng zusammengepresst, und nur gedacht: Das kann doch alles nicht wahr sein. Ein Albtraum! Gleich würde sie erwachen. Doch sie wachte nicht auf. Stattdessen hatte sie sich so beschmutzt und wertlos gefühlt wie noch nie in ihrem Leben.

Da sie kein Wort sagte, stieß Johnny Seymour sie an und knurrte: »Sei froh, Baby, dass ich dein Erster war, jetzt weißt du wenigstens, wie sich ein richtiger Mann anfühlt!«

Sie schaute ihn hasserfüllt an. Ein richtiger Mann? Ihr wären da ganz andere Worte für ihn eingefallen!

War der Preis für ihre erste Filmrolle zu hoch gewesen?

Die Frage hatte sich Chrystal nie gestellt, doch nun, da sie so intensiv auf ihre Vergangenheit zurückblickte, drängte sie sich ihr regelrecht auf. Aber war die Antwort wirklich wichtig?

Natürlich konnte sie Mimi erzählen, was Johnny ihr angetan hatte. Sie konnte auch von Fae erzählen, die nur nüchtern mit den Schultern gezuckt hatte, als sie, Chrystal, wissen wollte, warum Fae sie nicht vorgewarnt hatte.

»Wovor hätte ich dich warnen sollen? Alle Männer sind Tiere, irgendwie. Außerdem – es wird nicht das letzte Mal gewesen sein, dass du die Beine für eine Filmrolle breit machst. Wenn der Preis stimmt, was ist dann schon dabei?«

Chrystal hatte Fae wütend angefunkelt und gezischt: »Das macht mit mir niemand mehr, das schwör ich dir!«

Sie konnte Mimi auch davon erzählen, dass sie den Filmemacher beim nächsten Mal, als er sich ihr näherte, zwischen den Beinen gepackt und genüsslich zugedrückt hatte. »Ich habe meine Rechnung bezahlt, wir sind quitt, also fass mich nie mehr an!«, hatte sie geflüstert, während sie ihren Druck immer mehr erhöhte. Innerlich hatte sie gezittert wie Espenlaub. Sobald ich ihn loslasse, haut er mir eine runter, hatte sie gedacht, doch sie hatte sich nichts anmerken lassen von ihrer Angst. Stattdessen hatte sie seinem Blick eisern standgehalten, und vielleicht hatte ihm das imponiert. Denn erstaunlicherweise hatte er sie danach tatsächlich in Ruhe gelassen *und* weiter beschäftigt.

Aber waren das Dinge, die sie in ihrer Biografie lesen wollte? Wollte sie sich als Opfer sehen? Ganz gewiss nicht, befand Chrystal. Sie war ein Star, hatte einen großen Namen! Und sie würde einen Teufel tun und diesen selbst beflecken. Zufrieden mit sich und ihrem Entschluss, schloss sie die Augen. Vielleicht würde es ihr doch noch gelingen, ein wenig Schlaf zu bekommen.

14. Kapitel

Münsingen, Mitte Juni 1919

»Er hält einfach nicht!« Verzweifelt schaute der Mann Anton an.

»Das gibt's doch gar nicht«, murmelte Anton, der sich, auf einem Hocker sitzend, über den Stumpf von Michel Baumanns rechtem Bein beugte. »Jetzt habe ich doch schon einen zusätzlichen Befestigungsriemen angebracht.« Ein wenig ungeduldig begann er, alle Lederriemen aufs Neue an Michels Stumpf zu verschnüren.

Eine Granate hatte Bernadettes Hirten das Bein kurz unter dem Knie abgerissen. Im Vergleich zu den anderen Kriegsversehrten war er fast als ein Glücksfall zu bezeichnen – eine Unterbeinprothese war in der Regel recht gut zu befestigen, und die Träger gewöhnten sich rasch an sie.

Hieß es.

Anton aber erlebte dies anders.

Fast täglich tauchten Michel und andere versehrte Männer aus dem Dorf, denen Anton in seiner freien Zeit Gehhilfen und sonstige Hilfen baute, in Antons Behelfswerkstatt auf. Beim einen hielt die Prothese nicht, so wie bei Michel, der andere scheuerte sich mit den Lederriemen wund, der Nächste kam mit der Handhabung allgemein nicht zurecht. Und wieder andere kamen einfach, weil sie wussten, dass Anton immer ein offenes Ohr für ihre Nöte hatte.

»So, und nun aufstehen!«, wies Anton den Mann an.

Michel erhob sich schwerfällig von seinem Stuhl. Sein Bruder, der ihn in einer Schubkarre hergefahren hatte, schaute mit banger Miene zu. In seinem jetzigen Zustand war Michel natürlich eine Belastung für seine Familie, umso wichtiger war es, ihn dank einer Prothese wieder auf die Beine zu bringen! Schafe würde er nie mehr hüten können, aber vielleicht fand sich in der Schäferei eine andere Aufgabe für ihn?

»Und nun geh ein paar Schritte, beherzt und ohne Angst«, wies Anton den Hirten an. Manchmal war es auch der Kopf, der die Männer blockierte, und nicht die Prothese, hatte er festgestellt. Zur Sicherheit stand er dennoch auf, bereit, Michel zu halten, sollte er fallen.

Michel, der früher mit Bernadettes Schafen Hunderte von Kilometern gewandert war, machte einen Schritt, dann einen zweiten, und schon fiel die Prothese von seinem Stumpf ab.

Anton griff ihm eilig unter die Arme und rettete ihn so vor einem Sturz. Verdammt ...

»Ich überleg mir was! Lass bloß nicht den Kopf hängen«, sagte Anton so aufmunternd wie nur möglich.

So ging es nicht weiter, dachte Anton, während Michel und sein Bruder wie zwei geprügelte Hunde mit der Schubkarre davonfuhren. Nachdenklich ließ er sich wieder auf seinen Hocker sinken. Doch der zündende Gedanke, wie er Michel helfen konnte, wollte ihm einfach nicht kommen. Wie auch? Bei den beschränkten Möglichkeiten, die er hier in seiner Werkstatt hatte! Ruckartig stand er auf und schnappte seine Schlüssel und den Brief von Mimi, der vorhin gekommen war. Dann zog er die Tür seiner Werkstatt hinter sich zu.

Draußen erwartete ihn ein herrlicher Junitag. Der Holunderbusch, der am Rande des Innenhofs ihrer Druckerei stand, blühte üppig. Normalerweise hätte Anton sich die Zeit genommen und den säuerlich-bitteren Duft tief inhaliert. Doch heute lief er achtlos daran vorbei.

Sein Blick fiel auf die Druckerei. Es war Freitagnachmittag, und trotz der noch immer herrschenden Lieferschwierigkeiten bei Papier und Farben hatten sie eine erfolgreiche Woche hinter sich, in der sie einige Aufträge gut hatten abarbeiten können. Nun standen die Druckmaschinen übers Wochenende still, die Männer waren beim Saubermachen und Aufräumen. Ihn, den Chef, benötigten sie nicht mehr. Die Frage war eher, ob die Drucker ihn *überhaupt* noch benötigten, dachte Anton. Mimi hatte aus der Druckerei trotz der materiellen Engpässe und der eingeschränkten Mannschaft in den letzten vier Jahren einen Betrieb gemacht, der einem gut geschmierten Uhrwerk ähnelte. Ein Rädchen griff ins andere – auch ohne ihn. Außer, dass er einige Aufgaben neu verteilt und Arbeitsabläufe so verändert hatte, dass auch die kriegsversehrten Heimkehrer zurechtkamen, hatte er bisher nichts Nennenswertes geleistet. Zumindest kam ihm das so vor.

Stirnrunzelnd ging er in Richtung Garage. In der Nähe des Marbacher Pferdegestüts gab es einen manierlichen Gasthof, dorthin würde er fahren, eine Kleinigkeit essen und ein Bier trinken. Die Ausfahrt mit offenem Verdeck, die frische Luft um die Nase – das tat ihm jetzt bestimmt gut. Und wenn er irgendwo einen besonders hübschen Flecken entdeckte, würde er anhalten und dort Mimis Brief lesen. Hoffentlich wusste sie schon, wann sie wieder heimkam …

Irgendwie konnte er immer noch nicht glauben, dass sie einfach weggegangen war. Nach all den Jahren, in denen der Krieg sie eh getrennt hatte! Allein der Gedanke an sie hatte Anton die Schrecken überleben lassen. Und nun … fehlte sie ihm wieder so sehr, dass es fast körperlich wehtat. Nachts war das Bett einsam ohne sie. Tagsüber vermisste er ihren sprühenden Elan, ihren Wortwitz, einfach alles! Er seufzte schwer auf.

Seine Laune wurde nicht besser, als er an das Treffen mit Michel dachte. Dieses unprofessionelle Herumpfriemeln in seiner improvisierten Werkstatt machte ihn richtig wütend! Dem einen oder anderen Mann konnte er zwar helfen, so wie dem früheren Münsinger Bürgermeister, der mit den von Anton gebauten Spezialkrücken inzwischen sogar weite Wege zurücklegen konnte. Aber wenn es um eine Bein- oder Armprothese ging, waren seine Möglichkeiten hier in Münsingen einfach zu beschränkt. Der Schreiner, mit dem er gesprochen hatte, hatte nur abgewunken – an das heikle Thema Prothesenbau wollte er sich gar nicht erst heranwagen. Da baute er doch lieber Aussteuertruhen und reparierte Wagenräder.

»Mach dich nicht so verrückt deswegen«, hatte Lutz erst letzte Woche zu Anton gesagt. Und hinzugefügt, dass der Prothesenbau ja nicht sein Hauptberuf sei, sondern ein sehr lobenswertes Steckenpferd. Und dass bei vielen Versehrten sowieso eher Operationen hilfreich wären, so, wie der bekannte Professor Sauerbruch sie durchführte. Er verband noch vorhandene Muskeln mithilfe von Stiften, in der Hoffnung, dass danach aktive Bewegungen der Gliedmaßen wieder möglich waren.

Anton hatte bitter gelacht und dem Freund erwidert: »Da müsste dieser Professor aber Tag und Nacht operieren, um wenigstens einem kleinen Teil der Kriegsversehrten helfen zu können!« Danach hatten sie das Thema gewechselt. Lutz war inzwischen – wie Mimi und Bernadette auch – der Ansicht, dass er sich viel zu sehr in das Thema verbissen hatte.

Sie hatten alle gut reden, dachte Anton bitter. Keiner von ihnen hatte hautnah miterlebt, wie den Männern an der Front die Beine weggerissen und die Hände zerfetzt wurden. Wenn er ihnen nicht half, wer sollte es dann tun? Das staatliche Gesundheitssystem war doch mit der Menge der Versehrten völlig überfordert!

Wenn Mimi zurück war, musste er dringend ein paar Reisen unternehmen, um herauszufinden, wie anderswo Prothesen gebaut wurden. In Berlin, so hatte er gelesen, gab es einen Orthopädiemechaniker, der Prothesenteile sogar schon in Serie herstellte. Das würde der Mann doch gewiss nicht tun, wenn er es dabei nicht zu einem gewissen Grad an Perfektion gebracht hätte, oder?

Die ersten Koppeln kamen in Sicht, ein paar Araberpferde setzten zu einem abendlichen Galopp an, der Anblick der eleganten, schnellen Tiere zauberte Anton zum ersten Mal an diesem Tag ein Lächeln aufs Gesicht.

Spontan hielt er am Rand der Weide an und machte den Motor aus. Nachdem er sich eine Zigarette angezündet hatte, holte er Mimis Brief mit den fremden

Briefmarken aus der Tasche. Beim Anblick von ihrer Handschrift empfand er sogleich große Liebe. Mit einem Lächeln faltete er den Brief auf. Sie hatte ihn vor knapp zwei Wochen geschrieben.

Lieber Anton,

ich hoffe, meine Zeilen erreichen dich wohlbehalten? Es ist ein komisches Gefühl, dir nach Münsingen zu schreiben – all die Jahre war ich diejenige, die in Münsingen hockte, während du an der Front warst.

Anton seufzte. Das war wohl wahr …

Seid ihr schon mitten in der Adventskalenderproduktion? Und werden die Motive auch schön? Jetzt nach dem Krieg ist Weihnachten noch wichtiger als sonst, findest du nicht?

Wenn Mimi das alles so wichtig war, warum kümmerte sie sich dann nicht selbst um die Adventskalender?, dachte Anton mürrisch. Dieses Produkt war schließlich ihre Idee gewesen! Er las weiter.

Meine Reise ist von Anfang an anders verlaufen als gedacht. Aber das muss ich dir in Ruhe erzählen, wenn ich zurück bin. Hast du meine Postkarte aus New York bekommen? Bitte entschuldige, dass ich mich seitdem nicht mehr gemeldet habe, die Zugfahrt an die Westküste war furchtbar anstrengend. Ich hatte schlicht nicht die Kraft, bei den kurzen Aufenthalten nach einem Post-Office Ausschau zu halten. Und im Zug ruckelte es so sehr, dass meine Schrift wahrscheinlich unleserlich gewesen wäre.

Sie brauchte sich doch nicht zu entschuldigen, er wusste doch aus eigener Erfahrung, wie es war, wenn man dauernd unterwegs war. Antons Herz wollte gerade überlaufen vor Liebe, doch dann las er:

Stell dir vor, du hattest mit deiner Vermutung recht: Chrystal Kahla ist tatsächlich Christel! Als ich sie sah, bin ich vor Schreck fast umgefallen. Ich hoffe, dir geht es beim Lesen jetzt nicht genauso.

Antons Hand zitterte so sehr, dass er den Brief sinken ließ. Dieses verdammte Luder, das ihm einst sein ganzes Barvermögen gestohlen hatte – das Geld, für das er zum Kriminellen geworden war, das Geld, mit dem sie einen *gemeinsamen* Neuanfang geplant hatten –, lebte in Hollywood? Und war eine erfolgreiche Schauspielerin geworden?

Sein Brustkorb schmerzte vor Anspannung, eilig las er weiter. Bei den nächsten Zeilen setzte seine Atmung fast aus. Mimi wollte Christels Biografie schreiben!

Sie ist eine begnadete Erzählerin, und ich bin mir sicher, dass ihre Lebensgeschichte äußerst unterhaltsam wird.

Christel eine begnadete Erzählerin? Anton stieß ein schrilles Lachen aus. Das Weib würde Mimi und die Leute genauso verkohlen, wie sie ihn verkohlt hatte! Und Mimi ließ sich auch noch darauf ein – mehr noch, sie machte gemeinsame Sache mit dem Biest! Also, das schlug doch nun wirklich dem Fass den Boden aus!

Wahrscheinlich wird sich mein Aufenthalt dadurch ein wenig verlängern, schrieb sie weiter.

Als wäre es das Selbstverständlichste von der Welt, dass er sich hier um alles kümmerte, während sie in der Weltgeschichte herumreiste! Anton ließ den Brief fassungslos sinken.

Eins der Pferde näherte sich neugierig dem Weidezaun. Die kleinen Mücken, die den Kopf des Pferdes umkreist hatten, stürzten sich auf Anton, sie witterten ein neues Opfer.

Mit den Händen wild um sich schlagend, stand er auf. Ab in die Wirtschaft! Er hatte genug vom Brieflesen, jetzt brauchte er erst mal einen Schnaps!

*

Rheinhessen, Kreuznach, Mitte Juni 1919

Alexander wusste selbst nicht, warum er den Galeriebesitzer zu sich nach Hause eingeladen hatte. War es Eitelkeit? War es das Bedürfnis, sich als Künstler mitzuteilen? War es sein Stolz auf seine Madonnen-Gemälde? Jedenfalls ging Felix Hessweiler nun seit einer halben Stunde in Alexanders kleiner Stube auf und ab, schaute sich dieses Bild eingehend an, betrachtete jenes stirnrunzelnd – und schwieg.

Ungeduldig und einen Hauch verärgert, trat Alexander von einem Bein aufs andere. Er hätte sich doch denken können, dass Felix Hessweiler mit seiner – oder besser gesagt mit Paons Kunst – völlig überfordert war. Hessweiler gehörte die einzige Kunstgalerie in Kreuznach, er verkaufte kleine Gemälde, die später in kleinen Wohnzimmern hingen und kleine Leute erfreuten. Alexander und er mochten und schätzten sich, aber das änderte nichts an der Tatsache, dass der Galerist nur sehr kleine Brötchen buk.

Alexander, du bist nicht nur arrogant, sondern auch dumm!, schalt er sich im nächsten Moment. Denn wäre er klug, hätte er sie beide erst gar nicht in diese peinliche Situation gebracht. Der Galeriechef rang sichtlich um seine Haltung und vielleicht auch um Worte.

Warum sagte er nicht einfach irgendetwas Unverbindliches, wenn er mit den Bildern schon nichts anfangen konnte? Alexander ging zu einem Fenster, öffnete es. Luft! Er brauchte dringend frische Luft.

»Ich wusste schon lange, dass Sie Paon sind.«

»Bitte was?« Alexander ließ den Fenstergriff los und drehte sich um.

»Ich war vor Jahren einmal bei einer Vernissage von Ihnen, in Stuttgart, im Haus von Estelle Ottenbruch. Die Frau Geheimrat ist eine Freundin meiner Frau.«

Alexander starrte den Mann fassungslos an. Wenn Felix Hessweiler ihn kannte – warum hatte er dann nie etwas gesagt? »Aber... Ich kann mich gar nicht an Sie erinnern.«

Der Galeriebesitzer lächelte schräg. »Das wundert mich nicht. Sie wurden an diesem Abend von Ihrem Kunstlehrer derart... herumgereicht, dass Sie mir fast schon leidtaten. Wir wurden uns nicht vorgestellt, ich war Mylo wohl zu unwichtig. Also nutzte ich die Gelegenheit, Ihre Gemälde eingehend zu studieren. Nie mehr habe ich seitdem solche ausdrucksstarken Bilder zu sehen bekommen!« Wehmut klang in seiner Stimme mit, doch dann fing er sich. »Als Sie im Frühjahr das erste Mal zu mir kamen, traute ich meinen Augen kaum. Der große Paon höchstpersönlich in meiner kleinen Galerie! Umso erstaunter war ich, als Sie sich mit Alexander Schubert vorstellten und mir Ihre schönen Aquarelle anboten. Dann aber sagte ich mir, es wird schon einen Grund haben, dass Sie inkognito in unserer idyllischen Stadt sind. Ständig derart im Rampenlicht zu stehen – vielleicht benötigen Sie davon eine Erholungspause? Und so ließ ich mich auf Ihr Spiel ein.«

Alexander war baff.

Der Galeriebesitzer grinste ein wenig verlegen. »Wenn ich ehrlich bin, hatte ich natürlich die Hoffnung, dass Sie irgendwann aus der Deckung kommen.«

Alexander hielt dem Mann seine rechte Hand hin. »Danke, dass Sie mich einfach in Ruhe ließen. Das war wirklich ein sehr feiner Zug von Ihnen.«

Der Galeriebesitzer schüttelte den Kopf. »Viel eher ist es ein feiner Zug von Ihnen, mich hierher eingeladen zu haben! Fast traue ich mich nicht, mein bescheidenes Urteil über Ihre Gemälde abzugeben ...«

Alexander nickte dem Mann aufmunternd zu, doch sein Herz klopfte im selben Moment angstvoll.

Felix Hessweiler wies auf die Madonnen. »Ich kann mich nicht daran erinnern, wann Gemälde jemals einen solchen inneren Aufruhr bei mir ausgelöst haben. Die Macht der Farben, die Wucht der Darstellung, die großen Leinwände, alles ist so intensiv, so berührend, fast schmerzhaft schön. Ich glaube in aller Bescheidenheit, Sie haben mit dieser Reihe ein Meisterwerk geschaffen, das vielleicht weltweit einzigartig ist. Vielleicht wird es sogar einzigartig bleiben ...«

Bevor Alexander wusste, wie ihm geschah, schossen ihm die Tränen in die Augen. Es waren Tränen der Erleichterung, aber auch der Dankbarkeit. Er konnte es also noch! Er war noch immer ein Maler, auch ohne Mylos Dazutun. Danke, lieber Gott, betete er stumm, dann wischte er sich verschämt die Augen trocken. »Verzeihen Sie, aber… es ist schon lange her, dass ich…« Seine Stimme brach erneut.

Felix Hessweiler überging den Gefühlsausbruch taktvoll. »Herr Schubert, erlauben Sie mir die Frage – was haben Sie mit diesen Gemälden nun vor?«

Alexander, erleichtert über den plötzlich geschäftigen Ton seines Gegenübers, sagte: »Ehrlich gesagt habe ich mir noch keine Gedanken darüber gemacht. Ich wollte die Bilder erst mal nur jemandem zeigen, der etwas von Kunst versteht.«

»Sie schmeicheln mir«, erwiderte der Galeriebesitzer lächelnd. »Ich weiß, meine Galerie ist klein, und wahrscheinlich ist mein Vorschlag regelrecht vermessen, aber… Lieber Herr Schubert, was würden Sie davon halten, mit diesen Gemälden eine Ausstellung bei mir zu veranstalten? Als Paon selbstverständlich!«

»Eine Ausstellung?«, wiederholte Alexander so verwundert, als hörte er das Wort zum ersten Mal.

Der Galeriebesitzer nickte. »Ich verspreche Ihnen, dass ich zuvor ordentlich Werbung machen werde, nicht nur hier in Kreuznach, sondern auch in den großen Tageszeitungen von Wiesbaden, Mainz und Frankfurt. Damit und mit Ihrem guten Namen werden wir die Leute schon herlocken! Außerdem – seit die Franzosen in der Stadt sind, verirrt sich der eine oder andere Kunstinteressierte mehr in meinen Laden, die Generäle kaufen gern Gemälde für ihre Landsitze im Burgund. Vielleicht sind die Preise, die wir erzielen werden, nicht ganz so hoch, wie Sie es gewöhnt sind. Vielleicht erzielen wir aber auch, jetzt nach dem Krieg, Preise, von denen wir beide bisher nur geträumt haben?« Die Wangen des Mannes röteten sich vor Aufregung.

Auch Alexanders Herz begann zu flattern. War es freudige Erregung, war es Angst? »Dann wäre es aus und vorbei mit meinem Inkognito...«, murmelte er vor sich hin. Lena hielt ihn für einen mittellosen Künstler – wie würde sie reagieren, wenn sie erfuhr, dass er in Wahrheit berühmt war?

Felix Hessweiler schaute ihn abwartend an.

»Irgendwann muss ich Farbe bekennen, denn ewig will ich mich nicht verstecken«, sagte Alexander nachdenklich. »Sie haben recht – vielleicht ist es wirklich an der Zeit, aus der Deckung zu kommen.«

15. Kapitel

Hollywood, Mitte Juli 1919

Die Frau vor dem Spiegel legt ihre Perlen an und streichelt sie so zärtlich, als wären sie ihr Liebhaber. Gegenüber ist ihr makelloses Gesicht zu sehen, mit den großen, ausdrucksstarken Augen, den hohen Wangenknochen. Hingebungsvoll und selbstvergessen zugleich, bürstet sie ihre langen, blonden Haare, bis sie glänzen. Die ganze Szene wirkt ausgesprochen friedlich.

Doch keine Idylle ist perfekt, auch diese nicht. Denn durch ein Fenster rechts in der Wand lugt, von der Frau unbemerkt, ein düster dreinschauender Mann ins Zimmer. Sein Gesicht ist kohleverschmiert, als hätte er eine Schicht im Bergwerk hinter sich. Oder war es ein Ringkampf, bei dem sich die Kontrahenten im Dreck gewälzt haben? Es ist ihm anzusehen, dass er nichts Gutes im Sinn hat, und tatsächlich: Ohne Vorwarnung springt er durch das Fenster, das in tausend Teile zerbricht.

Die Frau, die sich gerade noch so hingebungsvoll für ein Rendezvous oder sonst eine erfreuliche Begegnung hübsch gemacht hat, schlägt erschrocken die Hand vor den Mund. Weggeblasen ist das Friedliche in ihrer Miene, ihre Augen sind angsterfüllt und weit aufgerissen. Noch bevor sie sich in Sicherheit bringen kann, reißt der Bösewicht ihr grob die Perlenkette vom Hals. Mit einem Sprung verschwindet er so behände durchs Fenster, wie er gekommen ist. Die Frau schaut erst ihm fassungslos nach, dann erneut in den Spiegel, entsetzt ihr blankes Dekolletee befingernd. Ihre Stirn runzelt sich, die Brauen ziehen sich düster zusammen, Wut scheint sich in ihr aufzubauen. Ruckartig springt sie auf ...

»Stop und Cut! Die Szene ist im Kasten! Chrystal, Charlie – solange wir die Kulisse für die Verfolgungsjagd umbauen, habt ihr Pause.«

Mimi, die unwillkürlich die Luft angehalten hatte, stieß diese enttäuscht aus. Wie schade! Zu gern hätte sie gleich jetzt miterlebt, wie Chrystal, die die feine Dame in dem Film spielte, dem Dieb Zunder gab und ihm die Perlenkette wieder abnahm!

Es war Mitte Juli und einer der heißesten Tage, die Mimi seit ihrer Ankunft in Kalifornien erlebt hatte.

»Wie sieht's aus – hättest du Lust, mich einmal ins Filmstudio zu begleiten?«, hatte Chrystal sie am späten Vormittag gefragt. »Ich habe um vier einen Termin am Set, eine Stunde vorher kommt Wills Fahrer und holt mich ab. Bei der Gelegenheit könnten wir dann auch noch weitere Fotos machen.«

Mimi hatte begeistert zugesagt. Eigentlich hatte sie ihre Notizen überarbeiten wollen, aber das konnte sie auch noch abends tun!

Mit einer Flasche Coca-Cola in der Hand, kam Chrystal jetzt zu Mimi herübergeschlendert. »Und – wie findest du mich?«

»Grandios!«, platzte es aus Mimi heraus. »Dieser Aufwand, der hier betrieben wird ... « Sie zeigte auf das luxuriös dekorierte Boudoir, in dem Chrystal gerade noch vor dem Spiegel gesessen hatte. »Die Präzision, mit der ihr alle arbeitet, angefangen bei euch Schauspielern über die Kameramänner bis hin zu den Lampenträgern ... Mein Respekt!« Sie schüttelte den Kopf. »Und dazu noch dein Mienenspiel, du bist einfach perfekt!« Sie hätte schon viel früher einmal mit Chrystal ins Filmstudio gehen sollen, dachte sie ärgerlich. Nun musste sie alle entsprechenden Stellen der Biografie noch mal daraufhin lesen, ob wirklich genügend szenische Dichte darin enthalten war. Die Aufregung, die während des Drehs in der Luft gelegen hatte ...

Chrystal Kahla lachte auf. »Das sagst du nur, weil du noch niemand andern gesehen hast. Du müsstest mal Mary Pickford in natura erleben, sie hat ein Mienenspiel, da werde ich vor Neid ganz blass!« Obwohl sie Mimis Lob herunterspielte, röteten sich ihre Wangen vor Stolz.

Im nächsten Moment ertönte ein lautes Klatschen, alle Schauspieler nahmen ihre Positionen wieder ein – die nächste Einstellung des Films war an der Reihe.

In sich hinein glucksend, schaute Mimi zu, wie Chrystal dem Perlendieb durch einen »Wald« hinterherrannte, bis er schließlich aus lauter Verzweiflung auf einen Baum kletterte. Dort oben saß er wie eine Katze, die vor Hunden geflüchtet war. Chrystal baute sich vor dem Baum auf, stemmte beide Hände in die Hüften und lachte und lachte.

Mimi lachte stumm mit. Im Geiste sah sie schon die Kinosäle voller Zuschauer, die sich ebenfalls vor Lachen die Bäuche hielten. Wie hieß es schließlich so schön? Schadenfreude war die schönste Freude.

Dann hatte Chrystals Lachen ein Ende. Resolut schaute sie sich im Kulissenwald um und entdeckte eine Säge. Diese setzte sie genauso resolut am Stamm des Baumes an, auf dem der Dieb immer noch saß. Sie tat so, als würde sie daran sägen, während der Regisseur hinter den Kulissen einem Mann ein Zeichen gab. Der Mann zog daraufhin an einem Seil, der Baum fiel um, der Perlendieb lag am Boden.

»*Freeze!*«, rief der Regisseur. Stirnrunzelnd kratzte er sich am Kopf, während die beiden Schauspieler wie eingefroren in ihrer Bewegung innehielten. »Ich bin mir nicht sicher, ob eine weitere Verfolgungsjagd Sinn ergibt, oder ob wir die Zuschauer damit nicht eher langweilen…« Sich den Bart kratzend, als habe er Läuse, schaute der Regisseur von einem zum andern.

»Verfolgungsjagden sind immer gut!«, rief Charlie, der am Boden lag.

Genau, bestätigte Mimi stumm, sie konnte kaum erwarten, dass es weiterging.

»Ich könnte auch auf Charlie draufspringen, ihn verprügeln und ihm dann die Perlenkette aus der Hand reißen«, schlug Chrystal vor, die noch immer mit der Säge in der Hand dastand. »Oder ich könnte die Säge an seinen Hals anlegen und so tun, als würde ich ihn umbringen.«

Mimi kicherte aufgekratzt. Chrystal hatte ganz schön viel Mumm! Aber auf diesen gewagten Vorschlag würde der Regisseur doch gewiss nicht eingehen, oder? Eine Frau, die einen Mann verprügelte – wo hatte man so etwas schon gesehen?

»Nun mal langsam, wir drehen hier Slapstick, keinen Horror!«, sagte der Regisseur tadelnd. »Aber gegen eine

Tracht Prügel hat Charlie sicher nichts einzuwenden, oder?«

Charlie Chaplin, der verkrümmt am Boden lag, nickte geduldig.

Mimi glaubte nicht richtig zu hören. Im Film war scheinbar alles möglich.

Dank Chrystals Improvisationskünsten geriet die letzte Szene spannend und komisch zugleich. Mimi zog erneut ihren Hut vor der jungen Frau.

Die Schauspieler verschwanden in ihre Garderoben, die Kulisse wurde weggeräumt, die Lichter gingen aus.

Mimi setzte sich im Flur auf einen Stuhl, legte ihre Kamera ab und holte ein Buch aus der Tasche. Nach einer derartig intensiven Leistung würde Chrystal sicher eine Erholungspause benötigen, dachte sie und richtete sich auf eine längere Wartezeit ein.

Doch keine fünf Minuten später stand die Schauspielerin umgezogen vor ihr. »Wie sieht's aus – soll ich dir erst das Filmstudio zeigen, oder sollen wir die Fotografien machen?«, fragte sie. Bevor Mimi antworten konnte, beantwortete sie ihre Frage selbst: »Am besten führe ich dich einmal rum, damit du einen Überblick bekommst. Und dann wählst du die schönsten Kulissen für mich aus, in Ordnung?«

Mimi grinste. »In Ordnung!« Sie hatte Chrystal zwar schon zu Hause in allen möglichen Posen fotografiert – elegant aufs Sofa drapiert, vor dem Spiegel sitzend, an die Balustrade der Terrasse gelehnt – aber die Aufnahmen hier würden sicher etwas ganz Besonderes werden!

Will Schneiders Filmstudio bestand aus so vielen Hallen und Räumen, dass Mimi bald den Überblick verlor.

Es gab nachgebaute Büroräume, ein nachgebautes Kaufhaus, nachgebaute Straßenzüge, und in einer Halle befand sich sogar eine ganze Westernstadt mit Hufschmied, Saloon und anderen Geschäften! In den Gängen und am Rand der Räume standen weitere Kulissen herum, Möbel, ein Automobil, etliche Fahrräder, in einer Halle gab es sogar ein ausgemustertes Flugzeug, daneben Töpfe mit Farben. Je nachdem, wo der Film spielte, der gerade gedreht wurde, wurde das Flugzeug mit der jeweiligen Flagge bemalt, erklärte Chrystal.

Mimi, die daran dachte, dass für manche ihrer Kunden es schon das Höchste der Gefühle gewesen war, einen Zylinderhut aufzuziehen oder einen Fächer in die Hand zu nehmen, war von der Fülle der Requisiten schwer beeindruckt. »Irgendwie ist das schon verrückt«, sagte sie. »Bisher kannte ich nur Foto-Ateliers – dass ich einmal in einem Film-Atelier fotografieren würde, hätte ich nie gedacht!« Gleich darauf wurde sie wieder geschäftsmäßig. »Können wir eins der Fahrräder später mit nach draußen nehmen? Dann könnte ich dich als moderne Radfahrerin fotografieren.«

»Klar doch! Mich würden zwar keine zehn Pferde auf solch einen Drahtesel bringen, aber wen kümmert's«, sagte Chrystal.

Neugierig zeigte Mimi auf eine Tür zu ihrer Linken. »Gibt's dort etwa noch mehr Requisiten?«

»Nein, dort ist es langweilig. Da drehen sie nur Werbefilme«, erklärte Chrystal, ehe sie fortfuhr: »Als ich in Hollywood ankam, gab es gerade mal eine Handvoll Filmproduktionsgesellschaften. Heute sind es Dutzende, ach was, Hunderte, wenn man die Kleinen mitzählt! Aber damals habe ich noch die Pionierzeit miterlebt.«

Der Stolz in Chrystals Stimme war nicht zu überhören.

»Das kann ich gut nachempfinden«, sagte Mimi aus tiefstem Herzen. »Als ich mit meiner Kamera loszog, war ich nicht nur eine der ersten Fotografinnen, sondern mit Sicherheit auch noch die Erste, die auf Wanderschaft ging. Es gab keine Regeln, keine Gesetze, an die ich mich zu halten hatte – die habe ich alle selbst erfunden.« Sie warf ihrer Kamera einen fast liebevollen Blick zu. Freiheit, Freiraum und Schöpfergeist – das Fotografieren bedeutete ihr all das und noch viel mehr.

»Oh, diese Freiheit! Die gab es in den ersten Jahren hier in Hollywood auch noch. Heute existieren so viele Vorschriften, die das Filmemachen erschweren! Damals hieß es lediglich: Schau nicht direkt in die Kamera. Und zieh kein elegantes Kostüm an, wenn du die Unschuld vom Lande spielen sollst – wir waren nämlich auch noch für unsere Garderobe selbst verantwortlich.« Chrystal grinste. »Ungeschriebene Gesetze gab es ebenfalls, das Wichtigste lautete: Beschwer dich nie über die Rollen, die du spielen sollst. Denn sonst hast du schnell den Ruf weg, ›schwierig‹ zu sein. Leider hat mir von diesem ungeschriebenen Gesetz niemand erzählt ...«

Sollte sie an dieser Stelle einmal nachhaken?, fragte sich Mimi, während sie an einem ausgestopften Bären vorbeigingen. Bisher schilderte Chrystal ihre Karriere ein wenig zu glatt für ihren Geschmack. Das Gefühl, dass die Schauspielerin ihr das eine oder andere verheimlichte, machte sich immer mehr breit. Aber konnte man es ihr verdenken? Würde jemand ihre, Mimis, Biografie schreiben, würde sie vielleicht ebenfalls über die eine oder andere Phase ihres Lebens nicht ganz wahrheitsgemäß berichten. Wenn sie nur daran dachte, wie blauäugig sie einst in den Laichinger Gewerkschafter Johann Merkle verliebt gewesen war – richtig zum Affen hatte sie sich gemacht.

»Damals erschienen immer montags die neuen Filme in den Lichtspielhäusern, in diesen Nickelodeons«, unterbrach Chrystal Mimis Gedankengänge. »Als der erste Film mit mir erschien, bezahlte ich wie jeder andere meinen Nickel – das sind zehn Cent – an der Kasse und suchte mir einen Platz. Du kannst dir nicht vorstellen, wie gruselig die Filmtheater damals waren! Düster, schmutzig, und es roch nach ungewaschenen Körpern, Schweiß und anderen Körperausdünstungen.« Chrystals Nase kräuselte sich. »Zehn Cent konnte sich jeder leisten, entsprechend einfach und anspruchslos war die Klientel – Arbeiterinnen, Serviermädchen, Dockarbeiter. Am liebsten wäre ich gleich wieder gegangen. Doch dann hätte ich verpasst, wie sich die Leute vor Lachen fast kugelten, als ich dem Indianer mit der Bratpfanne eins überzog. Mimi, da bin ich vor Stolz fast geplatzt! Und einen Moment lang bedauerte ich tatsächlich, dass die Leute in Laichingen mich nicht sehen konnten...«

Mimi biss sich auf die Unterlippe. Sollte sie oder sollte sie nicht? »Apropos Laichingen«, sagte sie gedehnt. »Wäre es nicht an der Zeit, deiner Familie endlich reinen Wein einzuschenken? Ich glaube, deine Mutter wäre bestimmt froh zu erfahren, dass du lebst und dass es dir gut geht, das habe ich dir ja schon mal gesagt.« Dass sie Anton per Brief längst informiert hatte, behielt sie am besten für sich, beschloss sie und hielt den Atem an. Chrystal hasste es, wenn sie, Mimi, sie auch nur ansatzweise kritisierte, das hatte sie schon mehr als einmal bemerkt.

Zu Mimis Erstaunen zuckte Chrystal nur mit den Schultern. »Von mir aus! Wenn es dir so wichtig ist, dann schreib meinen Eltern einen Brief. Aber nenn bloß nicht meine Adresse!« Chrystal lachte, als habe sie einen guten Scherz gemacht.

Mimi hingegen zuckte innerlich entsetzt zusammen. Was für eine Kaltschnäuzigkeit.

»Jetzt schau mich nicht an, als hätte ich einen Hundewelpen verprügelt«, sagte Chrystal unbekümmert. »Ich habe mit meiner *family* nun mal nichts am Hut.«

Auch wenn es noch so viele freundschaftliche Momente zwischen ihr und Chrystal gab – und wenn der Auftrag noch so ungewöhnlich und facettenreich für sie war –, sie und die Schauspielerin würden nie wahre Freundinnen werden, erkannte Mimi in diesem Augenblick. Und so verkniff sie sich eine weitere Bemerkung und fragte stattdessen, wie es damals, im Sommer 1912, weiterging.

Chrystal lachte auf. »Meine Euphorie verflog am Ende der Dreharbeiten, als ich sah, dass nirgendwo mein Name erschien. Lediglich die Seymour-Brothers wurden als Produktionsfirma genannt, was war ich deshalb enttäuscht! Doch dann hörte ich eine Frau eine Reihe vor mir zu ihrer Freundin sagen: ›Wer war die blonde Frau?‹ Und ein paar Männer in derselben Reihe unterhielten sich ganz ungeniert über mich, mein Aussehen, meine Art zu spielen. Das versöhnte mich wieder. ›Ich bin das!‹, hätte ich den Leuten am liebsten zugerufen.« Chrystal schaute verschmitzt drein.

Bestimmt hatte sich Chrystal dabei ach so viel besser als ›die einfachen Leute‹ gefühlt, dachte Mimi bissig.

»Und jetzt ab nach Ägypten!« Schwungvoll öffnete die Schauspielerin die Tür in die nächste Halle.

Mimi blinzelte einmal, blinzelte zweimal. Vor ihr stand eine riesengroße Pyramide, deren Steine so echt aussahen, als hätten unzählige Arbeiter sie mühevoll von Hand behauen.

»Wenn gleich Tutanchamun erscheint, würde mich das nicht wundern. Vor dieser Kulisse möchte ich dich unbedingt fotografieren! Die ägyptische Anmutung wird deinen Bewunderern gewiss gefallen«, sagte Mimi. Noch während sie sprach, packte sie ihre Kamera aus. Lampen standen hier überall genügend herum, sie würde also beste Lichtverhältnisse haben.

Jetzt war nicht der Zeitpunkt für persönliche Animositäten, beschloss sie, während Chrystal sich umzog und dann in einem kleinen Handspiegel ihr Make-up kontrollierte. Solange sie sich über Chrystals Art ärgerte, ruinierte sie vor allem sich selbst den Tag, und das war unnötig.

»Wenn du dich bitte seitlich vor der Pyramide platzierst? Ja, sehr gut… Einen Fuß bitte auf einen der Steine… Moment…« Mimi spürte, wie ihre Wangen vor Aufregung glühten, während sie den Sucher scharf stellte. Neben der Pyramide befanden sich weitere Requisiten – störte sie das? Nein, beschloss Mimi, man durfte der Aufnahme ruhig ansehen, dass sie in einem Filmstudio gemacht worden war und eben nicht in Ägypten.

»Und lächeln, bitte!«

Sie waren gerade bei der zweiten Fotografie, als im Gang vor der Halle lautes Geschnatter und das Klappern von Absätzen zu hören war.

Chrystal, die sich zuvor umgezogen hatte und nun

das Kostüm einer altägyptischen Königin sowie eine schwarze Perücke trug, schaute ärgerlich in die Richtung, aus der der Lärm kam. »Stephanie und ihre Truppe. Tun so, als wären sie schon bekannte Stars, dabei sind sie nur Statistinnen, die kein Mensch kennt«, sagte sie abfällig. »Hoffentlich lassen sie uns in Ruhe.«

Diese Hoffnung wurde nicht erfüllt, denn schon im nächsten Moment betrat eine Gruppe von Frauen die Halle.

»Chrystal, Darling!«, begrüßte eine von ihnen die Schauspielerin überschwänglich, als wären sie beste Freundinnen. »Unser Western ist fertig, da dachten wir, wir schauen mal bei dir vorbei. Es heißt, du hast einen berühmten Fotografen engagiert?« Suchend schaute die Frau im Kostüm einer Siedlerin sich um. »Wo ist er denn, dein Starfotograf?«

Chrystal nickte der Frau und ihren Begleiterinnen hoheitsvoll zu. »Darf ich vorstellen – Mimi Reventlow, sie ist eine weltberühmte Fotografin.«

»Eine *Fotografin?* Du lässt dich von einer Frau ablichten?« Stephanie, eine attraktive Brünette mit großem Busen und einem Puppengesicht, riss die Augen so weit auf, als wäre sie mitten in einer Filmszene, die allergrößtes Erstaunen verlangte.

Chrystal sah sie spöttisch an. »Mimi Reventlow fotografiert in einer Art und Weise, dass sogar ihr auf ihren Fotografien hübsch aussehen würdet!«

Wie konnte man nur so arrogant sein!, dachte Mimi wütend. Doch zu ihrem Erstaunen schienen die Statistinnen Chrystal ihre groben Worte nicht übel zu nehmen.

Die Frau namens Stephanie schaute Mimi abschätzend an. »Vielleicht könnten Sie auch einmal Probeaufnahmen mit mir machen? Ich benötige sowieso neue Autogrammkarten...«

»Und ich brauche neue Setkarten«, kam es von einer der anderen.

»Ich hätte auch Lust, von einer Berühmtheit fotografiert zu werden«, sagte eine dritte. »Miss Reventlow, wann hätten Sie denn Zeit?«

Mimi schaute hilflos von Chrystal zu den andern. »Ich weiß nicht... vielleicht...«

»*Sorry*, aber Frau Reventlow ist exklusiv für mich aus Europa eingeflogen worden«, sagte Chrystal scharf, noch bevor Mimi zu Ende sprechen konnte. »Sucht euch selbst einen Fotografen. Und jetzt fort mit euch!«

Wenn Blicke hätten töten können, wäre Chrystal auf der Stelle umgefallen. Wortlos rauschten die Frauen davon.

Als wäre nichts gewesen, nahm die Schauspielerin ihre vorherige Pose wieder ein.

Mimi jedoch schaute sie entgeistert an. »Was war denn das?«, wollte sie mit in die Hüfte gestemmten Händen wissen. »Natürlich hätte ich nicht hier und heute einen Auftrag angenommen. Solange ich an deiner Biografie arbeite, stehe ich ausschließlich dir zur Verfügung, das ist klar. Aber sollte ich danach Lust haben, noch weitere Schauspielerinnen zu fotografieren, dann mache ich das! Im Gegensatz zu dir habe ich nirgendwo exklusiv einen Vertrag unterschrieben, sondern bin immer noch ein freier Mensch!«, sagte sie vor Wut bebend. Was fiel Chrystal ein, sie wie eine Sklavin zu behandeln?

»Schon gut, schon gut«, winkte diese besänftigend ab. »Ich hätte gedacht, dass deine Zeit zu kostbar ist, um sie mit dem Fotografieren von irgendwelchen Nobodys zu vertun, aber das liegt natürlich allein bei dir.«

»Den Fuß etwas durchstrecken, bitte«, sagte Mimi, dann machte es *Klick*.

Schweigend besannen sich beide auf ihre Professionalität und beendeten bald darauf ihr Foto-Shooting. Sie waren auf dem Weg nach draußen, als Chrystal sagte: »Will möchte dich noch sehen.« Sie öffnete schwungvoll, und ohne anzuklopfen, die Tür zu einem Büro auf der rechten Seite des Ganges.

»Ich habe gute Nachrichten«, sagte der Filmproduzent statt einer Begrüßung. »Der Verleger, den ich wegen deiner bebilderten Biografie angesprochen habe, zeigt echtes Interesse. Er ist ein großer Bewunderer von dir.« Will Schneider warf Chrystal über seinen riesigen Schreibtisch hinweg einen liebevollen Blick zu. »Er kann sich sogar vorstellen, dass das Buch schon zum diesjährigen Weihnachtsgeschäft erscheint! Texte und Fotografien bräuchte er bis Anfang August, einen Übersetzer hat er auch schon.« Noch während er sprach, wandte er sich an Mimi. »Frau Reventlow – bekommen Sie das hin?«

Keine Frage, sondern ein Befehl, dachte Mimi, dann ging sie im Geist durch, was sie schon hatte: Die meisten Fotografien hatte sie im Kasten, doch was den Text anging, konnte sie nicht einschätzen, wie viel noch kam. Egal! Und wenn sie nächtliche Sitzungen einlegen mussten – in zwei Wochen wollte sie fertig sein mit Chrystals Lebensgeschichte. Denn langsam ging ihr die Schauspielerin mit ihrem egoistischen Wesen ziemlich auf die Nerven.

»Und ob ich das hinbekomme«, sagte sie bestimmt. Je früher sie hier wegkam, desto besser.

16. Kapitel

Ausgehöhlte und mit süßen Kirschen gefüllte Pampelmusen. Hauchdünn geschnittener Schinken und fein gehobelter Meerrettich. Eine kunstvoll geschnitzte Ananas. Weißbrot. Gekochte Eier und sogar Bratkartoffeln. So sehr Mimi der Anblick des reich gedeckten Frühstücksbüfetts anfangs imponiert hatte, so sehr ging ihr die Fülle plötzlich gegen den Strich.

Wie jeden Morgen war sie an diesem Tag Mitte Juli die Erste auf der Terrasse. Will Schneider nahm seit einiger Zeit sein Frühstück im Filmstudio ein. Und Chrystal war allmorgendlich mit ihrem Frühsport beschäftigt.

Mimi war nicht unfroh über die Stunde, die sie allein für sich hatte, bevor Chrystal zu ihr stieß.

Während ein exotisch aussehender Vogel auf der Brüstung der Terrasse mit gierigem Blick darauf wartete, dass sie sich wieder vom Büfett entfernte, stand Mimi da und konnte sich nicht entscheiden, worauf sie Appetit hatte.

Wie sehr sehnte sie sich nach einer schlichten Scheibe Schwarzbrot und einem Klacks von Corinnes Wildpflaumenmarmelade! Ein einfaches Leben – genau danach gelüstete sie es.

Anfangs hatte sie es auch genossen, sich Tag für Tag an den gedeckten Tisch setzen zu dürfen und wie eine Königin bedient zu werden. Doch inzwischen dachte sie sehnsüchtig daran, wie es war, eine Möhre zu schälen und sie in feine Stücke zu schneiden. Noch eine Zwiebel und zwei Kartoffeln dazuzugeben, und alles ab in den Suppentopf – womöglich noch mit einem Rinderknochen! Die Bewohner von Mountain Vista House würden wahrscheinlich die Nase rümpfen ob so simpler Kost, doch im Krieg hätten Bernadette, Corinne und sie sich die Finger nach einer solchen Suppe geleckt. Und das hatte sich bis heute nicht geändert.

Und die Amerikaner konnten auch keinen guten Kaffee kochen, dachte Mimi grimmig, während sie ihr Käsebrot aß – die Brühe war dünner als der Blümchenkaffee, den sie im Krieg getrunken hatten.

Gedankenverloren starrte sie auf das erste Blatt ihres Notizbuches, wo noch immer der Buchtitel fehlte. Sie hatte es sich zur Angewohnheit gemacht, vor ihrer täglichen Sitzung noch mal zu lesen, was sie am Vortag aufgeschrieben hatte, um gleich wieder einen guten Einstieg zu finden. Außerdem hoffte sie noch immer auf eine Eingebung, was den Titel betraf. Mehr als einmal hatten Will Schneider, Chrystal und sie schon Ideen gehabt, doch der große Wurf war noch nicht dabei gewesen. Griffig sollte der Buchtitel sein, aber nicht zu platt. Vielsagend, aber nicht kompliziert. *Chrystal Kahla – das Leben einer Schauspielerin* – wenn ihnen gar nichts einfiel, würden sie wohl etwas in der Art nehmen müssen.

Wenigstens beim Text kamen sie gut voran, sie hatte schon um die vierzig Seiten geschrieben. Wenn jetzt noch die Fotografien gut wurden, konnte Mimi mit sich zufrieden sein. Zu ihrem Leidwesen gab es keine Möglichkeit, dass sie die Fotografien selbst entwickelte – alles musste in ein Fotostudio in der Stadt gegeben werden. Anfangs war Mimi deswegen ziemlich unglücklich – sie liebte die Arbeit in der Dunkelkammer und hatte das Gefühl, dabei immer einen gewissen Zauber zu erleben. Doch inzwischen war sie ganz froh über die Zeitersparnis. Denn mit jedem Tag, den sie länger im Mountain Vista House von Will Schneider verbrachte, fühlte sie sich eingesperrter. Wie ein Vogel in einem goldenen Käfig. Man fütterte sie und pflegte sie, aber ein ernsthaftes Interesse hatte niemand an ihr.

Sicher – sie war hier die Angestellte. Und natürlich ging es um Chrystals Leben, ihre Biografie. Aber was hinderte die Schauspielerin daran, sie einmal in ihrer freien Zeit – und davon gab es ja auch ein bisschen – etwas Privates zu fragen? Sich nach ihr, dem Menschen Mimi, zu erkundigen? Und wenn sie kein ehrliches Interesse hatte, dann hätte sie doch wenigstens eins *heucheln* können, oder? Doch nein, Chrystals Welt kreiste um Chrystal allein – für andere Menschen interessierte sie sich nicht die Bohne.

Sehnsüchtig dachte Mimi an die Abende in den New Yorker Spelunken, in die Benjamin sie geführt hatte. An die lebhaften Diskussionen in wechselnden Runden, an das offene, ehrliche Interesse, das Ben und seine Freunde an ihr gezeigt hatten. Inzwischen konnte sie es kaum mehr erwarten, wieder an die Ostküste zurückzukehren.

Es dauerte ja nicht mehr lange, tröstete Mimi sich und war froh, als sie durch die gläserne Wohnzimmerfront Chrystal kommen sah.

Nun, da der Abgabetermin für die Fotografien und Texte von Chrystal Kahlas Biografie feststand, arbeiteten sie beide wie im Rausch, täglich viele Stunden lang.

Als sie von den Seymour-Brüdern engagiert worden war, wollte sie sich keinesfalls auf ihren Lorbeeren ausruhen, erzählte Chrystal. Vielmehr wollte sie vor der Kamera immer besser werden – die Beste von allen! Und so fing sie an, im wahren Leben das Schauspielern zu üben – beim Cafébesuch, bei Randy Rita am Tisch mit den Prostituierten, abends, wenn sie mit einem ihrer Verehrer ausging, und vor allem auch vor dem Spiegel. Von einem der Schauspieldirektoren hatte sie ein paar Tipps bekommen, was sie alles üben sollte: Wut, Betroffenheit, Erstaunen gepaart mit Freude, Erstaunen gepaart mit Angst, Wahnsinn, Trotz, Zärtlichkeit – es gab so viele verschiedene Emotionen, die sie allein durch ihre Mimik auszudrücken hatte! Von manchen Gefühlen hatte sie bis dahin nicht einmal gewusst, dass es sie gab, gestand Chrystal Mimi selbstironisch.

Mimi war beeindruckt. Chrystal war ihre Karriere weiß Gott nicht in den Schoß gefallen, sie hatte hart dafür gearbeitet.

Chrystal nickte stolz und meinte, dass sie schon zu jener Zeit immer wieder einmal auf der Straße angesprochen wurde, mit den Worten: »Habe ich dich nicht am letzten Montag in einem Film gesehen?« In solchen Momenten blühte die junge Schauspielerin regelrecht auf. »Ja, ich bin Chrystal Kahla!«, sagte sie stolz. Doch schnell wurde ihr bewusst, dass die Leute sich zwar ihr Gesicht, nicht aber ihren Namen merkten.

»Wie schafft es ein Schauspieler, dass er auch namentlich bekannt war?«, fragte sie also Rudolph Valentino während eines Filmdrehs. Er sei der berühmteste Stummfilmschauspieler aller Zeiten, erklärte sie, als sie Mimis ahnungslose Miene sah. Einen solchen Star konnten sich die Seymour-Brothers in ihrer eigenen Truppe nicht leisten, doch für einen Schmachtstreifen hatte Johnny Seymour den Star, der tausend Dollar Gage pro Woche bekam, immerhin ausgeliehen. Chrystal platzte vor Stolz, mit ihm drehen zu dürfen.

»Mach's wie ich – gib den Leuten etwas, worüber sie reden können«, sagte Rudolph Valentino, dann winkte er seine private Assistentin herbei, die sofort mit Puder und Quaste ankam, um die Nase des berühmten Stars abzupudern.

Chrystal war so schlau wie zuvor. Laut den Zeitungsschlagzeilen stand Valentino regelmäßig wegen irgendwelchen kleinen Gaunereien mit einem Fuß im Gefängnis – Diebstahl, Betrug und Prostitution. Das konnte doch nicht der Grund für seinen Erfolg sein, oder?

Im September 1912 bot Johnny Seymour Chrystal einen Drei-Jahres-Vertrag an. Sie habe in den letzten Monaten bewiesen, dass sie über Biss und Talent verfüge, sagte er über seinen Schreibtisch hinweg. Sie habe sich außerdem als Kassenmagnet erwiesen.

Chrystal, die wegen ihrer Schauspielkollegen Abigail und Tian, die ebenfalls Dauerverträge hatten, geahnt hatte, dass ihr das Studio wahrscheinlich einen Vertrag anbieten würde, tat nonchalant. Mit spitzen Fingern, um Johnny ja nicht berühren zu müssen, ergriff sie den Vertrag und las ihn sorgfältig durch. Die Filmhonorare konnten sich sehen lassen, dachte sie angenehm überrascht. Doch dann las sie weiter, und ihr Wohlwollen verflog. Laut dem Vertrag würden die beiden Brüder sie an andere Filmstudios ausleihen können, wie es ihnen gefiel, und entsprechend gutes Geld für sie kassieren. Außerdem stand es ihnen zu, den Vertrag jederzeit auflösen zu können – *sie* jedoch hatte dieses Recht nicht. Mit ihrer Unterschrift wurde sie also quasi Leibeigene des Seymour-Filmstudios! Aber war es anderswo besser? Knebelverträge waren in der Branche gang und gäbe. Bei den Seymour-Brüdern wusste sie immerhin, mit wem sie es zu tun hatte – nach der ersten Nacht hatte es Johnny tatsächlich nie mehr gewagt, sie anzufassen. Und Douglas, von dem Chrystal vermutete, dass er ein Auge auf Rudolph Valentino geworfen hatte, ließ sie sowieso in Ruhe.

»Ich werde den Vertrag unterschreiben, allerdings unter einer Bedingung: dass am Ende eines Films mein Name genannt wird«, ließ sie Johnny Seymour hoheitsvoll wissen.

Dessen Faust donnerte auf den Schreibtisch hinab, so dass sein Tintenglas wackelte. »So weit kommt es noch! Unsere Produktionsfirma ist der Star! Ihr Schauspieler seid alle austauschbar, bilde dir bloß nichts ein!«

Als sie das feiste Gesicht dieses arroganten Filmchefs sah, war Chrystal versucht, den Vertrag vor seinen Augen zu zerreißen und zu gehen. Doch eine solch große Geste konnte sie sich schlicht nicht leisten. Was, wenn sie anderswo keine Anstellung fand? Dann stand sie von heute auf morgen auf der Straße und würde wieder in der Bedeutungslosigkeit versinken.

Der Vertrag war zwar nicht nach ihrem Geschmack, aber er bot Sicherheit und gutes Geld. Andere Schauspieler hätten sich glücklich geschätzt, wenn sie solch ein Angebot bekommen hätten.

Die Feder kratzte so fest übers Papier, dass sie brach, als Chrystal unterschrieb.

Chrystal wusste nicht, was genau sie feiern wollte – dennoch lud sie Fae an diesem Abend ein, im Parkway Café mit ihr eine Flasche Champagner zu köpfen.

»Dann kann ich ja dein Zimmer bald neu vermieten«, sagte Randy Rita, als die beiden jungen Frauen, schick gemacht, das Haus verlassen wollten.

»Wie kommst du darauf?«, fragte Chrystal. Sie hatte nicht im Geringsten vor auszuziehen. Bei Rita wohnte sie günstig, und mit den anderen Frauen war es nie langweilig. Und Randy Rita war nicht nur eine mütterlich um ihre Mädchen besorgte Frau, wie sie anfangs angenommen hatte, nein, sie hatte auch Beziehungen zu den höchsten Herren der Stadt! Es konnte gut sein, dass sie, Chrystal, einmal auf diese Kontakte würde zurückgreifen müssen, und in dem Fall war es gut, in Ritas Nähe zu sein.

Außerdem – wozu Geld für ein teures Apartment ausgeben, wo sie doch eh die meiste Zeit im Filmstudio verbrachte? Wenn sie einmal auszog, dann gleich in eine Villa – den Zwischenschritt eigene Wohnung konnte sie getrost auslassen.

»Die Seymour-Brüder waren es auch, die mich im Sommer 1913 nach Berlin schickten, um einen neuen Film zu promoten«, erzählte Chrystal.

Mimi, die wie in Trance mitgeschrieben hatte, schaute auf. »Und damals hast du dann Anton gesehen?« Anton … Allein wenn sie seinen Namen aussprach, schlug ihr Herz schneller. Sie vermisste ihn! Sehr sogar, erkannte Mimi zu ihrer Verwunderung. Vielleicht war sie in Sachen Liebe doch kein ganz hoffnungsloser Fall.

Chrystal grinste. »Und wie ich ihn gesehen habe! Ich wurde von vier Affen auf einem riesigen Silbertablett durchs Pigalle getragen. Wir machten Werbung für einen Film mit dem Namen ›Affenzirkus‹, daher die Tiere…« Chrystal lachte perlend auf. »Das war ein Spaß!«

Mimi runzelte die Stirn. »Von Spaß kann ja wohl keine Rede sein – in der Nacht ist Anton fast gestorben!«, sagte sie vorwurfsvoll. »Um wach zu bleiben, hatte er auf Rat eines Kollegen eine gute Prise Heroin genommen. Er hat das Mittel nicht vertragen, kollabierte und wurde in die Notaufnahme eines Krankenhauses gebracht.« Noch während sie sprach, nahm der Schrecken jener Nacht erneut von Mimi Besitz. Sie hatte solche Angst um Anton gehabt! Stundenlang hatte sie an seinem Bett gesessen und gebetet, mit Gott verhandelt, ihm alles Mögliche angeboten dafür, dass er Anton überleben ließ…

Chrystal gab ein verächtliches Schnauben von sich. »Alkohol, Drogen – ich verstehe einfach nicht, dass manche Menschen sich derart gehen lassen! Was ist so schwer daran, einfach die Finger davon zu lassen? Aber Anton ist schon immer gern übers Ziel hinausgeschossen!«

»Du redest, als wäre er der schlimmste Trunkenbold und würde ständig irgendwelche Drogen konsumieren. Er hat das Mittel *einmal* genommen«, erwiderte Mimi heftig.

»Einmal, zweimal, regelmäßig – ich würde so etwas nie tun! Er hat doch hoffentlich keine bleibenden Schäden zurückbehalten?«, fragte Chrystal in einem Ton, der alles andere als mitleidvoll klang.

Mimi winkte unwirsch ab. »Erzähl weiter!«

Chrystal tat ihr den Gefallen.

»Als ich aus Deutschland zurückkam, warteten zwei Überraschungen auf mich: Zum einen begannen die Leute, mich auf der Straße zu erkennen. Es war nicht so, dass sie meinen Namen riefen, eher so etwas wie: ›Oh, schaut, da kommt die Blondine aus dem Affenzirkus!‹ Aber dass der Film derart erfolgreich sein würde, damit hatten selbst die Seymour-Brüder nicht gerechnet. Affen … Ausgerechnet!« Chrystal verzog den Mund.

Mimi konnte nicht umhin zu schmunzeln. Hatte sie eigentlich jemals auch so einen Karriereschub erlebt?, fragte sie sich. Damals, als sie 1905 durch einen glücklichen Zufall die württembergische Königin Charlotte hatte fotografieren dürfen – das half ihrer Karriere sehr auf die Sprünge!

»Und die zweite Überraschung?«, fragte sie.

Die Schauspielerin gab ein kleines, schrilles Geräusch von sich. »Wen traf ich im Filmstudio bei meiner Heimkehr an? Niemand anderen als die gute alte Fae! Dabei hatte sie doch immer so laut getönt, wie viel Spaß ihr die Arbeit bei Randy Rita macht. Und als sie mir dann auch noch ein, zwei Rollen wegschnappte, auf die ich es abgesehen hatte, war ich ziemlich sauer. Der zeige ich es!, schwor ich mir und arbeitete noch härter als bisher. Fae, die recht schnell Blut geleckt hatte, ging es scheinbar ebenso, und dadurch entwickelte sich ein ziemlicher Konkurrenzkampf zwischen uns. Jede wollte besser sein als die andere, bessere Filme drehen, mehr geliebt werden vom Publikum, den Regisseuren, den Drehbuchautoren. Da wir jedoch Freundinnen waren, kämpften wir zwar mit harten Bandagen, blieben dabei aber immer fair.«

»So etwas kann durchaus belebend sein«, warf Mimi ein.

Chrystal zuckte mit den Schultern, als wäre ihr der Gedanke egal. »Die nächsten Jahre wurden extrem hart, wir wurden geschunden wie die Gäule. Die Regisseure, die selbst unter enormem Druck standen, schrien nur noch herum. Wir seien der letzte Dreck, faul und unfähig. Immer saß uns die Zeit im Nacken. Tage, an denen wir drei Filme am Stück drehten, waren keine Seltenheit. Abends waren Fae und ich so erschöpft, dass wir sogar freiwillig aufs Ausgehen verzichteten. Die meisten meiner Kollegen – auch Fae – tranken schon morgens ihren ersten Tequila, dem im Laufe des Tages noch viele mehr folgten – ohne einen ständigen Grundpegel an Alkohol im Blut zu haben, hielten sie den Druck gar nicht mehr aus. Manche meiner Kollegen sind oft so betrunken, wenn sie vor die Kamera treten, dass sie sich ihre Texte nicht merken können, aber glaubst du, das kümmert einen? Dann wird eine Szene eben zwei Mal gedreht, oder drei Mal oder vier Mal.« Chrystal verzog missfällig den Mund. »Und wir wenigen Schauspieler mit noch klarem Verstand müssen unnötig unsere Zeit vertun.«

Aus der unter der Terrasse liegenden Küche stieg der köstliche Duft von gegrillten Langusten zu ihnen herauf. »Das war dann wohl eine ziemlich schwierige Zeit«, sagte Mimi, während ihr das Wasser im Mund zusammenlief.

Chrystal schaute auf ihre Uhr, als wollte sie abschätzen, wie lange sie noch bis zum Mittagessen hatten. »Einerseits ja, andererseits nein. Denn das Gute war, dass die Filme und die Ausstattungen immer aufwendiger wurden. Die Seymour-Brüder kauften sämtliche umliegenden Gebäude auf, das Studiogelände wurde größer und größer, die Möglichkeiten, Filme zu drehen, vielfältiger. Ganz Hollywood wuchs, und das war gut so!« Chrystals Ton hellte sich auf. »Denn je besser die Filme in der Qualität waren, desto bessere Leute gingen ins Lichtspielhaus. Plötzlich saßen da nicht mehr nur die einfachen Marktfrauen, Fabrik- und Hafenarbeiter und aßen ihre fettigen, frittierten Kartoffeln. Nein, nun kamen auch Sekretärinnen, Verkäuferinnen, Ehefrauen mit ihren Männern in Anzügen... An der Kasse gab es jetzt außer frittierten Snacks Champagner und kleine feine Häppchen, es änderte sich quasi das ganze Ambiente! Das gefiel mir.«

»Und du – hat sich dein Ambiente auch verändert? Irgendwann bist du ja bei Rita ausgezogen.«

»Oh, ich lebte weiterhin recht sparsam. Es gab immer einen Gentleman, der mich gern einlud, mir Schmuck und Kleidung schenkte – ohne dass ich dafür die Beine breit machte wie gewisse andere Damen.« Sie schnaubte abfällig, doch gleich darauf wurde ihr Ton süffisant. »Den Herren reichte weiterhin die *Hoffnung*, irgendwann an mein Höschen zu dürfen. Und die Hoffnung stirbt zuletzt, nicht wahr?«

Mimi lächelte pflichtschuldig.

»Alles Geld, das ich verdiente, versteckte ich unter dem Dielenboden meines Zimmers bei Randy Rita. Dann, nach eineinhalb Jahren Schauspielerei – also Ende 1913 – machte ich schließlich Kasse. Und stellte fest: Ich war reich!« Chrystal lachte auf. »Mehr noch, als ich die vielen Dollarscheine auf einem Haufen sah, erschrak ich zu Tode. Was, wenn jemand mein Geldversteck entdeckt und geplündert hätte? Und was, wenn Ritas Haus Feuer fangen würde? Dann wäre ich mit einem Schlag wieder bettelarm gewesen. Dieser Leichtsinn musste ein Ende haben, beschloss ich. Und wer konnte mir besser helfen als Rita, die doch Gott und die Welt kannte? Also ging ich auch jetzt zu ihr und fragte sie, was ich mit meinem Geld anstellen solle. ›In der 15th Avenue wird gerade ein großer Komplex gebaut – das Gilmor-Building –, mit Geschäften, Restaurants und Apartments. Der Investor Fred Gilmor ist ein Freund von mir, wenn du magst, mach ich euch bekannt. Kauf dir eine Wohnung, Betongold ist immer gut!‹, empfahl mir Rita. Doch was sollte ich mit einer Wohnung? Aufräumen, putzen, Blumen gießen? Ich war nach wie vor mit meinem kleinen Zimmer bei Rita zufrieden.«

Mimis Hand wurde immer lahmer. Sollte sie das wirklich alles mitschreiben? Außer dass Chrystal immer mehr Geld verdiente, hatte sich in dieser Passage ihres Lebens wohl nicht viel Neues getan. Im nächsten Moment jedoch merkte sie auf.

»Dank ihrer vielen Kontakte hatte Rita einen weiteren Rat für mich«, fuhr Chrystal fort. »Ich könne mein Geld auch in Aktien anlegen, meinte sie. Und dafür war ich tatsächlich zu haben! Aktien – das weckte die Abenteuerlust in mir. Ein wenig *thrill* … also Nervenkitzel braucht jeder, findest du nicht?«

Mimi runzelte die Stirn. »Wir in Europa hatten genug Aufregung in den letzten vier Jahren, da dürstete einen nicht noch zusätzlich nach Nervenkitzel«, sagte sie spröde. »Aber erzähl weiter – was war das mit den Aktien?«

Ohne auf Mimis Antwort einzugehen, nahm Chrystal ihren Faden wieder auf. »Rita machte mich mit dem Sohn eines ihrer früheren Kunden bekannt – dass Rita früher selbst auch als Prostituierte gearbeitet hat, hatte ich ja schon erwähnt, oder?«

Mimi nickte, auch wenn sie sich nicht sicher war. Sie wusste nur, dass Rita in ihrem früheren Leben Schneiderin gewesen war.

»Monty – er trägt eigentlich den unsäglichen Namen Montgomery Bradshaw – arbeitet als Trader an der Pacific Stock Exchange, also der Börse von Los Angeles. Als ich ihn das erste Mal sah, dachte ich nur: Oje, dem soll ich mein Geld anvertrauen? Monty kommt nämlich daher wie der sprichwörtliche zerstreute Professor. Seine Brille sitzt schief, sein Anzug ebenfalls, ständig befingert er nervös seine Hosentasche aus Angst, dass er mal wieder seinen Geldbeutel verloren hat – das passiert ihm nämlich ständig!« Chrystal lächelte liebevoll. »Aber er und ich verstanden uns auf Anhieb, trotz meiner Vorurteile. Das Wichtigste sei, beim Spekulieren an der Börse nicht alle Eier in einen Korb zu legen, erklärte er mir. Denn wenn der Korb herunterfällt, sind alle Eier auf einmal kaputt. Deshalb würde er immer darauf achten, Gelder so weit wie möglich zu streuen. Das imponierte mir, mehr noch, das gab mir als absolutem Greenhorn Sicherheit. Und was soll ich sagen?« Sie zuckte mit den Schultern. »Dank Monty hätte ich es eigentlich nicht mehr nötig, überhaupt noch zu arbeiten! Er hat mein Geld im Laufe der letzten Jahre vervielfacht.«

Mimi war wider Willen beeindruckt. Auf den Gedanken, ihre Ersparnisse an der Börse anzulegen, wäre sie nie gekommen. *Sie* hatte stattdessen eine marode Druckerei gekauft... »*Chrystal Kahla – eine Frau mit vielen Talenten*« – war das vielleicht ein guter Buchtitel?, schoss es ihr durch den Kopf.

»Monty und ich sind das perfekte Team. Er betet mich als Schauspielerin an, und ich lasse ihm die Freiheit, mit meinem Aktienportfolio zu tun, was immer er für richtig hält. Einmal im Monat treffen wir uns, gehen zusammen aus – ich bezahle übrigens! –, und Monty bringt mich auf den neuesten Stand. Dass ich mal einen Mann einladen würde, wer hätte das gedacht...« Chrystal gluckste vor Vergnügen. »Diese Treffen gehören für mich zu den liebsten überhaupt. Es geht um Macht, verstehst du? Und um Kontrolle!« Sie schaute Mimi eindringlich an. »Die Macht, zu tun und zu lassen, was mir beliebt. Die Kontrolle über mein Leben, mein Aussehen, meinen Körper und mein Bankkonto. Das ist es, was mich befriedigt!«

Mimi hob die Brauen, schwieg aber. Hatte sie schon jemals das Wort »Liebe« über Chrystals Lippen kommen hören?

»Ich drehte weiter, und Geld trudelte weiter ein. Und dann, im September 1915...« – Chrystal trank einen kleinen Schluck Wasser, bevor sie weitersprach – »...lief mein Vertrag mit den Seymour-Brüdern aus. Johnny Seymour wollte ihn natürlich verlängern, aber ich war mir nicht sicher, ob *ich* das wollte. Am Ende war es ein winziger Vorfall, der den Ausschlag gab: Wir drehten gerade einen kleinen Film, und die Story war äußerst banal, so wie fast alles, was die Brüder drehten – mein Kollege Tian und ich waren auf einem Spaziergang, ein Mann schlich sich von hinten an, entriss mir meine Handtasche und rannte davon. Statt dass nur Tian die Verfolgungsjagd aufnahm, sollten wir beide dem Dieb hinterherrennen. Natürlich schnappten wir ihn, und er kassierte von uns beiden Hiebe, wobei ich ihm mit der besagten Handtasche auf den Kopf hauen sollte. Just als ich das tat, kam Johnny Seymour vorbei und meinte, die Kinogänger würden nicht verstehen, warum ich den Dieb ausgerechnet mit meiner Handtasche verprügele. Ich solle besser einen Rohrstock dafür nehmen. ›Aber woher soll sie plötzlich einen Rohrstock haben? Wir waren auf einem Spaziergang, da nimmt man doch keinen Rohrstock mit!‹, mokierte sich Tian, noch bevor ich etwas sagen konnte.

Allein dieser winzige Widerspruch reichte aus, und Johnny Seymour ging in die Luft. Noch immer wäre *er* der Boss, und wenn Tian das nicht passe, könne er sofort seine Sachen packen und gehen!, schrie er herum. Die Requisite trieb eilig einen Rohrstock auf, und Tian und ich kuschten mal wieder.« Sie zuckte mit den Schultern. »Das war der Moment, in dem ich schlagartig genug hatte von Affen, Slapstick und vor allem auch von Johnny Seymour, diesem elenden Antreiber! Je mehr Erfolg er hatte, desto ekliger wurde er. Mir tat jede neue Schauspielerin, die er engagierte, aus tiefstem Herzen leid.« Ein leichtes Schauern lief über Chrystals Leib, doch gleich darauf fing sie sich wieder. »Jedenfalls... Als die Szene im Kasten war, ging ich zu Johnny, überreichte ihm feierlich den Rohrstock und ging ohne ein Wort davon.«

»Gut gemacht«, sagte Mimi. »Allerdings konntest du dir dank deiner finanziellen Sicherheit eine solch große Geste auch gut leisten.«

»Ganz genau – Montgomery Bradshaw war mein Ass im Ärmel!« Chrystal grinste. Sie wies nach unten in Richtung Küche. »Sollen wir weitermachen oder gönnen wir uns ein Mittagessen? Mir scheint, die Küche wäre so weit...«

»Lass uns essen gehen, es riecht schon so verführerisch!«, sagte Mimi. Vielleicht würde das Zuhören und Mitschreiben sie nach einem kleinen Happen weniger ermüden? Große Gesten – die hatte die Schauspielerin drauf! Aber was war mit großen Gefühlen?, fragte sie sich, während sie ans andere Ende der Terrasse spazierten. Waren nicht *sie* das, was eine spannende Biografie erst interessant machten? Liebe, Hass, Eifersucht, Leidenschaft – die inneren Kämpfe, die ein Mensch mit sich ausfocht? Christels Leben war eine reine Erfolgsgeschichte ohne jegliche Rückschläge, womöglich klangen alle amerikanischen Biografien so? Vielleicht hätte sie längst mal in ein paar entsprechende Bücher hineinlesen sollen, dachte sie schuldbewusst. Aber dazu würde ihr Englisch wahrscheinlich nicht ausreichen.

Mimi holte tief Luft. Die Dinge waren, wie sie waren. Vielleicht musste sie einfach mehr nachhaken, bohren?

Nach einem leichten Mittagessen, das genauso gut schmeckte, wie es zuvor geduftet hatte, nahmen sie wieder ihre Plätze unter dem schattigen Sonnendeck der Terrasse ein. Ihren Stift gezückt, ihr Notizbuch an der richtigen Stelle aufgeklappt, setzte Mimi ihre Mission in die Tat um.

»1915 lag halb Europa in Schutt und Asche. Die Menschen starben, hungerten, litten. Habt ihr davon hier in Hollywood gar nichts mitbekommen?«

»Natürlich!«, erwiderte Chrystal und streckte sich genüsslich in ihrem Deck-Chair aus. »In allen Studios wurden Filme gedreht, in denen es um Soldaten und Krankenschwestern ging – oder darum, dem Feind eins auf die Rübe zu hauen. Ich persönlich habe nie eine

Krankenschwester gespielt, dabei hätte ich in so einer Uniform sicher fesch ausgesehen. Was meinst du – sollten wir trotzdem eine Fotografie von mir in Uniform machen? Uniformen wirken immer so *korrekt deutsch*!« Ihre Miene hellte sich auf wie die eines Kindes in Erwartung eines Karamellbonbons.

Es war sinnlos, aus Chrystal irgendwelche Emotionen herauskitzeln zu wollen, dachte Mimi resigniert. »Und wie ging es dann 1916 weiter?«, fragte sie, ohne auf die Worte der Schauspielerin einzugehen.

Diese presste kurz die Lippen zusammen, als überlege sie, was sie erzählen sollte. »Das Jahr fing eigentlich ganz gut an. Zu meinem eigenen Erstaunen war es für mich ziemlich einfach, auch ohne Festanstellung Rollen zu bekommen. Es gab ja inzwischen etliche große Filmstudios mehr – Silver Star, First National, die Paramount, die Universal. Letztere gehört übrigens auch einem Deutschen, Carl Laemmle heißt er. Jeden Tag schossen quasi Filmstudios wie Pilze aus dem Boden. Und genauso schnell gingen sie wieder ein. Einmal kam ich wie vereinbart zu einem Dreh und stand vor verschlossener Tür. ›Die haben gestern zugemacht‹, sagte ein Typ auf der Straße zu mir und lud mich ein, ihn zu begleiten. Sie würden eine Tür weiter einen Film drehen.« Chrystal warf theatralisch beide Hände in die Luft. »Produzenten, Drehbuchautoren, Kameraleute – sie alle kamen und gingen! Die einzig wahre Konstante waren im Grunde wir Schauspieler. Natürlich gab es auch da Eintagsfliegen, aber etliche meiner Kollegen begannen damals, sich zu etablieren – und die meisten halten sich bis heute. Als mir das alles klar wurde, begann ich, um immer höhere Gagen zu pokern. Und ich bekam sie! Tausend Dollar pro Film waren keine Seltenheit mehr. Ach, das war eine tolle Zeit! Ich drehte zwar immer noch albernen Slapstick, dafür waren meine Einnahmen immer höher. Und ich war frei wie ein Vogel ...« Chrystal sprang auf und tanzte wie eine Ballerina über die Terrasse.

»Und 1916 bist du auch zu Will Schneiders Dream Factory gekommen?«, drängte Mimi, die auf Chrystals Kapriolen keine Lust mehr hatte.

Chrystal winkte ab. »Oh, bis dahin war es noch ein langer Weg! Anfang des Jahres wollten Fae und ich tatsächlich in Wills Studio vorsprechen, aber weiter als bis zum Pförtner kamen wir nicht. Und dann, im Frühjahr ...« Chrystals Miene verfinsterte sich. »Da war plötzlich nichts mehr, wie es war.«

1916, welche Bedeutung hatte das Jahr bei ihnen in Europa gehabt?, fragte sich Mimi unwillkürlich, während Chrystal plötzlich grüblerisch schwieg. Anton hatte in dem Jahr begonnen, im Feldlazarett in Frankreich Gehhilfen für seine versehrten Kameraden zu bauen. Und sie hatte dank Alexanders Hilfe die Adventskalenderproduktion wieder aufgenommen. Italien hatte dem Deutschen Reich den Krieg erklärt. Der Österreichische Kaiser Josef I. war gestorben ...

Aber das alles konnte in Chrystals Leben keine Rolle gespielt haben. »Erzähl!«, forderte sie die Schauspielerin deshalb auf. »Was ist da geschehen? Und was war mit deiner Freundin Fae – sie war doch weiterhin bei den Seymour-Brüdern unter Vertrag, nicht wahr?«

Chrystals frohe Miene zerbrach in tausend Scherben wie eine Vase, die jemandem aus den Händen geglitten war. »Fae ...«

Und in diesem einzigen Wort lag mehr Emotion, als Mimi in all den Wochen von Chrystal gehört hatte.

Es blieb jedoch auch das Einzige, das Chrystal zu diesem Thema sagte.

17. Kapitel

»Du kannst das Frühstücksbüfett wieder abräumen, ich habe es mir anders überlegt«, sagte Chrystal am nächsten Morgen zu dem Dienstmädchen Conchita. »Sag in der Küche Bescheid, dass sie einen Picknickkorb für zwei packen sollen – Miss Reventlow und ich verbringen den Tag am Strand. In einer halben Stunde fahren wir ab, bis dahin muss unser Imbiss fertig sein.«

Conchita knickste und verschwand eilig ins Haus.

Chrystal ging ebenfalls hinein und zur Garderobe, wo sie eine leichte Strickjacke vom Bügel nahm. Es war ein weiterer herrlicher Sommertag – perfekt für einen Ausflug ans Meer! Schon seit Wochen hatte sie Mimi versprochen, mit ihr an den Pazifik zu fahren. Als sie der Fotografin vorhin Bescheid gesagt hatte, dass es heute so weit war, hatte diese sich gefreut wie ein Kind. Ihr, Chrystal, sollte es recht sein.

Sie machte sich nicht viel aus dem Strand – zu viel Sand, zu viele Mücken, und die tosende Brandung war ihr auch zu laut. Aber vielleicht war der Strand genau richtig für die Passage ihres Lebens, über die sie heute erzählen wollte. Wenn der Wind ein paar ihrer Gedanken verwehte, sie selbst die eine oder andere Erinnerung im Sand verbuddelte und das Meer ihre Sünden weg-schwemmte – würde noch immer genügend Material für ihre Biografie übrig bleiben.

Gestern Nachmittag hatte sie ihre Erzählung jeden-falls abrupt abgebrochen. Sie habe plötzlich Kopfschmer-zen bekommen, hatte sie zu Mimi gesagt. In Wahrheit hatte sie schlicht nicht gewusst, was sie als Nächstes erzählen sollte und was nicht.

Während Chrystal darauf wartete, dass Mimi die Treppe herunterkam, wanderten ihre Gedanken unwill-kürlich zurück zu jenem Abend im Frühjahr 1916, der alles verändert hatte.

Sie und Fae waren auf dem Weg zu einer Party gewe-sen. Die Drehtage waren in dieser Zeit besonders lang gewesen und sie meist so müde, dass sie abends keine Lust mehr aufs Ausgehen hatte. Doch einer ihrer Ver-ehrer hatte ihr vor Kurzem ein sündhaft teures Abend-kleid gekauft, eine edle Robe aus goldenem Stoff, der ihre blonden Haare perfekt zur Geltung brachte. Bisher hatte sie noch keine Gelegenheit gehabt, das Kleid zu tragen, allein das war schon Grund genug, mal wieder auszugehen. Außerdem sollte die Party, zu der Johnny Seymour Fae und sie eingeladen hatte, auf der Dach-terrasse jenes Gilmor-Buildings stattfinden, in dem die Wohnung lag, die sie laut Rita hätte kaufen sollen. Noch vor Fertigstellung des Hauses waren alle Apartments vergeben gewesen, sogar ein paar Filmbosse selbst hat-ten sich dort eingekauft – unter anderem auch Johnny. Man munkelte, dass das Gebäude so elegant und pom-pös war wie kaum ein anderes in der Stadt. Hatte sie womöglich einen Fehler gemacht, als sie Ritas Rat aus-schlug?, hatte sie sich damals gefragt. Und so beschloss sie, die Einladung zu Johnnys Party anzunehmen, um genau das herauszufinden. Doch am Ende des Abends hatten ganz andere Erkenntnisse gestanden …

»Du hast schon wieder abgenommen – wie machst du das nur?« Chrystal warf Fae einen neidischen Seitenblick zu, während sie vor Ritas Haus auf die Limousine warteten, die Johnny Seymour ihnen schicken wollte. Die Freundin war nur noch ein Strich in der Landschaft! Sie selbst aß wie ein Spatz, und dennoch hatte sie ein kleines Bäuchlein – erst letzte Woche hatte sich ein Regisseur deswegen mokiert. Kurven an einer Frau seien ja ganz nett, aber nur, wenn sie an den richtigen Stellen säßen – was für eine Unverschämtheit von dem Mann!

»Wenn man nicht nur die dumme Dicke spielen will, ist eine Wespentaille in unserem Business nun mal unerlässlich«, erwiderte die Freundin nüchtern. »Johnny sagt immer, eine Schauspielerin kann nie schlank genug sein.«

In unserem Business – Fae tat gerade so, als wäre sie schon ein alter Hase, dachte Chrystal mürrisch. Sie zeigte auf die blauen Flecke an Faes Knöcheln. »Sagt Johnny auch, dass blaue Flecken chic sind? Hat er dich deswegen wieder geschlagen?« Der Gedanke, dass Fae regelmäßig mit dem gewalttätigen Widerling ins Bett stieg, ekelte Chrystal so, dass ihr ein Schauder über den Rücken lief.

»Pff! Was du dir wieder einbildest. Kümmere dich um deine Angelegenheiten und sei froh, dass du heute überhaupt mitdarfst! So undankbar, wie du immer bist, wundert es mich eh, dass Johnny dich eingeladen hat«, erwiderte Fae aufgebracht. Doch gleich darauf war sie wieder sanft wie ein Lamm. »Schau mal, die hat Johnny mir geschenkt!« Stolz hielt sie ihren rechten Fuß mit einem strassbesetzten Pump in die Höhe.

»Gold und Blau passen ja auch perfekt«, erwiderte Chrystal ironisch.

Die Limousine fuhr vor, schweigend stiegen sie ein.

Wenn sie nur nicht so müde gewesen wäre, dachte sie und gähnte ungeniert. Es hätte sie nicht gewundert, wenn sie später auf irgendeinem Sofa oder Sessel mit einem Glas Champagner in der Hand einfach einschlief.

Fae ließ sich davon anstecken und gähnte ebenfalls. Ihre Hände zitterten ein wenig, als sie in der Handtasche nach ihrer silbernen Tablettendose kramte. Im nächsten Moment warf sie zwei Tabletten ein.

War es etwas gegen die Müdigkeit, zur Beruhigung der Nerven, oder waren es Schmerztabletten?, fragte sich Chrystal. Dass Fae irgendetwas nahm, war schon zur Gewohnheit geworden. »Wie kann man so viel Arznei schlucken, wenn man doch eigentlich kerngesund ist«, murmelte sie vor sich hin.

»Was ist denn schon dabei?«, fuhr Fae auf. »Jeder in der Branche nimmt irgendwas. Du trinkst doch auch gern mal ein Glas Champagner! Ich hab zwar keine Ahnung, was in den Tabletten ist, aber sie machen mich nicht nur schlank, sondern auch topfit. Warte nur ab, in einer halben Stunde tanze ich auf den Tischen! Komm – probier's doch auch mal aus, erst dann kannst du mitreden. Einmal ist keinmal!« Einladend hielt sie Chrystal das Döschen mit den weißen Tabletten hin.

Chrystal runzelte die Stirn. Sie zögerte noch einen Moment, dann griff sie zu und legte sich zwei Tabletten auf die Zunge.

Einmal war schließlich keinmal.

Das Gebäude war noch pompöser, als Chrystal es sich vorgestellt hatte – vier Meter hohe Räume, Marmorböden, goldene Wasserhähne, Illusionsmalerei auf Wand und Decken… Und die Aussicht aus allen Fenstern und erst recht von der Dachterrasse herab, auf der die Party stattfand, war grandios! Wenn sie ihr Geld eines Tages doch in einer Immobilie anlegen würde, dann wollte sie auch ein Haus mit Aussicht haben!

Chrystal stand mit einem Glas Champagner in der Hand an der Brüstung und schaute auf die glitzernde Stadt. Doch schon bald wandte sie sich wieder zu dem bunten Treiben um, denn genauso grandios wie die Aussicht war die Gästeliste: Schauspielkollegen, Produzenten, Drehbuchautoren… Johnny Seymour hatte die Crème de la Crème Hollywoods eingeladen. Als sie in der Menge Monty, ihren Aktienhändler, entdeckte, winkte sie ihm vage zu, machte aber keinerlei Anstalten, sich ihm zu nähern. Für Monty war stets der erste Mittwoch eines Monats reserviert, hier und heute interessierte er sie nicht. Und so schwebte sie in ihrer goldenen Robe wie ein Fabelwesen durch die Reihen der Gäste, küsste hier auf französische Art die Wangen, gab da einen Kuss auf die Lippen, schäkerte mit diesem und jenem. Kontakte knüpfen – nur darum ging es in Hollywood!

Es war unglaublich, aber ihre Müdigkeit vom frühen Abend war völlig verflogen. Konnte das wirklich an den zwei kleinen Tabletten liegen, die sie genommen hatte?, fragte sie sich, während ein Filmproduzent ihr zigarrenwedelnd von seinem neuesten Projekt – eine Räuber- und Pistolengeschichte – erzählte, zu dem er sie gern verpflichten wollte.

»Hört sich fantastisch an! Ich werde darüber nachdenken«, sagte sie, als er endlich zum Ende gekommen war. »Nach-denken ...«, wiederholte sie dann. »Gibt es eigentlich auch ein Vor-denken?« Sie lachte schrill auf.

Der Mann zog hektisch an seiner Zigarre, dann war er weg. Der hatte wohl Angst vor ihr! Vergnügt mischte sich Chrystal wieder unter die Gäste. Ihre Laune war blendend, mehr noch, sie verspürte eine aberwitzige Lust, bei jedem noch so banalen Scherz ihres Gegenübers lauthals loszulachen. Herrlich, diese Unbeschwertheit!

Fae, die auf der anderen Seite der Terrasse rauchend mit Johnny und ein paar seiner Vertrauten zusammenstand, schien es nicht anders zu gehen, ihr schrilles Lachen war für Chrystal über die ganze Terrasse hinweg zu hören. Sie winkten sich kurz zu, dann fiel Fae einem der Männer um den Hals und küsste ihn ab, als gäbe es kein Morgen mehr. Das laute Knallen von Champagnerkorken ertönte, Chrystal sah, wie Johnny mit großer Geste Faes Glas und dann die der andern in der Gruppe auffüllte.

Stirnrunzelnd schaute Chrystal auf ihr eigenes Glas – das wie vielte war es eigentlich? Egal, es war leer, und so überlegte sie gerade, ob sie zu der Gruppe gehen sollte, als ihr jemand von hinten auf die Schulter tippte. Es war ein Mann in ihrem Alter, er sah blass und unscheinbar aus. Was wollte denn so einer von ihr? Warum war er überhaupt hier?

»Verzeihen Sie, Miss Kahla, wenn ich Sie einfach anspreche, aber vielleicht schenken Sie mir ja ein paar Minuten Ihrer wertvollen Zeit. Mein Name ist Stanley Silverstone, und ich bin Drehbuchautor.«

Chrystal verdrehte innerlich die Augen. Drehbuchautor ... Das war ja, als würde eine Ameise in einem Ameisenhaufen sagen, dass sie eine Ameise wäre. »Sehr interessant«, sagte sie gelangweilt. Ein livrierter Kellner kam mit einem Silbertablett vorbei, hastig tauschte sie ihr leeres Glas gegen ein volles. Sie war durstig und nahm ein paar große Schlucke.

Stanley Silverstone schaute sie beschwörend an. »Ich weiß, in dieser Stadt behauptet jeder, der Beste zu sein. Damit will ich Sie nicht langweilen. Hören Sie mir einfach kurz zu. Ich bin Regisseur und Drehbuchautor in einem, und ich kann die ganzen Western und Slapsticks nicht mehr sehen! Wir brauchen Filme, die sich von der Masse der Unterhaltungsstreifen abheben! Künstlerisch wertvolle Filme, in denen die Persönlichkeit eines Schauspielers herausgehoben wird. Ich kenne viele Filme von Ihnen, aber in keinem standen Sie als Frau und göttliches Wesen im Mittelpunkt!«, rief er so laut, dass sich einige Köpfe nach ihnen umdrehten. »Das will ich ändern. Ich möchte Filme machen, die jede noch so unbedeutende Facette von Ihnen zeigen!«

»Wer sagt denn, dass ich überhaupt unbedeutende Facetten habe?«, sagte Chrystal forsch. Sie ein göttliches Wesen – endlich erkannte mal einer, was in ihr steckte!

»So war das nicht gemeint«, wiegelte Stanley Silverstone eilig ab. »Sie sind die Perfektion in Person!«

Chrystal wollte schon wieder losprusten, als sie Fae über die Terrasse auf sich zukommen sah.

Stanley Silverstone zog indessen ein Notizbuch aus der Tasche. »Mein erstes Drehbuch – wollen Sie vielleicht einen Blick hineinwerfen? Im Mittelpunkt meiner Story geht es um das Werden eines …«

»Stop!«, unterbrach Chrystal seinen Redefluss, drehte ihm ihren Rücken zu und baute sich vor Fae auf. Sie hatte keine Lust, dass Fae sich auch noch an den Drehbuchautor heranschmiss. »Was gibt's?«

Faes Atem war heiß und roch nach Zigaretten, als sie Chrystal ins Ohr flüsterte, dass sie mit Johnny und ein paar anderen Männern in eins der Zimmer gehen würde. »Die haben alle Lust auf ein bisschen Spaß. Ich weiß, das ist normalerweise nicht dein Ding, aber einer der Männer hat extra nach dir gefragt. Chrystal, die haben alle Spendierhosen an, da fließt heute noch richtig viel Geld, sag ich dir!« Noch während sie sprach, nestelte sie ihre silberne Pillendose aus der Tasche und kramte mit ihren langen Fingernägeln darin herum, bis sie die richtige Tablette gefunden hatte.

»Lust auf ein bisschen Spaß?«, sagte Chrystal eine Spur zu laut. Schon drehten sich erneut Köpfe zu ihnen um. Egal, sie war so wütend auf Fae! »Verdammt, warum tust du dir das an? Du bist Schauspielerin, keine …« Sie fuchtelte mit ihrer Hand durch die Luft, als wollte sie das Wort wie eine Fliege fangen. »Dirne mehr«, endete sie.

»Ist das nicht dasselbe?«, fragte Fae, warf zwei Tabletten in den Mund und spülte sie mit einem Schluck aus Chrystals Champagnerglas herunter. »Wenn ich es geschickt anstelle, bringt mir diese Nacht so viel wie drei Filme, wetten?« Sie drehte sich um und wollte hoheitsvoll davonrauschen. Doch dann blieb sie mit einem ihrer strassbesetzten Pumps an einem Stuhlbein hängen und wäre fast gestürzt, wenn nicht ein Gast schnell reagiert und sie aufgefangen hätte.

»Du und etwas geschickt anstellen? Du bist doch nicht mal mehr richtig bei Sinnen!«, rief Chrystal der Freundin hinterher.

Fae, bleib hier. Tu das nicht…

In Chrystals Ohren dröhnte es so bedrohlich, dass sie nicht genau wusste, ob sie den letzten Satz Fae hinterhergerufen oder ihn nur gedacht hatte. Verdammt, auch ihr Kopf drehte sich wie ein Karussell!

»Miss Kahla?« Stanley Silverstone wedelte ihr hektisch mit seinem Drehbuch Luft zu, gleichzeitig holte er einen Wisch Papier aus der Tasche. »Wenn Sie bei mir als Schauspielerin unterschreiben, dann verspreche ich Ihnen, dass ich einen noch viel größeren Star aus Ihnen mache, als Sie eh schon sind. Eine lebende Legende werden Sie sein!« Er hielt ihr Stift und Papier unter die Nase.

Der Stift schwankte vor Chrystals Augen wie ein Schiff in Seenot. Hatte sie zu wenig getrunken? Mit einem Zug trank sie ihr Glas leer und wartete darauf, dass der Schwindel nachließ.

»Verzeihen Sie die Störung, aber Miss Kahla muss jetzt leider gehen. Termine, Sie verstehen…«, ertönte plötzlich eine Männerstimme, und Chrystal spürte, wie ihr jemand von hinten unter den rechten Arm griff und sie stützend festhielt.

»Mister Bradshaw?« Chrystal blinzelte irritiert. »Was… Aber… Monty, was fällt Ihnen ein? Lassen Sie mich los, ich will nicht gehen!«

»O doch, das wollen Sie, liebe Chrystal.« Schon zog der Aktienhändler sie von Stanley Silverstone weg.

»Wir hören voneinander!« Hilflos winkte Chrystal dem Drehbuchautor zum Abschied zu. Sie hatten den Lift schon fast erreicht, als sie abrupt stehen blieb. Es gab nicht viele Regeln zwischen Fae und ihr, aber eine eiserne Regel hatten sie, und die lautete: Keine verließ eine Party, ohne der anderen Bescheid zu sagen.

»Fae ... Meine Freundin, mit der ich gekommen bin ...«, sagte sie schwerfällig, und es kam ihr vor, als wäre ihre Zunge ein Fremdkörper im Mund.

»Sollen wir sie mitnehmen? Wo ist sie?«, fragte Montgomery stirnrunzelnd.

Männer mit Spendierhosen ... Spaß haben ... Es geschickt anstellen ... Wohin hatte Fae noch mal gewollt? »Ich ... weiß nicht ...«

»Dann bringe ich Sie jetzt nach Hause.«

Montgomerys Griff lockerte sich weder im Aufzug noch auf der Straße vor dem Apartmentgebäude. Erst als sie in dem von ihm gerufenen Taxi saßen, ließ er sie los.

Hoffentlich würde sie sich nicht auf der Stelle übergeben müssen, bangte Chrystal, so schlecht war ihr. Dafür war der Schwindel weg. »Was fällt Ihnen ein, mich derart zu entführen?«, fauchte sie Montgomery an.

»Verzeihen Sie, Miss Kahla, das ist normalerweise nicht meine Art. Und ich weiß sehr wohl, dass Sie gut auf sich selbst aufpassen können. Aber ich habe Sie beobachtet, und entweder Sie sind heute sturzbetrunken, oder etwas anderes benebelt Ihre Sinne. Jedenfalls wäre es einer unterlassenen Hilfeleistung nahegekommen, wenn ich Sie nicht vor sich selbst bewahrt hätte«, sagte der Aktienhändler bestimmt und ließ sich für den Rest des Fahrtweges auf keine Diskussion mehr ein.

Chrystal wusste nicht mehr, wie sie in jener Nacht ins Bett gekommen war, ob sie sich ausgezogen oder ob Rita ihr dabei geholfen hatte. Sie wusste auch nicht mehr, wie lange sie am nächsten Morgen – sie hatte ausnahmsweise drehfrei – geschlafen hatte.

Doch als sie die Treppe herunter und in Ritas Küche kam, fand sie dort Ritas Mädchen vor, die sich allesamt die Augen ausheulten.

»Was ist?«, fragte sie in die Runde, während sie zum Wasserhahn stürzte. Wasser! Wenn sie nicht sofort etwas zu trinken bekam, würde sie verdursten, sofort!

»Fae…«, schluchzte eins der Mädchen. »Sie ist heute Nacht von der Dachterrasse des Gilmor-Buildings gestürzt! Passanten haben sie gefunden, ihr Kopf war nur noch eine blutige Masse Brei, ihr Körper zerschlagen.«

»So, da wäre ich!«

Chrystal zuckte zusammen. Sie war so tief in ihre Erinnerungen versunken gewesen, dass sie die Fotografin gar nicht die Treppe herunterkommen gehört hatte.

Erwartungsvoll, mit einem Strohhut auf dem Kopf und einer großen Tasche, aus der eine Decke lugte, stand Mimi nun vor ihr. »Gehen wir?«

Fae… Liebe, zarte, dumme Fae…

Für einen kurzen Moment schloss Chrystal die Augen, als könne sie so dem Schmerz entgehen.

Sie, Chrystal, hatte damals einen Retter gehabt. Fae nicht. Vielleicht würde sie noch leben, wenn sie eingegriffen hätte. Hätte sie nur die verdammten Tabletten nicht genommen… Andererseits: Fae war erwachsen gewesen und sie nicht ihr Kindermädchen! Und wenn Fae beschloss, wie ein Engel vom Hochhaus zu fliegen, dann war es ihre eigene Entscheidung, oder nicht?

Blinzelnd öffnete Chrystal die Augen wieder, holte Luft und sagte beherrscht: »Wills Fahrer kommt gleich, wir müssen nur noch rasch unseren Picknickkorb in der Küche abholen.«

»Oh, ich freu mich so! Vielen Dank«, sagte Mimi. »Und wenn wir dann ein schönes Plätzchen am Strand gefunden haben, erzählst du weiter. Ich muss doch wissen, wie es mit dir und Fae weiterging!«

»Fae?«, wiederholte Chrystal ein wenig schrill. »Ach, da gibt es nicht mehr viel zu erzählen.« Schon im Gehen winkte sie lässig ab. »Fae ging davon, einfach so. Anscheinend hatte sie genug von uns und von Hollywoods Scheinwelt. Sie hat sich nicht mal von mir verabschiedet, stell dir das vor.«

18. Kapitel

Sie war am Strand! Sie war wirklich an einem Strand! Zum ersten Mal in ihrem Leben. Es hätte nicht viel gefehlt, und Mimi wären Tränen über die Wangen gelaufen. Das vielfarbige Blau des Wassers, die unermessliche Weite des Ozeans, die weißlodernde Gischt, der feine Sand... alles wirkte so belebend. Mimi füllte ihre Lungen tief mit der vom Meersalz gesättigten Luft.

»Siehst du die kleine Felsengruppe da vorn? Dort gibt's den ganzen Tag über etwas Schatten, ich schlage deshalb vor, dass wir dort unser Lager aufschlagen«, sagte Chrystal.

»Gern«, erwiderte Mimi und grub bei jedem Schritt ihre Zehen tiefer in den Sand. Ihre Schuhe hatte sie, gleich nachdem die Limousine nach der einstündigen Fahrt am Strand gehalten hatte, ausgezogen. Sie konnte sich nicht daran erinnern, wann sie das letzte Mal barfuß gelaufen war, und es war einfach nur herrlich!

Sie legten im Schatten der kleinen Felsformation ihre Decken aus, Chrystal holte eine Thermoskanne mit eisgekühltem Tee aus dem Picknickkorb und stellte zwei Gläser dazu. »Durst?«

Mimi verneinte. Jetzt sich einfach zurücklegen, die

Wärme des Sandes im Rücken spüren, die Augen schließen und dem Klang der Wellen lauschen – wie schön
wäre das gewesen!

»Wollen wir?«, sagte jedoch Chrystal und schaute sie
erwartungsvoll an.

Mimi lehnte sich an einen der Steine – er war so früh
am Morgen noch kühl – und holte ihr Notizbuch aus
ihrer Handtasche. »Wir waren im Jahr 1916 angelangt.
Schieß los!«

»In diesem Frühjahr lernte ich einen jungen Drehbuchautor kennen, Stanley Silverstone hieß er. Er wollte
das Lichtspiel neu erfinden, mit noch nie da gewesenen,
künstlerisch wertvollen Ideen. Und ich sollte in seinen
Filmen die Hauptrolle bekommen. Stanley konnte reden
wie ein Buch, und er war dabei auf so naive Art von sich
überzeugt – irgendwie hat er mich damit beeindruckt.«
Chrystal lachte amüsiert auf. »Er lud mich zu sich nach
Hause ein, damit wir dort seine Drehbücher gemeinsam durchgehen konnten. Eigentlich hätten all meine
Alarmglocken läuten müssen, als ich sah, wie ärmlich
er wohnte – gegen seine heruntergekommene Bleibe
war mein Zimmer bei Rita fürstlich zu nennen! Wenn
seine Ideen wirklich so genial gewesen wären, wie er behauptete, wäre doch längst jemand auf ihn aufmerksam
geworden, und er hätte sich etwas Besseres leisten können!«

»So wie du? Du wohntest doch auch noch bei Rita,
oder habe ich da was nicht mitbekommen?«, warf Mimi
amüsiert ein.

»*Das* war natürlich etwas anderes«, sagte Chrystal
ungewohnt selbstironisch. »Jedenfalls ... Ich war nicht
gut drauf zu dieser Zeit, Faes ... Weggang machte mir zu

schaffen, und außerdem nervten mich die ganzen Slapstick-Filme inzwischen enorm. Immer dasselbe Strickmuster, immer simple Schadenfreude – das stand mir alles hier!« Sie legte ihre rechte Hand an die Unterlippe. »Vielleicht war ich deswegen besonders zugänglich für etwas Neues? Jedenfalls unterschrieb ich bei Stanley, und wir drehten einen Film, in dem ich eine Raupe spielte, die zum Schmetterling wurde. Die Kulissen waren wunderschön, ich trug während dieser ›Transformation‹ traumhaft schillernde Kostüme, und Stanley bestand darauf, dass ich meine Haare offen ließ. Er beschäftigte eine ganze Armada an Beleuchtungsexperten, er hatte für jede Einstellung einen besonderen Lichteinfall vorgesehen – einmal war mein Gesicht voll ausgeleuchtet, ein andermal meine blonden Locken … Ich sei wie Eva in einem perfekten Garden Eden, meinte er. O mein Gott, war dieser Film schön!« Fast übertrieben schwärmerisch, schloss Chrystal für einen Moment die Augen, als genieße sie alles in der Erinnerung noch einmal.

Mimi hob erstaunt die Brauen. So beeindruckt hatte sie die Schauspielerin bisher noch nicht erlebt.

»Stanley lobte mich für jede Bewegung, jedes Mienenspiel. Er spüre schon beim Drehen, dass unser Film ganz große Kunst wurde, behauptete er. Ich hätte eine Ausdrucksstärke sondergleichen, und dass mich eine Art goldener Heiligenschein umgeben würde. Dieser Gedanke brachte ihn gleich zur Idee für seinen zweiten Film mit mir: In dem war ich nämlich ein Engel mit wallenden blonden Haaren, der von Wolke zu Wolke fliegt.«

Unfreiwillig lachte Mimi auf. »Tut mir leid, aber so ganz kann ich mir das nicht vorstellen. Kam das denn beim Publikum an?«

»Und wie!«, sagte Chrystal im Brustton der Überzeugung. »Ich hätte das perfekte Timing, sagte Stanley immer wieder. Ich könne eine Pause in der Bewegung ertragen, einen Blick in die Länge ziehen – all das ist schwer zu erlernen, entweder man hatte diese Gabe oder nicht.«

»Das stimmt allerdings«, sagte Mimi. »Mich hast du mit deinem Schauspiel ja auch beeindruckt.«

»Siehste!«, sagte Christel grinsend. »Als unser erster Film – der mit der Raupe und dem Schmetterling – herauskam, waren sich die Filmkritiker einig darin, dass mein Schauspiel, die Regie und auch die Ausleuchtung einfach genial waren. Der Film sei ein Sinnbild für die Metamorphose unserer modernen Gesellschaft, schrieb einer. Ich musste erst einmal nachschlagen, was das Wort bedeutet. Aber egal – damals sah ich mich schon im göttlichen Olymp der Schauspielerinnen…« Sie seufzte sehnsuchtsvoll auf. »Ich verschlang jede Filmbesprechung und fühlte mich bei all den Lobeshymnen so sehr als gefeierter Star, dass ich eine kleine, aber nicht unbedeutende Sache übersah.«

»Und die wäre?«, fragte Mimi pflichtschuldig nach.

»Die Filme waren an der Kasse ein Flop, sowohl in Amerika als auch in Europa. Kaum einer wollte sehen, wie sich eine Raupe zum Schmetterling wandelt. Und was noch viel schlimmer war – ich wurde wie in den Slapstick-Filmen zur Lachnummer, nur dieses Mal unfreiwillig! Nach Film Nummer drei – diesen drehte Stanley so, dass der Zuschauer den Eindruck hatte, er würde ständig durch ein Schlüsselloch schauen – kam ich nämlich endlich mal auf die Idee, in ein Lichtspielhaus zu gehen und mir die Reaktion der Leute anzuschauen. Du kannst es dir nicht vorstellen, aber sie saßen mit ihren Sandwiches und Keksen, grölend vor Lachen und schenkelklopfend, da und machten sich über mich lustig! Ich rannte wutentbrannt aus dem Kino und stellte Stanley zur Rede. ›Was regst du dich so auf?‹, wiegelte er ab und meinte, *er* hätte mit genau dieser Reaktion gerechnet. Die Leute seien nun mal recht einfach, und man müsse sie erst zum guten Geschmack umerziehen.

›Das Publikum umerziehen? Wenn du eine Lehrerin brauchst, dann such dir eine!‹, sagte ich und rauschte davon. Tja, so schnell kann eine *künstlerisch wertvolle* Karriere enden!« Chrystal zuckte mit den Schultern.

Diese Passage würde sich in der Biografie gut lesen, dachte Mimi, die eifrig mitgeschrieben hatte. Endlich lief mal etwas nicht rund bei Chrystal! Und endlich hörte man ein wenig Selbstironie heraus.

Chrystal nickte in Richtung Meer. »Wollen wir ein bisschen ins Wasser gehen?«

Mimi legte Papier und Stift ab und beschwerte beides mit einem Stein gegen das Wegfliegen. »Ich dachte schon, du fragst gar nicht mehr!«

Weit trauten sich die beiden Frauen nicht ins Wasser – zu wild war die Brandung, zu hoch die Wellen. So planschten sie ein wenig in Ufernähe, dann gingen sie wieder an ihren Platz zurück.

Der Koch vom Mountain Vista House hatte saftige Sandwiches für sie vorbereitet, mit Huhn, Salat und Tomaten. Mimi und Chrystal aßen beide mit großem Appetit und leckten sich danach die Finger ab.

»Kurz nach meiner künstlerisch wertvollen Phase, genauer gesagt am ersten Mai 1916, lernte ich Anita

Weiss kennen«, nahm Chrystal schließlich ihren Erzählfaden wieder auf, während sie zwei Gläser Eistee einschenkte. »Sie war Drehbuchautorin und Produzentin in einem, eine ungewöhnliche Kombination, und noch ungewöhnlicher für eine Frau. Ihre Film Company hieß Foxy Lady, und auch sie drehte Slapstick, aber auf ihre ureigene Art! Denn die Frauen in Anitas Filmen waren keine tumben Toren, die am Ende mit viel Glück davonkamen, sondern allesamt patente Alltagsfrauen, die ihren Mann stehen mussten. Viele ihrer Filme spielten in dem Milieu, in dem auch die Lichtspielhausbesucher lebten und arbeiteten, also in Kaufhäusern, beim Frisör oder in irgendeinem Büro.«

»Ah... Liebesfilme!«, sagte Mimi, die in letzter Zeit öfter im Kino gewesen war und langsam wusste, welche Genres es gab. »Das Fräulein vom Amt verliebt sich in den Kunden, der täglich zum Telefonieren kommt, und am Ende heiraten sie und sind für immer glücklich.«

Chrystal runzelte die Stirn. »Von wegen! Das wäre Anita zu platt gewesen. Sie wollte zeigen, dass Frauen oft genug ausgenutzt werden und den Männern lediglich zuarbeiten dürfen, ohne Muh oder Mäh zu machen. Sie fand das ungerecht und wollte es wenigstens im Film zurechtrücken. In unserem ersten Film spielte ich beispielsweise eine Sekretärin, die von früh bis spät ackert, während ihr Chef sich einen faulen Lenz macht, er liest Comicstrips, schneidet sich die Fingernägel, macht ein Mittagsschläfchen am Schreibtisch und so weiter. Am Anfang des Films kassiert er die Lorbeeren für die Arbeit seiner Sekretärin ein, bekommt einen Geschäftswagen und wird vom Chef groß zum Essen eingeladen, während seine Sekretärin – also ich – für ihn zum Schuster geht und andere Erledigungen macht. Als Dank für ihre Schufterei klopft er ihr hin und wieder wohlgefällig auf den Hintern, wie einem Gaul! Eines Tages wird der faule Chef krank, und man sieht ihn zu Hause im Bett liegen, wo er sich wehleidig von seiner Frau bedienen lässt. Die Sekretärin ackert derweil ganz normal weiter, und so kommt dann ans Licht, wer in diesem Büro eigentlich die ganze Arbeit leistet. Der Chef wird degradiert, und in der letzten Einstellung sieht man dann die Sekretärin hinter dem großen Chef-Schreibtisch sitzen!« Chrystal verzog das Gesicht. »Reines Wunschdenken, ich weiß. Aber in dieser Beziehung war Anita einfach eine Romantikerin.«

»Was ist daran romantisch? Es gibt doch inzwischen viele Frauen, die ihren Mann stehen. Meine Freundin Josefine leitet ein riesiges Fahrradgeschäft, meine Freundin Clara ist Chefin einer Kosmetikfirma, eine andere Freundin – Bernadette – hat während des Krieges den Posten des Bürgermeisters übernommen. Und du selbst gehst doch auch deinen Weg, ohne dir viel von einem Mann reinschwätzen zu lassen! Wir sind lauter Frauen, die ihrer Zeit einen Schritt voraus sind.«

»Wenn man es so sieht…« Chrystal überlegte kurz. »Dann ist Anita sogar besonders konsequent darin – auch in ihrem Entschluss, die Filmwelt hinter sich zu lassen, um in New York eine Künstlerkneipe zu eröffnen.«

»Ein Verlust ist es trotzdem, genau solche Filme bräuchte die Welt nämlich dringend!«, sagte Mimi. »Dass ich Anita Weiss in New York kennengelernt habe, hatte ich ja erzählt.«

Chrystal nickte. »Als sie im letzten Herbst verkündete, dass sie sich unsterblich verliebt habe und mit dem Mann nach New York gehen wolle, war das der Schock meines Lebens für mich und ihr Weggang ein doppelter Verlust. Zum einen vermisste ich sie als Filmemacherin, und zum andern war Anita neben Fae meine einzige und gleichzeitig beste Freundin. Mit ihr hatte ich die vielleicht schönste Zeit meines Lebens...« Chrystals Stimme wurde rau, ihre Augen verdunkelten sich.

Mimi konnte ihren Schmerz gut nachfühlen. Als Wanderfotografin hatte auch sie schon oft Abschied nehmen müssen von Frauen, die – wäre ihr Leben ein anderes gewesen – zu Freundinnen hätten werden können. Mimi seufzte halblaut und zwang sich dann wieder, sich auf Chrystals Geschichte zu konzentrieren. »Das war also von Mai 1916 bis Herbst 1918«, sagte sie und notierte die Daten am Rand ihres Notizbuches.

Chrystal nickte. »Anita und ich – wir waren *two of a kind* –, zwei vom selben Schlag, würde man auf Deutsch sagen. Wir genossen die Freiheit, das zu tun, worauf wir Lust hatten. Wir sind beide ziemlich unternehmungslustig und lieben dabei das Risiko! Gleichwohl sind wir keine Träumerinnen, sondern arbeiten ganz pragmatisch daran, unsere Träume wahr werden zu lassen. Und fleißig sind wir auch!« Die Schauspielerin kniff die Augen zusammen und schaute Mimi scharf an. »Wenn ich es mir so recht überlege – ich glaube, Anita erinnerte mich immer ein wenig an dich. Als du damals nach Laichingen kamst, fand ich dich in deinem ganzen Tun so patent! Dass es überhaupt Frauen gibt, die so ein selbstbestimmtes Leben führen, wusste ich bis dahin nicht.«

Ob sie es wollte oder nicht – Mimi fühlte sich ein wenig geschmeichelt.

»Anita hatte schon damals verstanden, was Johnny Seymour und viele andere bis heute nicht kapiert haben: Gute Filme müssen Qualität *und* gute Unterhaltung liefern. Was nutzt die schönste Kulisse, wenn die Handlung öde ist oder die Schauspieler nichts taugen? Und umgekehrt – was nutzt das feinste Mienenspiel, wenn die Kulisse aus ein paar angemalten Pappkartons besteht? Anita holte bei jedem Film die passenden Experten mit ins Boot und hörte auf sie, auch wenn deren Ratschläge den Film am Ende teuer machten. Ihre Kulissen waren wie opulente Theaterdekorationen, liebevoll ausgestattet bis ins kleinste Detail. Und sie legte großen Wert auf Authentizität, es war ihr wichtig, den Leuten im Lichtspielhaus auch optisch keinen Bären aufzubinden. Einer ihrer Filme sollte in Kanada spielen – frag mich nicht, warum –, da ließ sie sogar für die Kulisse ein paar kanadische Nadelbäume herbeikarren. Und einmal…« – sie kicherte ausgelassen, »da drehten wir einen Piratenfilm. Jeder Regisseur hätte einfach einen x-beliebigen, gut aussehenden Schauspieler für die Hauptrolle genommen und ihm eine Augenklappe aufgesetzt. Anita jedoch suchte ewig nach einem Schauspieler, der nur ein Auge hat, und setzte *ihm* dann eine Augenklappe auf!«

»Das gefällt mir«, sagte Mimi spontan. Vielleicht ergab sich die Gelegenheit, diese Anita noch ein wenig besser kennenzulernen, wenn sie wieder in New York war?

»Den vielen Sekretärinnen, Verkäuferinnen und Damen vom Amt, die ins Kino gingen, gefielen unsere Filme auch. Anita und ich waren extrem erfolgreich«, sagte Chrystal triumphierend. »Das Geld sprudelte wie aus einer nie versiegenden Quelle. Und ich gab weiterhin einen großen Teil davon an Monty weiter, damit er es noch vermehrt.«

»Dann lief ja alles perfekt«, sagte Mimi und hatte zum ersten Mal das Gefühl, die Biografie »spüren« zu können. Die Menschen liebten ja solche Erfolgsgeschichten mit kleinen Stolperern – womöglich würde das Buch tatsächlich ein Riesenerfolg werden, so wie fast alles, was Chrystal tat?

»Zu perfekt«, sagte Chrystal und verzog das Gesicht. »Ab 1917 kam sehr viel Unruhe in die Branche. Durch die hohen Gagen, die gezahlt wurden, waren wir Schauspieler nicht mehr von den Filmproduzenten abhängig, sondern eher umgekehrt. Dieses Gefühl von Sicherheit, ja Überlegenheit, ließ manchen wagemutig werden. Zu schauspielern reichte plötzlich nicht mehr, man wollte sich in andere Bereiche des Filmemachens vorwagen! Der eine versuchte sich als Drehbuchautor, der nächste investierte sein Geld in Filme, an die er glaubte. Und der gute Charlie Chaplin wurde sogar selbst Filmproduzent. Diese Leute wussten, worauf es beim Filmen ankam – Charlie beispielsweise lässt eine Szene so oft drehen, bis sie in seinen Augen perfekt ist. Bei ihm geht es nicht um Masse, sondern um Klasse. Er, Anita und noch ein paar weitere Produzenten setzten beim Thema Qualität ganz neue Standards. Einerseits tat diese Entwicklung der Branche sehr gut, andererseits begann zu dieser Zeit ein Wettbewerb, bei dem es wohl kein Ende gibt. Wer stehen bleibt, hat schon verloren! Und wer heute ganz oben mitspielen will, muss in Bezug auf Ausstattung, Dramaturgie und Schauspielergehälter immer noch mal einen draufsetzen! Will mit seiner Dream Factory, aber auch alle anderen Produzenten, *können* gar nicht mehr anders, als diese Standards ständig noch zu toppen.«

»Diese Mechanismen habe ich schon vor dem Krieg in Berlin erlebt. Ich frage mich, wo soll das hinführen – zu einer reinen Materialschlacht?«, sagte Mimi. »Sollte nicht bei allem immer noch der Mensch im Mittelpunkt stehen?«

Chrystal zuckte mit den Schultern. »Vielleicht war Anita die schlauste von allen und hat den richtigen Zeitpunkt gewählt, um auszusteigen und etwas Neues zu beginnen. Ist sie glücklich in New York?«

»Ich glaube schon«, sagte Mimi geistesabwesend. Bisher hatte sie angenommen, sie als Frau mit ihrer Lust, sich immer wieder neu zu erfinden, sei allein auf weiter Flur. Aber langsam kam sie zu der Überzeugung, dass es sehr viele Frauen vom selben Kaliber gab! Wenn sie diesen Blickwinkel in Chrystals Biografie betonte – würde sie dann die eine oder andere Leserin vielleicht sogar auch zum Aufbruch ermutigen können?

»Kurz nachdem Anita weg war, lernte ich Will kennen. Wir wurden schnell ein Paar, irgendwie passte es einfach zwischen uns, das spürten wir beide. Als er erfuhr, dass ich in einem Freudenhaus wohnte, lachte er schallend auf. Ich packte meine Siebensachen und zog aus Ritas Haus aus. Seitdem leben wir gemeinsam im Mountain Vista House. Ob wir heiraten werden? Ich weiß es nicht! Mir ist meine Freiheit nach wie vor sehr lieb«, sagte Chrystal und nahm damit die Frage, die Mimi auf der Zunge lag, vorweg. »Anfang des Jahres kam Will dann auf die Idee, mein Image weiter zu schärfen, indem wir meine deutschen Wurzeln betonen. Tja, und den Rest der Geschichte kennst du ja.«

Mimi verzog das Gesicht zu einer Grimasse. »Unter Vorspiegelung falscher Tatsachen habt ihr mich hergelockt, nicht wahr, Fräulein Merkle, oh, Verzeihung, ich meine natürlich, Miss Kahla?«, sagte sie herausfordernd. Doch gleich darauf lächelte sie Chrystal an. »Allerdings wäre ich ohne Will Schneiders Einladung wahrscheinlich nie nach Amerika gekommen, somit ist alles gut!«

»Dann habe ich dich genauso zum Aufbruch inspiriert wie du einst mich«, sagte Chrystal triumphierend.

Sie lachten, und für einen Moment fühlte es sich sogar wie Freundschaft an.

Mimis Blick war aufs Meer gerichtet, wo die Wellen ans Ufer prallten, sich wieder zurückzogen, um kurz darauf mit neuer Wucht nach vorn zu schwappen.

»Abschiede und Neuanfänge. Aus dem Zug des Lebens aussteigen, eine andere Richtung wählen, wieder einsteigen – vielleicht ist das der Stoff, aus dem unser aller Leben besteht?« *Der Zug des Lebens* – wäre das ein Buchtitel?

»Na klar!«, sagte Chrystal großspurig. »Und wer den Zug verpasst, hat verloren. Schau dir doch die Leute in Laichingen an – jeden Tag derselbe Trott! Das ist doch wie lebendig begraben zu sein.« Sie schauderte in übertriebener Art.

»Ganz so ist es nicht. Auch in Laichingen tut sich viel Neues«, widersprach Mimi. »Dein Onkel Hannes hat sich schon vor dem Krieg für bessere Arbeitsbedingungen in den Webereien eingesetzt, das ist bestimmt für viele Leute eine Erleichterung.«

Chrystal lachte. »Ich sehe es genau vor mir: Onkel Hannes führt neue Arbeitsgesetze ein, und Vater als rechte Hand vom Gehringer macht sie wieder rückgängig – ein feines Paar sind die beiden Brüder!« Spott lag in jedem ihrer Worte.

»Hannes wurde im Krieg der linke Arm abgerissen«, sagte Mimi leise. »Wie es deinem Vater erging, weiß ich nicht, aber wäre er gestorben, hätte Luise das in einem ihrer Briefe gewiss erwähnt.

»Du schreibst dir noch immer mit meiner Oma Luise?« Chrystal hob erstaunt die Brauen.

Mimi nickte. »Luise war in Laichingen nicht nur meine Nachbarin – sie war auch so ziemlich die Erste, die etwas mit mir zu tun haben wollte. Die Dorfgemeinschaft ist ja Fremden gegenüber eher zurückhaltend… Und von Luise habe ich gelernt, wie man ordentlich Wäsche wäscht und eine gute Suppe kocht!«, fügte Mimi grinsend hinzu.

Chrystal grub mit ihrer linken Hand gedankenverloren ein Loch in den Sand. »Das mit Hannes tut mir leid.«

Mimi nickte. Auch sie hatte die Nachricht von Hannes' Invalidität damals sehr schockiert. Immerhin hatte sie ihn einmal geliebt. Umso froher war sie gewesen, als sie in der Zeitung einen aufmunternden Artikel über ihn las. »Er hat sich wieder berappelt und kämpft als Gewerkschafter weiter für die Rechte der Arbeiter.«

Chrystals Miene hellte sich wieder auf. »In der Familie Merkle sind halt alle Stehaufmännchen! Das kannst du ruhig so schreiben.«

»Einverstanden.« Mimi lachte. Mit einem lauten Schlag klappte sie dann ihr Notizbuch zu. »Tja, das war's dann wohl«, sagte sie und spürte zu ihrem eigenen Erstaunen so etwas wie Bedauern.

Wochenlang hatten ihre Tage aus Zuhören, Schreiben und Nachfragen bestanden, und oft genug war sie bei

Chrystals Erzählungen wütend und ungeduldig gewesen. Aber nun war auch das vorbei.

Wie gut, dass sie für diese letzte Passage ans Meer gefahren waren, dachte sie, hier den Schlusspunkt zu setzen fühlte sich irgendwie stimmig an.

»Vielen Dank für deine Zeit und dein Vertrauen. Ich schätze, für die endgültige Überarbeitung und das Abtippen des Textes benötige ich nicht mehr lange, schließlich habe ich fast jeden Abend daran gearbeitet. In gut einer Woche müsste ich dir deine Biografie zum Lesen vorlegen können. Wenn du keine allzu großen Änderungen wünschst, kann Will Schneider das Manuskript zeitgerecht an euren Verleger weiterreichen.«

»*Meine* Biografie – manchmal glaube ich, dass ich träume. Ich meine, wer hätte gedacht, dass mein Leben mal so spannend werden würde!«, rief Chrystal exaltiert. »Es ist verrückt, aber die letzten Wochen – dieses Innehalten, unsere vielen Gespräche – haben mir richtig gutgetan. Einfach mal pausieren und sich anschauen, wo man steht, was man bisher geleistet hat – auf diese Idee kommt man im vollgepackten Alltag sonst nie. Dass dabei irgendwann die eigene innere Stimme verstummt und man nur noch ein Getriebener ist, merkt man gar nicht.«

Mimi schaute die Schauspielerin erstaunt an. Chrystals Analyse war ziemlich scharfsinnig. Sie zeigte lächelnd auf ihr eng beschriebenes Notizbuch. »Dann ist das hier wohl so etwas wie das Ende der Stille.«

Einen Moment lang war nur das Rauschen des Meeres zu hören.

»Das Ende der Stille«, murmelte Mimi.

»Das Ende der Stille«, sagte auch Chrystal. Ihr Blick wanderte hinüber zu Mimi. »Denkst du, was ich denke?«

Mimi grinste. »Ich glaube, wir haben unseren Buchtitel gefunden!«

Es war Sonntag, der dritte August, und Mimis Abreisetag. Weder der vielbeschäftigte Will Schneider noch Chrystal ließen es sich nehmen, sie zum Bahnhof zu bringen. Mimi war das Reisen seit Jahrzehnten gewöhnt, sie hatte dennoch die halbe Nacht wach gelegen. Tausend Gedanken waren ihr durch den Kopf gegangen – der Erfolg oder Misserfolg der Biografie, die lange Reise und ihre Beschwernisse, das bevorstehende Wiedersehen mit Benjamin Jones, die Tatsache, dass sie langsam an ihre Heimreise nach Deutschland denken sollte…

Als am Morgen der Wecker geklingelt hatte, war sie gerade erst eingeschlafen. Na wunderbar, hatte sie ärgerlich gedacht, nun würde sie schon gerädert aufbrechen. Immerhin konnte sie dann sicher im Zug schlafen.

Während Will Schneider dafür sorgte, dass Mimis Gepäck in ihr Abteil gebracht wurde – er hatte erste Klasse für sie gebucht –, nahmen Mimi und Chrystal mehrere Anläufe, sich zu verabschieden. Doch immer wieder wurden sie von Fans unterbrochen, die Chrystal erkannten und ein paar Worte mit ihr wechseln wollten.

»Ihr Abteil liegt auf der linken Seite des Einstiegs, Ihr Gepäck ist schon dort, davon habe ich mich gerade selbst überzeugt«, sagte Will Schneider, als er zurückkam. »Ich hoffe, unser Koch hat sie gut versorgt?« Er wies auf den Korb mit Reiseproviant, den Mimi zusammen mit ihrer Kamera und ihrer Handtasche in den Händen hielt.

Mimi lachte auf. »Und ob!« Die feinsten Speisen, die man sich vorstellen konnte, hatte Chrystal für sie einpacken lassen: hart gekochte Wachteleier, Schinkensand-

wiches, Schokoladenkekse, Pfirsiche, die so intensiv duf-
teten, dass immer wieder eine Duftwolke in Mimis Nase
stieg.

Sie seufzte tief auf. »Die Zeit, die ich bei Ihnen verbringen durfte, wird mir unvergesslich bleiben. Nochmals vielen Dank für das Vertrauen, das Sie in mich
gesetzt haben.« Schon jetzt – hier auf dem Bahnsteig
mit seinen vielen Gerüchen, dem Lärm und dem ganzen
Gewusel – fühlte sich das Haus in den Bergen an wie aus
einer anderen Welt ...

Will Schneider zuckte lässig mit den Schultern.
»Chrystal sagte, Sie seien die Beste. Und nachdem ich
gesehen habe, wie göttlich Sie sie fotografisch in Szene
gesetzt haben, kann ich ihr nur beipflichten. Sie haben
meine Erwartungen mehr als erfüllt!«

Mimi spürte, wie ihr vor Stolz die Röte in die Wangen
schoss.

»Sobald die ersten Exemplare gedruckt sind, schicke
ich Ihnen eine Kiste nach Deutschland, die Adresse habe
ich ja«, versprach Will Schneider, während Chrystal
noch immer Autogrammkarten verteilte. »Münsingen,
nicht wahr?«

Mimi nickte. »Bis dahin werde ich längst wieder zurück sein«, sagte sie und spürte einen Stich in der Herzgegend. Anton ... Er fehlte ihr immer mehr.

»Lady, bitte einsteigen, wir schließen die Türen!«, rief
ein Schaffner hektisch im Vorbeigehen.

»Tja, dann ist es wohl so weit«, sagte Mimi und spürte,
wie ihr ein Kloß im Hals steckte. Egal, wie alt sie wurde –
Abschiede würden ihr nie leichtfallen.

Sie umarmten sich, sie küssten sich auf die Wange,
sie versprachen, in Kontakt zu bleiben. Wie oft hatte sie

diesen Schwur schon gehört, dachte Mimi und stieg mit schwerem Herzen in den Zug.

Doch als sie ihr Abteil gefunden hatte und aus dem Fenster schaute, um ein letztes Mal zu winken, waren Chrystal und Will schon fort.

19. Kapitel

»*Many ingenious lovely things are gone*« – viele wunderbare Dinge sind weg? *Things fall apart, the centre cannot hold* – alles fällt auseinander, und das Zentrum hält nicht stand? Was für einen Mist schreibt dieser Typ denn da?« Wütend warf Benjamin die Zeitung, die ein Gast vor ihm liegen gelassen und in der er geblättert hatte, auf den Tisch. »Der Kerl sollte froh sein, dass die Herrschaft des Geldes langsam ein Ende hat!«

Die andern am Tisch stimmten ihm murmelnd zu.

Es war der Abend von Mimis Ankunft. Nach einer gefühlt nicht enden wollenden Reise war ihr Zug am frühen Morgen im Grand Central Terminal eingefahren. Wie mit Ben in einer Depesche vereinbart, hatte Mimi sich ein Taxi zu seiner Wohnung in Greenwich Village genommen.

Ben hatte Mimi stürmisch in seine Arme gerissen. »Endlich, endlich bist du zurück«, flüsterte er ihr ins Ohr. Mimi, die vor Erschöpfung kaum mehr auf den Beinen stehen konnte, nickte nur.

Bei kaltem Tee und altem Brot hatten sie in Bens Küche zusammengesessen und erzählt – Mimi von Kalifornien, Ben von seinem Buch, das letzte Woche erschienen war und seitdem für einiges Aufsehen sorgte.

Am Abend, nachdem Mimi ein paar Stunden geschlafen hatte, – hatte Ben vorgeschlagen auszugehen, und so saßen sie nun in einem seiner Lieblingslokale, umringt von Freunden und Bekannten. Wie schon bei Mimis erstem Aufenthalt in New York wurde debattiert, diskutiert, gestritten und um Worte gerungen, mit jedem Glas billigem Wein hitziger.

Mimi, die ein Gähnen kaum unterdrücken konnte, warf einen Blick auf die Zeitung. Bei ihnen in Münsingen wäre so ein schlechter Druck Ausschussware gewesen, dachte sie, als sie die verwischten Buchstaben sah. »William Butler Yeats – wer ist das?«, fragte sie und tippte auf das Gedicht mit der Überschrift *1919*, das Ben so echauffierte.

Benjamin schaute sie erstaunt an. »Ein irischer Dichter, kennst du ihn etwa nicht?«

Mimi zuckte mit den Schultern. Europa war doch kein Dorf, in dem jeder jeden kennen musste.

»In diesem Gedicht beklagt Yeats, dass nach dem Krieg nichts mehr ist, wie es war«, erklärte Mimis Sitznachbar ihr. Er hieß Scott Fitzgerald, war ebenfalls Schriftsteller und hatte am frühen Abend eine Runde ausgegeben, weil er an diesem Tag seinen ersten Buchvertrag unterschrieben hatte. »Dabei ist es doch selbstverständlich, dass die alte Welt nun, nach dem Krieg, nicht mehr wie vorher funktioniert, und ebenso selbstverständlich ist es, dass wir eine neue Welt erfinden müssen! Nichts anderes tun wir in unseren Werken, oder?«

Die andern am Tisch klopften, mit den Knöcheln zustimmend, auf den Tisch.

»Neue Welt, alte Welt – ist es nicht eher so, dass wir alle wieder zu einer gewissen… Normalität zurückfinden müssen? Die Menschen in Europa ebenso wie ihr hier in Amerika«, wagte Mimi einzuwerfen. »Ich hatte den Eindruck, dass den Leuten in Kalifornien dies ganz gut gelingt, dort war von den Nachwehen des Krieges eigentlich nichts mehr zu spüren.« Will Schneiders Terrasse mit dem grandiosen Ausblick, ihre Stunden mit Chrystal, das Filmstudio und die pompösen Lichtspielhäuser – schon jetzt kam ihr alles ganz weit weg vor, eher wie ein Traum als Realität.

»Kalifornien!« Benjamins Schnauben war abfällig. »Die Leute dort bekommen vom wahren Leben doch gar nichts mit in ihrer Scheinwelt von Spielfilmen und Palmen!«

Mimi schwieg stirnrunzelnd. Was ist denn das wahre Leben?, dachte sie. Diese Spelunke hier? Greenwich Village? New York?

»Die Menschen sind verunsichert und haben Angst, da wenden sie sich gern Zerstreuungen zu – ist das denn so verwerflich?«, warf eine der wenigen Frauen am Tisch ein. Sie war Hebamme, hatte Mimi mitbekommen, und mit einem der Schriftsteller liiert. »Auch in New York geht die Angst um, denkt nur an die Grippewelle im Frühjahr, an der so viele Menschen gestorben sind – allein in meinem Umfeld wurden zehn schwangere Frauen dahingerafft! Dann die schreckliche Serie von Briefbomben, auch im Frühjahr. Man traute sich ja kaum mehr auf die Straße. Wenn einen das Virus nicht dahinrafft, dann ist man vielleicht zur falschen Zeit am falschen Ort und geht durch eine Briefbombe in die Luft.«

Benjamin lachte auf. »Trudi, ich bitte dich! Die Grippe ist Gott sei Dank vorbei. Und die Briefbomben gingen ganz zielgerichtet an gewisse Politiker – die Öffentlichkeit war zu keinem Zeitpunkt in Gefahr. *Wenn* du schon die Angst erwähnst, dann sprich doch bitte auch über die Schergen des Geheimdienstes, die uns alle unter Generalverdacht stellen! Seit meiner Buchveröffentlichung kann ich quasi keinen Schritt mehr tun, ohne dass mir das FBI auf den Fersen ist. Würde ich es wagen, mit meinem Buch eine Lesung abzuhalten oder gar eine ›aufrührerische‹ Rede, würden sie mich bestimmt gleich verhaften. Jeder, der auch nur ansatzweise linke Ideen vertritt, ist in den Augen der Regierung doch ein Verbrecher.«

Mimi runzelte die Stirn. Dann hatte sie das Gefühl, dass sie auf dem Weg ins Lokal verfolgt wurden, tatsächlich nicht getrogen. Unter niedergeschlagenen Lidern schaute sie sich um. Der Mann einen Tisch weiter links – las er nicht übertrieben konzentriert in seinem Buch? Und der düster dreinschauende Kerl direkt hinter ihnen – womöglich belauschte er ihr Tischgespräch? Sollte sie Ben auf die beiden Männer aufmerksam machen? Jetzt beruhige dich mal wieder, du bist übermüdet, und deine Sinne spielen verrückt, sagte sie sich dann jedoch.

»Auf die neuen Zeiten – mögen sie lieber heute als morgen kommen!«, rief Benjamin, dann hob er sein Glas. »*Cheers!*«

»*Cheers!*«, ertönte es vielstimmig zurück.

Die Frau, die Mimi gegenübersaß, hielt ihr Bierglas jedoch fest umklammert, ohne mit den andern anzustoßen. Wenn Mimi sich richtig erinnerte, hieß sie Caren Selvig und war mit Benjamin in Russland gewesen. Er und die dunkelhaarige Schönheit hätten aber nichts miteinander gehabt, hatte Ben ihr grinsend versichert, als sie, Mimi, auf Carens Vertraulichkeit ein wenig eifersüchtig reagierte.

Wütend funkelte Caren nun Ben an. »Von wegen ›gewisse Politiker‹! Gerade von dir hätte ich eine qualifizierte Aussage erwartet«, bemerkte sie abfällig. »Warum sagst du nicht einfach, dass jeder von den Männern eine Briefbombe verdient hatte? Sie alle sind Knechte der reichen kapitalistischen Elite, deren Aufträge sie unter dem Deckmantel von Demokratie und Wählerwillen ausführen. Wir, das einfache Volk, sind ihnen dabei völlig schnuppe! Mensch, Ben, unsere russischen Brüder und Schwestern haben es doch vorgemacht – die komplette politische Führung gehört entmachtet, einzig dem Volk gehört die Macht!« Kleine Spuckefetzen flogen durch die Luft, so sehr hatte Caren sich in Rage geredet.

»Caren hat recht – die neuen Zeiten kommen nur, wenn wir sie einläuten«, sagte der Mann neben Caren. Er hatte verstrubbelte, fettige Haare, einen ungepflegten Bart und seine Kleidung bestimmt schon Wochen nicht mehr gewechselt – Mimi konnte seine unangenehmen Ausdünstungen bis zu ihrem Platz riechen. »Die Ungerechtigkeit bei der Verteilung von Vermögen und Macht muss ein Ende haben! Bens Buch ist doch sozusagen eine Gebrauchsanleitung dafür, wie eine Revolution funktioniert. Wenn wir uns daran halten, können wir Amerika vom Kapitalismus befreien und in den Marxismus überführen. Wer, wenn nicht wir? Vom einfachen Schweinemäster aus dem Cornbelt können wir das genauso wenig erwarten wie von der Schauspieler-Mischpoke aus Hollywood!« Er warf Mimi einen abfälligen Blick zu. »*Wir* sind die Intelligenzija! Auf dass Amerika zum gelobten Land wird wie Russland – *nastrovje*!« Er hob sein Glas, trank es aus und stellte es dann hart auf dem Tisch ab.

»*Nastrovje!*«, riefen auch die andern und taten es ihm gleich.

Russland ein gelobtes Land? Das bisschen, was die Kriegsheimkehrer von Russland erzählt hatten, hatte sich alles andere als »gelobt« angehört. Wie konnten Bens Freunde sich so für Russland begeistern, wo doch außer Ben noch keiner von ihnen dort gewesen war?, fragte sich Mimi.

Während der nächsten Tage verfielen Ben und Mimi in dieselbe Routine wie nach Mimis Ankunft in New York. Sie schlenderten tagsüber durch die Stadt und verbrachten die Abende entweder mit Bens Freunden oder in seiner Wohnung. In New York gab es mindestens so viel Esprit und Lebensfreude wie in Los Angeles, wenn auch auf andere Art – kultivierter, vielfältiger, weniger oberflächlich. So schlecht, wie Ben und seine Freunde immer taten, ging es den Menschen gar nicht – zumindest war das Mimis Eindruck. Jedenfalls war die Stimmung hier sehr viel leichter und froher als in Deutschland, wo einem an jeder Straßenecke das Herz brach, weil Kriegsversehrte um Almosen bettelten oder lange Schlangen vor den Armenküchen um einen Teller Suppe anstanden. Und so beschloss Mimi, sich von Ben und seinen aufrührerischen Freunden nicht allzu sehr beeinflussen und dadurch ihre Laune trüben zu lassen. Sie als Deutsche hatte sowieso viel zu wenig Einblick, um sich über amerikanische Verhältnisse eine Meinung bilden zu können, geschweige denn, diese laut zu äußern! In Deutschland war es ihr hingegen noch nie schwergefallen, politisch eine Haltung einzunehmen, nichts anderes hatte sie in ihrem Elternhaus gelernt. Ein jeder an seinem Platz – stand das nicht sogar schon in der Bibel? Zu ihrer Schande fiel Mimi die entsprechende Stelle nicht ein.

Aber weg mit den kritischen Gedanken – vor ihrer Heimkehr nach Deutschland wollte sie sich einfach noch ein bisschen vergnügen, unbeschwert sein und sich treiben lassen. Nicht zu wissen, was der Tag brachte, sich von Ben und seinen oft etwas verrückten Ideen überraschen zu lassen – das alles war ein wohltuender Kontrast zu ihrem sonst so straff organisierten Alltag. Mimi staunte selbst, wie gut es ihr gelang, sich dem Müßiggang hinzugeben. Sie nahm an, es hatte auch damit zu tun, dass in Münsingen wohl alles nach Plan lief. Zumindest nahm sie das an, denn sonst hätte Anton ihr längst geschrieben. Doch von ihm hörte sie nichts, was sie natürlich insgeheim ein wenig ärgerte.

Denn schon vor ihrer Abreise aus Hollywood hatte *sie* sehr fleißig Briefe geschrieben und aufgegeben. An Anton gingen gleich mehrere, an Bernadette und Corinne, an Josefine in Berlin jeweils einer. Für den Fall, dass ihr jemand antworten wollte, hatte sie Benjamins New Yorker Postadresse angegeben, dies sei eine Art private Pension, hatte sie Anton in einem ihrer Briefe erklärt, für den Fall, dass er sich über den Männernamen wunderte.

An Chrystals Mutter Sonja in Laichingen hatte sie ebenfalls geschrieben – falls der Brief nicht verloren gegangen war, würde Chrystals Familie endlich über den Verbleib der verlorenen Tochter Bescheid wissen.

Gleich nach ihrer Ankunft in New York hatte Mimi an Chrystal und Will Schneider eine Postkarte geschickt und sich nochmals für den Auftrag bedankt. Nun hoffte sie sehr, dass Chrystal ihr antworten würde, denn es interessierte sie schon, ob der Übersetzer mit ihrem Text gut vorankam und mit der Biografie alles nach Plan lief.

Ben lebte von der Hand in den Mund – wenn er für eine der linken Zeitungen einen Artikel schreiben durfte, verdiente er ein paar Dollar, und wenn die Buchhändler sein Pamphlet unter der Ladentheke verkauften, ebenfalls. Doch große Sprünge konnte er nicht machen. Mimis Geldbeutel war zwar nach ihrem Auftrag gut gefüllt, aber sie wollte nicht die Spendable geben, ihn einladen oder mit teuren Lebensmitteleinkäufen beschämen. In Bens Wohnung kochte Mimi deshalb einfache Suppen oder Gerichte mit Kartoffeln. Nach der aufwendigen Küche im Mountain Vista House war jeder Teller Suppe ein Hochgenuss.

Selbst das Abwaschen machte Mimi Spaß, obwohl es in Bens beengter Küche reichlich schwierig war. Aber all diese einfachen Haushaltsverrichtungen fühlten sich nach den Wochen des Luxus endlich wieder nach dem echten, wahren Leben an.

Wenn Ben nicht gerade irgendwelche radikalen Gedanken äußerte, war er genauso unbeschwert und frech, wie sie ihn kennengelernt hatte. Nichts und niemand schien ihn aus der Ruhe zu bringen. Und wenn Mimi sich darüber beschwerte, dass sie wieder einmal von irgendwelchen düsteren Typen verfolgt wurden, lachte er nur und sagte: »Ist doch prima – so sind die Schergen vom FBI beschäftigt!« Scheinbar verkaufte sich sein Buch unter der Ladentheke gewisser Buchhandlungen sehr gut. Dass sich seine Theorien so verbreiteten, verschaffte ihm Befriedigung und entschädigte ihn dafür, dass er mit dem Buch nicht öffentlich auftreten konnte. Bens Leichtmut war ansteckend – auch Mimi fühlte sich jung und unbeschwert wie schon lange nicht.

Abends im Bett hielten sie sich fest im Arm, tuschelten und kicherten noch ein wenig über dies und das. Ein Liebespaar wurden Mimi und Ben dennoch nicht. Einmal, an einem Abend mit viel Wein und Küssen, war sie versucht, seinem Drängen nachzugeben. Doch dann packte sie ihn an den Schultern und suchte seinen Blick. »Ich mag dich sehr, und wahrscheinlich bin ich auch ein wenig in dich verliebt«, sagte sie und fügte hinzu, dass sie die Zeit mit ihm sehr genieße. »Aber mehr wird es für uns nicht geben. Ich habe Verpflichtungen zu Hause, reise bald ab… Ein Abenteuer für ein paar Nächte – das ist nichts für mich. Sei mir bitte nicht böse.«

Er schaute sie schweigend an, so lange und so enttäuscht, dass Mimi seinem Blick kaum standhielt. »Wenn du magst, kann ich auch meine Sachen packen und gehen«, bot sie ihm hilflos an.

»Nein! Bleib, bitte!«, rief er und fuhr leise fort: »Und ich habe geglaubt, du liebst mich auch. Vielleicht, im Laufe der Zeit… Darf ich mir denn wenigstens Hoffnung machen?«

»Oh, Ben«, flüsterte Mimi und nahm ihn in den Arm. Für einen langen Moment wiegten sie sich hin und her. Wenn sich eine Entscheidung so schwer anfühlte, war sie dann richtig?, fragte sich Mimi mit schwerem Herzen.

20. Kapitel

Es begann in der fünften Nacht nach ihrer Ankunft in
New York. Am Abend waren sie in einem Theater ge-
wesen, es wurde ein Stück über den Krieg aufgeführt,
Mimi hatte nicht alles verstanden, aber die düstere
Inszenierung hatte sie bedrückt. Sicher waren solche
Theaterstücke wichtig – aber gute Laune machten sie
nicht.

Es war ein langer Tag gewesen, und sie waren gleich
nach dem Nachhausekommen ins Bett gegangen. Doch
irgendwann schreckte Mimi schreiend aus dem Schlaf
hoch.

Pfeilschnell saß auch Benjamin aufrecht. »Mimi, was
ist?«

»Ich weiß nicht… Ich habe schlecht geträumt«, murmelte sie verwirrt. Von Männern in Uniform, von einem
Feuer, von schreienden Menschen… Sie schob sich eine
verschwitzte Haarsträhne, die sich aus ihrem Zopf gelöst
hatte, aus der Stirn. »Es ist so warm hier drinnen, können wir nicht das Fenster ein wenig aufmachen?«

Ben sprang auf, öffnete es und brachte Mimi außerdem
einen in kaltes Wasser getauchten Lumpen. Eine Weile
später schliefen sie Hand in Hand wieder ein.

Es war nicht das düstere Theaterstück, das den Albtraum ausgelöst hatte, wie Mimi anfangs vermutet hatte, denn auch in den kommenden Nächten schreckte sie immer wieder aus dem Schlaf hoch. Einmal träumte sie davon, dass Menschen mit Messern wie verrückt auf ein Schaf losgingen, ein andermal von Anton, der den schwer verletzten Hannes vom Schlachtfeld schleppte – beide Männer riefen immer wieder »Mimi!«, und es hörte sich an wie das keckernde Rufen eines Greifvogels. Im nächsten Traum verhaftete eine Garde Polizisten Bernadette und sie. »Sie kommen jetzt für tausend Jahre ins Gefängnis!«, sagte einer der Polizisten und lachte diabolisch.

»Eigentlich ist es kein Wunder, dass du schlecht träumst«, sagte Ben, als Mimi ihm morgens bei Tee und Brot von ihren Träumen erzählte. »Der Krieg war unmenschlich, und er war unmenschlich lang. Du hast all die Schrecknisse gewiss noch nicht verarbeitet.«

»Aber ich lebte auf dem Land, in Münsingen war doch gar kein Krieg«, sagte Mimi wider besseren Wissens. Sehr wohl war bei ihnen Krieg gewesen – sie waren die Heimatfront. »Und warum kommen die Träume ausgerechnet jetzt?«

Benjamin seufzte. »Kann es sein, dass du jetzt zum ersten Mal innerlich ein wenig zur Ruhe kommst?«

Mimi nickte nachdenklich. Daheim hatten die Druckerei und tausend andere Themen sie in Atem gehalten, in Kalifornien war es der Auftrag gewesen. Zeit für sich hatte sie schon seit Jahren nicht mehr gehabt. Und wenn sie heimkam, warteten gleich neue Anforderungen auf sie. Eine davon war, sich mit Anton auszusprechen und einen gemeinsamen Weg für die Zukunft zu finden.

»Warum schreibst du deine Kriegserinnerungen nicht endlich mal auf?«, sagte Benjamin unvermittelt.

Mimi, in ihren Gedanken weit weg, brauchte einen Moment, um darauf zu reagieren. »Ich soll *was?*«

»Im April hast du mir doch von deinen Fotografien aus dem Kriegsalltag erzählt, damals fragte ich dich, warum du die Fotografien nicht mit Texten versiehst. Eine Art bebildertes Kriegstagebuch! Aber ich sehe schon, du hast meinen Gedanken nicht weiterverfolgt …« Benjamin verzog halb scherzhaft, halb ernst das Gesicht.

»Doch, habe ich«, verteidigte sich Mimi. »Als ich Chrystals Biografie schrieb, kam mir mehrmals der Gedanke, wie es sich wohl anfühlen würde, wenn ich *meine* Geschichte erzähle. Aber wer sollte so etwas lesen wollen? In Deutschland haben die Menschen die Nase voll vom Elend, sie wollen in die Zukunft schauen.«

»Und weiterhin Albträume haben, ja? Oder glaubst du, du bist die Einzige, der es so geht? Der Krieg verfolgt einen im Schlaf, das haben mir die Menschen in Russland immer wieder gesagt. Viele sind aufgrund ihrer Erlebnisse regelrecht traumatisiert.« Benjamin ergriff Mimis Hände, drückte sie. »Du könntest dein Buch vorerst auch nur hier in Amerika herausbringen, wenn du glaubst, dass die Zeit in Europa dafür noch nicht reif ist. Die Amerikaner sind noch wie trunken vom Krieg und berauscht vom Sieg! Wie brutal der Alltag aussieht, weiß fast keiner. Dein Buch wäre ein Weckruf, Mimi! Und es würde vielleicht sogar dabei helfen zu verhindern, dass so etwas Furchtbares noch einmal geschieht.«

Mimi schwieg. Wäre sie eine Krankenschwester gewesen, die hingebungsvoll die Kriegshelden gepflegt hatte, dann hätte sie bestimmt einiges zu erzählen. Aber sie,

Mimi aus Münsingen auf der Schwäbischen Alb, konnte lediglich vom Mangel und von dem Hunger berichten. Und davon, wie mühsam sie, Bernadette, Corinne und all die andern Frauen hatten agieren müssen, um trotz der irrsinnigen Verordnungen zu überleben.

Als könne er Gedanken lesen, sagte Benjamin: »Wenn die Biografie einer Stummfilmschauspielerin interessant genug ist, um verlegt zu werden – warum sollen dann deine Erinnerungen es nicht sein?«

Mimi war zwar weder klar, *wie* sie ihre Aufzeichnungen beginnen sollte, noch *was* sie eigentlich schreiben wollte. Auch wann angesichts ihrer näher rückenden Heimreise Zeit dafür war, wusste sie noch nicht. Aber sie konnte einen Anfang ja zumindest mal versuchen. Und so setzte sie sich am nächsten Tag an Bens Schreibtisch. Ben wollte erst gegen Abend wiederkommen, er war zur Recherche für einen Artikel unterwegs, den er für eine Zeitung schreiben sollte, und so hatte Mimi Zeit und Muße.

Doch statt beschwingt zu schreiben, starrte sie die meiste Zeit auf die leeren Seiten ihres neuen Notizbuches – es war dasselbe Modell, das sie auch für Chrystals Biografie benutzt hatte.

Hätte sie ihre Fotografien hier gehabt, hätte sie sich beim Schreiben an ihnen entlanghangeln können. Ohne die Fotografien musste sie sich jedoch erst einmal mühsam wachrufen, was in welchem Jahr geschehen war.

Vielleicht war hier und jetzt einfach nicht die richtige Zeit für diesen Rückblick?, fragte sie sich, als der Tag sich dem Ende entgegenneigte. Vielleicht klang Chrystals Biografie in ihrem Inneren noch zu sehr nach, und es war ihr deshalb unmöglich, sich all dem Grauen zu widmen? Mimi beschloss, in den nächsten Tagen erst einmal über diese Frage nachzudenken, als im selben Moment die Tür aufging.

»Sie haben Caren verhaftet!«, rief Ben statt einer Begrüßung. »Schlimmer noch, sie haben sie erst verprügelt und dann verhaftet!« Die Hände zu Fäusten geballt stand er bebend im Zimmer.

»Was?« Erschrocken erhob sich Mimi vom Schreibtisch und ging zu ihm. »Dir ist aber hoffentlich nichts passiert?«

Er küsste sie nachlässig auf beide Wangen. »Ich war gar nicht dabei, als es geschah, Freunde haben mir davon erzählt. Caren saß in einem Restaurant, wollte einen kleinen Happen essen. Im Radio spielten sie die amerikanische Nationalhymne. Doch statt wie alle andern aufzustehen, blieb Caren sitzen und aß weiter. Typisch!« Er zog eine tragikomische Grimasse, wurde aber gleich wieder ernst. »Kaum war die Hymne vorbei, standen drei Männer ein paar Tische weiter auf und hielten ihr FBI-Ausweise vor die Nase. Caren weigerte sich, die Männer zu begleiten – aus gutem Grund! –, da versetzte ihr einer einen Schlag mitten ins Gesicht. Die linke Augenbraue ist geplatzt, und Blut spritzte, hat man mir erzählt.«

»Das ist ja schrecklich«, flüsterte Mimi. »Und nun?«

»Keine Ahnung«, sagte Ben grimmig. »Niemand weiß, in welches Gefängnis sie gebracht wurde und was sie mit ihr vorhaben. Aber eins steht fest, es …« Er brach ab, als es heftig an der Tür klopfte. »Mister Jones, aufmachen!«

Mimi schaute Ben panisch an. Holten sie ihn jetzt auch ab? Zu ihrem Entsetzen seufzte Ben nur, ging zur Tür und öffnete sie seelenruhig.

Vor der Tür standen zwei Männer und eine Frau.

»Mister Jones, ich bin wirklich froh, Sie heute anzutreffen! Ihr Katz- und Maussspiel der letzten Wochen hat mich viel Zeit gekostet. Glauben Sie bloß nicht, dass es Ihnen irgendetwas gebracht hat. Ihr Vermieter Mister Selensky ist nach wie vor fest entschlossen, die Apartments in diesem Haus zu verkaufen«, sagte einer der Männer ärgerlich. »Darf ich vorstellen – das hier sind Mister Mayer und seine Gattin, sie haben Interesse an Ihrer Wohnung. Wenn Sie nun bitte zur Seite treten, damit ich alles zeigen kann?« Ungeduldig fuchtelte der Mann mit seinem Spazierstock vor Bens Nase herum.

Die Wohnung sollte verkauft werden? Mimi schaute von Ben zu den Fremden und wieder zurück.

Statt die Leute hereinzulassen, baute Ben sich im Türrahmen auf. »Bis jetzt haben Sie mir nur *gesagt*, dass Sie die Wohnung im Namen von Mister Selensky zeigen wollen. Sie könnten also wer weiß was im Schilde führen. Gibt es einen offiziellen Brief meines Vermieters?«

Der Mann schüttelte unwirsch den Kopf. »Was soll der Blödsinn? Sie kennen mich doch, ich bin Immobilienmakler, mein Büro liegt nur ein paar Häuser weiter. Und jetzt...«

»Sie gehen sofort wieder, das ist alles, was *jetzt* passiert!«, unterbrach Ben den Mann. »Makler nennen Sie sich? Für Sie würde mir eine ganz andere Bezeichnung einfallen. Unbescholtene Leute aus ihrer Wohnung zu werfen, schämen Sie sich denn gar nicht?« Bei den letzten Worten kam er dem Mann bedrohlich nahe.

»Ben...« Mimi, die hinter ihn getreten war, legte mahnend eine Hand auf seinen Arm. So aufgewühlt wie er war, sagte oder tat er womöglich Dinge, die er später bereute.

Zu ihrer Erleichterung ging der Makler samt seinen Interessenten davon, versprach aber, am nächsten Tag mit einem Schreiben des Hausbesitzers wiederzukommen.

»Elende Kapitalistenschweine!«, rief Ben ihnen hinterher und knöpfte hektisch seinen Hemdkragen auf, als wollte er sich mehr Luft zum Atmen verschaffen. Als er auch noch die Jacke auszog, fiel ein kleiner Stapel Briefe aus der Tasche.

»Post für dich«, sagte er, während er die Briefe wieder aufsammelte und Mimi reichte. Dann begann er, wie ein eingesperrter Tiger im Zimmer hin- und herzulaufen.

Anton hatte geschrieben, endlich! Allein beim Anblick seiner akkuraten Schrift auf einem der Umschläge klopfte Mimis Herz schneller. Und ein Brief von ihrer Mutter war auch dabei! Einen Moment lang wusste sie nicht, was sie tun sollte – sich ihrer Post widmen oder sich um den aufgewühlten Ben kümmern und nachfragen, was der Besuch des Immobilienmaklers zu bedeuten hatte.

Er schien ihre Unsicherheit zu spüren, denn er sagte leise: »Lies nur. Ich muss eh nachdenken …«

Mimi nickte, dann zog sie sich wieder an den Schreibtisch zurück.

Mimi beschloss, sich Antons Brief für zuletzt aufzuheben, und so öffnete sie zuerst den von ihrer Mutter. Sie seien bei bester Gesundheit, und sie hoffe dies von Mimi ebenfalls, schrieb Amelie Reventlow. Ein paar Sätze weiter unten fragte sie leicht vorwurfsvoll an, ob man damit rechnen könne, dass Mimi zur Feier von Franziskus' achtzigjährigem Geburtstag im Dezember käme. Natürlich!, dachte Mimi indigniert, wie konnte die Mutter daran auch nur zweifeln!

Josefines Brief war der nächste. In Berlin und im Fahrradhandel würde es hoch hergehen, und ihre Tage hatten mal wieder nicht genügend Stunden für all die Aufgaben und Pflichten, aber sie würde alle mit Freude und Tatkraft bewältigen, schrieb die Freundin. Und dass sich in Berlin allmählich wieder eine positive Grundstimmung einstellte, schrieb sie ebenfalls. Sie wünsche sich, dass sich Mimis Träume verwirklichen würden, ob in Amerika oder Deutschland.

Liebe, gute Freundin!, dachte Mimi dankbar. Lächelnd nahm sie den nächsten Brief zur Hand – der von Chrystals Mutter Sonja aus Laichingen stammte! Aufgeregt öffnete Mimi ihn, doch kaum hatte sie mit der Lektüre begonnen, wurde ihr Herz schwer. Jeder Satz, jede Zeile waren gefüllt mit so viel Verbitterung, dass Mimi kaum zu Ende lesen konnte. Natürlich war ihr klar, dass Christels Familie sehr verärgert darüber sein musste, weil die Tochter sich all die Jahre nicht selbst gemeldet hatte. Aber waren sie nicht auch ein klein wenig erleichtert, dass Christel lebte und es ihr so gut ging? Allem Anschein nach nicht…

Bedrückt legte Mimi den Brief zur Seite. Und ihre Stimmung wurde nicht besser, als sie den von Anton öffnete. Es fiel ihr nur ein einziges Blatt entgegen.

Liebe Mimi,

im Frühjahr bist du gegangen, nun ist der Sommer schon lange da, und du bist immer noch nicht zurück. Ich hoffe, es geht dir gut? Hier läuft alles in den gewohnten Bahnen, aber natürlich bemerken wir dein Fehlen tagtäglich. Siegfried Hauser und ich übernehmen weiterhin deine Aufgaben,

und auch unser Grafiker schlägt sich wacker. Aber darf ich
dennoch erfahren, wann du gedenkst heimzukommen? Dann
müsste ich nicht weiterhin raten, wann wir wieder mit dir
rechnen können.

Liebe Grüße, Anton

Stirnrunzelnd ließ Mimi den Brief sinken. Er wollte wissen, wann sie »gedenke heimzukehren«? Was sollte dieser spitze Ton? Kein »Ich vermisse dich«, kein »Ich liebe dich«, und darauf, dass sie Chrystal getroffen hatte, nahm er auch überhaupt nicht Bezug!

Irritiert, verletzt und ratlos zugleich schaute Mimi auf den Stapel Briefe.

Es stimmte – bedingt durch die Druckerei und den Krieg war sie für ihre Verhältnisse in den letzten Jahren ziemlich sesshaft geworden. Doch trotz allem war sie noch eine Wanderfotografin! Und dass sie als solche auf Reisen war, völlig normal. Doch sowohl ihren Eltern als auch Anton schien es sauer aufzustoßen, dass sie nach Amerika gereist war. Ihren Eltern war dies zu verzeihen, aber welches Recht hatte Anton, ihr Vorwürfe zu machen? Sie hatte ihm doch geschrieben, dass sich ihre Rückkehr durch die Biografie verzögern würde! Und hatte sie nicht jahrelang auch allein den Betrieb gestemmt, als er sich freiwillig für den Krieg gemeldet hatte? Sie war bis jetzt gerade mal fünf Monate weg. Dass sie derart in der Druckerei vermisst wurde, glaubte sie nicht. Die Mannschaft war eingespielt, jeder hatte seine Aufgaben, und die ihren waren so überschaubar, dass man sie gut auf die Schultern mehrerer Männer verteilen konnte. Wäre dies nicht der Fall gewesen, wäre sie doch nie aufgebrochen.

Gönnte Anton ihr das Abenteuer Amerika nicht? Ärgerte es ihn dermaßen, dass sie für Christel gearbeitet hatte? Oder rührte sein Unmut daher, dass er sich, weil sie weg war, nicht mehr unablässig in seine Werkstatt verziehen konnte, um Prothesen und Gehhilfen zu schnitzen?

Falls dem so war – was bedeutete sie dann eigentlich für ihn? Und was bedeutete sie sich selbst?

»Ich muss hier raus!«, sagte Ben, als sie in seinem kleinen Bad standen und er sich rasierte, während sie sich ihre Haare neu aufsteckte.

»Wir sind doch schon dabei, uns fertigzumachen«, sagte Mimi leicht gereizt. Ihr war heute eigentlich nicht nach Ausgehen zumute, doch Ben wollte unbedingt herausfinden, wo man Caren Selvig hingebracht hatte. Und bevor sie allein weiter ins Grübeln verfiel, würde sie mit ihm gehen, hatte Mimi beschlossen.

»Das meine ich nicht. Raus aus New York will ich. Ich habe die Stadt so satt! Überall die Spione vom Geheimdienst, die einem einen Maulkorb anlegen wollen, oder schlimmer noch, ins Gefängnis werfen wollen. New York ist nicht mehr die Stadt der Freigeister, sie ist die Stadt des staatlichen Terrors – schau doch nur, was sie mit Caren gemacht haben!«

Mimi gab ein unverbindliches Geräusch von sich. Sie fand New York nach wie vor aufregend und belebend, und sie genoss jeden Tag hier. Den Gedanken, dass sie bald wieder auf die Schwäbische Alb reisen würde, verdrängte sie hingegen lieber.

»Aus meiner Wohnung werde ich auch rausgeworfen, wir kleinen Leute haben hier schon lange nichts mehr zu melden. Heute brauchst du in New York wohl einen Sack voll Geld und musst brav alles gut finden, was die Herren Politiker machen. Dann bist du wohlgelitten!«

»Na ja, ganz so schlimm ist es auch nicht«, warf Mimi ein. »Aber dass dieser Mister Selensky die Wohnung verkaufen möchte, ist natürlich ärgerlich.« Wie schwer war es wohl, in New York eine neue Bleibe zu finden? Ihr Blick wanderte durch die düstere, stets etwas kalte Souterrain-Wohnung. Mit etwas Glück konnte sich Ben bei der Wohnungssuche nur verbessern …

»Ich denke immer öfter an New Mexico«, sagte er unvermittelt, während er sein Rasiermesser über die rechte Wange zog. Statt auf eine Reaktion von Mimi zu warten, sprach er weiter: »Eine Freundin von mir, Mabel Dodge, ist dieses Jahr dorthingezogen. Sie lebt am Rand der Wüste und führt zusammen mit ihrem Mann ein offenes Haus, in das sie Künstler, Schriftsteller und Musiker einladen. Ich sei jederzeit willkommen, hat sie mir erst kürzlich wieder geschrieben. Bisher habe ich an eine solche Reise keinen Gedanken verschwendet, aber nun … Mimi, lass uns losfahren, am besten gleich morgen!« Er strahlte sie so unternehmungslustig an wie ein Kind, das vorschlägt rauszugehen, um Verstecken oder Ball zu spielen.

Mimi warf ihm im Spiegel einen amüsierten Blick zu. »Aber was ist mit deiner Wohnung? Müsstest du die nicht erst auflösen, deine Sachen irgendwo unterstellen und so?«

»Und in der Zwischenzeit nehmen mich die Schergen vom FBI ebenfalls gefangen? Ich sollte wohl wirklich eine Zeit lang untertauchen, ins Gefängnis will ich nämlich nicht.«

Dagegen konnte Mimi nichts sagen. »Wenn ich mich recht an die Karte von Amerika erinnere, liegt New Mexico ziemlich weit von New York entfernt, dort würden diese Leute dich gewiss nicht finden, so viel steht fest. Dennoch – das ist kein Katzensprung, den wir so mir nichts, dir nichts unternehmen könnten! Und selbst wenn – ich muss zurück nach Münsingen.«

»Münsingen … Was willst du dort?«, rief Ben echauffiert.

»Eine Druckerei leiten?« Mimi hob die Brauen und fügte ironisch hinzu: »Du müsstest mal lesen, wie sehr ich im Betrieb vermisst werde …«

»Blödsinn«, wischte Ben ihre Bemerkung weg. »Du bist doch kein Buchhalter oder Fabrikchef. Mimi, du bist Künstlerin, du musst deine Talente ausleben und darfst dich nicht an die Kette legen lassen! Die Wüste ist der perfekte Ort, wo du deine Kriegserinnerungen aufschreiben kannst. Mabel sagt, die Landschaft rund um Taos sei heilig in ihrer Unschuld, unverdorben und ursprünglich. Stell dir nur vor, wir zwei – barfuß am Morgen, unsere Haut benetzt von den ersten Tautropfen des Tages. Zum Frühstück würden wir süße Früchte essen, reif vom Baum, und zum Abendessen deftige Mais- und Bohneneintöpfe. Abends würden wir das Dorf verlassen und bei einer Flasche Wein zuschauen, wie die Sonne tiefrot hinter dem Gebirge verschwindet …« Wie ein Magier seinen Zauberstock schwingt, so malte Benjamin mit seinen Worten Bilder in die Luft.

Doch am Ende waren es nicht nur seine poetischen Beschreibungen, die in Mimi Lust auf ein weiteres Abenteuer aufkommen ließen. Es war vielmehr auch die endlich eingestandene Erkenntnis, dass sie Zeit nur für sich brauchte. Ganz gleich, wie sehr Anton drängelte, ganz gleich, wie ihre ursprünglichen Reisepläne ausgesehen hatten – sie wollte, nein, sie *musste* sich Zeit nehmen für sich selbst. Wie hatte Chrystal es so passend formuliert? Einfach mal innehalten und sich anschauen, wo man steht, was man bisher geleistet hat.

Dies hatte sie, Mimi, schon viel zu lange vor sich hergeschoben. Aber vielleicht sollte sie genau das tun, hier und jetzt. Innehalten und zurückschauen. Und dann überlegen, wie es weitergehen konnte.

21. Kapitel

Rheinhessen, Kreuznach, Oktober 1919

»Lena, ich muss dir etwas sagen.« Abrupt hielt Alexander auf der Straße inne und presste die Lippen aufeinander. Wie sollte er nur anfangen?

Es war ein nebliger Herbstabend, und sie waren auf dem Weg zu seiner ersten Vernissage, seit er sich von Mylo getrennt hatte.

»Vielleicht, dass ich noch nie so schön angezogen war?« Mit herausforderndem Blick drehte sich Lena um ihre eigene Achse. Sie hatte den Mantel geöffnet, und darunter sah man das Kleid aus goldgelbem Taft, das er ihr zur Feier des Tages gekauft hatte. »Sehe ich nicht aus wie eine elegante Französin?« Übertrieben kokett, tätschelte sie ihre Hochsteckfrisur, in der eine Haarnadel aus Strass steckte, ebenfalls ein Geschenk von ihm.

So angespannt Alexander auch war, er musste dennoch angesichts Lenas Lebensfreude lächeln.

»So schöne Französinnen wie dich gibt es gar nicht!«, rief er aus vollstem Herzen. Wie ihre Wangen vor Aufregung leuchteten! Und wie schön das Goldgelb mit ihrem Teint korrespondierte.

Ach, hätte er das Leben nur auch so unbeschwert nehmen können wie Lena, dachte er sehnsüchtig. Seine Neigung zur Schwermut hatte zwar nachgelassen, seit er so viel Zeit mit Lena verbringen durfte, dennoch gab es immer noch Momente, in denen er vor Anspannung und Angst fast innerlich zerrissen wurde. So wie jetzt. Am liebsten hätte er auf der Stelle kehrtgemacht und wäre heimgegangen.

»Es geht um die Vernissage. Wenn wir dort ankommen… Lena… Ich weiß, ich hätte es dir schon längst sagen sollen, aber…« Hilflos strich sich Alexander eine Haarsträhne aus der Stirn. »Ich bin als Maler nicht so unbekannt, wie ich vorgegeben habe. Vielmehr kennt man mich und meine Bilder in der Kunstszene. Du solltest also nicht zu erstaunt sein, wenn die Leute auf mich… zuströmen.«

»Auf was für Ideen kommst du denn? Dass man dich kennt, weiß ich doch, du Lieber.« Sie trat an ihn heran, stellte sich auf Zehenspitzen und küsste ihn auf den Mund. »Meine Familie und mein Chef kommen, dein Vermieter kommt, und wahrscheinlich kommen auch ziemlich viele Leute, die schon eins deiner Aquarelle besitzen. Ist doch klar, dass sie dich alle begrüßen wollen. Und jetzt komm auch du! Wenn Felix Hessweiler schon eine Ausstellung für dich ausrichtet, sollten wir ihn nicht warten lassen.« Sie reichte ihm einladend ihre rechte Hand.

Alexander ergriff sie, blieb aber weiter stehen. »Lena! Da ist noch was – es kann gut sein, dass manche Leute mich mit meinem Künstlernamen ansprechen. Paon, so nannte man mich früher…« O Gott, er kam sich so dämlich vor!

»Paon?« Lena lachte schallend los. »*Pfau?* Was um alles in der Welt hast du denn getan, um zu solch einem Spitznamen zu kommen?«

»Das ist eine lange Geschichte«, sagte er kläglich, dann gingen sie weiter. Vielleicht erschien ja nur eine Handvoll Leute? Dann hatte er sich zwar vor Lena zum Affen gemacht von wegen »man kennt mich«. Aber wenigstens würde dann zwischen ihnen alles bleiben, wie es war.

Alexanders – oder besser gesagt Paons – Hoffnung wurde nicht erfüllt. Felix Hessweiler hatte nicht nur die werte Kreuznacher Bürgerschaft und die kunstinteressierten französischen Generäle mobilisiert, sondern auch Kunstliebhaber aus allen Himmelsrichtungen. Es waren Kunden aus Frankfurt da, aus Mainz und aus Koblenz. Aus Mannheim war ein Ehepaar angereist, und sogar Stuttgarter Kunstkenner waren gekommen. Alle wollten ein paar Worte mit Paon, dem so lange verschollenen Wunderkind der Malerei, wechseln! Lena und Alexander waren noch nicht ganz zur Tür hinein, als sogleich eine groß gewachsene Dame auf ihn zustürmte. »Paon, allerliebster Paon! Was bin ich froh, Sie endlich wiedergefunden zu haben. Ihre Madonnen… Sie machen mich sprachlos. Eine solche Ausdruckskraft! Diese bildhafte Sprache eines jeden Gemäldes, und dann die Farben! Sie…« Während die Frau weiter ohne Punkt und Komma Alexanders Bilder lobte, überlegte er krampfhaft, woher er sie kannte. Gleichzeitig spürte er Lenas Blick auf sich, der immer fragender wurde. Mehr noch, er merkte, wie sich ihr Körper versteifte, als wollte sie sich nicht nur von dem Redeschwall der Frau – sie hieß

Susanne Morgental und wohnte am Bodensee, fiel ihm schlagartig ein – distanzieren, sondern auch von ihm.

Verdammt! All die Monate hatte er Zeit gehabt, Lena von seiner Vergangenheit zu erzählen. Aus lauter Feigheit hatte er jedoch bis heute geschwiegen. Es war klar, dass seine auf dem Herweg gestammelten Worte sie nicht ausreichend auf diesen… Hexenkessel hatten vorbereiten können!

Susanne Morgental hängte sich besitzergreifend bei ihm ein. »Liebster Paon, verzeihen Sie mir – aber ich *muss* die Chance ergreifen und Sie noch mal auf mein Herzensprojekt ansprechen –, wollen Sie mich nicht doch in meinem Haus am Bodensee besuchen und die Entstehungsgeschichte der Welt als Deckenfresko verwirklichen?«

»Ich…« Alexander spürte einen Windhauch neben sich und sah, wie Lena sich auf dem Absatz umdrehte und davonging. »Lena, bleib hier, bitte!«, rief er fast panisch. Im selben Moment kam der Galerist auf ihn zu, beide Hände besitzergreifend nach ihm ausgestreckt.

»Herr Schubert! Oder darf ich an diesem einen Abend auch Paon zu ihnen sagen? Alle sind gekommen, ist das nicht fantastisch?«

Alexander nickte. »Lena!«, rief er erneut, doch wie sehr er sich auch nach ihr umschaute, es gelang ihm nicht, sie in der Menge zu entdecken. Verzweiflung stieg in ihm auf. Er hatte sie verloren, und das nicht nur wortwörtlich. Er hatte den wichtigsten und liebsten Menschen in seinem ganzen Leben verloren…

»Bestimmt ist Ihre Freundin gleich wieder hier«, versuchte der Galeriebesitzer, der Alexanders Not zu spüren schien, ihn zu beschwichtigen. »Wenn es Ihnen

recht wäre, würde ich jetzt ein paar Worte zur Begrüßung an unsere Gäste richten? Danach wäre dann Ihr
Grußwort an der Reihe. Und anschließend wird der Sekt
ausgeschenkt! Gnädige Frau, Sie entschuldigen ... « Felix
Hessweiler warf Susanne Morgental einen bittenden
Blick zu, dann steuerte er Alexander mit sicherer Hand
einmal quer durch den Raum, wo er ein kleines, erhöh-
tes Podest aufgebaut hatte.

In den nächsten Stunden kam es Alexander so vor, als
wäre er in die Strudel eines Orkans geraten. Und alles
war wie früher. Von einem Moment zum andern war er
wieder das berühmte Wunderkind der Malerei, in dessen
Glanz sich alle sonnen wollten. Und wie früher parlierte
Alexander hier, lächelte da und wehrte dort Fragen nach
seinem Privatleben ab. Zu seiner Erleichterung sah er
Lena im Kreis ihrer Familie am Rand stehen, alle schauten mehr oder weniger bedröppelt drein. Am liebsten
wäre Alexander zu den Enders gelaufen und hätte versucht, ihnen alles erklärt. Doch das war unmöglich. Und
so konnte er nur hoffen, dass Lena ihm später die Gelegenheit geben würde, sich zu erklären.

Die Madonnenbilder waren nicht nur das Gesprächs-
thema in Lenas Familie, sondern würden es in der gesam-
ten Kunstwelt, dank der ebenfalls angereisten Journalisten, auch über den Abend hinaus sein. Die Madonnen
erinnerten an die impressionistischen Gemälde eines
Paul Gauguin, meinte ein französischer General. Blödsinn!, widersprach ein anderer Kunstkenner, wenn schon,
dann erkenne man in Alexanders Bildern einen höchst
wahrhaftigen Nach-Impressionismus, der an einen noch
nie dagewesenen Primitivismus grenzte.

Ismus… Ismus… Ismus…, dröhnte es in Alexanders Ohren, während er mit unergründlicher Miene den auf sein Werk gesungenen Lobeshymnen lauschte. »Eine Hommage an die Mütter der Welt!«

»Die Antithese zum Biblizismus!«

»Eine Moderne, auf die wir nach dem Krieg so sehnsüchtig gewartet haben!«

Wenn Mylo das erleben würde, schoss es Alexander durch den Kopf. Was hatte er für eine Angst gehabt, ohne seinen Mäzen als Niemand in der Versenkung zu verschwinden! Doch scheinbar konnte er ganz gut auf eigenen Beinen stehen.

Der Sekt in den Gläsern der Gäste war noch nicht ausgetrunken, als schon auf jedem Bild ein VERKAUFT-Schild prangte – jeder wollte eine Madonna von Paon haben. Gäste, die sich nicht so schnell für ein Gemälde hatten entscheiden können, waren fassungslos. Sollten sie wirklich leer ausgehen? Hilflos sah Alexander zu, wie sich die feinen Leute der Gesellschaft vor seinen Gemälden fast darum stritten, wer zuerst ein Kaufangebot gemacht hatte und demnach das Bild bekam.

»Wir hätten über Kunstdrucke nachdenken sollen«, raunte Felix Hessweiler Alexander atemlos zu. »Vielleicht kann der Kreuznacher Fotograf Ihre Gemälde später am Abend wenigstens noch fotografieren, und wir lassen Postkarten davon drucken, was meinen Sie?«

In Alexanders Kopf begann es gefährlich zu summen, und einen Moment lang hatte er Angst, ohnmächtig zu werden. Goethes Ballade vom Zauberlehrling fiel ihm ein… »Die ich rief, die Geister werd ich nun nicht los…«

Aus dem Augenwinkel sah er, dass Lenas Familie den Raum verließ.

Ruhm, Reichtum, Anerkennung. Die Gunst der feinen Gesellschaft und der Kunstwelt. All das war nichts wert, wenn er darüber das Wichtigste verlor, was ein Mann besitzen konnte: die Liebe einer Frau.

»Entschuldigen Sie, aber ich muss kurz weg!«, sagte er zu Felix Hessweiler, dann bahnte er sich hastig und mit einem aufgesetzten Lächeln seinen Weg durch die Menge, ohne auch nur einmal stehen zu bleiben.

Im Vorraum der Galerie war die Familie Enders dabei, sich von der extra für diesen Abend engagierten Garderobenfrau ihre Mäntel und Schals geben zu lassen.

»Den schwarzen Mantel auch!«, wies Alexander die Garderobenfrau herrisch an, ohne sich um die fragenden Blicke von Lena, ihren Eltern und Geschwistern zu kümmern.

»Was soll das – du kannst doch nicht einfach gehen«, sagte Lena verdutzt und ärgerlich zugleich.

»Und ob ich das kann«, antwortete Alexander bestimmt. »Ich komme mit!«

Keine halbe Stunde später saßen sie rund um den Küchentisch der Familie Enders. Bei ihrer Ankunft hatte noch ein Feuer im Ofen gebrannt, und so kochte Hilde Enders eine große Kanne Tee für alle.

»Warum hast du mir nicht gesagt, dass du so berühmt bist?«, fuhr Lena Alexander an, während der tröstliche Duft von aufgebrühten Pfefferminzblättern den Raum erfüllte. »Ich bin mir vorhin vorgekommen wie eine Idiotin!«

»Lena«, sagte ihre Mutter mahnend. »So spricht man nicht.«

»Ich habe auf dem Hinweg doch versucht, dir zu sagen, dass ich berühmt bin.« Alexander hielt den Blick gesenkt, er wagte nicht, der Familie, die er so in sein Herz geschlossen hatte, in die Augen zu sehen. Dennoch spürte er, wie ihn alle vorwurfsvoll anschauten.

»Und was ist mit der ganzen Zeit davor?«, fauchte Lena. Sie schlug sich mit der flachen Hand auf die Stirn. »O Gott! Und ich habe noch zu dir gesagt, du sollst bei deinen Bildern nicht über den Rand hinausmalen! Ich komme mir so blöd vor...« Ihre Stimme brach, Tränen schossen ihr in die Augen.

Alexander, der Lena noch nie anders als fröhlich gesehen hatte, erschrak bis ins Mark. »Lena... Bitte weine nicht!«

»Wenn du so berühmt bist, frag ich mich, was du bei uns einfachen Leuten überhaupt willst«, sagte nun auch Martin Enders.

»Martin, jetzt reicht's aber!«, schimpfte Hilde Enders. »Könnt ihr euch denn nicht vorstellen, dass es Alexander vielleicht peinlich ist, so ein bekannter Mann zu sein? Hätte er damit prahlen sollen? Seid doch froh, dass er kein Angeber ist, der Bub!« Gütig lächelnd schenkte sie ihm Tee ein.

Mutterliebe. Verzeihend und großherzig. Es hätte nicht viel gefehlt, und Alexander wären ebenfalls Tränen in die Augen gestiegen.

»Wenn du so reich bist, kaufst du mir dann eine neue Schiefertafel? An meiner ist eine Ecke abgesplittert«, sagte Bella, das Nesthäkchen der Familie, das vor einigen Wochen in die Schule gekommen war. »Und einen neuen Griffel könnt ich auch gebrauchen, meiner ist schon so klein und abgenutzt.«

Die ganze Tischrunde brach in ein befreiendes Lachen aus.

»Klar kriegst du eine neue Schultafel und einen Griffel!«, sagte Alexander und zupfte Bella liebevoll am Zopf.

»Auf den Schreck muss ich immer erst mal was essen.« Hilde Enders stellte einen großen Teller mit Butterbroten auf den Tisch. »Greift zu!«

»Ich verstehe immer noch nicht ganz, warum du mir nicht gleich bei unserem Kennenlernen reinen Wein darüber eingeschenkt hast, dass du bekannt und berühmt bist«, sagte Lena später am Abend, als sie Alexander auf dem Heimweg ein Stück begleitete.

»Ich hatte eigentlich vor, diesen Teil meines Lebens hinter mir zu lassen.« Hilflos zuckte er mit den Schultern. »Und dann, als Felix Hessweiler mit der Idee einer Vernissage daherkam ... Da habe ich öfter vorgehabt, dir die Wahrheit zu sagen, das musst du mir glauben. Aber irgendwie war nie der richtige Zeitpunkt, oder es kam was dazwischen. Wenn ich ehrlich bin, hatte ich Angst, dass du mich nicht mehr lieben würdest, wenn du Bescheid weißt.« Er schaute sie flehentlich an. »Liebst du mich noch?«

Sie runzelte die Stirn. »Was glaubst denn du? Dass ich meine Liebe davon abhängig mache, ob einer reich oder arm ist? Mir geht es um den Menschen, Alexander! Alles andere ist mir egal. Mir ist jedoch nicht egal, wenn man mich anlügt oder für dumm verkauft. Ich bin vielleicht nur ein einfaches Salinenmädel, und so viel rumgekommen wie du bin ich auch nicht. Aber dass man ehrlich zu mir ist, das habe ich schon verdient, oder was meinst du?« Sie schüttelte traurig den Kopf, dann drehte sie um und wurde gleich darauf vom Nebel verschluckt.

Dumpf brütend, saß Alexander auf seinem Bett. Es war zwölf Uhr nachts. Vor zwei Stunden hatte Lena ihn stehen lassen. In der Galerie hatte er nicht mehr vorbeigeschaut. Wahrscheinlich war Frank Hessweiler furchtbar wütend und enttäuscht von ihm.

Was auch immer er anpackte, endete in einem Fiasko, dachte Alexander wütend und verzweifelt zugleich. Der liebe Gott hatte ihm zwar die Gabe der Malerei geschenkt, aber wenn es ums menschliche Miteinander ging, war er wohl leer ausgegangen.

Nun würde seine Karriere einen weiteren Höhenflug erleben. Seine Madonnen waren in aller Munde und würden im Laufe der Zeit immer mehr Geld wert sein, was wiederum seinen Ruf als Maler stärkte. Aber Lena hatte er verloren. Und was genauso schlimm war: Seine Madonnen waren eine Farce und er ein Betrüger! Welcher Teufel hatte ihn geritten, eine »Hommage an die Mütter der Welt« zu malen, wo er seine eigene Mutter seit Jahren nicht mehr gesehen hatte?

In dieser Nacht tat Alexander kein Auge zu. Er haderte mit sich. Er litt an sich, Gott und der Welt. Doch als der Morgen erwachte, erwachte auch ein Kämpfergeist in ihm, von dem er nicht gewusst hatte, dass er ihn besaß.

Vielleicht war er der größte Scheinheilige von allen, wenn es um seine Madonnen ging. Aber was Lena anging, würde er das einzig Richtige machen: Er würde zu ihr gehen und sie auf Knien um Verzeihung bitten für seine Feigheit und Dummheit – nichts anderes verbarg sich hinter seinem langen Schweigen. Und dann, wenn sie es zuließ, würde er ihr von seinem alten Leben erzählen und davon, wie er seine Familie verstoßen hatte.

22. Kapitel

Nachdem Alexander diesen Entschluss gefasst hatte, schöpfte er neue Kraft. Er wechselte seine Kleidung, wusch und rasierte sich, und zu seiner eigenen Verwunderung brachte er sogar ein kleines Frühstück hinunter. Der Nebel hatte sich gelichtet, die Sonne schien, es war ein goldener, warmer Oktobertag, was er für ein gutes Zeichen ansah.

Immer wieder ging Alexander im Kopf Sätze durch, die er Lena sagen wollte. Keiner erschien ihm ehrlich und wahrhaftig genug. Denn wenn er eins nicht wollte, dann sich in einem beschönigenden Licht darzustellen oder gar als Opfer irgendwelcher Umstände. Dass er kein solches Opfer war, hatte seine Mutter ihm immer wieder eingetrichtert. Indem er Lena die Wahrheit erzählte über sich und seine Ambitionen, würde er auch seine Mutter ehren. Ein Anfang, immerhin.

Wann immer Alexander auf die Uhr schaute, hatte er das Gefühl, dass deren Zeiger heute mit dickflüssigem Honig übergossen zu sein schienen. Verflixt, bis zu Lenas Feierabend waren es noch fast sieben Stunden! Bis dahin würde er entweder völlig durchdrehen, oder der Mut würde ihn verlassen, oder was auch immer!

Und so stürmte er um Punkt zwölf in den Laden des Herrenausstatters. »Ein familiärer Notfall! Ich muss Ihnen leider Lena für den Rest des Tages entführen!«, rief er einem verdutzten Frank Meinhard zu. »Lena, kommst du bitte?«

Lena, die trotz ihres jugendlichen Alters eine kluge Frau war, sah seinen flehentlichen Blick. Sie stellte keine Fragen, sondern lächelte ihrem Chef entschuldigend zu. Dann lief sie nach hinten, schnappte Mantel und Handtasche und folgte Alexander. Einen solchen Auftritt legte er nicht umsonst hin, das wusste sie.

Alexander führte Lena ans Ufer der Nahe. Die Bank, auf der sie saßen, war von der Oktobersonne gewärmt. Vielleicht half ihm diese Wärme, vielleicht schöpfte er die Kraft auch allein aus seinem tiefsten Innern. Jedenfalls erzählte er Lena alles, oder zumindest fast alles aus seiner Vergangenheit. Wie die Fotografin Mimi Reventlow sein Talent erkannt und sich für ihn eingesetzt hatte. Wie er dank ihr zur Stuttgarter Kunstschule gekommen war. Wie er, der bettelarme Außenseiter, die Aufmerksamkeit des wichtigsten Lehrers bekommen hatte. Und dass dieser eine Art Vaterersatz oder zumindest väterlicher Freund für ihn geworden war.

Er erzählte Lena, wie er zu Mylo ins Haus gezogen war und wie er seinem Ehrgeiz alles geopfert hatte: seine Freundschaft zu Anton, seine Familienbande. Zu willig hatte er Mylo geglaubt, der ihm immer wieder eintrichterte, dass er nur erfolgreich sein könne, wenn er sich von seiner Vergangenheit lossagte.

An dieser Stelle legte Lena heftigen Protest ein. So etwas Dummes hatte sie ja noch nie gehört! Was für ein schrecklich erbarmungsloser Mensch war dieser Mylo nur?

Alexander lächelte müde und erwiderte, dass er Mylo gewiss in nichts nachgestanden habe. Es war schließlich seine Entscheidung gewesen, Mylos Worten zu folgen. Er hätte sich jederzeit gegen seinen Förderer stellen und seinen eigenen Weg gehen können. Genau das hatte er jedoch nicht getan, aus lauter Angst, dass seine Karriere dann beendet gewesen wäre, noch bevor sie richtig angefangen hatte.

»Du warst ein Jugendlicher, ein Kind noch!«, rief Lena. »Er jedoch war dein Lehrer, ein erwachsener Mann. Wahrscheinlich wollte er dich ganz für sich allein haben und hat dich deshalb deiner Familie entfremdet. Er ist ganz sicher kein guter Mensch. Und du warst ihm ausgeliefert.« Mitleid schwang in ihrer Stimme mit.

Mitleid, das er nicht verdient hatte. Und so erzählte Alexander auch noch von den Kriegsjahren und davon, wie er als Schlachtenmaler am Krieg verdient hatte.

Lenas Blick verdunkelte sich, er spürte, wie ihr Mitgefühl ihm gegenüber schwand, und seine Scham wurde größer und größer. »Ich bin kein guter Mensch, Lena! Vielleicht bin ich ein genauso großer Egoist, wie mein Vater einer war. Er nahm sich das Einzige, was er besaß – sein Leben. Ich hingegen nahm mir alles *vom* Leben, und das ohne Rücksicht auf Verluste!« Verzweifelt schüttelte er den Kopf. »Erst seit ich dich kenne, Lena, ist mir bewusst geworden, dass es nichts Wichtigeres im Leben gibt als die Familie und die Liebe. Aber ich habe meine eigene Familie auf dem Altar der Eitelkeit und Karriere geopfert. Nun bete ich zu Gott, dass es mir mit deiner Liebe nicht genauso ergeht!« Es war bestimmt alles aus und vorbei, dachte er voller Kummer, und in dem Moment verschwand die Sonne hinter einem Baum, als wollte selbst sie ihn nicht mehr sehen. Nie und nimmer würde Lena weiterhin mit ihm zusammen sein wollen, nachdem sie nun die Wahrheit über ihn wusste.

»Du hattest sehr bewegte Jahre und hast mehr Erfahrungen gesammelt als manch einer in seinem ganzen Leben«, sagte Lena, ohne auf seine letzte Bemerkung einzugehen. Sie sprach so stockend, als müsse sie all die Informationen erst in ihrem Kopf sortieren und einordnen. »Dagegen ist mein Leben hier in Kreuznach richtig langweilig, auch wenn es mir bisher nie so vorgekommen ist.«

»Aber du…«, hob Alexander an, doch Lena stoppte ihn mit einer Bewegung ihrer rechten Hand.

»Nun bin ich an der Reihe. Ich habe vielleicht nicht so viel erlebt wie du, hab nur mein kleines Leben hier…«

An dieser Stelle wollte Alexander schon wieder protestieren. Doch Lenas strenger Blick ließ ihn schweigen.

»Aber wenn ich *eines* weiß, dann ist es die Tatsache, dass das Leben dazu da ist, gelebt zu werden. Es ehrt dich, dass du so kritisch auf deine Vergangenheit zurückschaust. Und es ist auch mutig, dass du mir so schonungslos davon erzählst. Aber wo gehobelt wird, fallen nun mal Späne. Und wer sein Leben in so vollen Zügen lebt wie du, macht eben auch mal Fehler. Was bringt es, wenn du dich noch jahrelang deswegen zerfleischst? Ist das Leben nicht viel zu schön dafür? Und gibt der liebe Gott uns nicht jeden Tag die Chance, ein guter Mensch zu sein?«

Alexander schwieg. Wenn das so einfach wäre, dachte er.

»Ich finde nicht alles gut, was du getan hast, im Gegenteil«, fuhr Lena fort. »An der einen oder anderen

Stelle hätte ich dir am liebsten eine Ohrfeige verpasst, so wütend war ich allein beim Zuhören!« Sie gab ihm einen scherzhaften Schubs, und Alexander sah erleichtert, dass dabei noch immer Zuneigung in ihren Augen aufblitzte.

»Kannst du mir denn verzeihen, dass ich bisher über meine Vergangenheit geschwiegen habe?«, fragte er zaghaft.

Lena machte eine wegwerfende Handbewegung. »Das habe ich doch längst. Welchen Sinn ergibt es, irgendeinen Groll zu hegen? Und du selbst solltest dir auch endlich verzeihen! Das Wichtigste ist doch, dass du deine Fehler bereust. Außerdem hast du gewiss nicht vor, sie zu wiederholen, oder?« Sie schaute ihn fragend an.

Alexander runzelte die Stirn. »Natürlich nicht. Dennoch bin und bleibe ich der Schuft, der seine Familie verstoßen hat.«

»Jetzt übertreib mal nicht«, maßregelte Lena ihn streng. »Immerhin hast du deine Familie all die Jahre finanziell unterstützt. Und geschrieben habt ihr euch auch hin und wieder. Beides war für die Deinen in den schlimmen Kriegsjahren bestimmt eine große Hilfe! Und jetzt gilt es, nach vorn zu schauen.«

Nach vorn schauen – bei seiner Vergangenheit? Alexander schwieg, den Blick auf die Nahe gerichtet, in deren trägem Fluss gerade ein paar alte Bretter davongetragen wurden. Eins davon krachte auf ein paar größere Steinbrocken und zerschellte. Wenn nur seine Sünden genauso leicht weggeschwemmt würden, dachte er sehnsüchtig. Aber so einfach war das nicht. Freigekauft hatte er sich all die Jahre! Ein paar Geldscheine in einen Umschlag stopfen, das konnte doch wirklich jeder und …

»Ich finde, du solltest hinfahren.«

Er schaute auf. »Ich soll was?«

»Du hast mich schon verstanden. Fahr nach Laichingen und erzähl deiner Mutter das, was du mir erzählt hast. Bitte sie um Verzeihung. Ich bin mir sicher, sie wird überglücklich sein und dich in ihre Arme schließen.«

Nun, da war sich Alexander nicht so sicher. Eveline war im Laufe ihres Lebens eine harte Frau geworden. »Nach all den Jahren soll ich dort einfach so auftauchen, als wäre nichts gewesen?«, murmelte er vor sich hin. Er schaute Lena an. »Ich glaub, meine Mutter würde mich hochkant rauswerfen!« Zum ersten Mal an diesem Tag musste er lächeln. Eveline konnte so wütend werden!

»Papperlapapp! Eine Mutter verzeiht ihren Kindern fast alles«, erwiderte Lena im Brustton der Überzeugung.

Alexander schwieg. Der Gedanke, seine Familie zu besuchen, war ihm in letzter Zeit schon öfter gekommen. Aber die Vorstellung war so furchterregend, dass er sie immer wieder hatte fallenlassen.

»Würdest du denn mitkommen?«, fragte er leise.

»Warum nicht? Wenn Herr Meinhardt mir Urlaub gibt? Ich war noch nie weg von Kreuznach, eine Reise wäre bestimmt sehr aufregend. Dann hätte ich hinterher endlich auch mal was zu erzählen«, fügte sie leicht spöttisch hinzu.

Alexander hatte das Gefühl, als fielen ihm tausend Wackersteine vom Herz. Sie war ihm nicht mehr böse! Mehr noch, sie wollte mit ihm zusammenbleiben! Mit Lena an seiner Seite verlor der Gedanke an die Schwäbische Alb schlagartig seinen Schrecken.

»Aber... wann würden wir denn reisen?«, sagte er mehr zu sich als zu ihr.

»Wie wäre es an Weihnachten?«, antwortete Lena und nahm seine Hand. »Erstens ist da das Geschäft zu, und ich habe frei. Und zweitens sind die Herzen der Menschen an Weihnachten immer ein bisschen offener als zu anderen Zeiten. Das kann nicht schaden, oder?«

Alexander nickte nachdenklich. Weihnachten zu Hause... Ganz gleich, wie arm sie gewesen waren, Eveline hatte immer einen kleinen Baum geschmückt. Wehe, eins der Kinder hatte es gewagt, eine Glaskugel oder einen der Engel anzufassen! Lebkuchen hatten sie gebacken, und jeden Abend durften Alexander und seine Geschwister in die Schale mit den getrockneten Apfelringen und den kleinen verrunzelten Pflaumen greifen – mehr Süßigkeiten gab es nicht. Und wenn es dann geschneit hatte und im Ofen ein lauschiges Feuer brannte, dann war fast so etwas wie Gemütlichkeit bei ihnen aufgekommen.

Alexander schaute Lena an, dann drückte er ihre Hand, als würde er einen Vertrag besiegeln. »Ich schreib meiner Mutter noch heute und kündige unseren Besuch an.«

*

Münsingen, im Oktober 1919

Das gebundene Buch mit den Hochglanzseiten war fast quadratisch und lag schwer auf Antons Schoß. Fassungslos blätterte er eine Seite nach der andern um.

Christel in siegreicher Pose vor einem Flugzeug. Christel in einer bodenlangen Robe vor dem Meer. Christel, die gedankenverloren ihren deutschen Ausweis betrachtet. Christel, Christel, Christel…

Hier und da las er ein Stück vom Text.

… und nur selten wird es ein junges Mädchen geben mit so viel Mut und Tatkraft, wie die junge Chrystal Kahla bewiesen hat…

Tatkraft, mit seinem Geld abzuhauen, ja, die hatte sie wahrlich gehabt!

… dass New York nicht ihre Stadt ist, spürte die junge Frau schnell. Die meisten Auswanderer wären an ihrer Stelle dennoch geblieben und hätten ihr Glück in New York wenigstens versucht. Doch dagegen sprach Christels großer Traum, Schauspielerin zu werden…

… dass aller Anfang schwer ist, hatte Christel schon in ihrer alten Heimat erfahren. Doch wie schwer man es als junge Frau hatte, die allein auf eigenen Beinen stehen wollte – das erfuhr sie erst in Hollywood…

»Verdammt«, murmelte Anton vor sich hin. Wann hatte Christel es denn wirklich jemals schwer gehabt? Mit ihrer Schönheit war es ihr doch schon immer gelungen, die Leute zu umgarnen, selbst er war ihr auf den Leim gegangen.

Das sollte eine Biografie sein? So wie er Christel kannte, bestand das ganze Buch aus einer einzigen Aneinanderreihung von Lügenmärchen, die mit der Wahrheit nichts zu tun hatten. Nicht dass er etwas anderes von seiner Jugendliebe erwartet hätte. Aber dass Mimi auf sie hereinfiel und jeden Bären, den diese ihr aufband, getreulich niederschrieb – das schlug dem Fass den Boden aus!

Abrupt legte er das Buch fort. Wenn er sich noch weiter damit beschäftigte, musste er sich womöglich übergeben! Schon jetzt war ihm ganz schlecht, und so stand er auf, ging zur Anrichte und schenkte sich einen großzügigen Schnaps ein.

Jetzt, Mitte Oktober, war es draußen vor dem Fenster schon dunkel, dabei hatte die Uhr noch nicht einmal sieben geschlagen. Der Tag in der Druckerei war lang und anstrengend gewesen, es hatte Ärger gegeben mit einem Kunden und Diskussionen mit seinen Männern obendrein. Statt froh zu sein, dass sie einige Großaufträge bekommen hatten, murrten sie über die zusätzliche Samstagsarbeit. Am Ende hatten sie eingewilligt, aber nur, weil er, Anton, versprochen hatte, auf den regulären Stundenlohn noch etwas draufzulegen. Bei Mimi hätten sie bestimmt zum normalen Lohn auch samstags gearbeitet, dachte er und spürte, wie sein Unmut weiterwuchs.

Er hätte Mimi so gut hier gebrauchen können! Stattdessen schwirrte sie in der Weltgeschichte herum und schrieb Lügenmärchen auf, die dann als »Biografie einer außergewöhnlichen Frau« verkauft wurden. Er hätte den Leuten sagen können, was an Christel außergewöhnlich war – das Weib ging über Leichen, so sah das aus!

Und allem Anschein nach war seine Mimi auch nicht besser ... Anstatt nach Hause zu kommen, ging sie allen möglichen Launen nach.

Sein Blick fiel auf den Brief, der vor drei Wochen gekommen war und den er gegen die Schnapsflasche gelehnt hatte. Mimi hatte ihn zu einer Zeit geschrieben, wo er sie schon auf dem Überseedampfer Richtung Europa wähnte. Stattdessen stand auf dem Absender ein Ort namens Taos. Sie sei nach New Mexico in eine Künstlerkolonie gereist und würde dort, in der Ruhe und Abgeschiedenheit der Wüste, ihre Kriegserinnerungen niederschreiben. Als Anton das gelesen hatte, war er aus allen Wolken gefallen. Künstlerkolonie? Wüste, Ruhe und Abgeschiedenheit? War die Schwäbische Alb etwa nicht ruhig genug? Und überhaupt – wie oft wollte Mimi ihren Aufenthalt in Amerika noch verlängern? Hatte sie denn gar keine Sehnsucht nach ihm? Und was war mit der Druckerei? War die plötzlich nicht mehr wichtig?

»Jetzt reg dich nicht so auf«, hatte Lutz gemeint, als er ihm und Bernadette beim wöchentlichen Stammtisch im Fuchsen von Mimis Brief erzählte. »Dann ist sie halt noch zwei, drei Monate länger weg. Du schmeißt den Laden inzwischen doch im Schlaf. Und wenn Mimi heimkommt, wird's umso schöner.« *Stell dich nicht so an!*, hatte Anton aus den Worten seines Freundes herausgehört. Sicher, der degradierte Kommandant des Soldatenlagers hatte im Moment ganz andere Sorgen – keiner wusste, wie es mit dem Truppenübungsplatz weiterging. Aber galten seine, Antons, Gefühle deshalb nichts? Außerdem – Lutz schlief jede Nacht neben seiner Frau ein. Anton hatte niemanden, der ihm den Rücken wärmte.

Ein »Stell dich nicht so an!« war dann auch noch von Bernadette gekommen, die schmallippig sagte, sie fände es gut, dass Mimi aufschrieb, wie die Frauen an der Heimatfront ihren ganz persönlichen Krieg geführt hatten. Und dass Mimi in jenen Jahren schließlich auch alles allein hatte hinbekommen müssen.

Als ob man das miteinander vergleichen konnte! Aber so war Bernadette nun mal – kein bisschen Mitgefühl. Und seit sie Bürgermeisterin war, war sie noch hochnäsiger geworden, dachte Anton. Es wunderte ihn, dass Mimi und sie Freundinnen waren.

Anton kippte den Schnaps auf einmal hinunter und schenkte sich einen weiteren ein, den er mit an den Tisch nahm.

»Das Ende der Stille« – wer war nur auf diesen dummen Buchtitel gekommen?, dachte er abfällig, während er das Buch wieder zu den anderen in die Kiste packte. Christel hätte der Stille jederzeit ein Ende bereiten können! Aber sie hatte ja lieber geschwiegen.

Und schwer war das Zeug auch noch, fiel ihm auf, als er die Kiste in den Keller trug. Wenn Mimi heimkam, konnte sie damit machen, was sie wollte – er wollte die Bücher jedenfalls nicht täglich vor Augen haben.

Als er schnaufend wieder die Treppe heraufkam, fiel sein Blick auf einen kleinen Stapel Briefe, den er vorhin aus dem Briefkasten geholt und auf das schmale Brett an der Garderobe gelegt hatte. Mürrisch schnappte er sich alle und blätterte sie kurz durch. Wie sehr hatte er sich im Krieg über jede Postkarte und jeden Brief von Mimi gefreut! Dieser Tage öffnete er sie jedoch mit gemischten Gefühlen. Fast war er froh, dass von ihr keiner dabei war.

Ach Mimi, wir waren doch so ein tolles Paar, dachte Anton verzweifelt und wütend zugleich. Doch im nächsten Moment waren die trüben Gedanken verflogen.

Seine Miene hellte sich auf wie den ganzen Tag noch nicht.

Theresa Power hatte geschrieben!

Eilig ging Anton in die Küche zurück und machte es sich mit Theresas Brief bequem.

London, im Oktober 1919

Lieber Anton,

ich hoffe, es geht dir gut? Ist bei euch auch über Nacht der Herbst gekommen? Gerade noch haben wir im Hyde Park Schlange gestanden, um ein Eis zu kaufen, und nun müssen wir schon die dicken Jacken und Regenschirme herausholen.

Anton grinste. Dass es in London ziemlich viel regnete, hatte er aus den letzten Briefen von Theresa schon erfahren.

Als im Juni ihr erster Brief eintraf, war er sehr erstaunt gewesen. Er dachte zwar noch sehr oft an die ungewöhnliche Bildhauerin, die er im Krieg unter mindestens ebenso ungewöhnlichen Bedingungen kennengelernt hatte. Aber dass sie jemals wieder miteinander zu tun haben würden, hätte er nicht geglaubt. Umso mehr hatte er sich über Theresas Lebenszeichen gefreut, auch wenn sie nur wenige Zeilen schrieb – sie wollte zunächst herausfinden, ob die Adresse, die sie von ihm hatte, noch stimmte.

Und ob die Adresse noch stimmte, hatte er beim Lesen gedacht, er war ja quasi in Münsingen angekettet!

Er hatte Theresa sofort geantwortet, und seitdem schrieben sie sich regelmäßig. Theresas Mann, der Earl, war im Januar an einer Lungenentzündung gestorben. Was für eine Tragik!, hatte Anton beim Lesen gedacht. Da überlebte der hochrangige Militärstratege den Krieg, um kurz darauf doch zu sterben.

Theresa hatte daraufhin das Landgut in Oxfordshore verlassen, auf das sie beide nach dem Krieg zurückgekehrt waren. Was sollte sie auf dem Land, wo weiterhin so viele Kriegsversehrte ihre Hilfe gut gebrauchen konnten?, schrieb sie. Und so war sie in die Londoner Familienwohnung gezogen und hatte sich in einem heruntergekommenen Stadtteil, wo viele Gebäude leer standen und die Mieten niedrig waren, eine Bildhauerwerkstatt eingerichtet. Dort setzte sie ihre Arbeit aus den Kriegsjahren fort, indem sie Gesichtsmasken für besonders schwer entstellte Soldaten anfertigte.

Anton, ein glühender Bewunderer von Theresas Kunst, war beim Lesen fast ein bisschen neidisch geworden. Wie gut musste es sich anfühlen, sich ausschließlich der Arbeit mit den Kriegsversehrten widmen zu können! Und wie gern hätte er es Theresa gleichgetan…

Viele Heimkehrer waren noch immer so sehr durch ihre Kriegsverletzungen eingeschränkt, dass ein normaler Alltag mit Beruf und anderen Verpflichtungen kaum oder gar nicht möglich war.

Ein paar Krücken hier, ein zangenartiges Instrument zum Öffnen von Türen da, mehr brachte Anton mit seinen bescheidenen Mitteln nicht zustande. Den Prothesenbau hatte er so schnell aufgegeben, wie er ihn ambitioniert begonnen hatte – um technisch und physiologisch ausgereifte Produkte herzustellen, fehlten ihm nicht nur die Werkzeuge, sondern auch das Wissen und die Impulse von außen. Wenn er sich mit Ingenieuren oder auch Medizinern hätte austauschen können, wenn er einmal einen Blick in eine Prothesenfabrik hätte werfen können, ja dann...

Doch hier in Münsingen gab es diese Möglichkeiten nicht. Umso dankbarer war er für die Brieffreundschaft mit Theresa, sie stellte wenigstens einen kleinen Impuls von außen dar. Und so las er jetzt gierig weiter.

Die Stimmung in London ist seltsam in diesem Herbst. Der Krieg ist gerade mal ein Jahr vorbei, und ich habe das Gefühl, den Menschen wäre es schon jetzt am liebsten, man würde nicht mehr darüber sprechen. Sicher, hin und wieder wird ein Denkmal enthüllt, mit dem man die Kriegstoten ehren möchte. Dann zeigen alle ihre Betroffenheit und legen Blumen nieder. Und über den Versailler Vertrag berichteten die Zeitungen natürlich auch. Aber liest jemand diese Artikel? Oder interessieren sich die Menschen nicht viel eher für die Premiere eines neuen Theaterstücks und die Gründung einer neuen Fußball-Mannschaft? Mir scheint so...

Am meisten tun mir die Kriegsversehrten leid. Die mit den fehlenden Gliedmaßen und den zerstörten Gesichtern, die trotz ihres Dauerzitterns bei jedem Wetter am Eingang vom Hyde Park stehen und betteln. Sie werden von den Menschen regelrecht verachtend angeschaut, gerade so, als wären sie ›Schandflecke‹ ... «

Anton runzelte die Stirn. Genau das Gefühl hatte er auch manchmal! Er hatte auch schon erlebt, dass die Menschen – statt Mitgefühl zu ernten und Hilfe gestellt zu bekommen – schräg angeschaut wurden, als würden die andern sagen: Wärst du halt vorsichtiger gewesen!

Nur kam bei ihnen noch dazu, dass die Kriegsversehrten eine unangenehme Erinnerung daran darstellten, dass man den Krieg verloren hatte. Am liebsten wäre den andern wohl, die armen Teufel würden sich irgendwo verstecken und sich nicht in der Öffentlichkeit zeigen. Aber wehe, er machte am Stammtisch oder anderswo eine entsprechende Äußerung! Dann hieß es gleich wieder, er würde alles übertreiben und den Leuten damit den Feierabend verderben.

Anton, erinnerst du dich daran, dass ich bei unserem Abschied zu dir sagte, der Krieg sei für uns nie vorbei? Ich befürchte, ich hatte recht... Aber was hilft es, den Kopf hängen zu lassen? Morgen werde ich mit allem, was in meiner Macht liegt, weitermachen.

Bitte, lieber Anton, verzeih mir, wenn mein Brief ein wenig traurig geworden ist. Es liegt einfach daran, dass ich niemanden habe, mit dem ich über den Krieg sprechen kann. Von dir fühle ich mich verstanden, du warst dabei...

Goodbye, my dear, stay safe!

Theresa

Ja, für Menschen wie sie war der Krieg nie vorbei. Wie gern hätte er die tapfere Bildhauerin jetzt in den Arm genommen und getröstet. Mit schwerem Herzen und Sehnsucht in der Brust ließ Anton den Brief sinken. Dann stand er auf und ging ins Büro. Karlheinz Frenzen benötigte für seine Buchhaltung ein paar Unterlagen, die musste er ihm für morgen heraussuchen.

23. Kapitel

Taos, New Mexico, Anfang Dezember 1919

... gegen Ende des Krieges waren wir so mager, dass uns die Röcke vom Leib gerutscht wären, hätten wir sie nicht mit einem dünnen Strick oder Gürtel festgebunden. Ob wir uns an den Hunger gewöhnt hatten? Man sollte es meinen. Aber tatsächlich gewöhnt man sich nie an dieses hohle Gefühl im Bauch. Es raubt einem nicht nur die Kraft, sondern auch die Konzentration, die frohen Gedanken, die Zuversicht. Der Hunger – zusammen mit der Angst um die Liebsten an der Front – war das, was uns am meisten aushöhlte ...

Mimi schloss für einen Moment die Augen. Sollte sie schreiben, dass sie im letzten Kriegsjahr tatsächlich Angst gehabt hatte zu verhungern?

Nachdenklich legte sie ihren Schal enger um den Oberkörper und stand auf, um ein Holzscheit nachzulegen. Genügend Holz zu haben und nicht frieren zu müssen – auch das war ein Luxus, den sie seit dem Krieg noch viel mehr als früher schätzte.

Wenn sie die Vergangenheit nicht verfälscht darstellen wollte, musste sie auch ihre schlimmsten Ängste preisgeben, selbst wenn das bedeutete, sie beim Niederschreiben beinahe noch mal zu durchleben. Ja, verdammt, sie alle hatten Angst vor dem Verhungern gehabt!, dachte sie, als sie wieder an ihrem Platz saß. Und genau das würde sie nun schreiben. Mimi nahm ihren Stift auf.

In Taos, am Rande der Wüste, war der Winter eingekehrt. Seit Ende August war Mimi nun schon hier. Nie hätte sie gedacht, dass sie so lange bleiben würde. Im Gegenteil, am Tag ihrer Ankunft wäre sie am liebsten gleich wieder auf und davon! Die abermals endlos lange Reise hatte sie erschöpft, der staubige, kleine Ort, der lediglich aus ein paar Häusern, einem Saloon und einer Handvoll Geschäfte bestand, hatte sie enttäuscht. Wie jemand – und erst recht eine Frau, die laut Ben in New York einen der bekanntesten Salons geführt hatte – freiwillig hierherziehen konnte, hatte Mimi nicht verstanden. Hätte Mabel sich in der kleinen, aber durchaus lebendigen Stadt Santa Fe, durch die Ben und sie auf ihrer Reise gekommen wären, niedergelassen – das wäre noch zu verstehen gewesen.

Ihre Kutsche war noch nicht ganz zum Halt gekommen, als Mabel schon auf sie zustürmte. Völlig aufgedreht, hatte sie Ben in ihre Arme geschlossen wie den sprichwörtlich verlorenen Sohn. Auch Mimi hatte sie begrüßt, als wären sie beste Freundinnen seit der Jugendzeit.

Mimi, den Menschen gegenüber zwar freundlich aufgeschlossen, aber von Natur aus doch eher zurückhaltend, hatte sich ein wenig erschlagen gefühlt vom lauten und einnehmenden Wesen der Frau.

Im Hause Dodge war gerade Abendessenszeit gewesen. Rund um den grob gezimmerten Holztisch nahmen lediglich Mabel, ihr Mann Maurice, ihr Sohn John, Mimi und Ben Platz, weitere Gäste waren nicht anwesend. So viel zur »inspirierenden Künstlerkolonie«, hatte Mimi gedacht.

Vielleicht war Mabel froh, endlich wieder einmal Publikum zu haben? Jedenfalls hatte sie ohne Punkt und Komma erzählt, gestenreich, sprunghaft. Von ihren Gästen hingegen hatte sie nicht viel wissen wollen. Keine Fragen zur Reise, keine zum Grund des Besuchs. Es reichte ihr schlicht, dass Ben und Mimi da waren.

Mimi war furchtbar müde gewesen und hatte Interesse an Mabels Erzählungen heucheln müssen. Zwischendurch hatte sie Ben, der mit Maurice einen Kaktusschnaps nach dem andern becherte, wütende Blicke zugeworfen. Das konnte ja heiter werden, hatte Mimi gedacht und sich geärgert, dass sie sich überhaupt auf diese Reise eingelassen hatte.

Nach dem Essen stand Mabel wortlos auf, holte einen Schlüssel vom Brett und wies Mimi und Ben an, ihr Gepäck zu nehmen.

Hatten sie Mabels »Show« nicht mit genügend Applaus gewürdigt? Einen Moment lang glaubte Mimi, ihre Gastgeberin würde sie rauswerfen, doch sie führte sie lediglich über die Straße in ein wesentlich kleineres Haus. Eigentlich war es nur eine Hütte, aber sauber und warm, wie Mimi mit einem Blick erkannte. Dies sei ein typisches Adobe-Haus, meinte Mabel stolz. Mimi nickte – und wenn es der Palast des Kaisers von China gewesen wäre: Sie wollte einfach nur noch ins Bett.

Doch trotz ihrer Erschöpfung fand Mimi in dieser ersten Nacht keine Ruhe. Hätte sie ihre Erinnerungen nicht auch auf der Überfahrt nach Europa aufschreiben können?, fragte sie sich selbstkritisch und überlegte, ob sie ihren Koffer überhaupt auspacken oder gleich wieder abreisen sollte.

Als Mimi am nächsten Morgen nach ein paar Stunden Schlaf erstaunlich wach und frisch aufgestanden und vor die Hütte getreten war, flogen ihre düsteren Gedanken der Nacht wie weiße Tauben davon. Tief atmete sie die kristallklare Luft ein und ließ ihren Blick schweifen.

Vor ihr lag, in die umliegenden Berge eingebettet, eine weite Hochfläche, steppenartig, rau, fast unbewohnt. Nur hie und da sah Mimi ein paar Häuser – kleine Weiler, die sich in die Landschaft einfügten, als wären sie ein Teil von ihr. Bäume gab es nur wenige. Die, die Mimi sah, waren knorrig und vom Wind der Zeiten gebogen. Zu ihrer Linken in ungefähr einem Kilometer Entfernung entdeckte Mimi einen breiten Fluss, dessen Wasser in der Morgensonne silbern glänzte. Was für eine Aussicht!

Und wie klar die Luft war! So klar, dass die Umrisse der Berge, Bäume und Häuser wie ein besonders feiner Scherenschnitt wirkten. Dazu die Sonne, die golden vom unglaublich blauen Himmel schien… Schlagartig verspürte Mimi das verrückte Bedürfnis, sich irgendwo Farben und Pinsel auszuleihen und ihn zu malen.

Eine Kirche gab es in dem kleinen Dorf am Rande der Wüste ebenfalls, zumindest erkannte Mimi die Umrisse eines Kreuzes auf einem der Dächer. Und so machte sie sich nach einer kurzen Wäsche mit eiskaltem Wasser auf den Weg dorthin, noch bevor Ben die Augen aufgeschlagen hatte.

Es war nicht so, dass der liebe Gott an diesem Morgen besonders laut mit ihr gesprochen hätte. Im Gegenteil – wenn, dann war ihr Zwiegespräch sogar eher still. Während Mimi in der rustikalen Kirche auf einer der Bänke saß, die Hände zum Gebet gefaltet, den Blick auf das schlichte Holzkreuz gerichtet, verspürte sie eine Ruhe und einen inneren Frieden wie schon lange nicht mehr. Und in dieser Ruhe fasste sie den Entschluss, dass sie – wo sie nun einmal hier war – auch das tun konnte, weswegen sie gekommen war: ihre Kriegserinnerungen aufschreiben.

Motiviert und mit frohem Herzen, kehrte Mimi in Mabels Haus zurück.

»Ich bin sehr dankbar, dass wir eure Gäste sein dürfen«, sagte sie am Frühstückstisch zu Mabel und Maurice. »Aber ich bestehe darauf, für meinen Aufenthalt zu bezahlen. Wenn ihr mir bitte sagt, mit welchen Kosten ich für Kost und Logis zu rechnen habe, werde ich euch das Geld am Ende jeder Woche geben.«

Ben hatte sie angeschaut, als wäre sie von allen guten Geistern verlassen. Maurice hatte die Augenbrauen tadelnd hochgezogen, als fände er es unappetitlich, über Geld zu sprechen. Mabel, deren Exaltiertheit vom Vorabend verflogen war, hatte nur dumpf vor sich hingebrütet.

»Bist du verrückt?«, hatte Ben sie angefahren, kaum dass sie allein waren. »Warum sollen wir für etwas zahlen, was wir umsonst bekommen können?«

Mimi, von ihrem Kirchenbesuch noch immer milde gestimmt, hatte darauf verzichtet zu erwähnen, dass seine Einstellung in ihren Augen nicht sehr sozial oder gar kommunistisch war. Sie wollte nicht streiten, sondern sich in ihrem kleinen Haus einen Arbeitsplatz einrichten.

Nun, da ihre Entscheidung zu bleiben und zu schreiben gefallen war, entwickelte Mimi eine tägliche Routine, die aus zwei Schreibphasen am Morgen und am Nachmittag bestand, und die nur unterbrochen wurden von kleinen Spaziergängen und anderen Verrichtungen: Mimi half in Mabels Haus bei verschiedenen Arbeiten, hängte Wäsche auf, schnippelte Gemüse oder schnappte sich einen Besen. Sie flickte ihre Wäsche und die von Mabel gleich dazu. Und als sie bei einem ihrer Spaziergänge wilden Oregano entdeckte, pflückte sie große Büschel davon und hängte sie zum Trocknen in ihrem Adobe-Haus auf. Wann immer ihr Blick auf die Kräuterbüschel fiel oder sie mit ihrer Hand darüberstrich, sodass der würzige Geruch die Luft erfüllte, wurde Mimi von einer Woge Heimweh erfasst. Heimweh nach der Schwäbischen Alb und ihren Kräutern, nach Corinne und allen andern. Und natürlich nach Anton.

Er und sie schrieben sich zwar ab und zu, aber sowohl seine als auch ihre Briefe waren eher knapp. In der Druckerei liefe alles seinen Gang, schrieb Anton. Und sie schrieb, dass sie mit ihren Aufzeichnungen gut vorankam. Was hätte sie auch sonst berichten sollen? Sie erlebte nicht viel in Taos.

Mimi spürte, dass die Distanz, die sich zwischen Anton und ihr wie ein Krater auftat, immer größer wurde. Und das machte ihr Angst. Sie hätte gern in ihren Briefen dagegen angeschrieben, aber ihr fehlten die passenden Worte. Und so tröstete sie sich damit, dass sie bestimmt wieder zueinander finden würden, wenn sie erst zu Hause war. Sie gingen schon so lange gemeinsam durchs Leben und hatten auch die vier Jahre Trennung durch den Krieg überstanden. Da würden sie ihre Amerikareise auch überstehen – selbst wenn Anton allem Anschein nach deswegen ein wenig verärgert war.

Aber noch konnte Mimi nicht zurück. Noch hatte sie eine Aufgabe zu erfüllen. Und ganz gleich, ob Anton nun verärgert war oder nicht – sie gedachte nicht, mittendrin aufzuhören.

Ben sah Mimi relativ selten. Sie übernachteten zwar im selben Haus, einfach weil dies praktisch war und weil wahrscheinlich ihre Gastgeber annahmen, dass sie zusammen waren. Aber in Wahrheit lebten sie wie Bruder und Schwester nebeneinander – zu Mimis Erleichterung hatte Ben eingesehen, dass aus ihnen beiden nie ein Paar werden würde. Und so ging jeder seinen Interessen nach: Mimi schrieb, und Ben plante ebenfalls ein neues Buch.

Gleich nach ihrer Ankunft hatte Ben im Dorfladen einen der Pueblo-Indianer, die in der Nähe lebten, kennengelernt. Der Mann faszinierte ihn so sehr, dass er von da an regelrecht besessen davon war, die Traditionen der Indianer kennenzulernen. Und wenn er dann mehr Informationen gesammelt hatte, wollte er ein Buch darüber schreiben. Aber was hieß hier Buch? Einen Brückenschlag zwischen den Kulturen, eine Verschmelzung – nicht weniger hatte Benjamin Jones vor!

Mimi war beeindruckt von der Intensität, mit der Ben sich seinem neuen Steckenpferd widmete. Es war gut, dass sie hierhergekommen waren, dachte sie mehr als einmal. Nicht nur sie – auch Ben war hier viel entspannter als in New York. Aber war es denn ein Wunder? Hier war schließlich kein Geheimdienst hinter ihm her. Und selbst wenn die Männer in den schwarzen Anzügen aufgetaucht wären – von der Revolution, die er nach russischem Vorbild in Amerika anzetteln wollte, war bei Ben schon lange keine Rede mehr.

Und so ging der September dahin und dann der Oktober. Im November wurden die Nächte schlagartig kalt, und wenn Mimi morgens erwachte, lag auf den kleinen Fenstern eine dünne Schicht Eiskristalle. Am Tag durfte das Feuer im Ofen nun nicht mehr ausgehen.

Mimi schrieb und schrieb. Mit jedem Kapitel, das sie beendete, spürte sie, wie die dunklen Schatten – die wie ein Schleier über ihrer Seele gelegen hatten, ohne dass sie sich dessen bewusst gewesen war – sich lockerten, sich hoben und dann fortflogen. Nun verstand sie, wie Chrystal sich gefühlt hatte beim Rückblick und Innehalten. Ob jemals ein Buch aus ihren Aufzeichnungen wurde, war ihr gar nicht so wichtig. Das hier tat sie für sich und vielleicht auch ein bisschen für all die Frauen, die in den vergangenen Jahren so tapfer gewesen waren. Und vielleicht würde sie, wenn sie wieder zu Hause war, einige Exemplare für Bernadette, Corinne und ein paar andere Freundinnen drucken. Sie hatten schließlich eine Buchdruckmaschine in der Druckerei!

»Du arbeitest zu viel! John und ich gehen später auf Koyotenjagd, komm doch mit! Und morgen bin ich im Indianerdorf, wenn du willst, könnte ich ein paar Leute dort fragen, ob sie zum Fotografieren herkommen wollen«, schlug Maurice eines Tages vor, als er Mimi wieder einmal vor ihrem Haus geschützt an einem kleinen Tisch sitzen und schreiben sah.

Doch Mimi wollte weder Coyoten jagen noch Indianer vor die Linse bekommen. Mimi wollte schreiben.

In New York hatte sie auf die leeren Seiten ihres Notizbuches gestarrt und keinen Anfang gefunden. Hier in der Ruhe kam eine Erinnerung nach der anderen zu Mimi zurück, manchmal war sie gar nicht schnell genug, um alles aufs Papier zu bringen. Und schon bald hatte sie das erste Notizbuch vollgeschrieben.

Mimi konnte Mabel weiterhin nicht richtig einordnen. Es gab Tage, an denen spielte Mabel eine Schallplatte nach der andern ab und tanzte dazu mit Maurice Charleston. Und dann gab es wieder welche, an denen sie kein Wort mit ihrem Mann sprach oder diesen sogar beschimpfte. An solchen Tagen ging Mabel meist mit einem groß gewachsenen Indianer namens Tony zum Meditieren in die Wüste und kam erst gegen Abend, wenn es dunkel wurde und die Kälte unerträglich, mit entrücktem Blick zurück.

»Ich werde aus der Frau einfach nicht schlau«, sagte Mimi zu Ben. »Diese dauernden Stimmungsschwankungen – so richtig glücklich kommt sie mir nicht vor.«

»Mabel ist lediglich ein bisschen verrückt«, tat Ben die Allüren ihrer Gastgeberin ab. »Wenn man das erst einmal akzeptiert hat, ist sie eine wunderbare Frau.«

»Das kann ja sein«, gab Mimi zu. »Dennoch bin ich froh, dass wir nicht bei ihr im Haus wohnen müssen.«

Das Häuschen, in dem Mimi und Ben wohnten, war erbaut aus dem roten Ton der beeindruckenden Berge, die man in ein paar Kilometer Entfernung sah. Es hatte dicke Wände, kleine Fenster und ein tief gezogenes Dach. Die Bauart sei mexikanisch, erzählte Mabel ihren Gästen, was daran lag, dass das Land ursprünglich den Mexikanern gehört hatte. Dies erklärte auch, dass es rund um Mabels Haus noch mehr dieser Häuschen gab. Allem Anschein nach hatte Mabel sie Mexikanern abgekauft und brachte nun ihre Gäste darin unter. Mimi fand die Hütten nicht besonders hübsch, aber je länger sie in Taos lebte, desto besser verstand sie, warum die Bauweise in der hiesigen Landschaft Sinn ergab: Als sie im Spätsommer angekommen waren, war es hier am Rande der Wüste noch unglaublich heiß gewesen – wie mochten die Temperaturen da erst im Sommer sein? Genauso extrem waren die Winter mit viel Schnee und Eis. Häuser mit großen Fensterflächen und dünneren Wänden hätten ihren Bewohnern schlicht keinen Schutz geboten.

… Not macht erfinderisch, heißt es. Und so wurden wir Frauen im Laufe der Zeit Meisterinnen darin, den Mangel zu verwalten. Für fast alles fanden wir einen Ersatz. Kaffee bereiteten wir aus Bucheckern, Eicheln oder sogar Kastanien zu. Statt Butter nahmen wir traniges Hammelfett. Und in so manchem Brot steckte außer Getreidemehl auch Holzmehl. Glücklich waren die, die ein kleines Gärtchen besaßen. Die andern gingen raus in die Natur und sammelten Kräuter, Wurzeln und manchmal sogar Baumrinde zum Essen. Wenn mir jemand vor dem Krieg gesagt hätte, was man alles aus Kirschkernen oder Haferspelzen machen kann – ich hätte es ihm nicht geglaubt!

Stirnrunzelnd hielt Mimi inne. Das war doch ein schöner Schlusssatz für dieses Kapitel, oder?

Zufrieden stand sie auf und streckte sich. Noch zwei

oder drei Kapitel, dann war sie am Kriegsende angelangt. Ob sie auch noch über die direkte Zeit nach der Heimkehr der Männer schreiben wollte, wusste sie nicht, aber sie neigte eher dazu, es nicht zu tun.

Mimi schaute zur Wand, und wieder einmal fiel ihr erst in dem Moment ein, dass es gar keine Wanduhr gab im Adobe-Haus. Ob sie sich wohl vor ihrer Abreise noch daran gewöhnen würde?

Überhaupt war das Haus wie alle andern in der Umgebung sehr spärlich eingerichtet. Der Boden bestand aus glatt geschliffenen, polierten Holzplanken, aus demselben Holz waren ein Bett, das mitten im Wohnraum stand, ein Tisch und ein paar Stühle gezimmert. Einen Schrank gab es nicht, dafür eine kunstvoll geschnitzte Truhe, in der Mimi ihre Kleider und andere Habseligkeiten aufbewahrte. Statt in einer Küche wurde das Essen in einer Kochecke mit offenem Feuer zubereitet, die Mimi an die Kochecken in den Laichinger Weberhäusern erinnerte. Während es in Laichingen jedoch nach Kohl und gebranntem Dinkelkorn gerochen hatte, duftete es in den Adobe-Häusern nach Kaffee und getrockneten Bohnen. Die Schlichtheit ihrer Behausung tat Mimi gut, sie gab ihren Gedanken Raum, sie befreite anstatt einzuengen.

Sie legte gerade ein Holzscheit nach, um sich später eine Tasse Kaffee machen zu können, als ihr siedend heiß einfiel, dass sie an diesem Nachmittag mit Mabel verabredet war. Sie wollten eine mexikanische Künstlerin besuchen, die in der Nähe wohnte und Götterfiguren aus Kupfer oder sonst einem Metall herstellte – so genau hatte Mimi nicht hingehört. Falls die Figuren ihr gefielen, hatte Mimi vor, ein paar zu kaufen, um sie ihren

Lieben als nachträgliche Weihnachtsgeschenke – oder Reisemitbringsel – zu übergeben.

Statt Kaffee zu kochen, kämmte Mimi also ihre Haare und legte sich einen sauberen weißen Kragen um. Sie war fast ausgehfertig, als sie vor dem Haus seltsame Geräusche und eine Stimme hörte. Sie runzelte die Stirn.

Ben. Bestimmt war er wieder betrunken.

Ihre Bewunderung für Bens Interesse an der indianischen Kultur war verflogen, als er das erste Mal sturzbetrunken von einem Ausflug zu den Indianern zurückgekommen war und beim Abendessen mit schwerer Zunge irgendwelchen Blödsinn gelallt hatte. Zwischendurch war er aufgesprungen und zur Toilette gerannt. Seine lauten Würgegeräusche beim Übergeben hatte man bis ins Esszimmer gehört. Mimi war die ganze Situation furchtbar peinlich gewesen.

»Warum trinkst du so viel?«, fragte sie ihn nach einem weiteren Absturz. »Ich dachte, du willst ein Buch über die indianische Kultur schreiben?«

»Aber Mimi, genau das habe ich doch vor!«, rief Ben begeistert. »Wenn ich mit den Pueblo trinke, werden wir zu Brüdern, verstehst du? Gemeinsames Trinken schafft Vertrauen!«

Eine dreistere Ausrede für zu viel Alkoholgenuss hatte Mimi noch nie gehört. Aber da man mit Argumenten der Vernunft bei Ben anscheinend nicht weiterkam, schwieg sie fortan. Sie war weder seine Frau noch seine Mutter – und Ben ein erwachsener Mann. Es war sein Leben, das er wegwarf! Wie hatte sie sich nur so in ihm täuschen können?, fragte sie sich dennoch immer wieder.

Als Mimi jetzt aus dem Haus trat, krabbelte Ben wie ein Hund am Boden herum und kläffte dabei Mabel an, die mit Kutsche und Fahrer auf Mimi wartete.

»Ben! Spinnst du?«, schrie diese. So sturzbetrunken hatte sie ihn noch nie gesehen.

»Wuff!«, machte Ben und tat so, als wollte er in Mabels Wade beißen. Und »Wuff!«, machte er auch in Mimis Richtung.

Mabel Dodge, die in ihrem Leben schon ganz andere Situationen gemeistert hatte, versetzte Ben einen so heftigen Tritt in die Magengegend, dass dieser nicht nur einen Meter weit nach hinten flog, sondern sich daraufhin auch noch übergeben musste.

»Wie kann man sich nur so schrecklich betrinken?«, sagte Mimi, den Tränen nahe, zu Mabel.

»Der ist nicht betrunken«, erwiderte Mabel angewidert. »Das ist ein Peyote-Rausch vom Meskalin.«

Auf Mimis verdutzten Blick hin erklärte Mabel, dass die hiesigen Indianer, aber auch viele Mexikaner Stücke vom stachellosen Peyote-Kaktus aßen. Darin war die Substanz Meskalin enthalten, die zu rauschhaften Zuständen, aber auch zu Halluzinationen führte. »Tony sagt, der Kaktus schmeckt so bitter, dass man sich, wenn man einen Happen zu viel nimmt, die halbe Nacht erbrechen muss. Deshalb sollte er nur von weisen Medizinmännern und Schamanen zu rituellen Zwecken eingenommen werden und nicht von solchen Trunkenbolden wie dem hier!« Der guten Ordnung halber versetzte Mabel Ben einen weiteren Tritt. »Das Schlimme ist – wer einmal vom Peyote gegessen hat, wird es wieder tun, es ist eine Sucht. Warte nur, jetzt geht's erst richtig bergab mit dem Burschen hier.«

Hilflos und wütend zugleich schaute Mimi Mabel an. »Aber ... warum macht Ben dann so etwas?«

Mabel sah aus, als hätte sie noch viel zu diesem Thema zu sagen. Aber sie gab nur einen Unmutslaut von sich. »Wollen wir?«, fragte sie dann und zeigte auf die Kutsche.

Mimi überlegte kurz. Für Ben konnte und wollte sie hier nichts tun. Sie nutzte die wenige Zeit, die ihr in Taos noch blieb, also besser für sich.

»Gern! Da wäre allerdings noch etwas ...«, sagte sie gedehnt. »Könnte ich für die letzten Tage in das Haus da drüben ziehen? Es ist doch frei, oder?« Mimi wies über die Straße in Richtung eines Adobe-Häuschens, das fast identisch wie ihres aussah. »Langsam wird mir Ben ein wenig unheimlich«, fügte sie hinzu. Dass sie immer mehr auch den Respekt vor ihm verlor, verschwieg sie.

Mit einem Sprung war Mabel in der Kutsche. Sie hielt Mimi eine Hand zum Aufsteigen hin und sagte: »Ich dachte schon, du fragst gar nicht mehr!«

»Ben muss gehen, spätestens Anfang des Jahres«, sagte Mabel, als sie losgefahren waren. »Er hat meine Gastfreundschaft missbraucht und nicht das Geringste geleistet, seit er hier ist. Schon in New York hatte ich das Gefühl, dass hinter seinem Gerede sehr viel weniger steckt, als er vorgibt. Vor seiner Begeisterung für den Kommunismus waren es übrigens die Rechte der Frauen, für die er sich beinahe fanatisch eingesetzt hat«, sagte sie ironisch.

»Die Rechte der Frauen? Davon habe ich ihn nie reden hören«, antwortete Mimi erstaunt.

Mabel lachte nur. »Bei Ben ist alles nur ein Strohfeuer! Seine Begeisterungsfähigkeit für ein Thema in allen Ehren – aber was ihm fehlt, ist die Beharrlichkeit, um dranzubleiben. Und dazu jetzt noch seine zwei neuen Freunde Pescalschnaps und Peyote… Bevor er mit seinen Auftritten die Stimmung für meine wirklich kreativen Gäste vermiest, schmeiß ich ihn lieber raus.«

Mimi nickte. Das verstand sie gut. Falls Ben hierbleiben wollte, konnte er sich immer noch irgendwo ein günstiges Zimmer nehmen.

Danach gelang es den Frauen erstaunlich gut, den unschönen Vorfall beiseitezuschieben. Die Kupferschmiedin wohnte ein paar Dörfer weiter, und trotz der Kälte konnten Mimi und Mabel, dick verpackt unter schweren Fellen, die Fahrt in der offenen Kutsche genießen. Immer wieder kamen sie durch kleine Weiler, wo die Luft erfüllt war vom Rauch der Feuer.

»Wenn du mir deine Kriegserinnerungen anvertraust, könnte ich versuchen, einen Verleger dafür zu finden«, sagte Mabel plötzlich.

Mimis Kopf fuhr verblüfft herum. »Das würdest du tun? Aber… warum?«

Mabel hob die Brauen. »Man mag es mir hier bei meinem einfachen Lebensstil vielleicht nicht anmerken, aber ich bin ein politisch sehr interessierter Mensch. Und ich glaube, dass jeder von uns alles in seiner Macht Stehende tun sollte, um einen weiteren Krieg zu verhindern. Ich kenne zwar weder deine Fotografien noch deine Texte, aber ich kenne inzwischen dich. Und ich bin mir sicher, dass du die Menschen mit deinen Erzählungen tief in ihrem Herzen berühren kannst. Mimi, die Amerikaner haben den Krieg nicht mitgemacht – sie wissen nicht, wie furchtbar das alles war.«

Mimi nickte nachdenklich. Genau das hatte Ben auch immer wieder gesagt, als er noch nüchtern genug dazu war.

»Mein Buch in Amerika verlegt – das wäre was!« Sie lachte auf. »Wenn du dir wirklich die Mühe machen willst, einen Versuch wäre es wert...«

Mabel Dodge nickte zufrieden. »Dann hätten wir das geklärt.«

Mimi warf ihr einen ungläubigen Blick zu. So einfach ging das?

Es war Mabel, die nach einem kurzen Schweigen das Gespräch wieder aufnahm. Sie fragte: »Und wie gefällt es dir bei uns? Haben sich deine Erwartungen an das Leben am Rand der Wüste erfüllt?«

»Und ob!«, antwortete Mimi. »New Mexico ist ein wundervolles Land und Taos ein ganz besonderer Ort. Ich glaube, ich bin zum ersten Mal in meinem Leben zur Ruhe gekommen.« Genau denselben Eindruck hatte sie auch von Mabel – ihre Gastgeberin war in den letzten Monaten sehr viel ruhiger geworden. Von ihrer Überspanntheit, die Mimi anfangs so anstrengend empfunden hatte, war nichts mehr da. Oder war es womöglich ihre eigene Überspanntheit gewesen, die ihr damals zu schaffen gemacht hatte?, fragte sie sich.

»Und dennoch ist es nicht *dein* Ort geworden«, sagte Mabel.

Mimi nickte nachdenklich. Nein, das war es nicht.

»Als ich selbst nach Taos kam, bin ich lediglich einer Laune gefolgt. Ich hatte Lust auf ein Abenteuer.« Mabel zuckte mit den Schultern. »Und als ich dann hier war... Ein bisschen erschreckt habe ich mich schon, als ich sah, wie einfach das Leben hier ist. Das hat mich nervös und fahrig gemacht, noch nervöser, als ich in New York war. Du hast es am Anfang ja mitbekommen…«

Mimi lächelte, schwieg aber, und so fuhr Mabel fort: »Seitdem hat sich vieles verändert. *Ich* habe mich verändert!« Sie seufzte tief und zufrieden auf. »Tony hat ein Grundstück für mich gefunden. Vierzehn Acres. Es liegt auf halber Strecke zwischen dem Indianerdorf und Taos. Er sagt, ich soll das Stück Land kaufen und dort ein Haus bauen. Es sei mein Platz im Leben.«

Zwischen dem Indianer Tony und Mabel schien eine tiefe Freundschaft zu existieren. Oder war es sogar Liebe, die in der Lage war, alle gesellschaftlichen Grenzen zu überwinden?, fragte sich Mimi. Doch sie behielt diese Ahnung diskret für sich. Unter der Decke tastete sie nach Mabels Hand und drückte sie. »Ich bin mir sicher, du wirst das Richtige tun!«

Mabel nickte, dann entwand sie Mimi ihre Hand und zeigte nach vorn. »Schau, die Sonne! Jetzt im Winter ist sie regelrecht auf Augenhöhe mit uns. Manchmal kommt es mir vor, als würde sie uns musternd anschauen, prüfend sogar.«

Auch das war eine Parallele zur Schwäbischen Alb, dachte Mimi. Auch bei ihnen stieg die Sonne im Winter nicht höher.

»Taos ist ein guter Ort, um der Wahrheit ins Gesicht zu sehen, Mimi. Tony sagt, dass jeder Mensch einen Platz im Leben hat. Und dass alles gut wird, wenn man diesen Platz erst einmal gefunden hat. Für euch Indianer mag das einfach sein!, erwidere ich dann immer. Wir Weißen hingegen tun uns schwer damit. Denn manchmal muss man Altes zurückzulassen, um seinen wahren Platz im Leben einzunehmen.«

Sprach sie über ihren Ehemann Maurice? Wollte sie ihn verlassen? Mimi beschloss, das Gespräch wieder auf neutraleren Boden zurückzuführen. »Die Welt hat so viel Schönes zu bieten! Und man lernt überall so spannende Menschen kennen! Ich bin froh, dass ich als Wanderfotografin so viel herumgekommen bin. Sogar nach Amerika hat mich das Fotografieren gebracht.«

»Und trotzdem weißt du, wo dein Platz ist«, stellte Mabel weise fest.

Nun, es hatte eine Weile gedauert, bis sie das wusste, dachte Mimi. Und zwischendurch hatte sie auch gezweifelt, sogar gehadert mit dem Ort, an den der liebe Gott sie gesetzt hatte. Sie hatte sich gefragt, ob das Leben nicht noch mehr für sie bereithielt. Aber dann …

Mimi schaute Mabel an. »Ja, ich weiß, wo mein Platz auf der Welt ist.«

24. Kapitel

Laichingen auf der Schwäbischen Alb,
Heiligabend 1919

Mit stierem Blick schaute Alexander aus dem Kutschen-
fenster nach draußen. Tischwäsche Müller, Leinenwe-
berei Morlock, Feinste Bettwaren von Hirrler, und da –
die Fabrik von Gehringer. In der Einfallstraße, die vom
Laichinger Bahnhof in die Ortsmitte führte, hatte sich
nichts verändert. Gar nichts …

»Alles in Ordnung?«, fragte Lena neben ihm.

»Ja«, sagte er gepresst, und sein Kiefer schmerzte vor
Anspannung.

Die ganze Reise über hatte er alle möglichen Ge-
fühlslagen durchlebt – angefangen bei einem panischen
»Lass uns umkehren, sofort!« über ein duldsames »Was
sein muss, muss sein« bis hin zu einem euphorischen
»Alles wird gut, solange du bei mir bist!«

»Heute kommt nicht nur das Christuskind, sondern
auch wir. Was meinst du wohl, über wen sich deine Geschwister mehr freuen?« Lena gab ihm einen freund-
schaftlichen Knuff in die Seite.

Alexander antwortete mit einem erzwungenen Lächeln.

Lena und er waren die einzigen Reisenden gewesen, die am Laichinger Bahnhof ausstiegen. Für eine Reise, die nur ein paar Tage dauern sollte, hatten sie viel Gepäck dabei: Geschenke für die Familie, warme Kleidung und die kleinen Aquarelle, die Alexander all den Laichingern überreichen wollte, dank deren solidarischer Hilfe er vor acht Jahren überhaupt erst das Stipendium an der Kunstschule hatte annehmen können. Lena war zu Tränen gerührt gewesen, als Alexander ihr auf der Zugfahrt erzählt hatte, dass Nachbarn, Freunde und auch Fremde seiner Familie über lange Zeit hinweg immer wieder Eier, Brot, eingekochtes Obst, Brennholz und vieles mehr vorbeigebracht hatten, damit Eveline und die Kinder überleben konnten, nachdem er, der männliche Ernährer, weg war.

Der eisige Ostwind, der ihnen auf dem Bahngleis entgegenschlug, kaum dass sie den Zug verlassen hatten, war Alexander durch Mark und Bein gefahren. Er hatte vergessen, wie kalt die Winter hier oben waren.

Gott sei Dank hatte trotz des besonderen Tags und des Schneetreibens eine Kutsche bereitgestanden – wie sie sonst mit ihrem Gepäck ins Dorf gelangt wären, war Alexander schleierhaft.

Die Zugfahrt von Kreuznach nach Stuttgart und dann weiter war anstrengend gewesen und kompliziert. Mehrmals mussten sie unerwarteterweise den Zug wechseln, es hatte viele Verspätungen gegeben, die Reisenden waren unwirsch, das Zugpersonal noch unwirscher. Eigentlich hätten sie schon am dreiundzwanzigsten Dezember in Laichingen eintreffen sollen. Im Geist hatte Alexander sich schon von Haus zu Haus gehen sehen, um seine Aquarelle zu verschenken und vielleicht auch den einen oder anderen alten Schulkameraden zu treffen. Doch durch die ganzen Reiseverzögerungen waren sie einen Tag später als geplant angekommen.

Hoffentlich würde sein Überraschungsbesuch, da sie nun erst am Heiligabend ankamen, nicht zu einer *bösen* Überraschung für seine Mutter werden, dachte Alexander. Kurz darauf fuhr die Kutsche in die engen Straßen des Ortes hinein. Er sah den Gasthof Ochsen, der Antons Familie gehörte und in dem sie übernachten würden, Helenes Lebensmittelladen, die Werkstatt vom alten Wagner ... Auch hier war alles beim Alten.

»Sie sind sich wirklich sicher, dass Sie mir die richtige Adresse genannt haben?«, rief der Kutscher über die Schulter ins Kutscheninnere. Jedes seiner Worte blieb wie ein Eiswölkchen in der Luft stehen.

»Ja. Da vorn in die enge Gasse«, antwortete Alexander schmallippig. Der Kutscher war im selben Alter wie er, doch Alexander kannte ihn nicht. Er war bestimmt nicht von hier.

Lena, die seine Anspannung vermutlich spürte, verzichtete auf weitere Aufmunterungsversuche – im Augenblick hätte sie damit bei ihm eh nichts ausrichten können.

Mit jeder Radkastenlänge, die die Kutsche weiter in die Gasse hineinfuhr, in der sein Elternhaus lag, fiel Alexander das Atmen schwerer. Ein leichtes Surren setzte in seinem Kopf ein. Er blinzelte und zog ein paar Grimassen, um die verhärteten Muskeln in seinem Gesicht zu lockern. Es gelang ihm nicht.

Und dann hielt die Kutsche an. Statt auszusteigen, blieb Alexander noch einen Moment lang sitzen. Das Haus war noch kleiner und dunkler, als er es in Erinnerung gehabt hatte. Geradezu kläglich, als würde es aus eigener Kraft nicht stehen können, lehnte es sich links an den Hühnerstall und rechts an einen Schuppen vom Nachbarhaus an. Wie sehr hatte er es immer gehasst, dass im Winter kaum Sonnenlicht in die enge Gasse fiel!

Warum hatte Eveline die Klappläden so spät am Vormittag noch geschlossen? War ihr das Ofenholz ausgegangen, und sie versuchte so, die schlimmste Kälte draußen zu halten? Alexander runzelte die Stirn. Er schickte doch nach wie vor regelmäßig Geld!

Der Kutscher sprang vom Bock und ging nach hinten, um das Gepäck aus der Lade zu holen.

Bestimmt würde Lena der Schlag treffen, wenn sie gleich eintraten, dachte Alexander verzweifelt. Gegen sein Elternhaus war das ihre ein Palast! Aber daran war nun nichts mehr zu ändern.

Der Kutscher hatte schon die Hälfte ihrer Gepäckstücke ausgeladen, als Alexander an der Tür seines Elternhauses klopfte. Er kam sich vor wie ein Bettler. In dem Augenblick ging im Nachbarhaus die Tür auf, und die alte Berta steckte ihren Kopf heraus.

»Alexander? Bist du's wirklich? Bub, was machst denn du hier? Nach all den Jahren...« Sie schlug die Hände zusammen.

»Ist meine Mutter in der Kirche? Oder bei der Edeltraud?«, fragte Alexander und spürte, wie Lena sich tröstlich dicht an seine Seite stellte.

Die alte Nachbarin schaute Alexander an, als spräche er mit fremder Zunge. »Ja, weißt du es denn nicht?«

In Alexanders Kopf wurde aus dem Surren ein dumpfes Dröhnen. War jemand krank? Oder gestorben? Unwillkürlich tastete er nach Lenas Hand. »Was soll ich wissen?«

»Deine Mutter und die Mädchen wohnen doch schon seit zwei Jahren nicht mehr hier! Du findest sie im Schulhaus drüben.« Die alte Berta nickte in Richtung Marktplatz.

»Im Schulhaus?« Ein Dutzend Gedanken schossen durch seinen Kopf, keiner war geeignet, seine Ratlosigkeit zu vertreiben. Er schickte seiner Mutter das Geld und die Briefe doch hierher, an diese Adresse! Und jetzt hieß es, das Haus stünde leer? Wer hatte dann seine Post entgegengenommen?

»Ich verstehe nicht…« Völlig verwirrt, wandte er sich wieder an die Nachbarin. »Was macht Mutter im Schulhaus? Hat sie dort eine Putzstelle angenommen?« Selbst wenn – man wohnte doch nicht bei den Leuten, für die man putzte.

Aus dem Augenwinkel heraus registrierte er, wie Lena den Kutscher anwies, das Gepäck wieder einzuladen.

»Fahr zur Schule, Bub, dort erfährst du, was du wissen musst«, sagte die alte Berta bestimmt, dann ging ihre Türe mit einem Rumms wieder zu.

Mit hängenden Schultern stand Alexander da und kam sich verlorener und dümmer vor als zu den schlimmsten Zeiten in der Kunstschule, wenn seine reichen Mitschüler ihn gehänselt und veralbert hatten. »Ich verstehe nicht…«, wiederholte er und spürte im nächsten Moment Lenas Hand fest auf seiner Schulter.

»Lass uns fahren. Bestimmt klärt sich gleich alles auf!«

Die Schule war geschlossen, was sonst. Während sie um das große Gebäude herumgingen, pochte eine Ader in

Alexanders Magengegend so heftig, dass er versuchte, mit seiner Hand den Schmerz wegzudrücken. Was sollten sie hier?

Eine Hausmeisterwohnung gab es nicht – zumindest wusste Alexander nichts davon. Über den Klassenzimmern lag lediglich die Wohnung vom Schuldirektor. Er zeigte auf die Haustürklingel. »Soll ich den Mann wirklich am Heiligabend stören, um nach Mutter zu fragen?«, fragte er Lena, die jedoch nur mit den Schultern zuckte.

Was für ein Affentheater!, dachte er. Warum hatte er sie mit der Idee dieses unangekündigten Spontanbesuchs nur in diese unmögliche Situation gebracht?

Er wollte Lena gerade vorschlagen, zurück in den Ochsen zu gehen, als hinter der Tür Schritte zu hören waren und eine singende Frauenstimme. Im nächsten Moment wurde die Tür aufgerissen, und vor ihnen stand Eveline mit einem Mülleimer in der Hand.

Das Singen hörte abrupt auf, das Lächeln auf dem Gesicht seiner Mutter erstarb bei seinem Anblick. Ihre fast schreckhaft weit aufgerissenen Augen rasten zwischen ihm und Lena hin und her, ihr Blick tastete ihn vom Scheitel bis zu den Zehenspitzen ab, gerade so, als könne sie nicht glauben, wen sie vor sich hatte.

»Alexander!«

Noch bevor Alexander irgendetwas sagen konnte, wich aus Evelines Gesicht jedes bisschen Farbe, ihre Knie gaben nach, und hätte Alexander nicht beherzt zugegriffen, wäre sie zu Boden gesunken. Gemeinsam mit Lena gelang es ihm, seine Mutter wieder aufzurichten.

»Was fällt dir ein, mir so einen Schreck einzujagen? Warum hast du dich nicht gemeldet und deinen Besuch angekündigt? So mit der Tür ins Haus zu fallen…«, zischte Eveline ihm zu, als sie sich wieder gefangen hatte. Missmutig schaute sie von ihm zu Lena. »Dann kommt herein, die andern wundern sich bestimmt schon, wo ich so lange bleibe!«

Statt ihr zu folgen, blieb Alexander stehen. »Mutter! Was machst du hier?«, rief er und konnte nichts gegen die Wut tun, die in ihm aufstieg.

»Ich bin die Frau Schuldirektor und wohne hier«, antwortete Eveline kühl und mit einer solchen Selbstverständlichkeit, dass es Alexander erst einmal die Sprache verschlug.

Den Rest des Tages hatte Alexander das Gefühl, in einem völlig abstrusen Albtraum festzustecken, einem von der Art, über den man am nächsten Morgen lachte, so man sich noch an ihn erinnerte. Doch so oft Alexander auch versuchte, dem Albtraum zu entrinnen – es gelang ihm nicht.

Stattdessen saß er wie angeklebt und mit verschränkten Armen am Tisch von Schuldirektor Friedrichsen, den seine Mutter liebevoll Berni nannte.

Am mit weißem Leinen gedeckten Tisch saßen außer Herrn Friedrichsen und Eveline auch noch seine drei Geschwister – die sechsjährige Monika hatte er noch nie in seinem Leben gesehen – und natürlich Lena. Statt Würstchen mit Kartoffelsalat, was es an Heiligabend bei ihnen gegeben hatte, seit Alexander denken konnte, brachte Eveline eine fette Gans auf den Tisch. Das Tischgespräch kam nur schleppend in Gang.

Alexander lobte das Essen, sie sprachen über das Winterwetter und über die anstrengende Anreise. Doch Friedrichsen schien die Situation mindestens so unangenehm zu sein wie Alexander, beiden Männern gelang es nur schwer, dies zu verbergen. Seine Schwestern Erika und Marianne fremdelten mit ihm genauso wie Monika, seine Halbschwester, die nach seinem Weggang geboren wurde. Da die drei Mädchen Laichingen noch nie verlassen hatten, fiel es ihnen schwer, sich ein Leben in der Fremde vorzustellen – entsprechend wussten sie nicht einmal, welche Fragen sie ihrem älteren Bruder hätten stellen sollen.

Also fragte Alexander – und erfuhr so, dass die sechszehnjährige Marianne als Näherin bei Herrmann Gehringer angefangen hatte. Die ein Jahr jüngere Erika wollte nach der Schule auch in einem der Laichinger »Fabrikle« anfangen, aber nicht als Näherin, wie sie ihm erzählte, sie wollte Mustermalerin werden! Sie habe nämlich auch das Zeichentalent vom Vater geerbt, erklärte Eveline Alexander stolz.

Das durfte doch alles nicht wahr sein, dachte Alexander und schaute seine Mutter verständnislos an. Wie konnte sie es zulassen, dass Marianne ausgerechnet bei Gehringer anfing?

Sie waren beim Dessert angelangt, als Friedrichsen versuchte, eine Konversation von »Mann zu Mann« anzufangen, doch Alexander weigerte sich, auf das Gesprächs- und Friedensangebot einzugehen. Zu gut hatte er noch in Erinnerung, wie der Schuldirektor ihn und seine Mitschüler getriezt hatte, wenn ihnen versehentlich etwas auf den Boden gefallen war – Bleistiftspäne, ein Apfelbutzen, ein Haarband bei den Mädchen. Je nach Friedrichsens Tagesform hatten sie sich entweder nach dem heruntergefallenen Gegenstand bücken und ihn aufheben müssen, oder sie hatten gleich Putzeimer und

Schwamm holen müssen, um den ganzen Boden oder die Schultreppe zu putzen. Und nun saß er mit diesem Mann – seinem Stiefvater – an Heiligabend an einem Tisch und aß Gänsekeule?

Mit Lena wurden nicht nur seine Schwestern ganz schnell warm, sondern auch seine Mutter. Während Eveline ihm immer wieder seltsame Blicke zuwarf, in die er Ablehnung und Missachtung hineindeutete, lachte und scherzte sie mit Lena. Und wieder einmal bewunderte er Lenas große Gabe, so unbefangen und unbeschwert durchs Leben zu gehen.

Diese Frau lass ich nie mehr los!, schoss es ihm zum tausendsten Mal durch den Kopf. Und dies war der einzig tröstliche Gedanke, der ihm gelang.

Das dreigängige Menü war verspeist, und Schuldirektor Friedrichsen – Berni – hatte sich mit einer Zigarre in sein Studierzimmer zurückgezogen. Lena und die Mädchen zündeten die Kerzen vom Christbaum an, als Eveline Alexander bat, ihr in die Küche zu folgen.

»Was fällt dir ein, mich den ganzen Abend so anzuschauen, als ob ich verrückt sei!«, fuhr sie ihn an, kaum dass die Küchentür hinter ihnen geschlossen war.

»Du *bist* verrückt, Mutter!«, erwiderte Alexander genauso heftig. »Oder wie sonst willst du mir erklären, dass du es versäumt hast, mir mitzuteilen, dass du wieder geheiratet hast?« Und ausgerechnet Friedrichsen!, lag es ihm auf der Zunge zu sagen.

»Hätte es dich denn interessiert?«, erwiderte Eveline, und ihre Augen blitzten wütend. »Ich wusste zeitweise doch nicht einmal, wo du dich aufhältst! Stuttgart, Bodensee, Münsingen, Kreuznach – deine Briefe kamen von überall her! Hast du es je für nötig gefunden, mir zu erzählen, was du tust und mit wem?«

Alexander wandte schuldbewusst seinen Blick ab.

»Du lebst seit Jahren dein Leben, bist heute hier und morgen da – und da soll ich mich hinsetzen und meinem Sohn per Brief erklären, dass auch ich ein Recht auf ein neues Leben habe?«

»Das spricht dir doch niemand ab, Mutter, ich als Letzter! Aber …«

»Was aber?«, unterbrach Eveline ihn, und ihr Blick sagte: Wag es nicht, einen Ton gegen Bernhard zu sagen.

»Was war mit meiner Post? Ich habe jeden Brief an unsere alte Adresse geschickt.«

Eveline lachte leise auf, während sie Spülwasser ins Becken einließ. »Was denkst denn du? Als ob hier im Dorf etwas verloren geht! Der Postbote hat mir natürlich alles hierhergebracht. Hätte ich dir meine neue Adresse ohne weitere Erklärungen geschrieben, wärst du nur ins Grübeln gekommen.«

Und ob!, dachte Alexander düster und setzte sich an den Tisch. Es stand noch die Schütte mit dem Mehl darauf, aus dem seine Mutter die Kartoffelklöße gemacht hatte, die es zur Gans gegeben hatte. Kartoffelklöße! Er hatte nicht einmal gewusst, dass sie die zubereiten konnte.

Er wusste, er hätte Eveline beim Abwasch helfen sollen, doch so verwirrt, wie er war, wäre ihm wahrscheinlich mehr als ein Teller heruntergefallen. Und so blieb er wie belämmert sitzen.

»Ich bin vierundvierzig, Alexander«, fuhr Eveline in sanfterem Ton fort, während sie die Teller ins Spülwasser tauchte. »Ich bin Witwe, habe ein uneheliches

Kind von einem Mann, der mich im Stich ließ, meine Haare sind schon lange grau – welche Chancen, glaubst du, hätte ich im Leben noch gehabt? Berni ist ein guter Mann, er trägt mich auf Händen. Die Leute achten uns, auf einmal bin ich nicht mehr die arme Witwe vom Selbstmörder, sondern die Frau Schuldirektor! Und schau dich doch um – die Wohnung ist doppelt so groß wie unser altes Haus. Sie ist hell, es gibt keine steile Treppe, die man hinunterstürzen kann. Brennholz ist immer genügend da, ohne dass ich mich darum kümmern muss. Und bevor Berni morgens runter ins Schulzimmer geht, zündet er alle Öfen an, sodass ich nicht ganz so früh raus muss.« Ihr Blick wurde weich bei den letzten Worten, ihre Stimme ebenfalls. »Ich habe es gut getroffen, Alexander. Und deine Schwestern ebenfalls. Berni fördert sie nach Kräften!«

Das sehe ich, dachte Alexander bitter. Anstatt hinaus in die Welt zu gehen und sich an etwas zu versuchen, was ihnen Spaß macht, lebten die Mädchen das Leben ihrer Mutter nach.

Bevor er wusste, wie ihm geschah, kam Eveline zu ihm an den Tisch, legte beide Arme um ihn und drückte ihn mit nassen Händen an sich. »Ich liebe dich, mein Sohn. Und ich bin so stolz auf dich! Natürlich war ich manchmal traurig – und auch wütend! –, dass du dich gar nicht mehr hast blicken lassen. Aber ich akzeptierte deine Entscheidung. Ich wollte einfach nur, dass du glücklich bist. Auch wenn wir es nicht immer leicht hatten im Leben, wir haben etwas draus gemacht – findest du nicht?«

Und Alexander brachte es nicht übers Herz, Eveline zu widersprechen. Stattdessen strich er ihr unsicher über das silbergraue Haar. »Ja Mutter, alles ist gut, wie es ist.«

»Ich fasse es einfach nicht!« Wie ein eingesperrter Tiger lief Alexander in einem der Fremdenzimmer, die sie im Gasthof Ochsen bezogen hatten, hin und her. Das Zimmer von Lena lag direkt neben seinem, doch sie war noch auf einen Sprung zu ihm herübergekommen.

Der Gasthof war an Heiligabend geschlossen, und sie hatten die Wirtsleute nur kurz bei der Anreise gesehen. Morgen früh würde man ihnen ein Frühstück servieren, hatte Antons Mutter ihm bei der Schlüsselübergabe, kurz angebunden, mitgeteilt. Alexander war das Arrangement gerade recht. Wenn er nach allem, was er heute Abend erlebt und erfahren hatte, jetzt auch noch ihr erneut begegnet wäre, wäre das wirklich zu viel gewesen!

»Ich weiß gar nicht, was du hast. Es lief doch gut«, sagte Lena. »Deine Mutter hat dich in den Arm genommen, draußen in der Küche. Und sie ist dir nicht böse, dass du dich all die Jahre nicht hast blicken lassen. Ich finde so viel Großmut bewundernswert.«

»Ja, schon«, antwortete Alexander gequält. »Aber warum hat sie noch mal heiraten müssen? Durch mein Geld hatte sie doch ein Auskommen. Und dann ausgerechnet Herrn Friedrichsen! Lena – der Mann ist mindestens zwanzig Jahre älter als sie!«

»Na und? Ich bin auch zwei Jahre älter als du. Und dein Freund Anton ist ebenfalls mit einer wesentlich älteren Frau zusammen, hast du mir erzählt. Warum stellst du dich also an? *Berni* ...« – sie sprach den Namen regelrecht genüsslich aus, als wollte sie ihn extra quälen – »ist ein sehr netter Mann und ...«

»Ist ja gut«, unterbrach Alexander sie lachend. »Mutter hat schon genug Lobeshymnen auf *Berni* gesungen. Wie wäre es, wenn du mich zur Abwechslung einfach mal küsst?«

*

Nachdem sie ein wenig geschmust und sich dann brav mit einem Gutenachtkuss verabschiedet hatten, war Lena in ihr Zimmer gegangen. Die Nacht miteinander zu verbringen stand für beide außer Frage. Sie würde sich einem Mann erst in der Hochzeitsnacht hingeben, hatte Lena Alexander erklärt, als ihre Schmuserei einmal recht heftig geworden war. Er akzeptierte das, mehr noch, er fand es gut, dass Lena ihre Prinzipien hatte und diese auch streng vertrat. An Silvester wollte er ihr einen Heiratsantrag machen, und wenn sie Ja sagte, würden sie im kommenden Jahr heiraten. Bis dahin wollte er gern auf sie warten, auch wenn er sich nichts sehnlicher wünschte als eine gemeinsame Nacht mit ihr.

Alexander putzte sich die Zähne und machte sich bettfertig. Doch als er die zerschlissene Bettwäsche sah, die Karolina Schaufler aufgezogen hatte, verflog seine Lust, sich hinzulegen. Er überlegte einen Moment lang, dann zog er seine Jacke wieder an und ging die Treppe hinunter.

Vielleicht hatte er Glück, und Karolina hatte unten im Gasthof vorsorglich ein paar Getränke für sie bereitgestellt. Dann würde er bei einem Glas Wein oder einer Flasche Bier den Tag noch einmal Revue passieren lassen. Und vielleicht konnte er sich hinterher Lenas Bewertung, dass doch alles gut gelaufen sei, anschließen.

25. Kapitel

Was für eine Schnapsidee war es nur gewesen hierherzukommen! Seit Jahren hatte er kaum mehr Kontakt zu
seinen Eltern, und dann fuhr er ausgerechnet an Weihnachten nach Laichingen, haderte Anton und starrte in
sein Schnapsglas. Warum nur hatte er nicht Lutz' und
Bernadettes Einladung angenommen, den Heiligabend
mit ihnen zu verbringen? Diese Frage war allerdings
schnell beantwortet: Ohne Mimi wäre er sich bei den
beiden nur wie das dritte Rad am Wagen vorgekommen.
Und so hatte er sein Automobil aus der Garage geholt
und war hergefahren.

Eine Schnapsidee.

Statt sich über seinen unangekündigten Besuch zu
freuen, hatte seine Mutter den ganzen Abend auf ihm
und seinem Vater herumgehackt. Wie sein Vater das aus-
hielt, war Anton schleierhaft. Kein Wunder, dass er in
seinen geliebten Wald flüchtete, wann immer möglich.
Heute, am Heiligabend, war es natürlich *nicht* möglich
gewesen, und so war sein Vater unter dem Vorwand, er
habe für morgen noch Wildbret für die Wirtshausküche
vorzubereiten, nach dem Essen aufgestanden und in den
Keller gegangen.

Danke, Vater, danke, hatte Anton gedacht, als er mit seiner Mutter im schmucklosen Esszimmer zurückblieb. Die Wohnung über der Gaststube hatte muffig gerochen, weder nach Tannenzweigen noch nach Zimt, Vanille oder anderen weihnachtlichen Düften. Es gab keinen Weihnachtsbaum oder gar Geschenke unter den Eheleuten – nicht mal ein gläserner Engel stand herum, stellte Anton mit resigniertem Blick fest.

Auf der Herfahrt hatte er extra noch einen Abstecher nach Ulm gemacht, um in der Konditorei einzukaufen, in die Mimi früher so gern gegangen war. Er hatte Eierlikör mitgebracht und feinstes Gebäck. Da es keinen Nachtisch gab, schlug er vor, die Flasche mit dem Likör zu öffnen und etwas Süßes dazu zu essen.

»Eierlikör! Von dem wird mir immer schlecht, weißt du das nicht mehr?« Vorwurfsvoll hatte seine Mutter die Flasche aufs höchste Brett des Esszimmerschranks gestellt. Auch seine Gebäckauswahl war ein Reinfall. »*Petit Four*s! Muss es denn ausgerechnet Franzosengebäck sein? Ist dir unser deutscher Kuchen nicht gut genug?«, sagte die Mutter und lehnte es ab, die kleinen Küchlein auch nur zu kosten.

An dieser Stelle hatte Anton es aufgegeben, für gute Stimmung zu sorgen. Karolina war schon immer missmutig gewesen und würde sich wahrscheinlich nicht mehr ändern.

Und so hatten sie noch eine halbe Stunde lang zusammengesessen und mühsam versucht, Konversation zu machen. Er fragte, wie das Gasthaus lief und ob die Leute nun, ein Jahr nach Kriegsende, wieder regulär zum Essen kamen. Statt sich über sein ehrliches Interesse zu freuen und ganz normal zu antworten, keifte seine Mutter ihn jedoch nur an und drehte ihm jedes Wort im Mund herum. Dann begann sie einen Monolog, beschwerte sich über diesen im Dorf und zog über jenen her. Dass Alexander über Weihnachten ebenfalls in Laichingen war und sogar ein Zimmer hier im Ochsen hatte, erwähnte sie erst spät und nur in einem Nebensatz.

Anton hingegen war vor Überraschung fast an die Decke gesprungen. Alexander war hier? Wann war er gekommen? Und warum hatte seine Mutter ihm das nicht gleich gesagt? Die Aussicht, seinen Freund aus Jugendtagen zu treffen, hatte seine Laune schlagartig gehoben.

»Ein feiner Lackel ist er geworden, dein Freund«, hatte seine Mutter gemeint und das Wort Freund wie ein Schimpfwort ausgestoßen. »Und seine zukünftige Frau Gemahlin ist auch eine ganz feine, sag ich dir. Aber ist es denn ein Wunder, dass er sich so eine aussucht? Man muss ja nur seine Mutter anschauen, um zu wissen, woher er die Allüren hat.«

Frau Gemahlin? Alexander wollte heiraten? »Wie sieht sie denn aus, die Frau an Alexanders Seite? Er ist heute Abend sicher bei seiner Familie? Wann kommt er zurück?« Doch statt auf Antons Fragen-Bombardement zu antworten, hatte seine Mutter übertrieben laut gegähnt, als hätte der Abend im Allgemeinen und das Gespräch über Alexander im Besonderen sie extrem ermüdet.

Anton hatte dies dankbar als Zeichen genommen, sich für die Nacht zu verabschieden. Allerdings war er nicht in sein Zimmer gegangen, sondern hinunter in die Gaststube, und hatte sich einen Schnaps eingeschenkt. Er musste unbedingt den schalen Nachgeschmack des Heiligen Abend wegspülen.

Statt zu trinken, schaute Anton sein Schnapsglas

jetzt jedoch nur an. Sorgen waren gute Schwimmer – sie in Alkohol ertränken zu wollen, hatte bei ihm noch nie funktioniert. Wenn er jetzt Hochprozentiges zu sich nahm, würde er morgen auf der Heimfahrt nur einen dicken Kopf haben. Am besten holte er sich einfach nur eine Flasche Bier.

Er war gerade aufgestanden, als er auf der Treppe Schritte hörte. Es war ein unsteter Tritt, gerade so, als würde jemand humpeln …

»Alexander!«

»Anton!«

Die beiden Männer fielen sich in die Arme.

»Zum Wohl!«

»Zum Wohl!«

Das Geräusch der zwei aneinanderschlagenden Bierflaschen klang wie Musik in Antons Ohren. Es war so schön, den alten Freund wiederzusehen! Genüsslich lehnte er sich auf seinem Stuhl zurück und sagte: »Sag mal, wann haben wir uns eigentlich zuletzt getroffen?« Alexander war noch immer ein Strich in der Landschaft, dachte er, dagegen wirkte er, Anton, mit seinem Bauchansatz fast schon dick. Und dann Alexanders hohe Wangenknochen und die tiefliegenden Augen, deren Blick so intensiv war – kein Wunder, dass die Frauen auf ihn flogen!

Alexander winkte ab. »Das ist Jahre her, es muss vor dem Krieg gewesen sein.«

Anton nickte. Der Krieg. »Und – wie ist es dir so ergangen? Erzähl! Mutter sagt, du bist mit deiner Zukünftigen hier?«

Alexander lachte. »Schön wär's!« Seine Wangen röteten sich vor Aufregung, als er von Lena Enders, der Tochter eines Kreuznacher Salinenarbeiters, erzählte. »Wir wollen den Jahreswechsel in Stuttgart verbringen, ich möchte Lena die Stadt zeigen. Bei der Gelegenheit werde ich zum Juwelier am Schlossplatz gehen und einen Ring kaufen. Und dann will ich Lena feierlich um Schlag Mitternacht einen Antrag machen!«

Anton nickte wohlwollend. Er hatte gar nicht gewusst, dass Alex ein solcher Romantiker war. »Sehr schön! Dann hoffen wir mal, dass Lena keine anderen Pläne hat...«

»Wie meinst du das?« Alexander lachte irritiert auf.

»Ach, das war nur so dahingesagt«, wiegelte Anton ab und dachte dabei an Mimi, die auf und davon gegangen war, noch bevor er um *ihre* Hand hatte anhalten können.

Alexander schaute ihn scharf an. »Wusstest du eigentlich, dass meine Mutter wieder geheiratet hat? Den Friedrichsen?«

»Hab's irgendwann mitbekommen. Ist aber schon länger her, zwei Jahre oder so? Ausgerechnet den Friedrichsen...«

Die beiden Freunde verdrehten grinsend die Augen, und Alexander gestand, von der Hochzeit bis zum heutigen Tag nichts gewusst zu haben. »Ich habe mich gefühlt wie der letzte Depp!«, sagte er.

Anton nickte. »Das Gefühl ist mir nicht unbekannt.« Es war seltsam, da hatten sie sich jahrelang nicht gesehen, und doch hatte sich die alte Vertrautheit zwischen ihnen sogleich wieder eingestellt. Und das, obwohl ihr letztes Treffen nicht sehr freundschaftlich verlaufen war. Alexander war damals der Erfolg ziemlich zu Kopf gestiegen...

»Hör mal, nennst du dich immer noch Paon? Steht's gut um die Kunst? Bist du als Maler noch gefragt?«

Alexander grinste erneut. »Die Antwort auf alle drei Fragen lautet: Ja!« Er trank einen Schluck Bier, dann erzählte er von einer Ausstellung, die er vor ein paar Wochen in Kreuznach gehabt hatte. »Alle Bilder wurden verkauft!«

»Gratulation! Wer hätte gedacht, dass aus dir noch mal was wird?«

Wieder verfielen die Männer in kameradschaftliches Gelächter. »Weißt du noch damals, als wir bei Josef Stöckle im Holzschuppen…« Anton verstummte, ehe er fortfuhr: »Was macht dein Bein eigentlich inzwischen?«

»Das Bein macht keine Probleme mehr, mir scheint das milde Klima in Rheinhessen zu bekommen«, sagte Alexander. »Doch was mich quält, ist die Tatsache, dass ich zwar *Karriere* gemacht, aber meine Familie verloren habe. Diese Distanz heute – schrecklich war das! Meine Schwestern und ich, und Mutter und ich auch… Wir hatten uns irgendwie nichts zu sagen.«

Anton schnaubte. »Glaubst du, mir ergeht es anders? Hätte ich mich ohne Mimi in Münsingen nicht so einsam gefühlt, wäre ich gar nicht hergekommen. Den ganzen Abend über habe ich meine Schnapsidee bereut.« Er zeigte mit dem Daumen nach oben in Richtung der elterlichen Wohnung. »Aber lass uns ehrlich sein – hatten wir uns mit unseren Eltern etwa mehr zu sagen, als wir noch hier lebten? Vielleicht ist es ganz normal, dass man sich voneinander entfernt?« Er sah, wie Alexander jedes seiner Worte wie ein Schwamm aufsaugte. »Jetzt hab bloß kein schlechtes Gewissen wegen irgendetwas. Jeder lebt sein Leben! Und wie ich deine Mutter kenne, sorgt sie schon dafür, dass ihres nicht schlecht ist.« Wie aus dem Nichts erschien vor seinem inneren Auge ein bestimmtes Bild: wie er einst durchs Fenster gesehen hatte, dass Eveline Schubert Hannes Merkle auf ziemlich erotische Art verführte.

»Du hast recht, vielleicht denke ich einfach zu viel nach«, sagte Alexander und hob erneut seine Flasche zum Anstoßen. »Jetzt bist du dran mit Erzählen. Ist aus Mimi Reventlow und dir ein Paar geworden? Du kannst es abstreiten, so viel du willst, ich bleibe dabei – du hast dich, trotz Christel, schon als junger Bursche in sie verguckt. Damals, als sie hierherkam, um ihren Onkel zu pflegen ...«

Anton schüttelte nur den Kopf. »Was du dir zusammenreimst – Mimi und ich waren viele Jahre Weggefährten, mehr nicht. Im Krieg ist mir allerdings klar geworden, dass sie mir doch viel mehr bedeutet. Und dann ... Nach dem Krieg bekannten wir uns zu unserer Liebe. Doch bevor ich ihr einen Heiratsantrag machen konnte, ist sie auf und davon nach Amerika!«

»Amerika? Du lieber Himmel, was macht sie denn da?« Alexander lachte ungläubig auf.

Anton seufzte. »Wenn ich das so genau wüsste.« Er erzählte, dass Mimi durch einen Auftrag Christel in Kalifornien wiedergefunden hatte und anschließend noch nach New Mexico gereist war. Und dass er seitdem die Stellung in der Druckerei hielt.

»Das ist ja nicht zu fassen! Und ich dachte, *mein* Leben ist spannend!«, rief Alexander, als Anton zum Ende gekommen war. »Mimi Reventlow ist wirklich eine ganz besondere Frau. Eine wie sie kann man nicht festbinden, deshalb finde ich es gut, dass du ihr diese

Erfahrung ermöglicht hast, indem du ihren Part in der Druckerei übernahmst.«

Anton seufzte tief auf.

»Du hast doch nicht etwa Angst, dass sie in Amerika bleibt? Mimi kommt zurück, ganz gewiss! Ich glaube nämlich, sie liebt dich auch. Als ich sie in Münsingen besuchte, hat sie immer wieder von dir erzählt und geschwärmt«, sagte Alexander.

Mimi hatte von ihm geschwärmt? Einen Moment lang hellte sich Antons Miene auf. Doch gleich darauf seufzte er wieder schwer. »Ich weiß ja, dass sie zurückkommt. Mitte Januar legt ihr Überseedampfer in Hamburg an…«

»Ach… Und überlegst du, ob du sie überraschen und in Hamburg abholen willst?« Gespannt beugte sich Alexander über den Tisch Anton entgegen.

Anton schüttelte den Kopf. Sollte er seinem Freund wirklich sein Herz ausschütten? Ihr Gespräch fühlte sich vertraut an, aber was, wenn »Paon« morgen wieder seine Allüren hatte? Dann würde er, Anton, seine Offenheit bereuen.

Alexander runzelte die Stirn. »Sag bloß nicht, dass du sauer bist, weil Mimi Reventlow sich die Freiheit herausgenommen hat, diese Reise zu machen. Sie hat vier Jahre lang die Stellung in der Druckerei gehalten, während du an der Front warst, hast du das vergessen?«

Anton schnaubte. »Wie könnte ich das je vergessen? Daran erinnern mich meine Freunde auch immer wieder«, sagte er ironisch.

»Was plagt dich dann so? Mensch Anton, spuck's aus, ich bin dein Freund!«

Einen Moment noch zögerte Anton, doch dann erzählte er, wie er im Lazarett angefangen hatte, sich um die kriegsversehrten Kameraden zu kümmern. Wie er mit ein paar Brettern und Nägeln Krücken gebaut hatte, wie Michel, der junge Melker aus dem Allgäu, beim Üben mit seinen Krücken von einer Miene zerfetzt wurde. Er erzählte von Theresa Power, der Bildhauerin, in die er sich verliebt hatte und die ihn zum Bauen von Gehhilfen überhaupt erst inspiriert hatte. Auf Alexanders fragenden Blick hin versicherte er, dass es zwischen ihnen nicht zum Letzten gekommen war.

»Diesen Sommer hat sich Theresa wieder bei mir gemeldet, per Brief. Sie ist Witwe, wohnt in London und arbeitet dort weiterhin mit Kriegsversehrten. Wir schreiben uns regelmäßig.«

»Und?«

»Und?«, äffte Anton seinen Freund leicht nach. »Jeder Brief von Theresa ist eine Qual für mich! Wenn sie berichtet, wie weit die Londoner Spezialisten im Prothesenbau schon sind, dann möchte ich am liebsten auf der Stelle die nächste Schiffspassage nach London buchen. Alexander, du und ich – wir zwei sind heil durch den Krieg gekommen, Millionen jedoch starben oder kehrten als Krüppel zurück! Ich ertrage den Gedanken einfach nicht, dass ich gemütlich auf der Schwäbischen Alb meiner Arbeit nachgehe, während so viele arme Teufel nicht mal eine Hand heben oder allein aufs Klo gehen können.« Anton war bei den letzten Sätzen laut geworden. Mäßige dich, mahnte er sich selbst, mit seiner Art, sich bei diesem Thema so zu ereifern, hatte er schon etliche Leute vergrätzt.

Doch Alexander nickte nur nachdenklich. »In Kreuznach gibt es eine Suppenküche für arme Leute, davor stehen immer viele Kriegsversehrte. Der eine hat nur eine Hand, der andere nur ein Bein, wieder andere werden in einem Leiterwagen hingefahren, weil sie nur noch Stümpfe haben. Ich habe jedes Mal einen Kloß im Hals, wenn ich diese Männer sehe! Vor meiner Abreise habe ich der Suppenküche noch eine größere Spende übergeben, darüber hinaus wüsste ich jedoch nicht, wie ich helfen könnte. Hättest du denn eine Ahnung, wie man Krücken oder gar Prothesen anfertigt?«

Anton zuckte mit den Schultern. »Ahnung wäre zu viel gesagt. Ich sehe halt, wo es hapert. Und ich habe viele Ideen, was man verbessern könnte. Allein durch die Verwendung von leichterem Material ließe sich viel erreichen. Sowieso müsste man mit viel mehr Materialien experimentieren! Man müsste viel mehr auf den Einzelnen und seine Figur eingehen – eine Prothese passt nun mal nicht für jeden, wenigstens drei verschiedene Größen müsste es geben und unterschiedliche Befestigungsarten. Theresa sagt, gleich bei ihr um die Ecke gibt es eine Fabrik, die stellen Hand- und Beinprothesen her. Der Inhaber sucht nach einem stellvertretenden Geschäftsführer, und falls dieser sich im Laufe der Zeit als fähig herausstellt, wäre er bereit, ihn zum Teilhaber zu machen. Für mich hörte sich Theresas Brief so an, als sei der Firmeninhaber ein engagierter und blitzgescheiter Mann, der jemanden sucht, mit dem er …« Anton redete und redete.

Und Alexander hörte zu.

»Jedenfalls – die Stelle in London würde mich wahnsinnig reizen. Dann könnte ich endlich etwas Sinnvolles mit meiner Zeit anfangen«, endete Anton schließlich. Du dämlicher Hund, ärgerte er sich sofort, als er Alexanders betroffene Miene sah. Da trafen sie sich nach vielen Jahren wieder, und das Einzige, was ihm einfiel, war, über zerfetzte Gliedmaßen zu sprechen!

»London… Das liegt ja nicht gerade um die Ecke«, sagte Alexander gedehnt. »Käme die Druckerei denn ohne dich aus?«

Die Frage kam so überraschend, dass Anton einen Moment lang brauchte, um sie zu beantworten. »Ich glaube schon«, sagte er zögerlich. »Zum einen kommt Mimi bald zurück, und zum andern sind unsere Handlungsreisenden inzwischen so selbstständig und erfahren, dass sie auch ohne mich Aufträge an Land ziehen. Und Herrn Frentzen in der Ulmer Dependance gibt's auch noch…« Er schaute Alexander verzweifelt an. »Glaub mir, ich habe schon viele Nächte über all das nachgedacht! Die Druckerei ist nicht das große Problem, das ließe sich alles lösen. Aber was ist mit Mimi? Ich liebe sie, Alexander!«

Der Jugendfreund schaute ihn ernst an. »Die Frage ist, wie lange eine Liebe überlebt, wenn man dafür seine tiefste Leidenschaft opfern muss…«

26. Kapitel

Hamburg, Mitte Januar 1920

Mit einem wohlig warmen Gefühl im Bauch packte Mimi ihre Kleider und persönlichen Gegenstände in ihre Koffer. In wenigen Stunden würde das Schiff in den Hamburger Hafen einlaufen. Ob Anton sie wohl abholte? Verrückt genug war er, um sie auf diese Art zu überraschen, dachte Mimi, und ihr Schmunzeln wurde breiter. Ach, sie freute sich so auf zu Hause!

Mit einer fast liebevollen Geste steckte sie zuletzt ihre drei Notizbücher, randvoll geschrieben mit ihren Kriegsalltagserinnerungen, in die Handtasche. Auf der ganzen Reise hatte sie die Notizbücher dort – nah an ihrem Körper – getragen. Undenkbar, wenn eins ihrer Gepäckstücke zusammen mit den Büchern verloren gegangen wäre!

Für Mabel Dodge, die sich tatsächlich um einen Verleger für Mimis Erinnerungen kümmern wollte, hatte sie ihre Notizen Wort für Wort abgeschrieben. Keinesfalls hätte sie sich von den Originalen trennen wollen!

In den letzten Tagen auf dem Schiff hatte sie Seite für Seite noch mal gelesen. Sie hatte sich gezwungen, nicht allzu emotional und stattdessen einigermaßen objektiv zu sein, und dennoch hatte sie etwas empfunden, womit sie nicht gerechnet hatte: Ihre Texte waren »schön« geworden.

Dass so etwas wie »Schönheit« bei Beschreibungen der Kriegsjahre überhaupt möglich war, hatte sie nicht für möglich gehalten.

Ihr Leben lang hatte sie geglaubt, dass man sich entscheiden müsse bei dem, was man tat: Wollte man ernsthafte Kunst machen so wie Alexander Schubert? Oder lag einem eher die leichte Muse? Bisher hatte sie sich für Letzteres entschieden, sei es mit Fotografien, ihren Adventskalendern oder auch mit ihrer Biografie über Chrystal.

Doch nun, mit ihren Kriegserinnerungen, würde es ihr auf seltsame Weise gelingen, das Leichte mit dem Schweren zu vereinen. Denn ihre Texte und Fotografien waren im selben Maß authentisch wie Mut machend. Sie beschönigten nichts. Aber gleichzeitig riefen sie einem zu: Gib nie auf! Und wenn die Welt noch so dunkel erscheint, glaub weiterhin ans Gute! Solche Sätze hatte sie zwar nicht deutlich geschrieben, dennoch las Mimi sie immer wieder zwischen den Zeilen heraus. Ob es jemand anderem auch so ergehen würde?, fragte sie sich und konnte es kaum erwarten, zu Hause dem einen oder anderen die Notizbücher zum Lesen zu geben.

Kritisch schaute sie sich nun in ihrer Kabine um, damit sie beim Einpacken ja nichts übersah. Es war verrückt, aber ihre Texte machten sie stolz und glücklich wie bisher nichts anderes zuvor. Und mehr noch – bei Mabel Dodge, in der ruhigen amerikanischen Wüstenlandschaft, hatte sie zum ersten Mal geglaubt, ihre Mitte gefunden zu haben, ihren Kern, das, was sie ausmachte.

Es war nicht Anton, der sie am Uferkai des Hamburger Hafens erwartete. Mimi traute ihren Augen kaum, als sie von Deck aus unter Hunderten von Menschen ganz vorn an der Gangway zwei andere bekannte Gesichter sah. »Das gibt's doch nicht«, murmelte sie vor sich hin. Da unten standen Josefine und Adrian!

Mimi winkte und winkte. Und ihre beiden Freunde winkten zurück.

Als sie das Schiff endlich verlassen hatte, fiel Mimi erst Josefine um den Hals, dann Adrian. »Ich fasse es nicht – dass ihr hier seid! Seid ihr extra aus Berlin angereist, oder habt ihr geschäftlich in Hamburg zu tun? Ist Anton auch hier? O Gott, ich habe euch so viel zu erzählen!«, rief sie über den Lärm hinweg. Reisende, Kofferträger, Matrosen – der Kai glich einem Hexenkessel!

Statt zu antworten, schnappte sich Adrian Mimis Gepäck. »Lass uns schauen, dass wir aus dem Getümmel fortkommen!«

Josefine hakte sich fest bei ihr unter. »Wir haben ebenfalls ein Zimmer im Hotel Reichshof – wenn du magst, können wir heute Abend zusammen essen. Ich hoffe, das ist in deinem Sinn?«

»Und ob das in meinem Sinn ist!«, rief Mimi glücklich. Das Hotel Reichshof lag in der Nähe vom Hauptbahnhof, auch auf dem Hinweg hatte sie dort übernachtet. Und für ihre Rückreise hatte Anton ihr dort ebenfalls ein Zimmer reserviert.

Das Gewusel um sich herum ignorierend, blieb Mimi abrupt stehen. »Das hier war doch sicher Antons Idee, oder?«, fragte sie grinsend. »Jetzt sagt schon, wo ist der Schuft? Womit will er mich noch überraschen?«

Josefine und Adrian wechselten einen kurzen Blick.

Das frohe Gefühl in Mimis Bauch verschwand schlagartig. »Was ist?«, wollte sie misstrauisch wissen. »Es ist doch alles in Ordnung? Ist Anton krank? Oder ist was mit der Druckerei?«

Das Ehepaar tauschte erneut einen Blick. »Keiner ist krank, und mit der Druckerei ist auch alles in Ordnung«, sagte Josefine. »Aber reden müssen wir trotzdem. Komm!«

Das Hotelrestaurant hatte noch geschlossen, und so gingen sie in die Kamin-Bar, in der zur Nachmittagsstunde nur ein paar ältere Damen und Herren saßen, am Feuer Zeitung lasen, Tee tranken und aus dem Fenster hinaus auf die belebten Straßen schauten.

Während Adrian an der Theke Tee und für jeden eine Scheibe Sandkuchen orderte, unterhielten sich Mimi und Josefine über Belanglosigkeiten. Mimi machte der Freundin ein Kompliment zu ihrer neuen Frisur – sie trug die Haare nun noch kürzer als sonst. Und Josefine erzählte, dass es in Berlin kurz nach Weihnachten zum ersten Mal seit Jahren geschneit hatte und Adrian und sie Schlitten gefahren waren. Leider sei der Schnee nach wenigen Tagen wieder weggewesen, endete sie bedauernd.

»Bei uns auf der Schwäbischen Alb ist es den ganzen Winter über tief verschneit. Anton und ich waren mal mit einem Pferdeschlitten unterwegs, was ich wunderschön fand. Wenn ihr also Schnee wollt, müsst ihr uns nur besuchen kommen«, sagte Mimi. Irgendetwas lag in der Luft, dachte sie gleichzeitig. Wollten die beiden ihre Anteile an der Druckerei zurückgeben? Die nächste Bemerkung von Josefine verstärkte Mimis Vermutung noch.

»Es kann gut sein, dass wir in nächster Zeit mal nach

Münsingen kommen, nicht wahr, Adrian?«, sagte Josefine in einem fast übertriebenen Plauderton zu ihrem Mann, als dieser sich wieder zu ihnen setzte.

Statt seiner Frau zu antworten, schaute Adrian Mimi ernst an. »Mimi, ganz gleich, wie lange wir hier noch um den heißen Brei herumreden – dieses Gespräch wird dadurch nicht einfacher.« So tapfer er begonnen hatte, so Hilfe suchend schaute er jetzt zu seiner Frau.

Josefine legte Mimi eine Hand auf den Arm. »Mimi, was jetzt kommt, ist wahrscheinlich ein ziemlich großer Schock für dich. Es ist so … Anton ist weg.«

»Anton ist weg?« Mimi schaute panisch von einem zum andern. War er verschwunden, so wie einst Chrystal? »Was soll das heißen? Mit euren Andeutungen macht ihr mich ganz verrückt, jetzt sagt bitte, was los ist!«

Und genau das taten Josefine und Adrian. Gefasst erzählten sie Mimi, dass Anton Anfang des Jahres bei ihnen in Berlin gewesen war, um ihnen seinen Anteil an der Druckerei anzubieten. Er wollte ein neues Leben beginnen, in London, und dafür benötigte er Startkapital. Natürlich hatten sie nach seinen Beweggründen gefragt, nachgehakt, wie er sich das alles vorstelle. Und so hatte Anton ihnen von seinem großen Wunsch erzählt, in einer Fabrik für Prothesenbau einzusteigen, zuerst als stellvertretender Geschäftsführer, später vielleicht auch als Teilhaber. Mehr als einmal hatten sie Anton gefragt, ob er nicht zuerst einmal sie beide und Mimi als seine Stellvertreter einsetzen wollte, anstatt gleich seine Anteile zu verkaufen. Doch Anton war bei seiner Entscheidung geblieben. Er habe in der Druckerei alles gut geregelt, und er sei sich sicher, dass Mimi dank seiner Vorbereitungen bestens zurechtkommen würde.

Was hätten sie dagegen sagen sollen? Und so hatten sie nach einer Nacht Bedenkzeit zugestimmt, seine Anteile zu kaufen – auch wenn sie nicht sonderlich begeistert von diesem Arrangement waren.

»Natürlich würden wir dir Antons Anteile auch zum selben Preis weiterverkaufen, wenn dir das lieber ist«, sagte Adrian zu Mimi.

»Ich fand es ehrlich gesagt unmöglich, dass Anton uns zeitlich so unter Druck gesetzt hat. Noch von Münsingen aus hat er per Telegramm einen Notartermin in Berlin vereinbart! Dass wir auch hätten Nein sagen können, ist ihm wohl gar nicht in den Sinn gekommen«, warf Josefine verärgert ein. »Mir wäre es zehn Mal lieber gewesen, er hätte mit allem gewartet, bis du zurück bist. Aber nein, er wollte unbedingt das neue Jahr mit diesem... Aufbruch beginnen!«

Mimi, die wie betäubt zugehört hatte, schüttelte nur den Kopf. »Das kann doch alles nicht wahr sein«, flüsterte sie. »London? Eine Prothesenfabrik? Warum hat er mir nie von dieser Idee geschrieben? Ich verstehe nicht...« Mit leicht konsterniertem Blick schaute sie von einem zum andern. »Er kann doch nicht gehen, ohne vorher mit mir gesprochen zu haben! Die Druckerei ist doch unser gemeinsames Kind!«, rief sie so laut, dass die Zeitungsleser an den anderen Tischen herüberschauten.

»Glaubst du nicht, dass ich ihm das auch gesagt habe?« Josefine stöhnte. »Ich könnt ihm den Hals umdrehen, so wütend bin ich auf den Mann! Er hat dir übrigens einen Brief geschrieben, er liegt in deinem Büro in Münsingen.«

Ein Brief in Münsingen. Das war alles, was auf sie wartete, wenn sie heimkam. Mimi begann zu weinen.

Josefine nahm Mimi tröstend in den Arm und wiegte sie beruhigend hin und her.

Adrian seufzte tief auf. »Wenn ich ehrlich bin, habe ich Verständnis für die Art, wie Anton seine Entscheidung getroffen hat.«

Zwei Frauenaugenpaare schossen zu ihm herum.

»Willst du ihn für seine Feigheit jetzt auch noch in Schutz nehmen?«, fuhr Josefine ihren Mann an, und Mimi weinte noch heftiger.

»Wäre der Schock für dich weniger groß gewesen, wenn Anton dir seine Entscheidung von Angesicht zu Angesicht mitgeteilt hätte? Ich glaube nicht«, sagte Adrian sanft zu Mimi. »Was ich hingegen glaube, ist, dass Anton vielleicht der Mut verlassen hätte, wenn ihr euch erst einmal wieder in die Arme geschlossen hättet.«

»Und wenn es so gewesen wäre?«, schluchzte Mimi. »Ich dachte, er liebt mich! Er wollte mir doch einen Heiratsantrag machen, wenn ich nach Hause komme. Ich dachte, er wäre glücklich!« Nein, das war er nicht, schoss ihr im selben Moment durch den Kopf. Seit Anton aus dem Krieg zurückgekommen war, war er keinen einzigen Tag lang glücklich gewesen. Sicher, sie hatten sehr schöne Momente gehabt, aber der Krieg hatte Antons ehemalige Leichtigkeit aufgefressen wie ein gieriges Monster. Von der Grundstimmung her war Anton seitdem ein tief unglücklicher Mann.

»Anton liebt dich, Mimi«, sagte Adrian eindringlich. »Aber ein Ja auf der einen Seite bedeutet immer auch ein Nein auf der anderen. Ich weiß, wovon ich rede. Als ich vor vielen Jahren nach Amerika gereist bin, um nach einem Fahrradproduzenten zu suchen, hat mich die Trennung von Josefine auch fast umgebracht. Damals war das Reisen noch sehr viel abenteuerlicher als heute, wir wussten ja nicht, ob wir uns jemals wiedersehen!« Er tauschte mit seiner Frau einen liebevollen Blick, dann wandte er sich wieder an Mimi und sagte sanft: »Auch Anton hat es das Herz gebrochen, dass er dich verlassen muss, um nach London zu gehen, glaube mir!«

»Herz gebrochen, pah! Er hätte ja nicht gehen müssen«, sagte Josefine spitz.

Mimi schwieg, während sich eine tiefe Traurigkeit in ihrem Innern breitmachte. Und zu der Traurigkeit gesellte sich das Gefühl, als Frau an Antons Seite versagt zu haben. So viele Jahre waren sie Weggefährten gewesen, beste Freunde, Geliebte! Doch als Anton sie am dringendsten gebraucht hatte, war sie nicht für ihn da gewesen.

Sie alle hatten sein Engagement für die Kriegsversehrten als übertrieben angesehen, als Manie, als Besessenheit. Für Anton war dieses Thema jedoch zu einem Lebensthema geworden – die Tatsache, dass er für seine kriegsversehrten Kameraden so wenig tun konnte, hatte ihn innerlich zerrissen. Doch anstatt ihm bei diesem Kampf zur Seite zu stehen, war sie in der Welt herumgereist, und Anton hatte alles mit sich allein ausgemacht.

Und nun war er fort.

Mimi schaute auf, ihre Augen verweint. »Wie soll ich ohne Anton leben? Er und ich – ich dachte, das wäre für immer ...«

Zehn Jahre später

Stufen

Wie jede Blüte welkt und jede Jugend
Dem Alter weicht, blüht jede Lebensstufe,
Blüht jede Weisheit auch und jede Tugend
Zu ihrer Zeit und darf nicht ewig dauern.
Es muß das Herz bei jedem Lebensrufe
Bereit zum Abschied sein und Neubeginne,
Um sich in Tapferkeit und ohne Trauern
In andre, neue Bindungen zu geben.
Und jedem Anfang wohnt ein Zauber inne,
Der uns beschützt und der uns hilft, zu leben.

Hermann Hesse

27. Kapitel

Rheinhessen, Bad Kreuznach, März 1930

»…ist ein erfülltes Leben zu Ende gegangen. Mögen die Seele und der Geist des Toten dorthin zurückkehren, woher er einst gekommen ist.« Der Pfarrer, ein verhutzelter kleiner Mann mit gütigen Augen, hob die Schaufel, die in einem kleinen Haufen frischer Erde neben dem Grab steckte. »Erde zu Erde, Asche zu Asche, Staub zu Staub… Friede sei mit Deiner Seele.« Noch während er die liturgische Formel sprach, warf er drei Handvoll Erde auf den ins Grab gesenkten Sarg.

Es war ein verhangener Märztag. Statt sich endlich zu verabschieden, lungerte der Winter wie ein ungebetener Gast im Schatten der Kreuznacher Friedhofskapelle herum. Die Mienen der Trauergäste waren genauso trüb wie der Himmel, an dem es die Sonne nicht durch die vielen Wolken schaffte. Doch fröhlicher Sonnenschein hätte dem Tag auch nicht gestanden, darin war sich die Trauergemeinde einig. Genauso einig waren sich alle darin, dass der Tod des Verstorbenen für Bad Kreuznach einen großen Verlust bedeutete.

Der Pfarrer steckte die Schaufel zurück in den Erd-

350

haufen, zeichnete mit seiner rechten Hand ein Kreuz in die Luft. »Im Namen des Vaters, des Sohnes und des Heiligen Geistes, Amen.«

»Amen«, murmelte die Trauergemeinde.

Nach der Beerdigung fand im Kurhauscafé der Leichenschmaus statt. Über hundert Trauergäste saßen bei Kaffee und Hefekuchen beieinander. Der Bürgermeister, Stadträte, ein paar der französischen Besatzungsoffiziere, Geschäftsleute, Kunstliebhaber. Gemeinsam erinnerte man sich an dieses Erlebnis und jenen Vorfall mit dem Verstorbenen. Draußen im Kurpark pflanzten die Gärtner farbenfrohe Stiefmütterchen in die Beete. Drinnen im Café war die Luft erfüllt von Gelächter, von Trauer und dem Geruch nach zu vielen Zigarren.

Einer nach dem andern kamen die Trauergäste an Alexanders Tisch, gerade so, als wollten sie einem Sohn zum Verlust des Vaters kondolieren. Und ein wenig fühlte sich Alexander bei Felix Hessweilers Beerdigung auch so – wie ein Sohn.

Lena und die Kinder wichen Alexander nicht von der Seite, alle andern waren erleichtert, nach dem Leichenschmaus nach Hause gehen zu können. Für die siebenjährige Rebecca und ihre ältere Schwester, die achtjährige Friederike, war es die erste Beerdigung ihres Lebens. Die Vorstellung, dass Opa Felix, wie sie den Galeristen, der bei ihnen ein- und ausgegangen war, genannt hatten, nun unter der Erde lag und von den Würmern zerfressen wurde, beunruhigte die beiden Mädchen sehr.

Es war vier Uhr nachmittags, als sie sich auf den Heimweg machten. Die Villa, die sie noch vor Friederikes Geburt bezogen hatten, lag im Kurhausviertel, entsprechend kurz waren sie unterwegs. Ob es in Ordnung sei, wenn er sich ein wenig zurückzog, fragte Alexander seine Frau, als sie in der Garderobe standen. Lena küsste ihn verständnisvoll, und anstatt Jacken und Schals auszuziehen, schnappte sie sich die Kinder und ging mit ihnen hinaus ins Salinental, wo ihre Eltern noch immer wohnten. Lenas Mutter hatte den beiden Mädchen versprochen, ihre Leibspeise zu kochen – frische Leberwürste mit Kartoffeln.

Dankbar für die Einsamkeit, lief Alexander ziellos von Zimmer zu Zimmer, nahm erst im Salon am großen Marmortisch Platz, nur um gleich darauf ins Wohnzimmer zu gehen und dann hinaus auf die Terrasse. Nirgendwo kam er zur Ruhe, und so zog er sich schließlich in sein Atelier zurück, dem einzigen Ort, an dem er zu sich fand, ganz gleich, wie unstet die Welt draußen auch war.

Doch statt sich an die Staffelei zu stellen, saß er nun an seinem Schreibtisch.

Ein Leben, wie eine niedergebrannte Kerze von einem Windhauch ausgeblasen, dachte er traurig. Heute noch voller Pläne und Ideen, und morgen konnte schon alles vorbei sein.

Felix Hessweiler war am 9. März erst sechzig Jahre alt geworden – seinen runden Geburtstag hatten sie noch groß zusammen im Kurhausrestaurant gefeiert. Und nun, keine zwei Wochen später, lag er auf dem Hauptfriedhof unter der Erde.

Ein Herzinfarkt. Es war ganz schnell gegangen. Am Abend davor hatten er, Alexander, und der Galerist sich noch zu einer kurzen Besprechung getroffen. Es ging um eine weitere Ausstellung, sie war für den Sommer geplant gewesen.

Nach dem immensen Erfolg seiner Madonnen-Serie hätte sich Alexander – oder Paon, wie er in Kunstkreisen noch immer hieß – jede Galerie der Welt aussuchen können, angefangen bei den feinsten Adressen in Frankfurt, Berlin, München bis hin zu Galerien in Paris, Rom oder Mailand. Sogar ein Galerist aus New York hatte schon bei Alexander angeklopft! Doch er war Felix Hessweiler treu geblieben. Der Galerist hatte ihn in allem, was er tat, unterstützt.

Sie waren ein gutes Team gewesen, verdammt!, dachte Alexander und biss so fest die Zähne aufeinander, dass sein Kiefer schmerzte. Als er aus den bodentiefen Sprossenfenstern seines Ateliers in den Garten schaute, nahm er weder die weitläufigen Rasenflächen wahr, die ein Gärtner wöchentlich pflegte, noch den Teich mit den Goldfischen, an denen die Kinder so eine Freude hatten. Er sah auch nicht den schmiedeeisernen Pavillon, den er Lena zu ihrem letzten Geburtstag geschenkt hatte und um den herum sich die Kletterrosen diesen Sommer hoffentlich besser entwickeln würden als im letzten Jahr. Alexander sah einfach nur eine riesengroße Leere vor sich. Und es gab keinen Menschen in seinem Leben, der diese Leere hätte füllen können.

Mit Felix Hessweiler hatte er nicht nur seinen Galeristen verloren, sondern auch einen guten Freund und Berater. Und wieder einmal einen Menschen, der seinem Leben eine neue Wendung gegeben hatte.

Nach seiner Erfahrung in frühen Jugendjahren mit Mylo war Alexander vorsichtig geworden, was fremde Menschen anging – fast misstrauisch. Außer seiner Frau ließ er niemanden mehr so nah an sich heran wie einst seinen Förderer. Und dennoch hatte sich zwischen Felix

Hessweiler und ihm im Laufe der Jahre eine Freundschaft entwickelt, geprägt von gegenseitigem Respekt,
von Sympathie und Anerkennung für die Arbeit des jeweils andern. Bis zu Hessweilers Tod hatten sie sich ge-
siezt und sich beide wohl damit gefühlt. Der Galerist war
ihm stets ein guter Gesprächspartner gewesen und ein
ehrlicher Kritiker seiner Gemälde. Aber nie hatte Felix
Hessweiler versucht, ihn der besseren Verkäuflichkeit
wegen zu einem besonderen Malstil zu überreden oder
ihn gar zu manipulieren, so wie Mylo. Nur einmal, es
war im Sommer 1920 gewesen, hatte Hessweiler ihn auf
seine Gemälde angesprochen.

Alexanders Blick wurde augenblicklich wehmütig, als
er sich an dieses Gespräch erinnerte.

»Ich weiß nicht, wofür Sie glauben, Buße tun zu müssen, lieber Herr Schubert – aber Sie sind doch Protes-
tant?«, hatte der Galerist ihn gefragt, als Alexander ihm
wieder einmal einen Schwung Bilder brachte – allesamt
düstere Gemälde, die biblische Szenen zum Thema Buße
darstellten.

Als Alexander unsicher nickte, hatte der Galerist
weitergesprochen: »Dann wissen Sie doch auch, dass
›Buße tun‹ in der evangelischen Kirche in erster Linie
eine Umkehr des Denkens bedeutet, einen Neuanfang
sozusagen. Eine Buße im Sinne von ewiger Teilhabe am
Leiden Christi verlangen weder der liebe Gott noch die
Kirche von uns. Im Gegenteil! Schon in den Sprüchen
Salomos steht: ›Ein fröhlich Herz macht das Leben lus-
tig; aber ein betrübter Mut vertrocknet das Gebein.‹
Und deshalb, sehr verehrter Herr Schubert, erlauben
Sie es sich doch endlich, fröhlich zu sein und das Leben
zu genießen! Sie sind jung und haben eine zauberhafte

Frau, die dieses Fröhlichsein schon perfekt beherrscht. Wenn Sie es zulassen, wird Lena Enders Ihnen die beste Lehrmeisterin sein.« Alexander hatte anschließend noch lange über dieses Gespräch nachgedacht.

Er war so tief in seine Gedanken versunken, dass er zunächst gar nicht merkte, wie sich der Tag dem Ende zuneigte. Erst als es stockdunkel im Zimmer war, stand er mit den Bewegungen eines alten Mannes auf und ging von Zimmer zu Zimmer, um Kronleuchter und Lampen anzuzünden. Wenn Lena und die Mädchen nach Hause kamen, sollte ein heimeliges Licht sie erwarten.

Wäre es ihm ohne dieses Gespräch mit seinem Galeristen je gelungen, mit seiner Vergangenheit Frieden zu schließen?, fragte er sich, während er sich an der Bar ein Glas Portwein einschenkte und es mit in sein Atelier nahm.

Nach dem in seinen Augen völlig missglückten Besuch bei seiner Familie zum Weihnachtsfest 1919 hatte es gar nicht danach ausgesehen. Er hatte sich die alleinige Schuld gegeben an der Entfremdung zwischen ihm, seinen Schwestern und seiner Mutter. Lenas Beteuerungen, dass das Familientreffen doch ganz manierlich vonstattengegangen war und sich alle über ihren Besuch gefreut hatten, schenkte er kein Gehör. Auch dass seine Familie geschlossen die Reise auf sich nahm und zu seiner Hochzeit mit Lena anreiste, hatte ihm als Beweis dafür, dass sie miteinander im Frieden waren, nicht gereicht. Stattdessen hatte er sich an seiner Staffelei kasteit, Tag für Tag, Woche für Woche, mit düsteren Farben und noch düstereren Darstellungen. Erst nach Felix Hessweilers Bemerkungen hatte er endlich verstanden, dass er nicht Buße tun, sondern endlich einfach nur akzeptieren musste, dass die Dinge waren, wie sie waren.

Warum nur hatte er dem Galeristen nie gesagt, wie wichtig das Gespräch damals für ihn gewesen war?, dachte Alexander, den Tränen nahe. Danach hatte er zum ersten Mal seit vielen Jahren wieder die Bibel in die Hand genommen. Und plötzlich las er sie mit völlig neuem Blick.

In Laichingen hatte der Pfarrer in seinen Predigten stets betont, wie wichtig es war, als braver Christ den schmalen Weg zu gehen, den voller Entbehrungen, auf dem man jeglichen Versuchungen zu widerstehen hatte, wollte man nicht für ewig in der Hölle schmoren. Im Sommer und Herbst 1920 jedoch fand Alexander in den Psalmen, bei den Römern, bei Petrus, Johannes und Jesaja und in vielen weiteren Bibelstellen plötzlich glühende Oden an die Freude.

Er lächelte, als er sich daran erinnerte, wie ihm die Heilige Schrift auf einmal wie ein einziges Loblied an die Freude vorgekommen war. Und er würde nie das Gefühl von Befreiung vergessen, das damit einherging. Wie Heinrich im Märchen vom Froschkönig war er sich vorgekommen! Auch seine Fesseln rund um seine Brust waren gesprengt worden.

Seine tief empfundene Freude und innere Freiheit hatte er auf die Leinwand gebracht. Die Bilder hatten sich fast wie von selbst gemalt, gerade so, als würde der liebe Gott seine Hand führen. Seine vor Farben und Strahlkraft geradezu explodierende Bilderserie hatte einen neuen Höhepunkt in seiner Karriere gesetzt.

Auch das Verhältnis mit seiner Familie war seitdem viel entspannter. Sie sahen sich zwar nicht oft – dazu hatten sie alle viel zu viel zu tun –, aber sie schrieben sich und waren sich in Gedanken und im Herzen nah.

Aber hatte er Felix Hessweiler je seine Dankbarkeit und Anerkennung für all das ausgedrückt? Und hatte er ihm je gesagt, wie *gern* er ihn hatte? Alexander nahm einen Schluck vom Portwein.

Nun war es zu spät dafür.

Sein Blick fiel auf seine Staffelei, auf der wie immer eine blütenweiße Leinwand stand. Er hatte einen ganzen Schrank voller Leinwände und hätte sich natürlich vor dem Malen erst eine dort herausnehmen können. Aber ihm gefiel der Gedanke, loslegen zu können, wann immer ihm danach war.

Weiße Leinwände zu füllen – mit seinen vierunddreißig Jahren hatte er sich noch nie Gedanken darüber gemacht, dass dies eines Tages nicht mehr möglich sein würde.

Er war nicht gut darin, das, was er fühlte, in Worten auszudrücken – mit Pinsel und Farbe gelang ihm dies jedoch gut. Was, wenn er starb, bevor er nicht alles ausgedrückt hatte, was ihm wichtig und teuer war? Was, wenn er bei anderen Menschen seine »Schulden« genauso wenig begleichen konnte wie bei Hessweiler?

»Natürlich wusste Herr Hessweiler, wie sehr du ihn mochtest!«, sagte Lena später am Abend. »Es gibt viele Arten, seine Liebe zu zeigen. Wenn man sich liebt, muss man sich das nicht ständig sagen. Ich glaube, das spüren die Menschen sogar über den Tod hinaus. Überleg doch mal: Wenn Herr Hessweiler von seiner Wolke im Himmel herabschaut und mitbekommt, dass wir seine Galerie in seinem Sinne weiterführen, wird er überglücklich sein!«

Die Kinder waren im Bett – sie hatten darauf bestanden, dass die Tür einen Spalt offen blieb. Alexander und Lena saßen bei einem Glas Wein vor dem Kamin zusammen. Dass man sich ein Feuer machte, um einfach Freude am Spiel der Funken zu haben, und nicht allein deshalb, weil einem kalt war – daran hatte sich Alexander nach all den Jahren noch immer nicht gewöhnt.

Er seufzte schwer. »Die Galerie – das ist auch so ein Punkt, der mich beschäftigt. Ich frage mich, ob wir dem Nachlassverwalter nicht vorschnell zugesagt haben, das Geschäft zu übernehmen. Du wirst diejenige sein, die den Laden hauptsächlich führt, ist dir das bewusst?« Er schaute seine Frau zweifelnd an.

»Ja, und ich freue mich auf meine neue Aufgabe! Wenn ich ehrlich bin, habe ich meine Arbeit bei Frank Meinhard schon etwas vermisst... Aber jetzt sind die Mädchen ja groß genug, um ihre Mutter jeden Tag eine Zeit lang entbehren zu können. Sie kommen nach der Schule zu mir in die Galerie, und dann gehen wir alle gemeinsam im Kurcafé Mittagessen. Unser Leben wird fortan anders aussehen, aber genauso schön sein wie jetzt! Oder willst du etwa auf Dauer ein Heimchen am Herd sein?« Lena schaute ihn augenzwinkernd an.

Statt auf ihren leichten Ton einzugehen, blieb Alexander ernst. »Ich will einzig, dass du glücklich bist, Lena.« Er griff hinüber zu ihrem Sessel, nahm Lenas Hand in seine, und sein Blick nahm an Eindringlichkeit noch zu. »Du bist mein ein und alles, Lena, und das sind nicht nur bloß Worte. Ohne dich... Ich weiß gar nicht, wie mein Leben ohne dich aussehen würde. Du bist es, die ihm Sinn verleiht, du, die Kinder und eure Liebe! Das alles hier...« – er machte eine weit ausholende Handbewegung, die die Villa, den Garten und sein Atelier einschloss – »meine Malerei, mein Ruhm und unser Wohlstand – ohne deine Liebe wäre das nichts wert, ich wäre arm wie ein Bettler!«

Lena öffnete den Mund, wollte etwas sagen, doch ausnahmsweise ließ Alexander keinen Widerspruch zu. »Ich liebe dich, Lena, liebe dich mehr als mein Leben.« Er atmete die Luft aus, die er unwillkürlich angehalten hatte. So, nun war es gesagt.

Sie stand auf, setzte sich auf seinen Schoß, legte ihre Arme um ihn. »Als ob ich das nicht wüsste. Als ob *wir* das nicht wüssten«, flüsterte sie, dicht an ihn geschmiegt.

Schweigend, mit geschlossenen Augen, genoss Alexander die Wärme, die seine Frau ausstrahlte. Vielleicht hatte Lena recht, und die andern wussten um seine Liebe. Aber was, wenn nicht?

Es war schon spät und Lena bereits zu Bett gegangen, als Alexander erneut an seinem Schreibtisch im Atelier saß. Vor ihm stand ein silberner Bilderrahmen, in dem sich die Collage aus Fotografien befand, die Mimi Reventlow für ihn angefertigt hatte, als er sie im Kriegswinter 1916 auf der Schwäbischen Alb besuchte.

Die Fotografin hatte ihn gebeten zu kommen, er hatte kleine Bildchen für ihren Adventskalender gemalt, sie verbrachten eine gute Zeit miteinander. Und am Ende schenkte sie ihm die Collage, die ganze Nacht hatte sie daran gearbeitet! Als er Anfang 1919 so überstürzt bei Mylo auszog, war die Collage eins der wenigen Dinge gewesen, die er mitgenommen hatte.

Mimi Reventlow… Auch sie war ein Mensch, dem er viel zu verdanken hatte. Aber hatte er ihr dies je gesagt? Hatte er sich je bei Mimi für alles bedankt, was sie für ihn getan hatte?

Fast zärtlich strich er mit dem Zeigefinger seiner rechten Hand über die Collage. Mimi hatte die Fotografien seiner Schulkameraden mit der seinen kunstvoll ineinander geblendet. Auch ein Porträt von Anton hatte sie eingefügt. Seit Anton in London lebte, war ihr Kontakt noch spärlicher als zuvor, dabei war und würde er stets sein allerbester Freund bleiben. Aber hatte er ihm das je gesagt?

In Mimis Collage war ebenfalls Christel zu sehen, Antons erste Liebe, die es in Hollywood zu Ruhm gebracht hatte. Alexander fand den Gedanken, dass noch ein »Laichinger Kind« berühmt geworden war, auf seltsame Weise tröstlich. Es machte ihn ein bisschen weniger zum Außenseiter. Als er Anton Weihnachten 1919 in Laichingen getroffen hatte, hatte dieser die Biografie dabei, die Mimi über Christel – oder besser gesagt über Chrystal Kahla – geschrieben hatte. Anton äußerte sich sehr verächtlich darüber und rückte das Buch sofort bereitwillig heraus, als er, Alexander, ihn gefragt hatte, ob er es haben könne.

Im Januar dieses Jahres hatte er in irgendeiner Zeitung gelesen, dass Chrystal Kahla Amerika den Rücken gekehrt hatte und nun am Bodensee lebte.

Christel. Anton. Mimi Reventlow. Seine Mutter Eveline. Er. Man konnte es drehen und wenden, wie man wollte, aber irgendwie waren ihre Leben miteinander verstrickt – dass sie sich aus den Augen verloren hatten, spielte dabei keine Rolle.

»Ich lade sie ein – alle!«, rief Alexander aufgeregt, als Lena am nächsten Morgen ins Haus trat, nachdem sie die Kinder zur Schule gebracht hatte.

»Wen? Was? Habe ich etwas verpasst, als ich weg war?«, fragte sie verständnislos.

Alexander, der frischen Kaffee gekocht hatte, winkte seine Frau in die Küche. Eilig schenkte er Lena eine Tasse ein. Während der aromatische Duft den Raum erfüllte, teilte er ihr seine Gedankengänge der letzten Nacht mit. »Ich würde selbstverständlich die Kosten für ihre Anreise und die Hotelzimmer übernehmen«, endete er. Unsicher schaute er seine Frau über den Rand der Kaffeetasse hinweg an. »Was meinst du?«

»Ich finde die Idee großartig! Aber warum ein unpersönliches Hotel? Wir haben viel zu selten Gäste, dabei ist unser Haus doch weiß Gott groß genug«, sagte Lena, und ihre Augen leuchteten unternehmungslustig. »Ich kann es kaum erwarten, die Fotografin endlich persönlich kennenzulernen. Hast du nicht mal erwähnt, dass sie und deine Mutter einst beste Freundinnen waren? Und auf Anton freue ich mich ebenfalls, ihn habe ich ja auch nur einmal gesehen. Aber nach allem, was du über Mimi und Anton erzählt hast, habe ich sie längst in mein Herz geschlossen. Bei dem Gedanken, die berühmte Chrystal Kahla zu treffen, wird mir allerdings ein wenig Angst. Bestimmt hält sie mich für schrecklich gewöhnlich!« Sie zog eine selbstkritische Grimasse.

»Gewöhnlich – du?« Alexander gab seiner Frau einen kleinen Stubs. »Du bist höchstens außergewöhnlich!« Er beugte sich zu ihr hinüber und küsste sie zärtlich. »Aber jetzt mal im Ernst – verrenne ich mich da in etwas? Ist das alles nur eine dumme Idee? Ich habe keine Ahnung, ob die drei überhaupt Lust zu solch einem Treffen hätten! Das sind vielbeschäftige Leute, vielleicht haben sie gar keine Zeit? Und dann – kann man überhaupt nach so vielen Jahren wieder an das Geschehene anknüpfen? Oder gebe ich mich einer Illusion hin, und es wird schrecklich gestelzt und peinlich für alle Beteiligten?«

»Bekommst du etwa schon jetzt Angst vor der eigenen Courage?«, erwiderte Lena lachend. »Es würde völlig ausreichen, wenn du eine Nacht vor der Anreise unserer Gäste nicht schlafen kannst.«

Alexander spürte, wie ihm schlagartig leichter ums Herz wurde. Wenn er aus einer Sache einen Elefanten machte, verwandelte Lena ihn wieder in eine Mücke – so war es immer! »Wahrscheinlich hast du recht, ich sollte ihnen einfach schreiben! Mimis und Antons Adressen habe ich irgendwo notiert, die von Christel könnte ich wahrscheinlich herausfinden. Und dann heißt es abwarten, ob sie kommen«, sagte er und schämte sich fast für die Sehnsucht, die in seiner Stimme mitschwang.

28. Kapitel

Münsingen, Schwäbische Alb, im April 1930

Bad Kreuznach im März 1930

Liebe Mimi Reventlow,

ich hoffe, du bist bei bester Gesundheit?

Wahrscheinlich wird es dich erstaunen, von mir zu hören, nachdem ich all die Jahre so nachlässig war. Was heißt nachlässig? Es handelt sich um ein sträfliches Versäumnis meinerseits! Und sehr viel kann ich zu meiner Entschuldigung nicht anführen, außer dem Alltag, der wohl uns allen immer wieder in die Quere kommt …

Mimi las die Zeilen des Briefes immer und immer wieder. Ein Brief von Alexander Schubert. Von Paon! Wohnhaft in Bad Kreuznach.

Als sie vorhin die Post vom Boten entgegengenommen hatte, hatte sie mit allem Möglichen gerechnet: Rechnungen, Nachbestellungen, Beschwerden, vielleicht auch ein Brief von Josefine, Clara oder einer anderen Bekannten. Auch ihre Mutter schrieb ihr noch regelmäßig, selbst wenn Amelies Schrift von Jahr zu Jahr krakeliger und unleserlicher wurde. Aber dass ausgerechnet *Alexander* ihr schrieb?

Es war nicht so, als hätte sie den Webersohn je vergessen, im Gegenteil. Im Laufe der Jahre wanderten ihre Gedanken immer mal wieder zu ihm – wenn ein Zeitungsartikel über eine seiner Ausstellungen erschien, wenn sie an ihrem Adventskalender arbeitete und sie sich dann an Alexanders Zeichnungen im Kriegsjahr 1916 erinnerte, und wenn sie auf dem Weg zu einem Kundenbesuch an Laichingen vorbeikam, dachte sie zwangsläufig auch an Alexander. Dann fragte sie sich immer, wie es ihm mit all seinem Ruhm und Reichtum wohl ging. Bei ihrem letzten Zusammensein war er ihr wie ein innerlich sehr zerrissener Mensch vorgekommen, doch seit damals war anscheinend unglaublich viel in seinem Leben passiert. Dass er in Bad Kreuznach lebte, geheiratet und zwei Kinder bekommen hatte, hatte sie ebenfalls gelesen – vor zwei Jahren war in der Stuttgarter Zeitung ein großes Porträt über Paon erschienen. Mimi war über die Nachricht mit der Heirat sehr erstaunt gewesen, sie hatte eigentlich angenommen, dass Alexander eher dem männlichen Geschlecht zugeneigt war. Stattdessen hatte er Frau und Kinder.

Und nun lud er sie zu sich nach Hause ein. Warum gerade jetzt?

»Warum nicht *jetzt*?«, sagte Corinne, als sie und Mimi eine halbe Stunde später an Corinnes Küchentisch saßen und Kartoffeln für ihre stetig wachsende Familie schälten.

Aufgewühlt, wie Mimi nach dem Lesen des Briefes gewesen war, hatte sie es nicht allein zu Hause ausgehalten. Sie musste mit jemandem reden. Seit Tagen herrschte auf der Schwäbischen Alb richtiges Schmuddelwetter, bei dem man keinen Hund vor die Haustür jagte. Große Lust, sich auf ihr Rad zu schwingen und zu Corinne auf den Hof zu fahren, hatte Mimi nicht. Es wäre einfacher gewesen, die paar Schritte ins Rathaus zu Bernadette zu gehen – die Bürgermeisterin war schließlich auch eine gute Freundin und würde ihr, Mimi, bestimmt ihr Ohr leihen. Doch Bernadette war vom Typ her eher nüchtern – wenn es etwas zu entscheiden galt, erstellte sie gern Listen mit Pro und Contra, ganz gleich, ob es sich um geschäftliche oder private Belange handelte. Aber würde Mimi eine rein rationale Begutachtung der Sachlage weiterhelfen? Diese Frage hatte sie, allein schon beim Lesen des Briefes von einer Vielzahl von Gefühlen überrollt, für sich verneinen müssen. Und so war sie durch Nebel und Nieselregen hinausgefahren zum Schafhof der Französin Corinne.

»Für ein Wiedersehen mit lieben alten Freunden ist die Zeit doch immer richtig«, sagte Corinne.

Mimi schaute stirnrunzelnd von ihrer Arbeit auf. »Mit lieben alten Freunden… Ich kenne Alexander zwar seit meiner Zeit in Laichingen, aber ob ich uns deshalb als *Freunde* bezeichnen würde? Und ansonsten… Ich weiß ja gar nicht, wer alles zu diesem Treffen kommt! Und ob ich jeden davon treffen will…«

Corinne schaute sie scharf an. »Du glaubst, er hat Anton auch eingeladen?«

Mimi nickte, während ihr Herz schneller schlug. Blöde Kuh, schimpfte sie stumm, nach so vielen Jahren denkst du immer noch an ihn, als wäre er dein Geliebter.

»Und was wäre so schlimm dran, wenn du Anton tatsächlich auch triffst? Ihr seid ja nicht als Feinde auseinandergegangen, und ihr schreibt euch auch, oder etwa nicht?«

Mimi seufzte. »Wenn es um Anton geht, ist alles immer ein bisschen komplizierter, befürchte ich. Ja, wir schreiben uns hin und wieder. Belanglose Briefe, er fragt, wie es mir geht, und ich frage ihn dasselbe. Genauso gut könnte ich einem Fremden schreiben. Nur – Anton ist eben kein Fremder für mich, und ein ›guter, alter Freund‹ ist er auch nicht. Das heißt, er ist schon ein guter, alter Freund, aber ...« Hilflos brach sie ab. Was plapperte sie da eigentlich? Plötzlich übermannte sie eine tiefe Traurigkeit. »Er ist eben auch der Mann, von dem ich glaubte, dass wir zusammen alt werden ...« Bevor sie sich innerlich dagegen wappnen konnte, begann sie leise zu weinen. Manchmal befürchtete sie, dass sie ihn immer noch liebte ...

Corinne nahm ihre Hand. »Mimi ... Anton hat dich damals nicht verlassen, weil er dich nicht liebte. Im Gegenteil! Ich glaube, diese Entscheidung hat sein Herz genauso gebrochen wie deins. Er hat dich verlassen, weil er nicht anders konnte, weil er sich seinem Schicksal ergeben hat! Den Kriegsversehrten zu helfen ist nun einmal seine Bestimmung.«

Mimi nickte, dann tupfte sie sich verlegen mit dem Blusenärmel die Tränen weg. Antons Bestimmung ... Auch das war ein Grund, warum sie für dieses Gespräch lieber Corinne als Bernadette aufgesucht hatte.

Corinne strich Mimi über die Wange und sagte: »Anton ist nicht der Luftikus, für den viele ihn halten, das habe ich gleich bei unserem Kennenlernen gespürt, damals in der Scheune, weißt du noch?« Noch während sie sprach, stand sie auf. Sie nickte entschuldigend in Mimis Richtung und blickte nach draußen auf den Hof, wo irgendein Spiel ihrer fünf Kinder dem lauten Schreien, Kreischen und Gackern nach aus dem Ruder zu laufen schien. »Tut mir leid, aber ich muss mal kurz nach dem Rechten sehen, bin gleich wieder da!«

Mimi schaute ihrer Freundin liebevoll hinterher. Was für eine kluge Frau die Schäferin doch war…

Sowohl Bernadette als auch Lutz hatten Anton seine Entscheidung zu gehen damals äußerst übel genommen. Dafür, dass Anton sie aus einem tief empfundenen Pflichtgefühl den Kriegsversehrten gegenüber verlassen hatte – ja, dass er dafür sogar seine Liebe zu Mimi opferte –, hatten sie keinerlei Verständnis.

Für sie jedoch war dieser Gedanke äußerst wichtig. Er hatte verhindert, dass sie sich verraten gefühlt hatte, damals vor zehn Jahren, als sie aus Amerika heimkam und ein leeres Haus vorfand. Nur der Gedanke, dass es Antons Bestimmung war, die ihn hatte weggehen lassen, ließ sie seine Entscheidung akzeptieren.

Es war am Anfang nicht einfach gewesen. Anton hatte ihr an allen Ecken und Enden gefehlt. Nachts hatte sie sich oft in den Schlaf geweint. Sogar mit ihrer Entscheidung, nach Amerika zu reisen, hatte sie gehadert. Wäre er geblieben, wenn sie nicht gegangen wäre? Diese Frage hatte sie besonders gequält.

Am Ende fand sie sich in ihr neues Leben ein. Die Drucker halfen ihr sehr dabei, ihre Freunde ebenfalls. Eine Zeit lang nistete sich sogar Amelie bei ihr ein, »damit Mimi nicht so einsam ist«. Mimi fand die Geste zwar sehr nett, doch das Mitleid ihrer Mutter hatte ihre desolate Stimmung eher noch verstärkt. Und so war sie froh gewesen, als Amelie wieder abreiste, um zu Hause nach dem Rechten zu schauen.

Auch die Leute im Ort hatten alles getan, um Mimi ins Dorfleben einzubinden, sodass sie sich gut aufgehoben und geborgen fühlte.

»Jeder Mensch hat seinen Platz im Leben« – die Worte von Mabel Dodges Freund Tony klangen Mimi nach wie vor im Ohr. Mit der Zeit war das Gefühl, dass sie, die unstete Wanderfotografin, ihren Platz tatsächlich hier in Münsingen gefunden hatte, immer stärker in ihr gewachsen. Was jedoch nicht bedeutete, dass sie ihre geschäftlichen Aktivitäten allein auf die Schwäbische Alb und die Druckerei beschränkte, im Gegenteil.

Als im Herbst 1920 ihre Kriegserinnerungen dank Mabel Dodge tatsächlich einen Verleger in New York gefunden hatten und nach Erscheinen in Amerika ein großer Erfolg wurden, war Mimi stolz gewesen, aufgeregt, und in manchen Momenten sogar glücklich. Zu gern hätte sie diese Momente mit Anton geteilt, doch da er nicht da war, feierte sie eben mit Bernadette, Lutz, Corinne und noch ein paar andern im Fuchsen ihren Erfolg. Auch ihre Eltern waren unglaublich stolz auf sie, was Mimi zu ihrem eigenen Erstaunen besonders viel bedeutete.

Dass eine Deutsche ein derartig großes Debüt in Amerika feierte, mehr noch, dass ihr Buch von den Feuilletons der wichtigen amerikanischen Zeitungen rezensiert wurde, sprach sich auch in Deutschland herum. Und so waren im Laufe der Zeit immer mehr Anfragen an Mimi herangetragen worden: Ein Münchner Unternehmer wollte, dass sie über ihn eine bebilderte Biografie schrieb. Eine Hamburger Reederei wünschte sich von Mimi für ein Firmenjubiläum eine Broschüre mit Text und Fotografien, und immer wieder bekam sie auch Anfragen von Zeitungen aus dem ganzen Land, um Gastartikel zu schreiben und zu bebildern. Eines Tages war dann eine Anfrage aus Potsdam gekommen, genauer gesagt vom Filmstudio Babelsberg. Man sei auf sie aufmerksam geworden durch ihre Biografie von Chrystal Kahla, schrieb der Studiochef. Und ob sie Lust habe, die Babelsberger Filmschauspieler für eine Werbebroschüre abzulichten. Mimi hatte ihren Augen kaum getraut – na, und ob sie Lust hatte!

Es war fast unmerklich geschehen – aber so, wie Mimi sich einst einen Namen als Wanderfotografin gemacht hatte, so hatte im Laufe der letzten Jahre ihr Renommee als Fachfrau in Sachen Text und Bild zugenommen. Und als dann auch noch die Biografie über ihre Berliner Freundin Josefine, eine der ersten Radfahrerinnen überhaupt, ein großer Publikumserfolg wurde, hatte dies Mimis neuer Karriere die Krone aufgesetzt. Sie zählte nicht mehr, die wie vielte Laufbahn sie damit eingeschlagen hatte, denn eins war ihr klar geworden: In dieser schnelllebigen Zeit war es am besten, wenn sie flexibel war und immer wieder die neuen Aufgaben annahm, die ihr gestellt wurden.

Doch alle Erfolge, die sie einheimste, waren nicht dazu geschaffen, die dumpfe Leere in ihrer Herzgegend zu vertreiben. Anton fehlte ihr weiterhin, Tag für Tag, Woche für Woche, Jahr für Jahr.

Schon bald nach seinem Weggang hatte er ihr einen Brief geschrieben und darin von seinem neuen Leben in London berichtet. Sie hatte ihm geantwortet, vorsichtig, bedacht darauf, ihre wahren Gefühle, die Liebe und Einsamkeit, die sie noch immer empfand, nicht durchblitzen zu lassen. Danach hatten sie sich regelmäßig geschrieben, freundlich, aber auch belanglos.

Nur ein Brief vor acht Jahren war nicht belanglos gewesen. Anton hatte darin geschrieben, dass er diese Maskenbildnerin, die er damals in Frankreich kennengelernt hatte, geheiratet habe. Theresa hätte an der Front dieselben Gräuel erlebt wie er, schrieb er, als würde das alles erklären. Mimi war in Tränen ausgebrochen und hatte eine ganze Nacht lang wach gelegen. Am nächsten Morgen war sie losgezogen und hatte Anton und seiner Frau ein nachträgliches Hochzeitsgeschenk gekauft und dieses nach London geschickt. Vielleicht war es verrückt, aber sie wünschte Anton noch immer alles Glück der Welt. Und wenn er dieses Glück nun bei einer anderen fand, dann war es eben so. Doch so oft sie sich das auch tapfer vorsagte, so versetzte der Gedanke, dass diese Theresa nun glücklich an Antons Seite lebte, ihr jedes Mal einen heftigen Stich ins Herz.

Mimi war in ihren Gedanken an dieser Stelle angekommen, als Corinne mit ihrer jüngsten Tochter, die wegen irgendetwas zu schmollen schien, wieder hereinkam. »Bichou und Caprice sind müde, kannst du ihnen ein Schlaflied singen?«, sagte sie zu dem Mädchen und setzte es zu ihren beiden Hütehunden auf ein Schaffell. Sogleich kuschelte sich das Kind an die beiden Tiere, nach ein paar schräg gesungenen Takten von »Guten Abend, gute Nacht« schlief es selbst augenblicklich ein.

Auf einmal hatte Mimi einen Kloß der Rührung im Hals. Die heimelige Atmosphäre in Corinnes Küche, die einen die Tristesse draußen vergessen ließ. Die Kinder, die inmitten von Hunden und Schafen und mit ganz viel

Liebe aufwuchsen. Und mittendrin Corinne als Hüterin des Feuers!

Mit ihren einundfünfzig Jahren war Mimi noch immer eine attraktive und elegante Erscheinung. Bernadette behauptete sogar, sie, Mimi, hätte weiterhin etwas Mädchenhaftes an sich. Sie war selbstbewusst und selbstbestimmt, hatte ihr Leben lang getan, was ihr beliebte. Wenn sie ehrlich war, hatte sie die Frauen, die sich mit der Arbeit im Haus und am Herd zufriedengaben, stets ein wenig bedauert. War ihr Leben als erfolgreiche Geschäftsfrau, Fotografin und Autorin nicht sehr viel aufregender?

»Mimi, du hörst mir gar nicht zu!«, sagte Corinne mit gespieltem Vorwurf in der Stimme. »Was ist? Grübelst du noch immer, ob du die Einladung des Malers annehmen sollst?«

»Ja. Aber das ist es nicht allein …« Mimi zuckte mit den Schultern. »Ach Corinne, vielleicht ist der lange Winter an meiner Stimmung schuld oder was weiß ich! Aber in letzter Zeit überkommt mich manchmal so eine seltsame Traurigkeit. Was ich empfinde, Einsamkeit zu nennen, würde zu weit gehen, aber in die Richtung geht es schon …« Als sie Corinnes Stirnrunzeln sah, holte sie weiter aus. »Alle um mich herum haben die große Liebe gefunden. Du und Raffa, Bernadette mit ihrem Lutz, die Neumanns in Berlin sind glücklich und Clara Berg ist es mit ihrem Parfümeur-Ehemann auch. Nur ich bin immer noch allein. Manchmal komme ich mir deswegen wie eine Aussätzige vor. Und da soll ich nach Bad Kreuznach fahren und mir auch noch anschauen, wie Anton mit seiner Frau herumturtelt?«

*

Friedrichshafen am Bodensee, im April 1930

Bad Kreuznach im März 1930

Liebe Christel,

ich hoffe, ich darf dich noch Christel nennen? Oder ist es
dir lieber, ich spreche dich mit deinem Künstlernamen an?
Ich selbst habe mich im Laufe der Jahre an meinen Künstlernamen gewöhnt – mehr noch, ich habe ihn regelrecht liebgewonnen. Stell dir vor, man nennt mich Paon, das ist Fran-
zösisch und heißt auf Deutsch Pfau. Aber meine Liebsten
nennen mich nach wie vor Alexander oder einfach nur Alex.
  Doch der Reihe nach.
  Wahrscheinlich wird es dich erstaunen, nach all den Jahren von mir zu hören. Als du im Oktober 1912 so spurlos aus
Laichingen verschwunden bist, war ich ja schon in Stuttgart
in der Kunstschule. Viel ist seitdem geschehen, sowohl in
deinem Leben als auch in meinem. Vielleicht hast du ja mitbekommen, dass ich als Maler tatsächlich meinen Weg gegangen bin? Noch heute bin ich Mimi Reventlow und allen, die
mir das ermöglicht haben, zutiefst dankbar.
  Als ich erfuhr, dass du eine erfolgreiche Schauspielerin
geworden bist, hat mich das sehr gefreut! Ja, wir Laichinger
sind halt doch ein besonderes Völkchen...

Wir Laichinger? Was bildete sich Alexander eigentlich ein? Als ob es je irgendwelche Parallelen zwischen
dem armen Webersohn und ihr gegeben hätte! Chrystal
schnaubte laut, dann las sie weiter. Woher hatte Alexander eigentlich ihre Adresse?, fragte sie sich.

Natürlich schreibe ich dir nicht völlig grundlos, liebe Christel. Vielmehr plane ich, im kommenden Sommer ein Fest zu geben, zu dem ich dich herzlich einlade. Ich möchte gern die alten Weggefährten um mich versammeln, also Anton, dich, Mimi Reventlow und vielleicht noch ein paar Leute mehr. Das Leben hat uns in die Welt davongetragen, und mir gefällt der Gedanke, dass wir uns wieder einmal treffen. Als ich in einer Zeitung las, dass du wieder in Deutschland weilst, war meine Freude entsprechend groß. Meine Frau Lena und ich würden uns sehr über deinen Besuch freuen, liebe Christel! Selbstverständlich würde ich sämtliche Reisekosten übernehmen, und auch in Kreuznach seid ihr meine Gäste. Ich wohne in einem schönen Haus im Bad Kreuznacher Kurviertel, ihr seid alle herzlich bei uns willkommen, aber genauso gern lasse ich für dich auch ein Zimmer im besten Hotel am Ort reservieren. Schreib mir einfach, was du lieber möchtest, und ich lasse entsprechende Arrangements treffen ...

Obwohl der Brief mehr als eine Überraschung enthielt, blieb Christels Blick ausgerechnet an diesen letzten Sätzen haften. »Lasse ich reservieren – lasse ich Arrangements treffen«? Der gnädige Herr schien es gewohnt zu sein, andere herumzukommandieren!

Allem Anschein nach war Alexander als Maler nicht nur seinen Weg gegangen, sondern erfolgreich und reich geworden. Ansonsten lud man weder alte Freunde ein, noch bot man an, sämtliche Kosten für sie zu übernehmen. Gut, ein bisschen sentimental musste man zudem sein. Sie, Chrystal, wäre jedenfalls nicht einmal in ihren besten Zeiten auf eine solch abstruse Idee gekommen!

Aber da lag sie, Alexanders Einladung. Und sie kam vielleicht gerade zur richtigen Zeit ...

Chrystal stand von ihrem Schreibtisch auf und wanderte rastlos durch die Räume der Villa, die sie noch von Amerika aus gekauft hatte und in der sie erst seit ein paar Wochen lebte. Von dem »architektonischen Kleinod« aus habe man einen einzigartigen Blick auf den Bodensee, hatte der Makler ihr am Telefon und per Brief vorgeschwärmt. Der Ausblick war allerdings das Einzige, was an seiner blumigen Beschreibung gestimmt hatte, dachte Chrystal, als sie am Fenster des ersten Stocks stand und auf die unterschiedlichen Schattierungen von Blau schaute, die der See an diesem Apriltag aufwies. Was der Makler nämlich vergessen hatte zu erwähnen, war die Tatsache, dass an der Villa seit ihrer Erbauung vor vierzig Jahren noch nie ein Handschlag zur Instandhaltung getan worden war. Entsprechend war der Zustand – Ziegel fielen vom Dach, der Keller war feucht, das Abwasserrohr war ständig verstopft, und keiner wusste, warum. Die nachträglich verlegten elektrischen Kabel fürs Licht hingen gefährlich lose an den Wänden herum.

Doch statt sich über all das aufzuregen oder gar den Makler irgendwie in die Pflicht zu nehmen, nahm Chrystal das Ganze einfach hin.

Das Gebäude war wie sie. Fast vierzig Jahre alt, abgetakelt, und kein Hahn krähte mehr nach ihm.

Und da kam ausgerechnet solch eine Einladung ins Haus geflattert! Wollte Alexander sich womöglich nur an ihrem tiefen Fall ergötzen? Abrupt wandte sich Chrystal vom Fenster ab. Dazu müsste er allerdings Bescheid wissen. Und ihr war nicht bekannt, dass die hiesigen Zeitungen über die Hintergründe ihrer Heimkehr nach Deutschland berichtet hätten, zumindest hatte sie das bis jetzt geglaubt. Aber wie hatte er sie gefunden? Hier in Friedrichshafen wusste kein Mensch, wer sie einmal gewesen war! Am Briefkasten stand nur ihr Mädchenname, und den brachte hier niemand mit einer der größten Schauspielerinnen des amerikanischen Stummfilms in Verbindung. Und das war auch gut so – denn Chrystal Kahla war tot.

Chrystals Blick wanderte über die Bilderrahmen, die sie an den Wänden der Villa dort aufgehängt hatte, wo sich ein Wasserfleck oder sonst irgendein Schandfleck befand. Die Rahmen waren aus echtem Silber, ein Geschenk von Will, und früher einmal hatten sich Mimi Reventlows Fotografien von ihr darin befunden. Nun waren die Bilderrahmen leer. Wenn Chrystal sie anschaute, empfand sie eine fast perverse Befriedigung angesichts der Sinnbildlichkeit dieses Arrangements. Ihr Leben war aus dem Rahmen gefallen. Nicht mehr und nicht weniger.

Wer ihre Karriere in den Vereinigten Staaten von Amerika verfolgt hatte, war versucht zu behaupten, der Tag ihres Absturzes sei der 24. Oktober 1929 gewesen. Der Tag, an dem der Dow-Jones-Index anfing, ins Bodenlose zu fallen. Der Tag, an dem sie fast ihr ganzes Vermögen verloren hatte.

Chrystal wusste es besser. Sie war schon vorher ein Nichts gewesen! Ein Niemand und schlimmer noch – eine Lachnummer. Aber welchen Sinn hatte es, darauf auch nur einen Gedanken zu verschwenden?

Sehr viel sinnvoller war, sich zu überlegen, wie sie sich wieder aufrappeln konnte. Denn eines war ihr in ihrem fast vierzigjährigen Leben klar geworden: Niemand kam daher und rettete einen. Das musste jeder für sich allein tun!

Ein Gedanke formte sich in Chrystals Kopf, schwammig, noch war er für sie nicht zu fassen – wie der Nebel, der allmorgendlich über dem See hing.

Verflixt, sie musste sich konzentrieren. In ihrem Alter hatte sie nicht mehr viele Chancen. Ihr Gefühl sagte ihr jedoch, dass Alexanders Brief solch eine Chance war.

Chrystal trat an einen alten, leicht blinden Spiegel, den der Vorbesitzer im Haus gelassen hatte. In das ehemals goldene Blond ihrer Haare mischten sich immer mehr silberne Strähnen. Gott sei Dank waren sie nicht grau, sondern glänzten silberblond. Ihr Teint war noch immer makellos, genau wie ihre Brüste. Auch hatte sie kein Gewicht zugelegt, sondern bis zum heutigen Tag ihre schlanke Taille bewahrt. Sie war eine attraktive – mehr noch, eine schöne Frau, die zu den seltenen Gelegenheiten, wenn sie ihr Haus verließ, weiterhin Blicke auf sich zog.

Chrystal kam ein Gedanke. Vielleicht würde Alexander sie zu seiner Muse wählen und malen? Großformatige Gemälde, epochal und ausdrucksstark, so wie Mimi sie einst mit ihren Fotografien abgebildet hatte. Damals, Anfang der Zwanzigerjahre, hatte sie, Chrystal, durch den Erfolg von Mimis bebilderter Biografie ihren Zenit in Hollywood erreicht. Jedes fünfjährige Kind in ganz Amerika hatte ihren Namen gekannt, so berühmt war sie!

Würde sie zu neuem Ruhm kommen, wenn sie erst einmal in bekannten Galerien hinge? »Wer ist die Schöne auf Paons Bildern?«, würden die Kunstliebhaber fragen, und ihr Name würde wieder Klang bekommen.

Chrystal las Alexanders Brief ein zweites Mal. Er schrieb, dass auch Anton und Mimi Reventlow eingeladen waren. Ein seltenes Lächeln huschte über Chrystals verschlossene Miene, als sie an Anton, ihre Jugendliebe, dachte. Er war so in sie verschossen gewesen!

Vielleicht, wenn sie es richtig anstellte, konnte man diese alten Gefühle wiederbeleben? Mimi Reventlow hatte ihr doch erzählt, dass Anton und sie sehr erfolgreich eine Druckerei führten, da war er bestimmt wohlhabend...

Oder war es womöglich erneut Mimi Reventlow, die ihrem, Chrystals, Leben noch einmal einen Karriereschub verpassen konnte?

Sie würde Alexander zusagen, beschloss Chrystal, während eine Maus durchs Zimmer huschte. Wenn er die Kosten für die Reise übernahm – einen Blumenstrauß oder eine Schachtel Pralinen für den Gastgeber konnte sie sich gerade noch leisten. Und eins stand jetzt schon fest: Spannend würde dieses Treffen allemal werden!

*

London, im April 1930

Stirnrunzelnd schaute Anton auf das wilde Durcheinander auf seinem Schreibtisch – technische Fachliteratur, Bestellungen, Bewerbungsschreiben, Korrespondenz von Experten diverser Art, private Einladungen und Briefe, Doktorarbeiten, Werbeschreiben. Und wenn er das ganze Wochenende durcharbeitete, würde er es doch nicht schaffen, diesen Berg zu bewältigen.

Verflixt, er kam nicht mehr lange drumherum, einen Assistenten einzustellen, dachte er, anders wurde er des

Ganzen einfach nicht mehr Herr. Gleichzeitig wusste er, dass er diese Entscheidung noch weiter hinausschieben würde. Die derzeitigen rasanten technischen Entwicklungen waren ständig Neuerungen und Veränderungen unterworfen – was, wenn sein zukünftiger Assistent genau die *eine* bahnbrechende Randnotiz in einer Doktorarbeit überlas, die ihr neues Tätigkeitsfeld weiterbringen würde?

Beim Bau von Prothesen hatten sie, Medical Industrial Works, kurz MIW genannt, technisch die Nase vorn gehabt. Doch der Krieg war lange vorbei, und mit Prothesen konnte man kein Geld mehr verdienen. Zum Glück, wie Anton nicht müde wurde zu betonen. Die Firma dichtzumachen und über zwanzig Leute zu entlassen, war jedoch weder für ihn noch für seinen Kompagnon Jonathan Carr je eine Option gewesen, und so hatten sie sich vor zwei Jahren auf die Suche nach einem neuen Produkt gemacht. Die Linsen für Mikroskope waren Jonathans Idee gewesen, und er, Anton, war in Ermangelung eigener Ideen willig mitgegangen. Derzeit waren sie dabei, eine völlig neue, auf magnetischen Kräften beruhende Linse zu entwickeln. Anton hatte läuten hören, dass deutsche Wissenschaftler mit finanzkräftiger Unterstützung der Firma Siemens ebenfalls an diesem Thema dran waren – noch stand nicht fest, wer das Rennen machen würde. Und so zerriss Anton sich zwischen Fabrik, Labor und seinem Büro. Doch dieser Einsatz fiel ihm von Tag zu Tag schwerer.

Es hatte lange gedauert, bis er der Wahrheit ins Auge sehen konnte, aber Tatsache war: Er vermochte dem Bau von optischen Hilfsmitteln bei Weitem nicht so viel abzugewinnen wie einst dem Prothesenbau.

Anfangs hatte er seine Unlust noch auf Theresas Tod geschoben. Denn kurz bevor sie ihre Produktion umgestellt hatten, war seine Frau von einem Autobus erfasst worden und sofort tot gewesen. Als die Polizei an Antons Tür erschien und ihm die Todesnachricht mitteilte, hatte er nur ungläubig den Kopf geschüttelt und immer wieder gemurmelt, dass dies nicht sein könne, dass ein Irrtum vorliegen müsse. Dass jemand von einem Moment auf den andern starb, geschah im Krieg, aber doch nicht in ihrem friedlichen Londoner Alltag!

Und so hatte er es auf seinen Schockzustand geschoben, dass er Jonathans Begeisterung für die neuen Produkte nicht teilen konnte. Doch auch als die Trauer über Theresas Tod nachließ, war sein Arbeitseifer nicht zurückgekehrt. Mikroskope und ihre Linsen sollten ihm schlicht gestohlen bleiben – nicht, dass er dies je laut gesagt hätte!

Und nun, wo Jonathan Carr, sein früherer Chef und heutiger Kompagnon, mit eingegipstem Bein im Krankenhaus lag, nachdem er bei einem Reitturnier unglücklich gestürzt war, musste Anton dessen Arbeit auch noch miterledigen. Es war reines Pflichtbewusstsein, das ihn die hohe Arbeitslast ertragen ließ, aber gewiss kein freudiges Ärmelaufkrempeln.

Müde öffnete Anton den nächsten Brief. Eine Einladung in die Oper, alte Bekannte von Theresa und ihm, hatten sie geschickt. Er runzelte die Stirn. Eigentlich hätten die beiden wissen müssen, dass er immer nur Theresa zuliebe in die Oper gegangen war – er selbst konnte mit dieser Art Musik nichts anfangen. Die Einladung landete im Papierkorb.

Der nächste Brief kam aus München, ein junger Wissenschaftler hatte ihn verfasst, es ging um eine neuartige Methode der Oberflächenbehandlung von Glaslinsen. Anton überflog das Schreiben und beschloss, sich ihm später ausgiebiger zu widmen.

Einer seiner älteren Mitarbeiter bat handschriftlich um ein Empfehlungsschreiben für seinen Sohn, der auch in der Fabrik arbeitete. Anton runzelte die Stirn – warum war der Mann nicht einfach so mit der Bitte an ihn herangetreten?

Eine Universität im Norden Englands fragte an, ob er einen Vortrag über Kriegsversehrte und ihre Eingliederung in die Gesellschaft halten könnte. Welche Eingliederung?, fragte sich Anton zynisch.

Theresas Cousine lud ihn zu Pfingsten in ihr Landhaus ein, wo sie ein Wohltätigkeitsdinner gab – wahrscheinlich hoffte sie auf eine üppige Spende von ihm.

Der nächste Brief war vom Inhaber der Firma nebenan, der sich darüber beschwerte, dass beim letzten Gewitter ein paar Dachziegel der MIW in seinem Hof gelandet waren. Anton solle sich augenblicklich darum kümmern, sonst würde die Angelegenheit bei einem Anwalt landen. Anton warf den Brief in den Papierkorb.

Jeder wollte etwas von ihm. Keiner fragte, was *er* wollte.

Antons Blick fiel auf seine Armbanduhr. Es war Freitagnachmittag kurz vor fünf. Gleich würde eine Glocke ertönen, und die Fabrikarbeiter sowie seine Sekretärin würden nach Hause gehen. Er selbst blieb im Büro, wenn es sein musste bis nach Mitternacht. Nicht, dass er etwas Besseres vorgehabt hätte, dachte er mit bitterer Ironie. Ins Kino oder angeln gehen, raus aufs Land fahren oder ein Abend im Pub – es war schon lange her, dass er an solchen Freizeitaktivitäten Freude gehabt hatte.

Ein kurzes Klopfen an seiner Tür ließ Anton von seinem Schreibtisch aufschauen. Jonathans Sekretärin Mildred stand dort, den Hut in einem kessen Winkel aufgesetzt, in der einen Hand einen neuen Stapel Briefe, in der anderen ihre Handtasche. Die Augen der jungen Frau glänzten erwartungsfroh. Bestimmt hat sie eine Verabredung mit ihrem Liebsten, dachte Anton und spürte zu seinem Erstaunen so etwas wie Neid.

»Mister Schaufler, wenn ich nichts mehr für Sie tun kann, gehe ich«, sagte sie. Während sie die Post auf ein Aktenschränkchen legte, wandte sie sich bereits um.

»Doch, Sie können noch etwas tun, Mildred«, sagte Anton und zeigte erst auf das Chaos auf seinem Schreibtisch, dann auf den neuen Poststapel. »Bis Jonathan wieder an seinem Schreibtisch ist, muss ich mein Privatleben zurückstellen. Bitte nehmen Sie die Post also wieder mit und sortieren Sie alles aus, was nicht geschäftlicher Natur ist.«

Die Sekretärin, in froher Erwartung des Wochenendes, schaute ihn voller Unmut an. »Aber jeder Mensch braucht doch ein Privatleben, Sie ebenfalls, Mister Schaufler! Es ist auch ein Brief aus Deutschland dabei«, versuchte sie ihn umzustimmen.

»Ich habe ja nicht gesagt, dass Sie meine private Post *wegwerfen* sollen. Legen Sie einfach alles zur Seite, und ich kümmere mich darum, sobald ich wieder mehr Luft habe«, sagte Anton so milde wie bestimmt.

29. Kapitel

Die Gäste seines Wiedersehensfestes hatten ihr Kommen noch nicht zugesagt, als Alexander sich schon in die Organisation stürzte. Als Erstes ging er mit Lena von Gästezimmer zu Gästezimmer, und sie überlegten, welches Zimmer zu wem passte. Jeden Tag verbrachte er Stunden an seiner Staffelei, weil er jedem ein kleines, sehr persönliches Gemälde schenken wollte. Abends speisten Lena und er in diversen Lokalen, um herauszufinden, welche Küche derzeit die beste war. An den Wochenenden spazierten sie am Fluss Nahe entlang, durch malerische Weinberge und hinauf auf den zweihundert Meter hohen Rotenfels, von dem aus man einen unglaublichen Weitblick hatte. Das lange Wochenende, das sie miteinander verbringen würden, sollte unvergesslich werden!, sagte Alexander immer wieder zu Lena. Sie unterstützte Alexander zwar in allem so tatkräftig wie möglich, konnte sich aber hin und wieder eine kleine Bemerkung nicht verkneifen. Seine alten Freunde würden wegen ihm kommen und wegen der alten Zeiten, meinte sie beispielsweise, als sie mit den Kindern in Bingen am Rhein ein Schiff bestiegen, weil Alexander herausfinden wollte, ob sich ein solcher Ausflug lohnte.

Er hingegen schaute fasziniert auf die vielen Burgen, die alle paar Meter links und rechts am Ufer auftauchten – wenn das keine Fotomotive für Mimi Reventlow waren!

Und dann, am 20. Juni 1930, war es endlich so weit.

In der Nacht zuvor hatte es etwas geregnet, und als Alexander, in einen seiner besten Anzüge gekleidet, mit Lena an diesem Freitag aus der Villa trat, wirkten die Bäume noch grüner als sonst, der Rasen noch saftiger, die ersten erblühten Rosen noch kraftvoller.

»Was für ein herrlicher Sommeranfang! Als hätte der liebe Gott sich höchstpersönlich ums Wetter gekümmert!«, rief Lena und sprang wie ein ausgelassenes Kind hinüber zu den Rosenbüschen. In einer zärtlichen Geste ließ sie ihre rechte Hand über die regenglänzenden Blüten gleiten.

Alexander starrte stur nach vorn zur Straße.

Da seine Gäste zu unterschiedlichen Zeiten anreisten, war es ihm unmöglich, jedes Mal selbst zum Bahnhof zu fahren. Und so hatte er für diesen Freitag einen Fahrer engagiert, der zu den jeweilig angekündigten Zeiten, mit einem großen, gemalten Schild in der Hand, Alexanders Gäste am Bahnhof abholen sollte. Mimi Reventlows Zug kam als Erster an.

Außer ihr würden seine Mutter und seine Schwestern kommen, Christel hatte seine Einladung ebenfalls angenommen, lediglich Anton hatte sich nicht gemeldet. Wahrscheinlich würde er einfach so erscheinen und über Alexanders überraschte Miene gleich einen Scherz reißen! Der Gedanke bewirkte, dass sich Alexander kurzfristig entspannte, doch gleich darauf runzelte er die

Stirn. Was, wenn der Freund gar nicht kam? Und was, wenn seine Mutter mit der Fotografin Streit anfing? Waren seine Gemälde als Dankeschön wirklich geeignet? Und sollte er sie wirklich erst am letzten Tag überreichen oder gleich am ersten? Und überhaupt – hatte Lena womöglich doch recht, und seine ganze Planung war völlig übertrieben? Und…

Lena kam mit zwei Rosenblüten in der Hand zurück. Die eine steckte sie in den Ausschnitt ihres Kostüms.

»Lass das!«, hätte Alexander am liebsten gesagt, während sie an seinem Revers herumnestelte, um die zweite Blüte ins Knopfloch zu stecken, doch dann besann er sich eines Besseren. Lena konnte weiß Gott nichts dafür, dass seine Nerven bis zum Zerreißen gespannt waren. Warum das so war, hätte er nicht einmal sagen können, nur eins wusste er: Er hatte schon so vieles verbockt in seinem Leben – dieses Mal sollte alles perfekt sein!

»Entspann dich, Liebster, es gibt nichts, was du jetzt noch tun kannst«, flüsterte Lena ihm ins Ohr. »Du hast alles großartig vorbereitet. Nun ist es wie mit den Pferden: Du kannst sie zwar an den Fluss führen, aber trinken müssen sie selbst.«

*

Mimis Blick schweifte über die große Tischrunde, die Alexander zusammengebracht hatte – Alexanders Frau und seine beiden Kinder, seine Mutter Eveline und seine Geschwister Erika und Monika. Seine Schwester Marianne hatte Alexander wohl auch eingeladen, doch sie hatte nicht kommen können. Dafür war Chrystal Kahla da. Nur Anton fehlte. Immer wieder schaute Mimi in

Richtung Tür. Sie wusste nicht, warum, aber tief drinnen spürte sie, dass er kommen würde.

Zur Feier des ersten Abends hatte Alexander seine Gäste in ein feines Restaurant eingeladen, es lag in Laufweite zu seiner Villa, ganz in der Nähe befand sich auch das prachtvolle Kurhaus. Bevor der livrierte Kellner den bestellten Sekt gebracht hatte, waren ihre Plaudereien noch gestelzt, ihr Lächeln verkrampft gewesen. Als Alexander seine Begrüßungsrede hielt, war diese auch nicht gerade ein Feuerwerk an Bonmots, er war einfach viel zu aufgeregt gewesen! Aber jedes Wort kam von Herzen – das hatte jeder am Tisch gespürt. Schon als die Suppe mit feinen Hechtklößchen aufgetragen wurde, hatten sich alle so weit entspannt, dass sie das Essen genießen konnten und sich erste Gespräche entwickelten. Lachen war zu hören, man stieß miteinander an, ließ Alexander und Lena hochleben und das Leben sowieso.

Rechts von Mimi saß Eveline, in Schwarz gekleidet. Als Mimi bei ihrem ersten Aufeinandertreffen am Nachmittag ihr Beileid bekundete, hatte Eveline gemeint, ihr Mann habe ein stattliches Alter erreicht und sei als glücklicher Mensch gestorben, was wollte man mehr?

Mimi hatte in sich hineingrinsen müssen – da war sie wieder, die alte Burschikosität und offene Art von Eveline, die sie einst so geschätzt hatte! Und so war schon am Ankunftstag etwas geschehen, womit Mimi nicht – und Eveline wahrscheinlich auch nicht – gerechnet hatte: Obwohl so viele Jahre lang zwischen ihnen Funkstille geherrscht hatte, nachdem sie sich einst in denselben Mann verliebt hatten, unterhielten sie sich so offen wie früher, und Mimi war erleichtert zu hören, dass Eveline ein zufriedenes, gutes Leben führte.

Links von Mimi saß Lena, Alexanders Frau, eine aus-gesprochen hübsche und fröhliche Person. Dass ihr Herz am rechten Fleck saß, hatte Mimi sofort gespürt. Sie freute sich darauf, in den nächsten drei Tagen die patente Salinenarbeiter-Tochter näher kennenzulernen.

Auf der gegenüberliegenden Seite des großen, runden Tisches saß Alexander und hing gebannt an Chrystals Lippen, während die Schauspielerin ihm irgendeinen Schwank aus ihrem Leben erzählte. Gott sei Dank konnte er den Abend nun auch genießen, dachte Mimi erleichtert.

Als sie am frühen Mittag in seiner Villa angekommen war, hatte Alexander vor Aufregung kaum ein Wort herausgebracht. Mimi hatte mehrere Anläufe unter-nommen, das Gespräch in Gang zu setzen – vergeblich. Bereute er seine Einladung etwa schon?, fragte sie sich verunsichert. Lena rettete die Situation, indem sie Mimi das Haus und den Garten zeigte.

Als eine Stunde später Chrystal erschien, war Ale-xander völlig verstummt und hatte die Schauspielerin lediglich mit offenem Mund angestarrt. Das konnte ja heiter werden, hatte Mimi halb belustigt, halb besorgt gedacht. Eilig hatte sie Lena geholfen, den peinlichen Moment zu überspielen. Auch Chrystal hatte dazu beige-tragen, indem sie völlig ungezwungen auf alle zugegan-gen war und Wangenküsschen links und rechts verteilte.

Die Schauspielerin war kaum gealtert!, dachte Mimi nun bewundernd, während ein Kellner ihr Sekt nach-schenkte. Und obwohl Chrystal nur ein schlichtes blaues Kleid ohne jeglichen Schmuck, ohne Glitzersteine oder anderen Firlefanz trug, wirkte sie wie die Berühmtheit, die sie war – königlich, stolz, überlegen.

Schon als sie Chrystal damals in Hollywood gegenübergestanden hatte, war sich Mimi blass und unscheinbar vorgekommen. Nun, zehn Jahre später im Schein der vielen Kerzen des edlen Restaurants, fühlte sie sich mit ihren Falten und silbergrauen Strähnen im Haar auch noch steinalt dazu!

Auch Eveline musterte Chrystal unter niedergeschlagenen Lidern. »Weißt du, was diese Hollywoodschönheit ins alte Deutschland verschlagen hat?«, flüsterte sie Mimi zu.

»Ich habe zumindest eine Ahnung«, sagte Mimi, ohne ihre Bemerkung weiter auszuführen. Der amerikanische Börsencrash im letzten Jahr – jede Zeitung hatte darüber berichtet.

»Hm«, brummte Eveline, ohne weiter nachzuhaken. Stattdessen sagte sie: »Wie kann man nur so gut aussehen?« Ihr neidischer Unterton war nicht zu überhören.

»Die Welt ist halt ungerecht«, erwiderte Mimi leichthin, dann gab sie ihrer ehemaligen Freundin einen leichten Schubs. »Außerdem – was hast ausgerechnet du zu beklagen? Für eine zweifache Großmutter siehst du doch auch noch ganz manierlich aus!« Dass ihre älteste Tochter Marianne verheiratet war und zwei Kinder hatte, war eins der ersten Dinge, die Eveline Mimi erzählt hatte.

»Findest du?« Halb verlegen, halb selbstzufrieden strich sich Eveline über ihre Hochsteckfrisur. Ihr Blick wanderte hinüber zu den beiden jüngeren Töchtern. »Man tut, was man kann. Wenn ich jetzt noch Erika gut unter die Haube bekomme, bin ich wirklich zufrieden.

»Unter die Haube bringen – sehr fortschrittlich klingt das nicht, oder?«, stichelte Mimi gutmütig. »Hast du dir deine beiden Ehemänner nicht auch selbst ausgesucht?«

»Und wo hat's mich beim Ersten hingebracht? In tiefste Armut und Not!«, konterte Eveline sogleich. »Meine Mädchen sollen es besser haben als ich. Du kannst das vielleicht nicht verstehen, Mimi, aber eine Mutter ist erst glücklich, wenn ihre Kinder es auch sind!« Sie ergriff Mimis rechte Hand und drückte sie fest. »Dass Alexander so glücklich ist, ist allerdings weniger mein Verdienst als der deinige. Ach Mimi, ich mag mir gar nicht vorstellen, wo der Bub geendet wäre, wärst du damals nicht gewesen … Wahrscheinlich hätte er sich längst aufgehängt, so wie sein Vater.« Sie schlug mit ihrer freien Hand ein Kreuz.

»Sag doch so was nicht …«, murmelte Mimi betroffen.

»Doch, ich sag das«, erwiderte Eveline ernst, und in dem Blick, mit dem sie Mimi bedachte, lagen so viele unterschiedliche Gefühle – Dankbarkeit, Demut, Erleichterung, Zuneigung –, dass Mimi ihm fast nicht standhielt. »Mir war das zu diesem Zeitpunkt vielleicht nicht bewusst, aber heute weiß ich es: Dich hat damals der liebe Gott persönlich geschickt!«

Peinlich berührt, suchte Mimi nach Worten, als Evelines lautes Schnauben sie aus ihrer Verlegenheit riss. »Bei meiner Monika allerdings könntest nicht mal du etwas erreichen! Meine Hoffnung, dass aus dem Mädle was Ordentliches wird, schwindet von Jahr zu Jahr mehr. Monika ist so aufmüpfig wie ihr Vater! Täglich liest sie die Zeitung und erklärt mir danach, was alles nicht gut läuft in unserem Land. Wenn sie ihre großen Reden schwingt, glaub ich manchmal, den Hannes vor mir zu haben, genauso selbstbewusst ist sie! Dass Alexander ihr jetzt auch noch den Floh ins Ohr gesetzt hat, sie solle studieren, ist nicht gerade hilfreich.« Eveline warf ihrem Sohn einen missfälligen Blick zu, dann schaute sie wieder Mimi an.

»Wetten, dass unsere Moni Laichingen bei der ersten Gelegenheit verlässt und ihr Glück woanders sucht? Wie ihr
Vater ...« Eveline schüttelte seufzend den Kopf.

»Was wäre so schlimm daran? Wenn Monika wirklich
nach ihrem Vater kommt, kann sie gut auf sich selbst
aufpassen«, sagte Mimi lachend. Ob Eveline wohl noch
Kontakt zu Hannes Merkle hatte? Sie bezweifelte es.
»Schau dir Alexander und Christel an – die beiden haben
ihr Glück auch außerhalb von Laichingen gefunden. Und
Frauen, die sich für Politik interessieren und den Mund
aufmachen, braucht das Land dringend!«

Eveline nickte resigniert. »Zumindest in dieser Hin-
sicht ist meine Monika sehr begabt«, sagte sie ironisch
und fügte hinzu: »Wer weiß, vielleicht sitzen wir gerade
mit der ersten Reichskanzlerin am Tisch?«

Mimi schaute Eveline an, dann lachten sie beide so
laut los, dass sie die Blicke der andern auf sich zogen.
Galgenhumor – manchmal war er das Einzige, was half.

»Sag mal, hatte Alexander nicht auch den Anton eingeladen?«, fragte Eveline, als sie sich wieder beruhigt
hatten.

Wie immer, wenn sein Name fiel, durchfuhr Mimi ein
Schauder. »Ja, dein Sohn hofft, dass die beiden auch
noch kommen.«

»Wieso die beiden?«, erwiderte Alexanders Mutter stirnrunzelnd.

»Na, Antons Frau wird ihn ja wohl begleiten.«

»Antons Frau?« Eveline schaute Mimi verdattert an.

»Ja weißt du es denn nicht – Anton ist Witwer, Theresa
ist vor Jahren gestorben!«

*

»Darf es noch eine Scheibe Braten sein, gnädige Frau?«
Mit großer Geste hielt der Kellner Chrystal die Servier-
platte hin.

»Gern«, erwiderte Chrystal leichthin. »Mein Mittagessen musste wegen einer Zugverspätung ausfallen,
von daher ist mein Appetit ein wenig größer als sonst.«
Konnte sie es wagen, mit der Serviergabel unauffällig
gleich zwei Fleischscheiben aufzuspießen? Sie beschloss,
es einfach zu versuchen.

Ach, es tat so gut, sich mal wieder richtig den Bauch
vollzuschlagen, dachte sie und tunkte ein Stück Fleisch
in die Bratensoße. Zu Hause aß sie äußerst frugal, und
für die Zugfahrt hatte sie sich auch nur zwei Kohlrabi
mitgenommen. Als sie einen davon im Zug geschält
hatte, warfen die anderen Passagiere der ersten Klasse
ihr vorwurfsvolle Blicke zu – Kohlgeruch fanden sie
allem Anschein nach unerträglich.

»Eine spezielle Diät«, hatte Chrystal lächelnd gesagt.
»Für die Schönheit!« Dabei hatte sie den Männern im
Abteil ihren berühmten Augenaufschlag geschenkt. Den
anwesenden Damen hingegen warf sie lediglich einen
vielsagenden Blick zu, nach dem Motto »Könntest du
auch mal versuchen!«, woraufhin diese sich beleidigt
dem Fenster zuwandten.

Von wegen spezielle Diät, dachte sie nun, während
sie genießerisch ein Stück Fleisch mit der Zunge zer-
drückte – so zart war es. Es war einzig ihr Geldbeutel,
der ihre Mahlzeiten vorgab – zumindest dachte sie das
immer. Aber in ihrer Situation konnte man schließlich
nicht sparsam genug sein!

»In Bad Kreuznach gibt es viele gute Restaurants,
aber das hier ist eins meiner liebsten«, sagte Alexander,

der ihr einen anerkennenden Blick zuwarf. »Freut mich, wenn es dir schmeckt!«

»Solch einen Festtagsbraten habe ich schon lange nicht mehr gegessen«, gab Chrystal unumwunden zu. »In Amerika wird Fleisch auf dem offenen Feuer zu Tode gebraten und ...« Ihre Mahlzeit kurz unterbrechend, unterhielt sie ihren Gastgeber mit ein paar Schwänken aus den Restaurants von Hollywood. Männer mochten es zwar, wenn Frauen einen gesunden Appetit an den Tag legten und nicht nur drei Salatblätter verspeisten – aber wehe, man legte an Gewicht zu!, dachte sie währenddessen verdrießlich. Will war genauso gewesen.

Sie war erleichtert, als eins von Alexanders Kindern zu ihm kam und die Aufmerksamkeit des Vaters verlangte. Während sie in Ruhe zu Ende aß, wanderte ihr Blick immer wieder hinüber zu Mimi Reventlow und Eveline Schubert. Aber halt, so hieß ja Alexanders Mutter schon lange nicht mehr. Friedrichsen hieß sie und war die Witwe vom alten Schuldirektor. Als Chrystal das vorhin am Rand mitbekommen hatte, hatte sie Mühe gehabt, nicht schallend loszulachen. Unter allen Männern der Welt musste sich Eveline ausgerechnet diesen alten Langweiler aussuchen? Dass sie nicht lange Freude an ihm haben würde, hätte man ja vorhersagen können. Oder hatte Eveline den Altersunterschied sogar mit ins Kalkül gezogen? War ihr Plan von Anfang an gewesen, den alten Friedrichsen zu überleben und es sich fortan in seiner Wohnung über der Schule gutgehen zu lassen?

Chrystal schob ihren leeren Teller, auf dem nur noch ein paar glasierte Möhren lagen, von sich. Nun war sie wirklich satt! Und über Eveline hatte sie sich auch genug unnötige Gedanken gemacht. Sie fing besser mal langsam an, sich zu überlegen, wie sie aus diesen drei Tagen hier irgendeinen Vorteil ziehen konnte! Aus keinem anderen Grund war sie angereist – irgendwelche Sentimentalitäten, wie ihr Gastgeber sie hegte, verspürte sie nicht.

Obwohl… Als sie Mimi wiedergesehen hatte, hatte sie sich doch gefreut. Die Fotografin war ihr irgendwie ans Herz gewachsen. Aber seit sie hier im Restaurant eingetroffen waren, hatte sie noch keine fünf Sätze mit ihr wechseln können, so sehr wurde sie von Alexanders Mutter belagert – unmöglich war das! Dabei musste sie, Chrystal, dringend ausloten, was die Fotografin derzeit so trieb und ob etwas davon für sie hilfreich sein könnte. Ihren Plan, als Muse von Alexander zu neuem Ruhm zu gelangen, hatte sie nämlich schon abhaken müssen.

Auf dem Weg hierher hatte Alexander mit ihnen auf Mimis Wunsch hin einen kurzen Abstecher in die Galerie gemacht, die seine Frau Lena führte und in der seine Gemälde ausgestellt waren. Chrystal, die gefällige Landschaften und schöne Porträts im Stil eines Rembrandts oder eines van Goghs erwartet hatte, war entsetzt gewesen, als sie die großflächigen, wilden Pinseleien erblickte, auf denen man so gut wie nichts erkannte. Wie man sich diese Art von Bildern an die Wand hängen konnte, war ihr schleierhaft, und dass jemand für einen »echten Paon« astronomische Preise zahlte, erst recht!

Von Alexander vermochte sie also keine Inspiration für eine neue Karriere zu erwarten, so viel stand für sie nun fest. Inwiefern die Fotografin ihr dienlich sein konnte, musste sie noch herausfinden. Eins war ihr jedoch jetzt schon klar: Den Bären »Ich hatte Heimweh nach Deutschland« würde sie vielleicht andern aufbinden können – Mimi jedoch würde wissen wollen, was wirklich los war.

Allein die Vorstellung, wie sie beim Erzählen noch einmal vom Thron stürzte, tat Chrystal jetzt schon weh. Zehn Mal lieber hätte sie jede andere Möglichkeit genutzt, wieder auf die Beine zu kommen!

Stirnrunzelnd wandte sie sich an Alexanders Frau, die gerade als Einzige am Tisch in kein Gespräch verwickelt war. »Hieß es nicht, Anton Schaufler würde ebenfalls kommen?«

Lena nickte. »Anton hat genau wie ihr auch eine Einladung bekommen. Leider hat er weder zu- noch abgesagt.« Sie zuckte mit den Schultern. »Ich hoffe so sehr für Alexander, dass sein bester Freund noch kommt!«

»Das hoffe ich auch«, sagte Chrystal aus tiefstem Herzen.

30. Kapitel

Für den Samstag hatte Alexander einen Landausflug organisiert, und abends sollte eine Sonnwendfeier stattfinden. Lena, Mimi und Eveline packten zwei große Picknickkörbe, in denen sie das komplette Frühstück für alle verstauten, dann fuhren sie in zwei gemieteten, offenen Pferdekutschen los. Lena zeigte ihnen das Salinental, in dem sie groß geworden war und wo ihr Vater noch heute in den Gradierwerken arbeitete. In der leicht salzigen Luft des Salinentals am Ufer der Nahe verspeisten sie ihr mitgebrachtes Frühstück. Sie fuhren ins preußische Bad Münster und genossen nach einem langen Spaziergang im malerisch an der Nahe gelegenen Kurhaus Kaffee und Kuchen. Danach bestand Mimi darauf, ein Gruppenfoto zu machen. Unter viel Gelächter stellten sich alle am Nahe-Ufer vor der Kulisse des imposanten Rheingrafensteins auf. Mimi versprach, die Fotografien schnellstmöglich zu entwickeln und jedem zuzuschicken.

Und weiter ging es. Alexander hatte die Gruppe bei einem Winzer, der vorzügliche Riesling-Weine herstellte, angemeldet. Freudig und mit viel Fachwissen, führte der Mann sie erst durch seinen Weinkeller und dann durch die Weinberge. Zum Schluss durften sie verschiedene Weine probieren.

Während Mimi ein paar Schnappschüsse von der Weinprobe machte, war sie nur halb bei der Sache. So ruhig sie äußerlich war, so aufgewühlt war sie innerlich. Noch immer beschäftigte sie die Frage, warum Anton nicht in einem seiner Briefe geschrieben hatte, dass seine Frau vor zwei Jahren gestorben war. Wollte er sie glauben lassen, dass er weiterhin vergeben war? War es zu schmerzhaft für ihn, über Theresas Tod zu schreiben? Seinen Eltern in Laichingen hatte er es doch auch geschrieben – von ihnen hatte Eveline es schließlich erfahren. Er hatte bestimmt seine Gründe gehabt zu schweigen, dachte sie traurig und schaute sich unwillkürlich erneut um. Noch immer keine Spur von Anton.

Für den Fall, dass er noch kommen würde, hatte Alexander bei seiner Haushälterin in der Villa hinterlassen, wo sie ungefähr zu welcher Zeit anzutreffen waren.

Für den Fall? Mimi wusste zwar nicht, warum, aber tief drinnen spürte sie, dass Anton kommen würde, ganz bestimmt! Und er würde als freier Mann kommen, nicht als verheirateter. Kaum schoss Mimi dieser Gedanke durch den Kopf, ärgerte sie sich fürchterlich über sich selbst. Dass sie ihn noch liebte, war eine Sache. Aber dass sie sich noch Hoffnungen darauf machte, dass er wieder zu ihr zurückkam, war einfach nur kindisch und unreif! Menschen veränderten sich im Laufe ihres Lebens, Anton war bestimmt nicht mehr der Mann, an den sie sich so liebevoll erinnerte. Umgekehrt würde es ihm wahrscheinlich genauso gehen – auch sie hatte sich verändert. Elf Jahre hatten sie sich nicht gesehen, das war schließlich kein Pappenstiel.

Klick, machte ihre Kamera, und *Klick* machte es auch in Mimis Kopf. Sie würden sich hier wiedersehen, das spürte sie – und von diesem Moment an würde sie die Dinge nehmen, wie sie kamen. Je tiefer diese Erkenntnis in ihr Bewusstsein eindrang, desto ruhiger wurde sie. Der liebe Gott würde schon wissen, was gut für sie beide war.

Ein sanftes Zupfen an ihrem Ärmel riss Mimi aus ihren Gedanken. Es war Friederike, die achtjährige Tochter von Alexander und Lena.

»Mein Papa hat gesagt, Sie hätten ihn und seine Schwestern als Kinder fotografiert, zur Erinnerung…«

»Ja«, sagte Mimi lächelnd. »Das ist schon ziemlich lange her!« Wenn sie daran dachte, kam es ihr fast vor wie in einem anderen Leben…

Das Mädchen trat verlegen von einem Bein aufs andere. »Ob Sie wohl meine Schwester und mich auch einmal fotografieren könnten? Allein, ohne die andern?«

»Friederike, was fällt dir ein?« Lena, die im Vorbeigehen den letzten Satz gehört hatte, blieb abrupt stehen. »Ich habe dir doch gesagt, dass ich Frau Reventlow fragen werde, ob sie Zeit und Lust hat, auch noch Kinderfotografien zu machen. Konntest du wieder einmal nicht abwarten?« Sie zog ihre Tochter tadelnd an einem ihrer Zöpfe. »Tut mir leid, Mimi«, sagte sie mit einem schrägen Lächeln.

»Ist schon in Ordnung, ich fotografiere die Mädchen von Herzen gern«, antwortete Mimi, dann schaute sie sich suchend um. »Wie wäre es dort hinten an der Bank?«

Und schon legte sie los, während die anderen Ausflügler ihr Glas Wein genossen.

Friederike und Rebecca auf der Holzbank. Friederike

und Rebecca Hand in Hand durch die Weinberge gehend. Friederike und Rebecca zusammen mit ihrer Mutter und danach mit beiden Eltern.

»Ihr habt so wundervolle Kinder«, sagte Mimi zu Lena und Alexander, nachdem das letzte Bild im Kasten war. »Da könnte man fast neidisch werden.«

»Wenn ich mal wieder nicht weiß, wie ich der Galerie, dem Haushalt und meinen Pflichten als Mutter gerecht werden soll, fühle ich mich alles andere als beneidenswert«, erwiderte Lena. »Aber du hast recht, die beiden sind wundervoll. Und Alexander ist der beste Papa, den man sich wünschen kann.«

Mimi nickte lächelnd. »Wenn ich je Kinder bekommen hätte, wären diese jetzt schon erwachsen und aus dem Haus ...« Ob wohl eine Tochter in ihre Fußstapfen getreten und auch Fotografin geworden wäre? Sie kam auf Ideen, tadelte sie sich, dann schaute sie Lena an. »Mein Leben war einfach zu unstet, als dass ich hätte Kinder bekommen können. Und eine entscheidende Komponente fehlte mir obendrein – der richtige Mann!«, fügte sie mit erzwungenem Lächeln hinzu. Als Anton und sie sich kennengelernt hatten, war sie schon zweiunddreißig gewesen ...

»Nach allem, was Alexander über dich erzählt hat, hat es den Anschein, als hättest du die Leben von so vielen Menschen berührt!«, sagte Lena. »Ohne dich wäre Alexander nie zur Kunstschule gekommen. Ohne dich wäre Alexanders Freund Anton wahrscheinlich ebenfalls in Laichingen versauert. Und Christel hat gestern Abend auch erzählt, dass es eine fotografische Sitzung mit dir war, die in ihr erst den Traum wachrief, Schauspielerin zu werden. Und ich wette, dass es noch viele weitere Menschen gibt, deren Leben du auf ganz besondere Weise beeinflusst hast. Du bist vielleicht keine Mutter im *biologischen* Sinn, Mimi, dafür bist du die Mutter von ganz vielen Ideen, Gedanken und Träumen!«

Mimi hatte auf einmal einen solchen Kloß im Hals, dass sie kaum sprechen konnte. So hatte sie das noch nie gesehen... Sie wollte sich gerade bei Lena für die schönen Worte bedanken, als Chrystal bei ihnen erschien.

»Darf ich kurz stören? Mimi, hättest du mal Zeit für mich? Ich brauche in einer Angelegenheit deinen Rat...«

Lena schaute Mimi triumphierend an, als wollte sie sagen: Siehst du?

Mimi, die schon die ganze Zeit über spürte, dass der Schauspielerin etwas auf dem Herzen lag, sagte zu Lena: »Wäre es in Ordnung, wenn Chrystal und ich uns für ein Weilchen absondern und erst später wieder zu euch stoßen? Vielleicht kann der freundliche Winzer uns mit seinem Traktor zurückfahren?« Sie wies auf einen nagelneuen, grün lackierten Deutz-Traktor, den der Winzer voller Stolz mitten im Hof geparkt hatte.

»O ja! Traktorfahren wollte ich schon immer mal!«, rief Chrystal sogleich.

»Ich bin pleite«, sagte Chrystal so unvermittelt, kaum dass sie allein waren, dass Mimi einen Moment lang glaubte, sich verhört zu haben.

»Und in Hollywood bin ich auch erledigt«, ergänzte die Schauspielerin in fast masochistischer Art.

Mimi runzelte verständnislos die Stirn. »Aber... wieso? Ich verstehe nicht... Du warst doch ein Star!«

»Ein Star oder eine Sternschnuppe – wer weiß das schon so genau?« Chrystal schnaubte undamenhaft. »Jedenfalls stehe ich derzeit vor dem Nichts. Ich muss mir dringend eine neue Zukunft aufbauen. Dass so etwas klappen kann, dafür bist du das beste Beispiel. Das Problem ist nur ...« Chrystal zuckte in übertriebener Stummfilmstar-Manier mit den Schultern. »Ich habe nicht die geringste Idee, was ich mit dem Rest meines Lebens anfangen soll!«

Mimis Stirnrunzeln wurde noch tiefer. »Und da soll ich einfach eine Idee aus dem Ärmel schütteln? Bei mir hat sich alles meist von selbst ergeben. Du kennst doch so viele Leute, bist viel herumgekommen ...«

Statt etwas zu sagen, kickte Chrystal einen kleinen Stein nach vorn, er kullerte den steilen Hang des Weinbergs hinab. Einen Moment lang verfolgten die beiden Frauen ihn mit ihren Blicken.

Resolut zeigte Mimi dann auf den rötlichen, von der Sonne erwärmten Boden des Weinbergs. »Wie wäre es, wenn wir uns da vorn auf die Kante setzen, und du erzählst mir in Ruhe, was passiert ist? Wenn ich mehr weiß, fällt mir vielleicht auch etwas Hilfreiches ein.« Vielleicht würde sie sich dann auch nicht mehr alle paar Minuten umdrehen, um zu schauen, ob Anton aufgetaucht war, dachte sie bei sich.

Chrystal nickte tapfer.

Bald darauf hatten die beiden Frauen das seltsame Gefühl eines *Déjà Vu*: Chrystal erzählte. Und Mimi saß da und hörte zu. Das Einzige, was fehlte, war Mimis Notizbuch.

»Nachdem du fort warst, erlebte ich meine besten Jahre. Zum einen brachte die Biografie meiner Karriere einen enormen Auftrieb, zum anderen erlebte Hollywood selbst einen wahren Höhenflug. Ich weiß, es hört sich schrecklich an, aber der Erste Weltkrieg war ein Segen für uns! Aus ganz Europa wurde Kapital abgezogen und nach Amerika geleitet, das wirkte sich entsprechend auf die Finanzkraft der Filmproduzenten aus. Die Investoren wollten allerdings auch einiges für ihr Geld sehen. Die Ausstattungen wurden immer pompöser, die Pyramiden, die du damals gesehen hast, waren nichts dagegen! Auch unsere Kostüme wurden aufwendiger, die Filme länger, unsere Honorare höher ...« Chrystal grinste. »Als Douglas Fairbanks mit den United Artists seinen *Robin Hood* gedreht hat, kostete der Film am Ende 1,4 Millionen Dollar! Mich wundert das nicht, der Film war über zwei Stunden lang. Und das Schloss, das die Kulissenbauer dafür errichteten, war größer als das reale Schloss, das sie sich zum Vorbild genommen hatten.«

Mimi stieß einen leisen Pfiff aus. »Wenn die Geldgeber so viel investierten, war mit Filmen anscheinend viel Geld zu verdienen.«

»Nicht immer«, sagte Chrystal. »Mein lieber Kollege Rudolph Valentino drehte einen Film – *Der junge Maharadscha* oder so ähnlich –, für den die bis dahin teuersten Kostüme hergestellt wurden. Doch trotz der immensen Kosten wurde der Film ein Flop.«

Mimi nickte. Geld allein bedeutete nicht zwangsläufig Qualität. »Und Will Schneider? Er hatte doch große Pläne mit dir.«

»Will ...« Chrystal nahm ein weiteres Steinchen und kickte es den Hang hinab. »Vielleicht ist er der einzige Mann, den ich wirklich geliebt habe. Nicht, dass ich ihm das je gesagt hätte ...«

»Warum nicht? Ihr wart doch ein Paar!«

Chrystal schaute auf. »Will verabscheut schwache Frauen – er wollte mich immer als die starke Amazone sehen. Hätte er gewusst, wie sehr ich ihn liebe, hätte mich das in seinen Augen sicher schwach gemacht. Die Art, wie er mich sah, wurde jedoch beruflich zu einem Problem für mich, denn die weibliche Hauptrolle in den Filmen, die Will für mich schreiben ließ, war stets äußerst forsch. Im schlimmsten Fall hatte sie kurze Haare und trug Hosen, während sie sich gegen die Männer behauptete.«

»Aber solche Rollen hast du doch früher auch schon gespielt in diesen… Slapstick-Filmen«, sagte Mimi verständnislos. Bisher hatte sie noch keinen blassen Schimmer, worauf Chrystal hinauswollte. Hatten Will und sie sich überworfen? Ging es um Liebeskummer?

»Das stimmt! Aber früher spielte ich eine Räuberin, eine Piratin oder eine ägyptische Königin. Ich trug aufregende Kostüme und erlebte noch aufregendere Abenteuer. In Wills neumodischen Filmen sollte ich meist ein sogenanntes *Flappergirl* mit Bubikopf-Frisur spielen – eine kleine Sekretärin oder eine Verkäuferin oder sonst eine Rolle, die die Lebenswelt der Kinogängerinnen widerspiegelte. Ich fand das so öde! Und ich war auch einfach nicht der Typ dafür. Warum verflixt noch mal hat er das nicht kapiert?«, rief Chrystal aufgedreht.

Mimi war fast froh über den kleinen Gefühlsausbruch, sie hatte schon geglaubt, das ganze Feuer sei aus Chrystal gewichen.

»Mir schwebten weiterhin pompöse Filme vor, in denen ich als champagnertrinkende Göttin einer goldenen Badewanne entstieg. Gleichzeitig war mir natürlich klar, dass dies nicht mehr ging, denn inzwischen hatten die

Moralapostel in Hollywood immer mehr zu sagen, und die wollten weder Badewannen noch Badeanzüge sehen. Filme mit zu viel Erotik wurden schlicht verboten. Und wenn doch mal einer in die Lichtspielhäuser kam, dann konnte es gut passieren, dass das Publikum faule Eier gegen die Leinwand warf!«

Mimi hörte ungläubig zu.

»Was also tun? Das war die große Frage, auf die ich auch keine Antwort hatte. Will sah ich nicht viel in jener Zeit, er vergrub sich tagelang in seinem Büro, traf die besten Drehbuchautoren, sprach mit allen möglichen Leuten aus der Branche. Eines Tages kam er nach Hause und meinte, er hätte die Lösung.«

»Na, da bin ich aber gespannt«, sagte Mimi und wedelte eine Biene davon.

»Will wollte den größten Film aller Zeiten mit mir drehen! Einen Gangsterfilm, in dem ich die nur *scheinbar* unnahbare Gangsterbraut darstellen sollte, die in Wahrheit jedoch ein goldenes Herz hat. Was er plante, überstieg jedoch seine Finanzen, er brauchte dafür fremde Investoren. In New York läge das Geld auf der Straße, man müsse es nur aufheben, meinte er. Ich konnte seine Begeisterung für diesen Plan nicht teilen, denn die New Yorker Finanzleute waren zu dem Zeitpunkt schon dick im Filmgeschäft. Und sie waren bekannt dafür, dass sie den Filmemachern ziemlich viel in dieses Geschäft hineinredeten. Wehe, ein Film brachte nicht den erwünschten finanziellen Erfolg, dann warst du gleich weg vom Fenster! Aber Will ließ sich nicht davon abbringen, mich tadelte er als rückständig. Ich solle mich nicht dümmer stellen, als ich sei, ohne Geld von außen ginge es nun mal nicht mehr, meinte er.«

Mimi hob die Brauen. Will Schneider war ihr stets wie ein vollendeter Gentleman vorgekommen, einen solchen Ton hätte sie von ihm nicht erwartet. »Und dann?«

»Als Will aus New York zurückkam, war er nicht mehr derselbe Mann. Ich habe bis heute keine Ahnung, was geschehen ist, aber eins steht fest: Die Bankmenschen haben Will bis aufs Blut gedemütigt, und dabei blieb es nicht. Fortan gingen in Wills Büro ständig irgendwelche Wichtigtuer in feinen Anzügen ein und aus. Sie hatten keinen blassen Schimmer von der Materie, mischten sich aber in alles ein – Schauplätze, Kostüme, welcher Schauspieler welchen Part übernehmen sollte, und selbst das Drehbuch ließen sie ein paar Mal umschreiben. Am Ende haben die Männer aus New York Will sogar vorgeschrieben, welchen Regisseur er nehmen muss! Ein ganz schrecklicher Bursche war das.«

»Und wie ging es dir damit?«, fragte Mimi nach.

»Ich habe gelitten.« Chrystal zog eine Grimasse. »Aber eins muss man sagen – der Gangsterfilm wurde ein Riesenerfolg! Danach waren Wills Dream Factory und ich wieder ganz obenauf.«

»Das ist doch prima«, sagte Mimi.

»Warte nur ab! *Richtig* prima wurde es vor vier Jahren, als nämlich der erste Tonfilm auf den Markt gebracht wurde«, kam es ironisch von Chrystal. »Hast du schon mal einen dieser Filme mit Ton gesehen?«

Mimi verneinte. »Du weißt doch, dass ich keine Kinogängerin bin. Das letzte Mal war ich mit dir in einem Lichtspielhaus.«

»Und warum erzähle ich dir das dann alles?«, sagte Chrystal mit gespielter Verzweiflung.

»Sag du's mir«, erwiderte Mimi grinsend.

Chrystal seufzte. »Das wirst du gleich merken. Ab 1926 ging es mit dem Stummfilm Jahr für Jahr weiter bergab. Das Publikum wollte nur noch Tonfilme sehen – Talkie hatte man sie genannt. Ganz gleich, wie schlecht die Filme waren, Hauptsache, es wurde darin gesprochen! Wie du dir denken kannst, war Will natürlich gleich Feuer und Flamme für die neuen Möglichkeiten. Als einer der Ersten eignete er sich alles Wissen darüber an, wie es geht, wenn sich die Tonspur mit auf dem Filmband befindet. Tja, und dann begann er mithilfe von teuren Experten auch mit den Talkies.«

Ein leichter Schauer schien die Schauspielerin zu erfassen. Oder hatte es etwas mit der Wolke zu tun, die sich gerade vor die Sonne schob?, fragte sich Mimi. »Fortan musstest du also Texte lernen«, sagte sie. »Das war bestimmt eine Riesenumstellung, oder?«

Chrystal zog eine Grimasse. »Anfangs wehrte ich mich standhaft und drehte weiter Stummfilme, und gar keine schlechten. Aber kaum ein Filmverleiher wollte noch welche im Programm haben. Zu dieser Zeit gingen unsere Honorare regelrecht in den Keller. Ich machte mir trotzdem keine Sorgen, denn mein Finanzberater Montgomery Bradshaw kümmerte sich ja weiterhin bestens um mein Vermögen. Es wuchs auch weiterhin stetig an.«

Oje, Mimi ahnte schon, was kommen würde – der Börsencrash im letzten Jahr, über den die ganze Welt gesprochen hatte. Aber sie täuschte sich, denn Chrystals Geschichte ging anders weiter.

»Vor zwei Jahren zwang Will mich regelrecht, den ersten Tonfilm zu machen. Denn der Stummfilm war endgültig tot – ›Das Ende der Stille‹ war auch im Filmbereich angekommen.«

Mimi schluckte. Aus heutiger Sicht betrachtet, mutete der Titel, den sie Chrystals Biografie gegeben hatten, wirklich ironisch an.

»Der Film, den Will plante, war gut, die Handlung gefiel mir. Nun, da ich meine Verweigerungshaltung aufgegeben hatte, lernte ich Tag und Nacht meine Texte. Das wird ein Kinderspiel, dachte ich mir.« Chrystal schnaubte. »Aber dann, als ich ans Set kam …« Sie räusperte sich, für Mimi hörte es sich fast so an, als würde ihre Stimme brechen.

»Das war eine völlig neue Welt, was?«, sagte sie mitfühlend.

Chrystal nickte, und Mimi bemerkte, dass sie Mühe hatte, nicht in Tränen auszubrechen. »Ich hatte das Gefühl, mich nicht mehr in einer Kulisse zu bewegen, sondern nur noch zwischen Bergen von technischen Gerätschaften! Zu den elektrischen Scheinwerfern, Reflektoren und der Kamera gesellten sich nun die Mikrofone dazu und ein Phonograf für die sogenannte Tonspur, die alles aufzeichnete. Als ich die ganze Ausrüstung sah, habe ich mich so erschrocken, dass ich nicht mehr mit der Kamera flirten konnte. Und den halben Text hatte ich auch vergessen. Statt mir zu helfen, hatte der Regisseur – ein blutjunger Bursche – ständig etwas an mir auszusetzen. Meine Stimme klinge nicht gut genug, meinte er, ich habe nicht genügend Nuancen in der Stimmfarbe. Wie bitte? Bisher hatte sich noch niemand über meine Stimme beschwert, sie spielte einfach keine Rolle. Und nun? Ich verstand gar nichts mehr!«

Mimi nickte. Das konnte sie sich gut vorstellen …

»Nun, wo die Handlung durch das gesprochene Wort begleitet wurde, waren natürlich auch die großen Gesten des Stummfilms nicht länger gefragt. Man wünschte sich schauspielerische Zurückhaltung von mir. Schauspielerische Zurückhaltung – von *mir*!«

Unwillkürlich musste Mimi lachen.

»Und als wäre das ganze Gemecker des Regisseurs nicht genug gewesen, hatte auch noch ein Kameramann die Frechheit, mitten im Dreh bewusstlos zu werden. Dadurch hat er mich dann vollends aus dem Konzept gebracht. Ich weiß, es war ein Fehler, aber in dem Moment hatte ich einfach genug und bin wütend abgerauscht!«

»Du lieber Himmel, dir blieb aber auch nichts erspart«, sagte Mimi ironisch. Das war mal wieder typisch Chrystal – absolut kein Mitleid mit dem armen Kameramann!

Chrystal, die Mimis Unterton nicht bemerkt hatte – oder nicht hatte bemerken wollen –, sprach weiter: »Will war natürlich stinksauer, das kannst du dir ja denken. ›Du kannst nicht einfach abhauen, das ist unprofessionell! Was sollen unsere Geldgeber aus New York denken, wenn sie das mitbekommen?‹, schrie er mich an. ›Dann bin ich eben einmal in meinem Leben unprofessionell‹, fauchte ich zurück. Als ich zu erzählen begann, wie der Regisseur mit mir umsprang, wollte er das nicht hören. Heute ist mir klar, dass Will auch unter einem gewaltigen Erfolgsdruck stand. Aber damals sah ich nur meine Not…«

Einen Moment lang bedauerte Mimi, dass Chrystals Biografie schon geschrieben war – anscheinend waren die letzten Jahre genauso spannend gewesen wie ihre Anfangsjahre!

»Natürlich sah Will, wie schwer ich mich mit der neuen Technik tat. Trotzdem gab er mir noch mal eine

Chance. Er hatte ein grandioses Drehbuch kaufen können, für das sich sogar die New Yorker Herren begeisterten. Es gab zwei weibliche Hauptrollen darin, eine davon bot Will mir an. ›Das ist deine letzte Chance, nutze sie!‹, sagte er mehr oder weniger freundlich. Außer dem Drehbuch überreichte er mir auch noch ein Heft mit den neuen Richtlinien, die seit Kurzem für die komplette Filmindustrie galten.« Chrystal begann, an den Fingern ihrer rechten Hand aufzuzählen. »Im Drehbuch durfte kein Fluch vorkommen, Kostüme durften nicht mehr als den Ansatz eines Dekolletees zeigen, Alkohol und Drogen waren selbstredend verboten, bei Kussszenen musste ein Blatt Papier zwischen die Lippen des Helden und der Heldin passen. Und so weiter! ›Wie soll man da noch vernünftig Filme drehen?‹, fragte ich Will. Meiner Ansicht nach war das der Moment, in dem sich die ganze Branche hätte zur Wehr setzen sollen. Dann wäre dieses neue Regelwerk nichts weiter als ein Stück Papier geblieben. ›Proben wir den Aufstand!‹, rief ich also. Doch der liebe Will war seinen Geldgebern verpflichtet, und das waren die schlimmsten Moralapostel überhaupt!« Die Schauspielerin holte tief Luft. »Was blieb mir anderes übrig, als mich zu beugen? Als ich sah, welche riesigen Kulissen für den Film gebaut wurden und wie prachtvoll die Kostüme waren, schöpfte ich neue Hoffnung. Vielleicht wurde doch noch alles gut. Ich lernte also meinen Text, dieses Mal nicht nur leise, sondern indem ich ständig vor mich hinsprach. Ich modulierte meine Stimme und übte, mit ihr so zu spielen wie einst mit meiner Mimik.«

»Hut ab! Da hast du dich ja richtig in die neue Aufgabe hineingestürzt.« Mimi nickte bewundernd.

»Gebracht hat es mir dennoch nichts«, sagte Chrystal

rau. »Je weiter die Vorbereitungen gediehen, desto mehr Druck spürte ich auf mir lasten. All die Jahre war das Filmedrehen für mich spielerisch leicht gewesen. Aber auf einmal war ich völlig verkrampft, und mein Kopf blockierte wie ein Rad, in dessen Speichen jemand einen Knüppel geworfen hat. Ich ließ mir meine Angst natürlich nicht anmerken. Wann immer Will mich fragte, wie ich vorankam, antwortete ich: ›Gut, Darling, gut‹.« Chrystal holte tief Luft, setzte zum Sprechen an, überlegte es sich dann aber wieder anders.

»Sollen wir ein Stück gehen, und du erzählst später weiter? Damals, bei deiner Biografie, haben wir auch öfter eine kleine Pause gemacht«, sagte Mimi, die spürte, wie viel Kraft Chrystal ihre Erzählung kostete. Außerdem ging die Sonne bald unter, und sie mussten schauen, dass sie nach Bad Kreuznach zurückkamen, bevor die andern sich Sorgen machten.

Chrystal nickte erleichtert.

31. Kapitel

Sie spazierten gemächlich zum Weingut zurück. Ihr Mann sei gerade unten im Ort, er habe dort etwas zu erledigen, erklärte die Frau des Winzers, als Mimi fragte, ob er sie nun nach Bad Kreuznach fahren könne. Sie lud die beiden Frauen ein, bei ihr in der Küche zu warten. Doch sowohl Chrystal als auch Mimi wollten lieber auf der Bank vor dem Haus sitzen. Die Winzerin nickte und versprach, ihnen gleich ein Glas Wein zu bringen.

»Wenn es für dich in Ordnung ist, würde ich gern den Rest meiner Geschichte erzählen«, bat Chrystal, kaum dass sie saßen. »Ich weiß nämlich nicht, ob ich später den Mumm habe, noch mal anzufangen.«

Mimi, die langsam ein mulmiges Gefühl bekam in Bezug auf das, was sie noch erwartete, sagte so leichthin wie möglich: »Kein Problem, erzähl, wie ging es weiter?«

Chrystal schloss für einen Moment die Augen, als wollte sie ihre Gedanken ordnen. »Letztes Jahr, am 24. Oktober, begannen die Dreharbeiten für Wills größten Film aller Zeiten. Zwei der Geldgeber aus New York waren extra angereist und schauten zu. Die saßen da, als wären sie in einem Lichtspielhaus, es fehlte nur noch eine Tüte Popcorn! Das isst man nämlich neuerdings während einer Filmvorführung. Nun, die Anwesenheit der beiden hat mich so nervös gemacht, dass ich prompt meinen Text vergaß. Der Regisseur machte mich gleich zur Schnecke. So nicht!, dachte ich und rannte zu Will ins Büro. Immerhin war ich die Frau an seiner Seite, da konnte es nicht angehen, dass man mich derartig behandelte. Doch statt sich meine Beschwerden anzuhören, schickte Will mich fort. Er habe für so einen ›Blödsinn‹, wie er es nannte, nun wirklich keine Zeit, sagte er. Oh, ich war so wütend! Dass Will leichenblass war, fiel mir zwar auf, aber ich war viel zu aufgebracht, um mir über ihn Sorgen zu machen. Zurück am Set, verkündete der Regisseur mir, dass die Geldgeber mich rauswerfen wollten. Meine Hauptrolle sollte noch am selben Tag eine andere Schauspielerin übernehmen – ›*Time is money*‹, sagte er süffisant.«

»Oje …«, murmelte Mimi.

»Ganz genau!«, erwiderte Chrystal. »Da stand ich also und hatte die Wahl zwischen losheulen und einen Tobsuchtsanfall bekommen. Ich entschied mich für Letzteres. Am Ende wurde der Pausenjunge dazu verdonnert, mich vom Studiogelände zu entfernen. ›Ich bin Will Schneiders Lebensgefährtin, das könnt ihr nicht tun!‹, schrie ich vergebens. Und dann …« Chrystal stützte ihren Kopf in beide Hände. »Dann …«

Sie schaute Mimi mit leerem Blick an. »Vor dem Studio wartete Montgomery Bradshaw auf mich. Einen Moment lang war ich völlig perplex. Was wollte er von mir, ausgerechnet jetzt? ›Chrystal, es ist etwas Schreckliches geschehen!‹, rief er, kaum dass er mich sah. ›Das Geld ist weg.‹ Ich glaubte, nicht richtig zu hören. Was dieser Auftritt sollte, fragte ich ihn, und ob er das etwa witzig fände. Monty war den Tränen nahe, stockend und fahrig, erzählte er dann, was geschehen war. Die komplette New York Stock Exchange war zusammengebrochen, sämtliche Aktien und andere Wertpapiere waren nicht mal mehr das Papier wert, auf das sie gedruckt worden waren. Und während ich da so stand, vor Wills Dream Factory, dämmerte mir: Ich war pleite.« Sie vergrub ihren Kopf nun vollends zwischen ihren Händen und weinte.

Stumm streichelte Mimi Chrystals Rücken und wartete, bis ihre Schluchzer leiser wurden. Was für eine Tragödie...

Just in diesem Moment kehrte der Winzer, der sie nach Hause fahren sollte, zurück. Mimi schaute ihn über Chrystals Rücken hinweg an. Der Mann erfasste die Situation sofort und trat ins Haus. Kurz darauf brachte seine Frau statt der zwei Gläser Wein zwei kleine Stamperl Schnaps.

Auch gut, dachte Mimi.

Irgendwann, die Sonne verwandelte sich gerade in einen glutroten Ball, schaute Chrystal auf. »Nicht dass du glaubst, damit wäre das bittere Ende erreicht gewesen – nein, die Geschichte geht noch weiter«, sagte sie mit rauem Sarkasmus.

»Wenn's dicke kommt, dann richtig«, bemerkte Mimi leise.

Chrystal nickte. »Du kannst dir sicher vorstellen, wie verzweifelt ich war. Auf einmal war mir auch klar, warum Will so bleich gewesen war, wahrscheinlich hatte er schon vor mir vom Börsencrash erfahren. Zu ihm brauchte ich also nicht zu gehen, das wusste ich, und zu sonst auch niemandem. Deshalb ging ich in eine Bar und trank mir zum zweiten Mal in meinem Leben einen

Rausch an. Viel brauchte es dafür nicht – bis auf hin und wieder ein Glas Champagner habe ich ja nie viel getrunken. An diesem Abend jedoch schüttete ich Schnaps in mich hinein, irgendeinen widerlichen Tequila. Ich weinte, wurde laut, fing an, alle und jeden zu beschimpfen, bis mich der Barkeeper rauswerfen ließ. Der zweite Rauswurf an diesem Tag! Ich weiß nicht, wann ich das letzte Mal etwas gegessen hatte, dann der viele Alkohol – mir war auf einmal so schlecht, dass ich mich am Bordstein hinkniete, um mich zu übergeben.

Just in diesem Moment kam ein Zeitungsreporter vorbei, die lungerten ja überall, wo sich Schauspieler und andere Berühmtheiten aufhielten, wie die Geier herum. Ich war natürlich ein gefundenes Fressen für ihn! Die Kamera machte nur so klick, klick, klick, ohne dass ich mich wehren konnte.

Am nächsten Tag ging die Fotografie, die zeigte, wie ich, beschmutzt von meinem eigenen Erbrochenen, auf dem Bürgersteig lag, durch die Zeitungen Amerikas. ›Vom Film-Olymp in die Gosse!‹ – so lautete die Schlagzeile dazu. Bevor ich wusste, wie mir geschah, wurde ich durch dieses eine Foto zum Symbol der gefallenen Hollywood-Industrie, die durch den Börsencrash natürlich genauso gebeutelt war wie jede andere Branche. Von einem Tag auf den andern stand ich ohne alles da. Ich war ein gefallener Stern, vergangen wie eine Sternschnuppe!«

»O Chrystal… Das tut mir alles sehr leid«, flüsterte Mimi. Ausgerechnet einer ihrer Fotografen-Kollegen hatte der Schauspielerin den Rest gegeben…

Chrystal zog mit dem Zeigefinger ihrer rechten Hand wirre Linien in den roten Boden des Weinbergs. »Will war mir auch kein Trost, er hatte genug eigene Probleme. Die großen Jungs aus New York waren wie alle andern mit einem Schlag pleite, und aus Will wurde wieder ein *Independent*, also ein unabhängiges Studio ohne Kapital. Ich schätze mal, daran hat sich bisher nichts geändert. Aber eines Tages wird Will wieder Filme drehen, davon bin ich überzeugt.«

Mimi nickte. Will Schneider war ein Kämpfer! »Aber warum habt ihr euch getrennt? Das verstehe ich immer noch nicht.«

»Dann sind wir schon zu zweit«, sagte Chrystal sarkastisch. »Nach den Zeitungsartikeln hat Will mich fallengelassen wie eine zu heiße Kartoffel. Ich solle mir eine Auszeit nehmen und überlegen, was ich mit dem Rest meines Lebens anstellen will, sagte er zu mir. Für ihn war ich als Schauspielerin erledigt. Der Rest meines Lebens – dass er tat, als sei ich schon bald tot, war die nächste Ohrfeige für mich. Vielleicht war Will einfach nur realistisch und wollte mir gar nicht absichtlich wehtun, aber in diesem Moment war ich fassungslos und zutiefst verletzt. Da saß ich nun, aufgegeben von ihm und der ganzen Welt, und ging im Geist meine Optionen durch. Sollte ich bleiben? Will hätte mich nicht gleich rausgeworfen, das nicht. Aber der Tag, an dem er mich gegen eine andere, jüngere und erfolgreichere Schauspielerin ausgetauscht hätte, wäre unweigerlich gekommen, und das wollte ich nicht erleben. Also beschloss ich, meine Koffer zu packen und zu gehen, solange ich das noch freiwillig konnte. Anderswo Arbeit zu finden war unmöglich, die Wirtschaftskrise hatte ganz Amerika erfasst. Und so reifte in mir der Plan, wieder nach Deutschland zurückzukehren und hier einen Neuanfang zu versuchen. Gott sei Dank hatte ich noch einen Notgroschen in bar – den berühmten Sparstrumpf gab's ja schon bei uns in Laichingen.« Sie verzog das Gesicht. »Nun plünderte ich also meinen Sparstrumpf. Noch von Hollywood aus nahm ich Kontakt zu einem Immobilienmakler auf und kaufte mir ein Haus am Bodensee, in Friedrichshafen. Allein an dem Tag, als ich abreiste, gingen sechs Schiffe gen Heimat. Auch viele andere Auswanderer, deren Träume sich nicht erfüllt hatten, fuhren zurück. Die Überfahrt war entsprechend...«

Mimi hörte nur noch mit halbem Ohr zu. Beim Stichwort Bodensee begann etwas hinter ihrer Stirn zu arbeiten, Bilder stiegen in ihr auf, zu vage, um daraus schon konkrete Gedanken werden zu lassen.

»Ich hätte eher vermutet, dass du dich in Berlin oder Potsdam ansiedelst, in der Nähe der Babelsberger Filmstudios«, sagte sie schließlich, als Chrystal mit ihrer Reisebeschreibung fertig war.

Diese schaute Mimi ungläubig an. »Glaubst du im Ernst, ich möchte einen neuen Anlauf als Schauspielerin versuchen? Nein, die Zeit meines Lebens ist vorbei! Mehr Erfolg, als ich hatte, kann man nicht haben – was mir bleibt, sind bittersüße Erinnerungen an harte und zugleich schöne Jahre. Und ein Berg an Filmen, die ich vielleicht irgendwann wieder anschauen kann, ohne dabei in Tränen auszubrechen.

»Trotzdem, wie bist du ausgerechnet auf Friedrichshafen gekommen?«

Chrystal lachte ein wenig verlegen auf. »Jetzt wirst du mich gleich für naiv und hinterwäldlerisch halten. Aber Tatsache ist – von meinem Besuch in Berlin einmal abgesehen, kenne ich von Deutschland so gut wie nichts. Als feststand, dass ich wieder zurückkomme, erinnerte ich mich daran, wie mir Anton einst vom Bodensee vorgeschwärmt hatte. Kurz davor hattest du ihm wohl von deiner Freundin erzählt, die am Bodensee Schönheitsmittel produziert, erinnerst du dich? Antons Plan war, dass wir gemeinsam zu ihr fahren. Er ging davon aus, dass jemand, der Schönheitsprodukte herstellt, auch gern attraktive Frauen beschäftigt, als Aushängeschild für die Produkte sozusagen. Wäre sein Plan aufgegangen, hätte er sich selbst auch am Bodensee irgendeine Arbeit gesucht.« Chrystal holte tief Luft und stieß sie gleich wieder aus. »Träume sind Schäume, sagen die Leute. Aber das stimmt nicht – Antons Traum war mir damals einfach nicht groß genug!«

Der Bodensee. Clara Berg. Große Träume. Noch während Chrystal sprach, formte sich in Mimis Kopf eine Idee. Sollte sie? Oder besser nicht? Chrystal war im Umgang nicht ganz einfach, sie, Mimi, erinnerte sich noch gut daran, wie oft sie sich während des Schreibens über die Allüren der Schauspielerin geärgert hatte. »Und – ist dir schon eine Idee gekommen, was du mit dem *Rest deines Lebens*, wie Will es so schön nannte, anstellen willst?«, sagte sie vorsichtig.

»Ich habe nicht den blassesten Schimmer«, gab Chrystal unumwunden zu. »Deshalb ist mir ja dein Rat so wichtig! Ich finde es bewundernswert, wie oft du dich in deinem Leben sozusagen neu erfunden hast. Mein Traum wäre, dass mir etwas Ähnliches gelingt. Du weißt, ich bin bereit, hart zu arbeiten. Wenn sich der Einsatz lohnt, dann schone ich mich nicht. Ich bin unerschrocken, liebe das Abenteuer, und ich habe Durchhaltevermögen! Wenn andere schlapp machen, lege ich noch eine Schippe drauf. Ich spreche perfekt Amerikanisch, und ich sehe für mein Alter noch leidlich gut aus. Und ich kann schauspielern!« Sie schenkte Mimi ein schräges Grinsen. »Jetzt fehlt mir nur noch eine Arbeit, bei der genau diese Fähigkeiten gefragt sind. Falls du also eine Idee hast...«

Mimi nickte nachdenklich. Es stimmte, Chrystal war eine der härtesten Arbeiterinnen, die sie kannte. Sie war schlau, couragiert und ließ sich nicht so schnell entmutigen. Und wenn sie darüber hinaus ein wenig kapriziös war – vielleicht würde das bei der Idee, die Mimi gerade durch den Kopf geisterte, gar nicht so negativ ins Gewicht fallen?

Ihre Augen blitzten verschwörerisch, als sie Chrystal, die geduldig auf ihre Antwort gewartet hatte, anschaute. »Kann sein, dass ich wirklich eine Idee habe«, sagte sie. »Meine Freundin Clara Berg – die, von der Anton dir einst erzählt hatte – stellt noch immer sehr erfolgreich Produkte für die Schönheit der Frauen her. Im Laufe der Jahre ist ihr Unternehmen, das weiterhin seinen Hauptsitz am Bodensee hat, stetig gewachsen. Als wir uns das letzte Mal trafen – und das ist erst ein paar Wochen her –, erzählte sie mir von ihrem großen Traum...« Sie machte eine kleine Kunstpause, um sich Chrystals Aufmerksamkeit zu versichern. Doch die Schauspielerin hing ihr auch so wie gebannt an den Lippen.

»Clara Berg möchte ihre Produkte nach Amerika bringen! Und sie sucht jemanden, der ihr dabei hilft.« Mimi zuckte mit den Schultern. »Im Grunde wärst du genau die Richtige. Du sprichst die Sprache, kannst deine alten Kontakte nach Hollywood bestimmt wiederbeleben, und dort sind neue, moderne Schönheitsmittel sicher willkommen. Außerdem hast du Biss und genügend Überzeugungskraft, um andere Leute mit ins Boot zu holen. Was meinst du?«

»Ich bin absolut sprachlos.« Chrystal schüttelte fassungslos den Kopf. »Und ich habe gerade das Gefühl, als würde ich träumen… Ich liebe Schönheitsprodukte und kenne mich auf dem amerikanischen Markt ziemlich gut aus! Insofern wäre das eine absolut passende Arbeit für mich!«

»Und es würde dir nichts ausmachen, wieder nach Amerika zu gehen?«

Chrystal winkte ab. »Hierherzukommen war eher ein Akt der Verzweiflung als eine kluge Idee. Soll ich darauf warten, dass mir in meinem alten Haus die Decke auf den Kopf fällt? Also, ich wäre bei diesem Unternehmen gleich dabei! Doch ein paar Dinge müssen deiner Freundin klar sein: Sie wird in Amerika starke Konkurrenz haben – Estee Lauder und Helena Rubinstein sind nur zwei der bedeutenden Kosmetikmarken. Ich habe allerdings keine Ahnung, wie es ihnen in der derzeitigen Krise geht. Und da sind wir schon beim nächsten Punkt: Die Zeiten sind nicht gerade ideal, um als Neuling in Amerika Fuß zu fassen. Aber falls deine Freundin mir diesen Auftrag anvertraut, würde ich mir Arme und Beine ausreißen, um daraus einen Erfolg zu machen, das verspreche ich! Genügend Kontakte habe ich, und die Amerikanerinnen wollen schließlich trotz der Wirtschaftskrise schön sein.« Sie nahm die beiden Gläser Schnaps, reichte Mimi eins und rief exaltiert: »Auf zu neuen Abenteuern!«

»Das ist die richtige Einstellung«, sagte Mimi und prostete Chrystal lachend zu. »Gleich morgen rufe ich Clara an und erzähle ihr von dir.« Auf einmal hatte sie

Lenas Stimme im Ohr. *Du bist vielleicht keine Mutter im biologischen Sinn, aber dafür bist du die Mutter von ganz vielen Ideen, Gedanken und Träumen!* – Mimi lachte auf. Vermutlich hatte Alexanders Frau damit gar nicht so unrecht.

32. Kapitel

Der Mann, der in Bad Kreuznach am Abend des 21. Juni eilig den Bahnsteig entlanglief, schaute so fiebrig in Richtung des Bahnhofsgebäudes, als würde ihn dort gleich ein großer Empfang erwarten.

War er also doch eine hochrangige Persönlichkeit!, dachten die Passagiere, die zusammen mit ihm im Abteil gesessen hatten und nun ebenfalls ausgestiegen waren. Die Aura, die ihn während der ganzen Zugfahrt umgeben hatte, war nämlich die eines Mannes gewesen, der schon viel erreicht hatte und dem man sich gern anvertraute. Vielleicht war er ein berühmter Arzt? Oder ein bekannter Schriftsteller? Ein Politiker war er bestimmt nicht. Zu fragen hatte sich keiner getraut, dabei hatten sich ansonsten etliche nette Gespräche im Zugabteil entwickelt. Doch die Miene des gut aussehenden Herrn im mittleren Alter war äußerst in sich gekehrt gewesen.

Hätten die Reisenden die Gedanken des Passagiers lesen können – sie wären enttäuscht bis entsetzt gewesen.

Was bist du nur für ein dämlicher Hornochse!, schalt sich Anton immer und immer wieder. Da organisierte Alexander nach all den Jahren ein solches Wiedersehen, und das Einzige, was er, Anton, zustande brachte, war, die Einladung wochenlang ungeöffnet liegen zu lassen! Und alles nur, weil er wegen der verdammten Mikroskop-Linsen keine Zeit für ein Privatleben hatte.

Der Stapel mit seiner ungeöffneten privaten Post war von Woche zu Woche immer größer geworden, sein Unwille, sich ihm zu widmen, ebenfalls. Vor ein paar Tagen schließlich hatte er sich endlich der Aufgabe angenommen. Fast als einer der ersten Briefe – gerade so, als wäre es ein Wink des Schicksals – war ihm Alexanders Brief in die Hände gefallen. Und nach dem Lesen hatte für ihn sofort festgestanden: Da will ich hin. Mehr noch, an diesem Treffen *musste* er teilnehmen! Nur – würde er es überhaupt noch rechtzeitig schaffen? Ein Ticket für die Fähre über den Ärmelkanal buchen, Zugtickets für die Weiterfahrt, Himmel hilf – wo lag dieses Bad Kreuznach eigentlich genau? Irgendwelche Geschenke zu kaufen, dafür hatte die Zeit am Ende nicht mehr gereicht. Sollte er überhaupt noch rechtzeitig eintreffen, würde er einfach alle zum Essen einladen!

Hoffentlich gab es genügend Taxis, dachte Anton nun, als er das lang gezogene Bahnhofsgebäude fast erreicht hatte. Sonst würde er sich zur Not ein Fahrrad ausleihen, nach dem Weg fragen und losradeln.

Anton hatte Glück, zwei Wagen standen vor dem Bahnhof parat. Die Adresse, die er dem Fahrer nannte, lag im Kurviertel, höchstens zehn Minuten vom Bahnhof entfernt.

Doch als Anton sich auf die lederne Rückbank des Wagens sinken ließ, atmete er nicht etwa auf. Im Gegenteil, er konnte vor Aufregung fast gar nicht mehr durchschnaufen.

Wenn alles gut lief, würde er gleich, nach all den Jahren, Mimi wiedersehen.

Mimi Reventlow. Die große Liebe seines Lebens.

Vor elf Jahren war er von ihr fortgegangen. Er hatte seinen beruflichen Traum von der Prothesenherstellung verwirklichen wollen, Alexander hatte ihm sogar noch zugeredet, dies zu tun. Und Anton wusste, dass es damals der richtige Schritt gewesen war. Hätte er ihn nicht gemacht, wäre er unglücklich geworden und hätte sich immer vorgeworfen, seine ihm vom Leben gestellte Aufgabe nicht erfüllt zu haben. Was er damals allerdings nicht gewusst hatte: Man konnte das Richtige tun, und es konnte sich dennoch falsch anfühlen. Und so war kein Tag vergangen, an dem Anton Mimi nicht vermisst hatte – und das trotz seiner Liebe zu Theresa! Mimis Wärme, ihr grenzenloser Optimismus, ihre Zuversicht, ihr Lachen, der Duft nach Lavendel, Rose und gebrannten Mandeln, nach dem sie immer ein wenig roch.

Vielleicht hätte er Theresa Power erst gar nicht heiraten sollen. Aber sie waren beide einsam gewesen. Und sie waren beide *da* gewesen, in London, wo sie Tag für Tag ihrer Aufgabe, den zerschundenen Kriegsopfern zu helfen, nachgingen. Die Verpflichtung hatte sie zusammengeschweißt. Und ja, es war auch Liebe zwischen ihnen gewesen. Aber die große Liebe, die eine, an die man sich erinnerte, wenn man einmal alt und grau auf sein Leben zurückblickte – die war Theresa nicht gewesen.

Und nun war er dank Alexanders Einladung auf dem Weg zu Mimi. Dass außer der Fotografin noch andere alte Weggefährten da sein würden – diesen Gedanken klammerte er aus. Mimi war das Einzige, was zählte.

Sicher, er hätte jederzeit ein Fährticket buchen und

heimfahren können, um Mimi wiederzusehen. Allerdings hatte ihm dafür schlicht der Mut gefehlt.

Einst war es Alexander gewesen, der ihn ermutigt hatte zu gehen. Nun war es Alexander, der ihn zurückholte. Für Anton fühlte sich das stimmig an.

*

Heute war die Nacht der Sommersonnenwende, das wollten sie gebührlich feiern!, erklärte Alexander seinen Gästen am Abend, dann führte er sie auf die Wiese in seinem Garten, wo er rund um ein Lagerfeuer bequeme Bänke hatte aufbauen lassen. Die »Ahhhs!« und »Ohhs!« seiner Gäste, als sie sahen, dass nicht nur das Lagerfeuer schon brannte, sondern dass er auch noch Dutzende von Lampions in den Bäumen hatte aufhängen lassen, klangen wie Musik in Alexanders Ohren. »Wie schön das später, wenn es dunkel ist, leuchten wird – bestimmt so, als wären riesengroße Glühwürmchen unterwegs!«, rief seine Mutter und klatschte voller Vorfreude wie ein Kind in die Hände. Selten hatte Alexander sie so gelöst gesehen. Lena, die in diesem Augenblick neben ihm stand, drückte Alexanders Hand – der liebe Gott hatte wohl seine Wünsche, dieses Fest betreffend, erhört. Nur einer fehlte, um sein Glück vollständig zu machen – Anton. Inzwischen ging Alexander davon aus, dass der Freund nicht mehr kam, sonst hätte er sich ja in irgendeiner Form gemeldet.

Auch Chrystal war von der romantischen Stimmung angetan. Doch selbst wenn sie in einem dunklen Keller bei Wasser und Brot gesessen hätten, wäre ihre Stimmung noch gut gewesen. Wie schnell sich das Blatt des Lebens doch wenden konnte!, frohlockte sie, während sich alle rund um das Feuer niederließen. Gestern Abend noch, bei dem förmlichen Abendessen in dem feinen Restaurant, hatte sie anstelle der Zukunft nur ein großes, schwarzes Nichts gesehen. Heute, am Tag der Sonnenwende und dank Mimis grandioser Idee, sah die Welt schon wieder ganz anders aus! Auch für sie würde es eine Wende geben, und auch für sie würde wieder die Sonne scheinen! Und am Montag würde alles wahrscheinlich noch besser werden, denn Mimi wollte ihre Freundin Clara Berg anrufen, noch bevor sie sich auf den Heimweg machten. Angst, dass die ganze Sache scheitern könnte, hatte Chrystal nicht – dazu war Mimis Idee einfach zu gut.

Der Abend war lau, weder Chrystal noch die anderen Frauen benötigten Schals und Strickjacken, während sie rund um das Lagerfeuer saßen, Stockbrot und aufgespießte Fische aus der Nahe grillten, während ein eigens engagiertes Geigentrio das Ganze im Hintergrund mit Musik untermalte.

Chrystal und Mimi lachten gerade über einen unfreiwilligen Scherz von Alexanders jüngerer Tochter, als Chrystal aus dem Augenwinkel heraus sah, wie in der Einfahrt vor dem Tor zum Haus die Silhouette eines Mannes erschien. Hatte Alexander außer dem Geigentrio noch jemanden engagiert? Einen Zauberer vielleicht? Am heutigen Tag würde sie sich über nichts mehr wundern, dachte Chrystal schmunzelnd. Sie hatte den Gedanken noch nicht ganz zu Ende gedacht, als sie ungläubig mit den Augen blinzelte. Das... das war doch... Anton? Fassungslos griff sie sich an den Hals. Hatte sie eine Halluzination? Außer ihr hatte bisher kein anderer den Neuankömmling wahrgenommen. Chrystal blinzelte noch einmal. Es *war* Anton, ganz gewiss! Die breiten Schultern, der selbstbewusste Gang, und dann sein Blick… Sie erkannte ihn auch nach all den Jahren sofort.

In Chrystals Kopf ratterte es fieberhaft. Konnte es sein, dass das Schicksal es zweifach gut mit ihr meinte? Erst Mimis grandiose Idee, und nun kam auch noch Anton daher… Er war schon immer abenteuerlustig gewesen. Wenn es ihr gelang, ihn zum Mitkommen nach Amerika zu überreden, dann sollten sich Estee Lauder und Helena Rubinstein schon jetzt warm anziehen! Antons ruchlose Art, sein verkäuferisches Talent, gepaart mit ihren Kontakten…

Eilig strich sie sich die Haare glatt und befeuchtete ihre Lippen, dann sprang sie auf und rannte Anton mit ihrem verführerischsten Lächeln entgegen, noch bevor jemand anderes es tun konnte. Ihre Arme einladend ausgebreitet, ihren Mund zu einem verführerischen Lächeln verzogen, rief sie so theatralisch, als spielte sie die Hauptrolle in einem Film: »Anton, du bist gekommen! Zu mir…«

Chrystals Lächeln verschwand abrupt, als Anton an ihr vorbeiging, ohne ihr auch nur zuzunicken. »Sag mal, spinnst du? Ich bin's, die Christel!«, rief sie ihm wütend hinterher. Wie konnte er sie so einfach stehen lassen?

Nun erkannten auch die andern, wer angekommen war. Einer nach dem andern sprang auf.

»Anton!«

»Ich werd verrückt!«

»Junge, dein Freund Anton ist da!«

»Das gibt's doch nicht…«

Anton schenkte allen ein Lächeln, dann ging er schnurstracks auf Mimi zu. Als er vor ihr stand, ließ er seine Tasche fallen. Sein Gesicht war nur wenige Handbreit von ihrem entfernt.

Warum starrt er die Fotografin so an?, fragte sich Chrystal gereizt, die Arme sah aus, als würde sie gleich in Ohnmacht fallen!

»Da bin ich«, hörte sie Anton sagen, mit so viel Zärtlichkeit, dass Chrystal wie vor den Kopf geschlagen war. Mimi war doch nur Antons ehemalige Geschäftspartnerin!

»Ich dachte schon, du kommst gar nicht mehr«, erwiderte Mimi mit rauer Stimme.

Mehr oder weniger verlegen, mehr oder weniger freudig schauten die anderen zu, wie Anton und Mimi sich in die Arme fielen und nicht mehr losließen.

Im nächsten Moment brach erneut Tumult aus, weil Mimi ohnmächtig zusammensank.

*

Als Mimi wieder zu sich kam, lag sie in dem Zimmer, das Alexander ihr zugeteilt hatte. Durch das halb geöffnete Fenster kamen noch immer die leisen Klänge des Geigentrios, Mimi erkannte Robert Schumanns *Träumerei*. Und wie in einem Traum fühlte sie sich auch, denn Anton saß an ihrem Bett und hielt ihre Hand.

»Mimi!«, rief er, als er sah, dass sie die Augen aufschlug. »Gott sei Dank, ich habe mir solche Sorgen gemacht.«

Sie hatte die spitze Bemerkung auf den Lippen, dass er sich all die Jahre schließlich auch keine Sorgen gemacht hatte, doch sie schluckte sie hinunter. Stattdessen gab sie ihm einen Klaps auf den linken Arm. »Da siehst du mal, was für eine umwerfende Wirkung du noch immer auf mich hast. Ich bin noch nie in meinem ganzen Leben ohnmächtig geworden, noch nie! O Gott, ist mir das peinlich! Hoffentlich habe ich Alexander und den anderen mit meinem ›Auftritt‹ nicht den Abend verdorben.«

Anton schüttelte nur den Kopf, hier und jetzt waren die anderen wohl unwichtig. »Mimi…«, hob er an, brach dann aber zunächst wieder ab. »Ich… ich weiß, ich habe kein Recht, hier einfach so aufzutauchen. Und ich gehe auch sofort wieder, wenn du es verlangst. Aber wenn du mich noch magst, dann bleibe ich. Für immer.«

Mimi schwieg.

»Dass ich damals gegangen bin… Mimi… ich kann und will mich nicht dafür entschuldigen. Die Erfahrung, dass man manchmal dem liebsten Menschen auf der ganzen Welt untreu werden muss, um sich selbst treu zu bleiben, war die härteste meines Lebens! Aber glaube mir, ich wäre nicht glücklich geworden, wäre ich geblieben, und schlimmer noch – ich hätte *dich* auch unglücklich gemacht.«

Mimi schwieg weiter. Es war jedoch kein belastendes, vorwurfsvolles Schweigen, sondern eins, das Raum schenkte. Sie wollte es Anton dadurch nicht schwerer machen, im Gegenteil. Es gab viel, was sie ihm sagen wollte, aber das hatte Zeit. So schaute sie ihn einfach nur an und hörte zu.

»Du warst die Liebe meines Lebens, bist es immer noch! Schon als ich dich das erste Mal in Laichingen sah, wusste ich das tief drinnen, auch wenn ich es damals so nicht in Worte hätte fassen können«, fuhr Anton fort, und sie erkannte in seinem Blick, dass seine Liebe unverwüstlich war, jedem Sturm standgehalten hatte und es auch weiterhin tun würde.

Eine Träne lief über ihre Wange. Die Liebe war noch da. Nach all der Zeit. Ganz gleich, wie lange sie voneinander getrennt waren. Und sie war größer denn je.

Anton tupfte die Träne zärtlich mit dem Zeigefinger weg, dann nahm er ihre Hand und hielt sie fest.

Sie wussten beide, dass es Tage, Wochen und Monate dauern würde, bis sie sich alles erzählt hatten. Auch wenn ihre Blicke und Hände sich schon zaghaft berührten – es würde nicht einfach werden, die Mauern niederzureißen, die zwischen ihnen entstanden waren. Neues Vertrauen musste wachsen – würde das alte Fundament dafür halten? Oder brauchte es frischen Boden, auf dem ihre Liebe erneut reifen konnte? Unbeantwortete Fragen – es gab so viele davon! Durfte man alle stellen?

Die Zeit würde es zeigen, dachte Mimi. Und sie wusste, dass sie dieses Mal alle Zeit der Welt besaßen.

Irgendwann, es war kurz vor Mitternacht, ging Anton davon, um wenigstens noch ein paar Worte mit Alexander zu wechseln. Mimi verfiel in einen traumlosen, tiefen Schlaf. Als sie am nächsten Morgen aufwachte, kam sofort alles zu ihr zurück, und erneut schwappte eine Flut von Emotionen über sie – ein nie gekanntes Glücksgefühl, die Vorfreude, Anton gleich wiederzusehen, dazu Angst, Bedenken und die vielen Fragen. Doch als sie aufstand und sich am Waschtisch in dem kleinen Spiegel an der Wand betrachtete, sah sie ein gelöstes Gesicht. Alles würde gut werden, das spürte sie tief im Innern!

Mit einem Lächeln auf den Lippen, begann Mimi mit ihrer Morgentoilette, wusch und kämmte sich, cremte sich mit einer von Claras Cremes ein. Für ihre Frisur verwendete sie besonders viel Zeit, steckte Strähne für Strähne kunstvoll am Hinterkopf fest. Heute wollte sie besonders schön aussehen!

Anton war zurück.

Beim Frühstück saßen nur Mimi, Anton, Alexander, seine Mutter und Chrystal zusammen. Erika und Marianne schliefen noch. Und Lena war mit den Kindern bei ihren Eltern – ihr Vater hatte Geburtstag, und sie wollte wenigstens auf einen Sprung bei ihm vorbeischauen. Sie wollte jedoch spätestens am Mittag zurück sein, um noch Zeit mit ihnen zu verbringen, erklärte Alexander seinen Gästen.

»Du und Anton… Ich habe geglaubt, mir fallen die Augen aus dem Kopf, als ich euch zwei zusammen sah!«, raunte Eveline Mimi zu, während sie sich beide an der Anrichte Rührei und Brötchen holten.

Verlegen rang Mimi um eine Antwort, doch bevor ihr etwas einfallen wollte, legte Eveline eine Hand auf ihren Arm. »Mach dir bloß keine Gedanken, nur weil du ein paar Jahre älter bist als Anton«, sagte sie eindringlich. »Wenn es um die Liebe ging, habe ich mir vom Leben auch immer das genommen, was ich wollte – was andere dazu sagten, kümmerte mich nicht. Vielleicht habe ich nicht immer die klügste Wahl getroffen, aber ich war im Herzen ein freier Mensch! Und das, liebe Mimi, ist das höchste Gut.«

Mimi schaute Eveline gerührt an. »Danke«, sagte sie.

»Was tuschelt ihr zwei da drüben?«, rief Chrystal vom

Esstisch aus. »Mimi, jetzt setz dich schon her – ich will endlich *alles* erfahren über Anton und dich!« In einer übertrieben eifrigen Geste winkte sie Mimi zu sich.

Alle lachten.

»Mimi und ich gehören zusammen. So einfach ist das«, sagte Anton mit einer solchen Endgültigkeit, dass es Mimi wohlig durchfuhr. Unter dem Tisch suchte sie seine Hand. Ja, sie gehörten zusammen. Jetzt und für immer.

Chrystal seufzte tragikomisch auf. »Und ich hatte gehofft, ich könnte dich dazu überreden, mit mir nach Amerika zu reisen. Ich habe nämlich einiges vor!« Sie zwinkerte Mimi verschwörerisch zu.

»Christel, mit dir würde ich nirgendwohin fahren wollen. Dieser Plan ist mir nämlich schon einmal nicht bekommen!«, sagte Anton lachend.

»Ich weiß gar nicht, was du hast? Sei doch froh, dass ich damals ohne dich abgehauen bin. Sonst wärst du jetzt nicht mit der Liebe deines Lebens zusammen«, erwiderte Chrystal und biss ungerührt in ihr Schinkenbrot.

Mimi kicherte albern. Anton grinste. Alexander strahlte wie ein Honigkuchenpferd. Er gab dem Serviermädchen, das er als Hilfe für Lena engagiert hatte, einen Wink, woraufhin die junge Frau jedem ein Glas Sekt ausschenkte.

Mimi betrachtete entzückt die perlende Flüssigkeit in ihrem Glas. Heute gab es mehr als einen Grund, gemeinsam anzustoßen!

»Das Leben ist schon verrückt«, sagte Eveline aus tiefstem Herzen. »Wenn man mittendrin steckt in einer Situation, sieht man oft nur einen Berg von Problemen und kann vor Sorgen kaum noch schlafen. Und später, wenn man zurückblickt, kann man über das, was einst war, vielleicht sogar lachen. Und oft erkennt man erst dann, dass man sich völlig unnötige Sorgen gemacht hat. Das Leben kommt eh, wie's kommt!« Sie hob in einer fatalistischen Geste die Schultern.

Mimi schwieg. Mit solchen Redensarten hatte sie noch nie viel anfangen können. Nach Regen kommt Sonnenschein. Morgen sieht die Welt schon wieder anders aus. Die Zeit heilt alle Wunden. Manche Dinge passieren einfach. Aber stimmte das wirklich?

»Ist das so, Mutter?«, fragte auch Alexander zweifelnd und sprach damit aus, was Mimi durch den Kopf ging. »Wenn ich uns hier so anschaue – jeder stand in seinem Leben immer wieder an Wegkreuzungen, an denen er sich entscheiden musste, nach links, nach rechts oder geradeaus zu gehen. Mancher Weg lag glasklar vor uns, meistens der, der uns laut unserer ›Bestimmung‹ vorgegeben war. Andere Wege hingegen befanden sich diffus im Nebel, und wir wussten nicht, was uns erwarten würde, wenn wir sie begehen.« An dieser Stelle warf er Chrystal einen Blick zu.

Bestimmt spielt er auf ihre Auswanderung nach Amerika an, dachte Mimi, dabei trafen seine Worte doch irgendwie auf jeden hier zu.

»Wir alle haben uns nie für den einfachen Weg entschieden, im Gegenteil! Jeder von uns hat für das gekämpft, was ihm wichtig war, und tut es heute noch. So gesehen haben wir unser Schicksal selbst in die Hand genommen und uns eben nicht treiben lassen wie ein Blatt im Wind«, fuhr Alexander leidenschaftlich fort. »Und jeder hat andere stets unterstützt darin, an ihre

Träume zu glauben. Dafür möchte ich euch von Herzen danken.« Er hob sein Glas Sekt. »Danke, dass ihr hier seid, danke einfach für alles! Zum Wohl!«

Gläser schlugen melodisch aneinander, sie prosteten sich zu. Danke, lieber Gott, dass ich diesen schönen Moment erleben darf, schickte Mimi ein Stoßgebet gen Himmel.

»Alexander hat recht. Ganz gleich, wie steinig der Weg auch war, ganz gleich, ob wir Umwege nehmen mussten oder zwischendurch ganz vom Weg abkamen – jeder ist sich selbst stets treu geblieben. Und überlegt mal, wo wir am Anfang des Weges standen!«, sagte Chrystal und schaute Anton herausfordernd an. »Von dir haben doch alle gedacht, dass du im Wirtshaus deiner Eltern versauern würdest. Und weißt du noch, Alexander, wie das ungeschriebene Gesetz in Laichingen lautete? Ist der Vater Weber, wird der Sohn es auch!« Ihr Blick wanderte zwischen Alexander und Eveline hin und her, als würde sie stumm um Erlaubnis bitten, den nächsten Satz sagen zu dürfen. »Was würde dein Vater wohl dazu sagen, wenn er wüsste, welche Berühmtheit aus seinem armen Webersohn geworden ist?«

Mimi und die andern nickten stumm.

»Von mir hat wahrscheinlich jeder erwartet, dass ich einen wohlhabenden Mann heirate – am besten gleich den alten Gehringer –, um ›versorgt‹ zu sein. Stattdessen bin ich auf und davon, um mein Glück allein zu versuchen. Nicht mal den Anton wollte ich mitnehmen!« Chrystal lachte spitzbübisch. »So gesehen haben wir es ziemlich weit gebracht, findet ihr nicht?«

»Wenn ich euch so reden höre, komme ich mir auf einmal ziemlich dumm vor«, murmelte Eveline.

»Du? Du bist doch die größte Wegbereiterin von allen!«, erwiderte Mimi heftig. »Hättest du nicht so fest an Alexander geglaubt...«

»Das stimmt, Mutter. Deine Unterstützung und dass du an mich geglaubt hast, war immens wichtig für mich, auch wenn ich, jung und dumm wie ich war, dir das nie gesagt habe«, bemerkte Alexander, und Mimi sah, wie Evelines Augen zu glänzen begannen.

»Auch ich habe meiner Mutter viel zu verdanken. Und wenn ich ehrlich bin, habe ich ihr das so auch nie gesagt...«, stellte Mimi fest. »Am Anfang meines Weges war es für eine junge Frau noch fast undenkbar, Wanderfotografin zu werden. Meine Mutter fand meinen Berufswunsch zwar auch unmöglich, dennoch unterstützte sie mich und erlaubte mir, von meinem Aussteuergeld die erste Kamera zu kaufen.«

Chrystal stellte ihre Kaffeetasse ab und schaute herausfordernd in die Runde. »Ich will weder deine Verdienste, Eveline, noch die von Mimis Mutter schmälern. Aber seht es doch mal so: Eure Mütter haben euch zwar ermuntert, euren Weg zu gehen, doch inzwischen seid ihr längst selbst zu Wegbereiterinnen geworden. Als du, Alexander, zur Stuttgarter Kunstschule gegangen bist, saßen da nur die Söhne reicher Familien, hat mir deine Frau gestern erzählt. Inzwischen sind die Kunst und die Literatur nicht mehr allein den Reichen oder einer kleinen Randgruppe zugänglich. Heute ist es jedermann erlaubt, sich künstlerisch auszudrücken, ganz gleich, ob jemand adliges Blut hat oder auf einem Strohbett geboren wurde. Dass Erfolg und Talent nicht vom Geldbeutel oder einer Ahnenliste abhängen, hast du allen gezeigt, Alexander!« Ihr Blick wanderte weiter zu Mimi. »Und weil es Vorbilder wie dich, Mimi, gibt, wagen heute viel mehr junge Frauen als früher, eine weiterführende Schule zu besuchen oder einen Beruf zu ergreifen. Weil sie sehen, dass man als Frau auch allein bestehen kann.«

Mimi verzog nachdenklich den Mund. »Die Frage ist nur – haben die Zeiten sich geändert oder haben tatsächlich *wir* die Zeiten geändert?«

»Beides«, sagte Anton. »Und natürlich hat auch der Krieg vieles verändert. Die Menschen haben damals erkannt, was wirklich wichtig ist im Leben. Wer erlebt hat, dass alles von einem Tag auf den andern vorbei sein kann, ist bereit, für sich und seine Träume zu kämpfen! Keiner von uns hat sich je einreden lassen, dieses und jenes gehe nicht. Wenn wir unseren Traum nicht durch die Vordertür erreichten, dann versuchten wir es eben durch die Hintertür oder klopften so lange ans Fenster, bis man uns hineinließ.«

Mimi und die andern grinsten.

»Oje… Weißt du noch, Anton, als wir damals in Münsingen ankamen und mit fast keinem Kapital die Druckerei kaufen wollten?«, sagte sie zu ihm.

»Wie wir diesem eingebildeten Lackel Simon Brauneisen gegenüberstanden, das werde ich nie vergessen! Wir zwei haben schon so manche Hürde genommen, von der wir glaubten, sie würde uns zu Fall bringen«, erwiderte er grinsend, dann wandte er sich wieder der Tischrunde zu. »Aber tun wir nicht so, als sei unser Weg hier zu Ende. Ich wette, wir alle werden auch zukünftig neue Wege gehen, nur – ohne Mimi werde ich keinen Schritt mehr machen, so viel steht fest!« Antons Augen funkelten leidenschaftlich, unter dem Tisch drückte er

Mimis Hand noch fester. Und Mimi wusste wieder einmal, warum gerade dieser Mann ihre große Liebe war.

Einen Moment lang war es still um den Tisch. Alle genossen das Gefühl von Verbundenheit, allen gingen aber auch eigene Gedanken durch den Sinn.

Es war Mimi, die das Schweigen schließlich brach. Sie hob ihr Glas und sagte: »Auf dass uns unsere Lust auf die Welt von morgen immer erhalten bleibt!«

ANHANG

Anmerkungen

Wie immer nahm ich mir auch für diesen Roman die künstlerische Freiheit, von den historischen Fakten abzuweichen, wenn ich es für meinen Schreibfluss und meine Geschichte als dienlich betrachtete. Ein kleines Beispiel für eine solche Freiheit: Mimi reist auf dem fiktiven Überseedampfer Viktoria nach Amerika, so musste ich mich nicht intensiv nach Fahrplänen und Routen tatsächlicher Schnelldampfer richten – diese Recherche hätte die Geschichte aber nicht weitergebracht.

Für die jungen, politisch engagierten New Yorker stand unter anderem John Reed Pate, der um 1919 seinen Roman *Ten days that shook the world* veröffentlichte und damit weltbekannt wurde. Im Internet gibt es viele weitere Infos zum spannenden Leben des US-amerikanischen Journalisten und überzeugten Sozialisten.

In meiner Geschichte wird Benjamin Jones' Reisebegleiterin Caren Selvig verhaftet. Auch sie ist eine fiktive Figur. Tatsächlich verfolgt worden ist zu dieser Zeit jedoch beispielsweise Margaret Higgins Sanger, eine umstrittene Frauenrechtlerin, die mehr als einmal für die Äußerung ihrer radikalen Ansichten festgenommen wurde. Auch über sie gibt es einiges im Internet zu finden, ihre Autobiografie fand ich sehr spannend.

Wer mehr über New York in dieser Zeit des Umbruchs erfahren möchte, dem empfehle ich das Buch von Christine Stansell: *American Moderns – Bohemian New York and the creation of a new century* (Princeton University Press). Es ist nicht ganz leicht zu lesen, aber sehr gut recherchiert.

Die Geschichte Hollywoods habe ich historisch so korrekt wie möglich dargestellt, wählte jedoch auch hier die meiste Zeit fiktive Personen und/oder Filmgesellschaften, um meine künstlerische Freiheit zu wahren.

Taos in New Mexico als Mekka für Freigeister und Künstler aller Art gab es wirklich. Und Mimis Gastgeberin Mabel Dodge gab es auch! Wer mehr über die wunderbare – und meiner Ansicht nach völlig unterschätzte – Mabel Dodge Luhan erfahren möchte, dem lege ich ihre Autobiografie ans Herz: *Edge of Taos Desert – an escape to Reality* (University of New Mexico Press). Meine Beschreibungen von Mabels Wohnverhältnissen entspringen jedoch teilweise ebenfalls meiner Fantasie.

*

Chrystal Kahla gab es nicht. Auf den Fotografien, die alle aus meinem Privatbesitz stammen, sehen Sie dafür Chrystals Kolleg*innen aus jener Zeit. In den Fotografien liegt so viel Ausdrucksstärke, dass man sich allein dadurch gut vorstellen kann, wie Stummfilme »funktionieren« konnten. Ich kann mich gar nicht sattsehen an diesen ersten großen Filmstars und ihren charaktervollen, intensiven Mienen, geht es Ihnen nicht auch so?

Mae Murray (Valencia)

Lily Damita

Conrad Nagel — Greta Garbo

Mae Murray

437

Florence Vidor

ELISABETH BERGNER
dans "La Duchesse de Langeais"

Pola Negri

LIANE HAID

Alle Fotografien entstammen aus Petra Durst-Bennings Privatbesitz.

Liebe Leser und Leserinnen,

fast zweieinhalbtausend Seiten lang haben wir mit Mimi Reventlow und ihren Weggefährten gelebt, gelitten, gelacht. Wir haben uns mit der Fotografin gefreut, uns manchmal auch über sie geärgert, wir haben uns um sie gesorgt, und wir haben sie geliebt. Wir haben applaudiert und Mut geschöpft für den eigenen Wandel.

Wir?

Vielleicht mag es Sie verwundern, dass ich Sie als LeserInnen und mich als Autorin in einem Atemzug nenne. Natürlich sind es zwei Paar Schuhe, eine Geschichte zu schreiben oder sie lesend zu genießen. Und dennoch bleibe ich beim »Wir«.

Denn die Fotografinnen-Saga war nicht nur eine Herausforderung für mich als Autorin, sondern auch für Sie als Lesende. Fünf Bücher insgesamt, dafür braucht es Durchhaltevermögen. Ein Buch baut auf das andere auf, alles ist im Fluss, wie im wahren Leben. Und so blieben am Ende eines jeden Buchs stets viele Fragen offen. Diese schriftstellerische Form des Erzählens zu wagen bedurfte einer großen Portion Mut meinerseits! Mir war dabei durchaus bewusst, dass ich Ihnen als LeserIn ziemlich viel abverlangt habe.

Natürlich hätte ich bei jedem Buch ein versöhnliches Happy End schreiben können, das hätte so manche LeserInnen glücklich gemacht. Ich hingegen wäre darüber unglücklich gewesen, weil ich das Gefühl gehabt hätte, damit den Fluss der Geschichte unnötig zu stören.

An dieser Stelle sage ich ganz herzlich Dankeschön für die Zuneigung, Geduld und Passion, mit der Sie Mimi Reventlow fünf Bände lang begleitet haben! Ohne Ihre Leidenschaft fürs Lesen, ohne Ihre Geduld, die Sie stets aufs nächste Buch warten ließ, ohne Ihre Freude an meinen Figuren wäre dieses Projekt nicht möglich gewesen. Ich bin stolz und dankbar dafür, so tolle, erfahrene und mutige LeserInnen zu haben!

Wenn ich am Ende eines Romans angekommen bin, ist das immer ein tief berührender Moment für mich. Das Glück, etwas Bleibendes geschaffen zu haben, vermengt sich mit dem Schmerz, von meinen liebgewonnenen Figuren Abschied nehmen zu müssen. Und wenn ich abends mit meinen Liebsten bei einem Glas Crémant auf das ENDE anstoße, kann es schon sein, dass sich zu den Perlen des Schaumweins auch eine Träne von mir gesellt.

Mit Mimi Reventlow verbrachte ich nun einige Jahre. Und es waren nicht irgendwelche Jahre, sondern so ziemlich die spannendsten in meinem Leben. Denn wie Mimi erlebte auch ich sehr viel Wandel und durfte neue Lebenswege gehen. Manchmal fand ich die Parallelen zwischen dem Roman und meinem Leben fast schon beängstigend. Andererseits sorgte die Nähe, die ich zu Mimi und ihren Weggefährten empfand, auch für besonders intensives Schreiben.

Doch nun bleibt uns – Ihnen und mir – nichts anderes

übrig, als Mimi Reventlow und ihren Wegbegleitern Adieu zu sagen. Ich schätze, dass Ihnen das genauso schwerfällt wie mir.

Einerseits bin ich mir ziemlich sicher, dass Mimi weiterhin aus allen Stolpersteinen, die ihr in den Weg gelegt werden, etwas Gutes bauen wird. Sie ist schließlich eine Kämpferin, ein Stehaufmännchen, eine Wegbereiterin und eine Voranschreitende. Und so verlasse ich sie mit einem frohen »Adieu«!

Andererseits erschreckt mich der Gedanke, dass düstere Jahre vor Mimi und den andern liegen. Wir verlassen Mimi, Anton und Alexander im Jahr 1930 – nur neun Jahre danach wird der nächste Weltkrieg beginnen. Hier versagt meine Autorin-Fantasie: Ich kann mir beim besten Willen nicht vorstellen, wie die Menschen, die den Ersten Weltkrieg in seiner ganzen Grausamkeit erlebten, auch noch den Zweiten Weltkrieg bewältigt haben (und Millionen Menschen überlebten ja auch nicht).

Nein, es wird keinen sechsten Band geben. Ich habe meine Geschichte bis zu einem Punkt erzählt, wie es mir bestimmt war. Aber sind nicht die besten Geschichten die, die im Kopf immer noch ein Stückchen weitergehen?

Ich freue mich darauf, nun neue Wege einschlagen zu dürfen. Und ich habe schon eine ziemlich gute Idee davon, wo die Reise hingehen wird und wohin nicht. Lassen Sie sich überraschen! Nur eins kann ich schon heute sagen: Wo Durst-Benning draufsteht, wird auch weiterhin Durst-Benning drin sein – das ist mein Versprechen an Sie.

Bis bald,
Ihre/Eure Petra Durst-Benning

Sie möchten über jede Neuerscheinung von Petra Durst-Benning informiert werden? Auf www.durst-benning.de finden Sie stets alle aktuellen Infos rund um die Autorin, ihr Werk, ihre Termine und all ihre neuen Projekte.

Eine Prise Glück, ein Löffel Freude und jede Menge Liebe – so schmeckt das echte Leben.

512 Seiten. ISBN 978-3-7341-0011-6

Bürgermeisterin Therese liebt ihre schwäbische Heimat – Wiesen mit sattgelbem Löwenzahn, ein paar sanft geschwungene Hügel und mittendrin Maierhofen. Doch die jungen Leute ziehen weg, und der Dorfplatz wird immer leerer. Als Therese krank wird und das Dorf kurz vor dem Aus steht, raufen sich alle Bewohner zusammen – seien es die drei alten Männer, die immer auf der Bank sitzen, der linkische Metzgermeister Edy oder die schüchterne Christine. Und sie haben nur noch ein Ziel: ihren schönen kleinen Ort zu retten und das erste Genießerdorf entstehen zu lassen – einen Ort, an dem der echte Geschmack King ist!

Lesen Sie mehr unter: **www.blanvalet.de**

Wenn der Schnee fällt und die Sterne glitzern – dann ist Weihnachten im Genießerdorf!

208 Seiten. ISBN 978-3-7341-0602-6

Dezember im malerischen Allgäu. Maierhofen liegt friedlich im Schnee. Der Trubel des Kräuter-der-Provinz-Festivals ist nur noch eine schöne Erinnerung. Langweilig wird es im Genießerdorf jedoch nicht: Der erste Weihnachtsmarkt steht bevor. Wird es den Maierhofenern gelingen, das Wahre und Gute in den Winter hinüberzuretten? Therese freut sich auf Feiertage in trauter Zweisamkeit, doch jemand will ihre Pläne durchkreuzen. Und während es Christine vor ihrem ersten Fest alleine graut, werden Roswitha und Edy auf die Probe gestellt. Probleme brauen sich zusammen wie Winterstürme. Wie viele kleine Wunder braucht es für das große Glück?

Lesen Sie mehr unter: **www.blanvalet.de**

Die Träume des Winters sind die Blumen des Frühlings …

512 Seiten. ISBN 978-3-7341-0012-3

Nach ihrer Trennung soll Christine entweder aus ihrem Haus ausziehen oder ihren Mann auszahlen. Wer aber gewährt einer Hausfrau Ende vierzig ein Darlehen oder stellt sie ein? Doch die Maierhofener Frauen halten zusammen und helfen Christine, ihr Haus in ein Bed & Breakfast umzuwandeln. Und sie wird Single-Wochenenden ausrichten, an denen man nicht nur das Landleben, sondern auch neue Menschen kennenlernt. Sogar Marketingexpertin Greta ist begeistert: Im Juni findet doch der große Kochwettbewerb statt – und wie wäre es, wenn Christine ein Team zusammenstellte, das daran teilnimmt? So könnte jeder Topf seinen Deckel finden …

Lesen Sie mehr unter: **www.blanvalet.de**

Ob Sommer oder Winter:
Maierhofen verzaubert
zu jeder Jahreszeit.

320 Seiten. ISBN 978-3-7341-0637-8

Im Genießerdorf blühte im letzten Sommer nicht nur
das Geschäft, sondern auch die Liebe. Magdalena und
Christine sind glücklich, doch der Alltag holt sie schnell
ein. Der Gastwirt Apostoles bringt Feuer in Magdalenas
Leben, aber sie ist von den neuen chaotischen griechischen
Verhältnissen überfordert. Auch Christine kann sich
nur schwer auf Reinhards Fürsorge einlassen und ihre
alten Muster aufgeben. Als sich dann eine Autorin
von Liebesromanen in ihre Pension einmietet, knistert
regelrecht die Luft in Maierhofen. Sich zu verlieben ist
einfach – aber wird es den Maierhofen-Frauen gelingen,
ihre Gefühle in den Spätsommer hinüberzuretten?